吴晓东 著

废墟的忧伤

西方现代文学漫读

图书在版编目（CIP）数据

废墟的忧伤：西方现代文学漫读 / 吴晓东著 . —北京：北京大学出版社，2018.6

ISBN 978-7-301-29445-1

Ⅰ . ①废… Ⅱ . ①吴… Ⅲ . ①外国文学—文学欣赏 Ⅳ . ① I106

中国版本图书馆 CIP 数据核字 (2018) 第 061063 号

书　　名　废墟的忧伤：西方现代文学漫读
　　　　　FEIXU DE YOUSHANG
著作责任者　吴晓东 著
责 任 编 辑　于海冰
标 准 书 号　ISBN 978-7-301-29445-1
出 版 发 行　北京大学出版社
地　　址　北京市海淀区成府路 205 号 100871
网　　址　http://www.pup.cn　新浪微博：@ 北京大学出版社　@ 培文图书
电 子 信 箱　pkupw@qq.com
电　　话　邮购部 62752015　发行部 62750672　编辑部 62750883
印 刷 者　天津光之彩印刷有限公司
经 销 者　新华书店
　　　　　880 毫米 ×1230 毫米　32 开本　11.25 印张　252 千字
　　　　　2018 年 6 月第 1 版　2020 年 8 月第 2 次印刷
定　　价　69.00 元

目　录

“阅读的德性”（代序）

……这种艺术并不在任何事情上立竿见影，但它教我们正确地阅读，即是说，教我们缓慢地、深入地、瞻前顾后地、批判地、开放地、明察秋毫地和体贴入微地进行阅读。

——尼采

在英国伦敦的国家美术馆里漫游，看到塞尚画的一幅读报的父亲的肖像画，忽然意识到在短短一个夏日午后所浏览的从 13 世纪到 20 世纪初叶各个年代的绘画中，大约有几十幅都表现了阅读场景，似乎可以组成一个关于“阅读”的主题系列。而 19 世纪的绘画在其中占了相当比例，于是想到不止一个史家把 19 世纪看成是西方人阅读的黄金时代。一大家子人在饭后围着一支蜡烛或者一盏油灯听有文化的长者或正在上学的少年读一本小说来打发长夜，是漫长的 19 世纪常见的场景。

这种 19 世纪式的温馨的阅读情境在今天已经成为一种怀想。因此读到张辉的《如是我读》（商务印书馆 2015 年 10 月版），产生了近乎一种怀旧般的亲切感。该书的腰封形容《如是我读》是“一组关于书与人的赋格曲”，“关乎读，关乎书，关乎人”，“如是我闻，如是我读，如是我想”。而该书在自序中直接触及的就是“阅读的德性”的话题：“如何阅读是知识问题，但更是读书人的德性问题。”在这个意义上，我把张辉的这部随笔集看成是一本关于“阅读的德性”的书，也是在序言中，张辉倡言“读书风气的更易，乃至士风的良性回归，应该从认真读书始”。

而张旭东在《文化政治与中国道路》（上海人民出版社 2015 年 8 月版）中，则从“全球化竞争对人的适应性要求”的角度，呼吁“经典阅读”，认为“经典阅读是强调回到人、回到理解与思考、回到人的自我陶冶意义上的教育，是从工业化到后工业化时代转换的需求”。书中收录的《经典阅读是全球化时代的选择》一文中指出：

> 从宏观的迫切的历史性的问题上看，回归基于经典阅读的人文教育，恰恰是适应广义上的从现代到后现代的时代需要、竞争需要、训练需要，是通过应对当下的挑战而反诸自身，重新发现和思考“人”的内在含义。……而能够触及这种内在素质培养的教育，只能是人文基础教育，通过和古往今来的人类伟大心灵的交谈，通过阅读这些伟大心灵的记录，我们才能在今天这个歧路丛生的世界获得一种基本的方向感和价值定位，才能在新的历史机遇和挑战面前做出有效的应对。

张旭东强调通过经典“与过去伟大心灵”“直接对话”。而这种“对话性”也决定了经典构成了我们与“过去伟大心灵”进行“晤谈”的日常性和恒常性，决定了一部真正够分量的文史哲经典不是随便翻阅一过就能奏效的。或许正是在这个意义上，卡尔维诺在《为什么读经典》一书中关于什么是经典的十四条定义中，第一条就说：“经典是那些你经常听人家说‘我正在重读……’而不是‘我正在读……’的书。”

我由此对“阅读”的话题发生了进一步的兴趣，相继读了洪子诚的《阅读经验》（台北人间出版社 2015 年 2 月版），特里·伊格尔顿的《文学阅读指南》（河南大学出版社 2015 年 5 月版），托马斯·福斯特的《如何阅读一本小说》（南海出版公司 2015 年 4 月版），《埃科谈文学》（上海译文出版社 2015 年 1 月版），詹姆斯·伍德的《小说机杼》（河南大学出版社 2015 年 8 月版），埃兹拉·庞德的《阅读 ABC》，约翰·凯里的《阅读的至乐——20 世纪最令人快乐的书》、哈罗德·布鲁姆的《如何读，为什么读》、安妮·弗朗索瓦的《闲话读书》等，这些书虽然不尽讨论阅读，但都或多或少对阅读的意义、阅读的乐趣，以及“读什么”“怎样读”等问题有着不同程度的思考。

如果说“经典”阅读，因之关涉的是“文明意义上的归属和家园”（张旭东语）的大问题，而显得有些“高大上”，那么耶鲁学派批评家哈罗德·布鲁姆的《如何读，为什么读》中所讨论的“阅读”，也许会让普通读者感受到一种亲和力，在本书“前言”中，布鲁姆说：“如何善于读书，没有单一的途径，不过，为什么应当读书，却有一个最主要的理由。”这个理由在布鲁姆看来是人的“孤独”：

> 善于读书是孤独可以提供给你的最大乐趣之一，因为，

至少就我的经验而言，它是各种乐趣之中最具治疗作用的。

我转向阅读，是作为一种孤独的习惯，而不是作为一项教育事业。

很多人都是在孤独的人生境遇中开始养成阅读习惯的。而“阅读”在布鲁姆这里，则有助于消除生命本体性的孤独感，这对于日渐原子化的孤独的“后现代个人”而言，是具有疗治意义的善意提醒。而庞德的见解也同样属于“治愈系”的，他在《阅读ABC》中这样看待“文学”的作用：

文学作为一种自发的值得珍视的力量，它的功能恰恰是激励人类继续生存下去；它舒解心灵的压力，并给它给养，我的意思确切地说就是激情的养分。

这种“激情的养分”如果说对人类具有普泛的有效性，那么，一个专业读者的“阅读”，则更多关涉到人类审视自我、主体、历史等更具哲学意义的命题。洪子诚先生的《阅读经验》，提供的就是一个文学研究者的心灵在半个多世纪的阅读岁月中留下的时光印迹。批评家李云雷认为洪子诚“对个人阅读经验的梳理、反思，具有多重意义”。“不仅将‘自我’及其‘美学’趣味相对化，而且在幽暗的历史森林中寻找昔日的足迹，试图在时代的巨大断裂中建立起‘自我’的内在统一性。……正是在这样的意义上，个人的‘经验’便获得了非同寻常的意义。‘经验’在这里就不仅是‘自我’与历史发生具体联系的方式，也是‘自我’据以反观‘历史’与切入当下的基点。”《阅读经验》带给我的阅读感受，就是这样的一种

“自我”省思的氛围，一种雕刻时光般的对岁月的思考所留下的缓慢刻痕。

真正的阅读，似乎也因为这种与岁月和历史的缓慢的对话，而越来越成为一项技术活。就像手工艺人的劳作，必须精雕细刻，慢工出细活。因此，张辉在《如是我读》中的《慢板爱好者》一文中重述了安东尼奥尼的电影《云上的日子》中的一个故事：一帮抬尸工将尸体抬到一个山腰上，却莫名其妙地停下来不走了。雇主过来催促，工人回答说：“走得太快了，灵魂是要跟不上的。”张辉说，此后，每记起这个故事，就想起尼采在《曙光》一书的前言中，面对“急急忙忙、慌里慌张和让人喘不过气来的时代”，对“缓慢”和“不慌不忙”的强调，以及对“慢板”的爱好：

> 我们二者——我以及我的书，都是慢板的爱好者。……因为语文学是一门体面的艺术，要求于它的爱好者最重要的是：走到一边，闲下来，静下来和慢下来——它是词的鉴赏和雕琢，需要的是小心翼翼和一丝不苟的工作；如果不能缓慢地取得什么东西，它就不能取得任何东西。……这种艺术并不在任何事情上立竿见影，但它教我们正确地阅读，即是说，教我们缓慢地、深入地、瞻前顾后地、批判地、开放地、明察秋毫地和体贴入微地进行阅读。

如果说在尼采那里，“慢”构成的是“正确地阅读”的标准，那么，伊格尔顿在《文学阅读指南》中告诉普通读者：看似深奥的文学分析也“可以是快乐的”。这堪称是一种快乐的阅读哲学。约翰·凯里在《阅读的至乐》中也称自己选择图书的标准“就是纯粹的阅读愉悦”。埃科在《埃科谈文学》中也对文本持类似的理解：

> 我说的文本并不是实用性质的文本（比方法律条文、科学公式、会议记录或列车时刻表），而是存在意义自我满足、为人类的愉悦而创作出来的文本。大家阅读这些文本的目的在于享受，在于启迪灵性，在于扩充知识，但也或许只求消磨时间。

也许，“快乐”最终构成了“阅读”的最低但也同时是最高的标准。

卡夫卡：20 世纪的预言家

就作家与其所处的时代关系而论，当代能与但丁、莎士比亚和歌德相提并论的第一人是卡夫卡。卡夫卡对我们至关重要，因为他的困境就是现代人的困境。

——奥登

时代的先知

在 20 世纪现代主义文学史上，弗兰茨·卡夫卡（1883—1924）堪称是首屈一指的奠基者。从 20 世纪 30 年代开始，卡夫卡的创作就引起了西方文坛的关注，逐渐在世界范围内获得了巨大的声誉，成为 20 世纪的作家所能创作出的最振聋发聩的作品，从而形成了持续的“卡夫卡热”。美国女作家欧茨称“卡夫卡是本世纪最佳作家之一，时至今日，且已成为传奇英雄和圣徒式人物”。卡夫卡也被视为 20 世纪现代主义的第一人，欧美各种权威书评杂志在评选 20 世纪现代主义大师时，卡夫卡都无一例外地排在第一位。英国大诗人奥登曾说：“就作家与其所处的时代关系而论，当代能与但丁、莎士比亚和歌德相提并论的第一人是卡夫卡。卡夫卡对我们至关重要，因为他的困境就是现代人的困境。”卡夫卡可以说是最早感受到时代的复杂和痛苦，并揭示了人类异化的处境和现实的作家，也是最早传达出20世纪人类精神的作家。在这个意义上说，他是20世纪文学的先知、时代的先知与人类的先知。

卡夫卡的创作个性和文学世界可以在他成长过程中找到背景。从小到大的压抑的环境造就了他内敛、封闭、羞怯甚至懦弱的性格。内心敏感，容易受到伤害，对外部世界总是持有一种戒心。他在去世前的一两年曾经写过一篇小说《地洞》，小说的奇特的叙事者“我”是个为自己精心营造了一个地洞的小动物，但这个小动物却对自己的生存处境充满了隐忧、警惕和恐惧，“即使从墙上掉下的一粒砂子，不弄清它的去向我也不能放心”，然而，“那种突如其来的意外遭遇从来就没有少过”。这个地洞的处境在某种意义上说也是现代人的处境的象征性写照，意味着生存在世界中，每个人都可能在劫难逃，它的寓意是深刻的。而从卡夫卡的传记生平的角度看，这个小动物的地洞中的生活也可以看成是作者的一种自我确认的形式，借此，卡夫卡也揭示了一种作家生存的特有的方式，那就是回到自己的内心的生活，回到一种经验的生活和想象的生活。卡夫卡为自己的生活找到了一个最好的方式，就是在地窖一样的处境中沉思冥想的内心写作方式。

> 我最理想的生活方式是带着纸笔和一盏灯待在一个宽敞的、闭门杜户的地窖最里面的一间里。饭由人送来，放在离我这间最远的、地窖的第一道门后。穿着睡衣，穿过地窖所有的房间去取饭将是我唯一的散步。然后我又回到我的桌旁，

深思着细嚼慢咽，紧接着马上又开始写作。那样我将写出什么样的作品啊！我将会从怎样的深处把它挖掘出来啊！

这是一种与喧嚣动荡的外部世界的生活构成了巨大反差的内在生活，衡量它的尺度不是生活经历的广度，而是内在体验和思索的深度。

卡夫卡正是以自己的深刻体验和思索，洞察着 20 世纪人类所正在塑造的文明，对 20 世纪的制度与人性的双重异化有着先知般的预见力。写于 1914 年的小说《在流放地》描述了一名军官以一种非理性的迷狂参与制造了一部其构造复杂精妙的处决人的机器，并得意洋洋地向一位旅游探险家展示他的行刑工具。一个勤务兵仅仅因为冒犯了上司，就要被他投入这部机器受死，死前要经受整整十二小时的酷刑。但是在勤务兵身上的表演并不成功，于是读者读到了 20 世纪现代小说中最具有反讽意味的一幕：那个制造了这部机器的行刑军官最后竟自己躺在处决机器上，轧死了自己。机器的发明者最终与杀人机器浑然一体，成为机器的殉葬品，从而揭示了现代机器文明和现代统治制度给人带来的异化。它是关于使人异化与机械化的现代统治的一个寓言。

卡夫卡的另一篇代表作《变形记》写的是职业为一名旅行推销员的主人公格里高尔·萨姆沙一天早晨醒来后发现自己躺在床上变成了一只大甲虫：

他仰卧着，那坚硬得像铁甲一般的背贴着床，他稍稍抬了抬头，便看见自己那穹顶似的棕色肚子分成了好多块弧形的硬片，被子几乎盖不住肚子尖，都快滑下来了。比起偌大的身躯来，他那许多只腿真是细得可怜，都在他眼前无可奈何地舞动着。

“我出了什么事啦？”他想。这可不是梦。

格里高尔·萨姆沙最初的反应尚不是对自己变成甲虫这一残酷现实感到惊恐——仿佛变成大甲虫是个自然不过的事——而是担心老板会炒他的鱿鱼。当然他还是不可避免地失掉了工作，并成为一家人的累赘，父亲甚至把一个苹果砸进他的背部的壳中，并一直深陷在里面。最终，连起初同情他的妹妹也不堪忍受他作为甲虫的存在。小说的结局是格里高尔在家人如释重负的解脱感中死去。

《变形记》写的是人在现代社会中的异化。社会现实是一个使人异化的存在，格里高尔为了生存而整日奔波，却无法在生活中找到归宿感。社会甚至家庭、人伦都使他感到陌生，最终使他成为异己的存在物，被社会与家庭抛弃。这就是现代人在现代社会中所可能面临的生存处境的变形化的写照。卡夫卡以一个小说家的卓越而超凡的想象力为人类的境况作出了一种寓言式的呈示。现代人面临的正是自我的丧失和变异，即使在自己最亲近的亲人中间也找不到同情、理解和关爱，人与他的处境已经格格不入，人成为他所不是的东西，同时却对自己这种异化无能为力。而这一切，都反映了现代社会的某种本质特征。《变形记》因此也状写了人的某种可能性。格里高尔变成大甲虫就是卡夫卡对人的可能的一种悬想。在现实中人当然是不会变成甲虫的，但是，变成大甲虫却是人的存在的某种终极可能性的象征。它是我们人人都有可能面对的最终的可能性。在这个意义上说，卡夫卡写的是人的生存现状。因而，当格里高尔本人和他的家人发现格里高尔变成大甲虫的时候，都丝毫没有怀疑这一变形在逻辑上的荒诞，而是都把它当成一种自然而然的事实接受下来。卡夫卡的写法也完全遵循了写实的原则，仿佛他写的就是他在生活中所亲眼目睹的一个真实发生过的事情。而读者也完全把格里高尔变成甲虫作为一个我们自己的生存处境的写真而接受下来。在这个意义上说，卡夫卡写的就是我们自己的宿命。

卡夫卡的小说都有一种预言性。譬如德国作家黑塞就说："我相信卡夫卡永远属于这样的灵魂：它们创造性地表达了对巨大变革的预感，即使充满了痛苦。"而英国小说家、评论家安东尼·伯吉斯则认为卡夫卡的作品表达了对世界的梦魇体验，对这些作品，"人们无法作直截了当的阐释。尽管风格体裁通常是平淡的，累赘的，但气氛总是那么像梦魇似的，主题总是那么无法解除的苦痛。""卡夫卡影响了我们每个人，不仅仅是作家而已"，"而随着我们父老一辈所熟悉的社会的解体，那些使人人感到孤独的庞大的综合城市代之而起以后，卡夫卡描写人的本质的那种孤立的主题深深地打动了我们。他是一个给当代人指引痛苦的人。"正是在这个意义上，卡夫卡可以称得上是现代的先知。

对可能性世界的拟想

文学史家们一般认为卡夫卡的作品中充分体现出一种表现主义的艺术精神和创作技巧，他是表现主义在小说领域的重要代表人物。

"表现主义"的概念最初是运用在绘画评论中。1901 年，法国画家朱利安·奥古斯特·埃尔维在巴黎“独立沙龙”展出了八幅作品，被称为“表现主义”绘画。1911 年 4 月在德国柏林第二十二届画展的前言中，表现主义一词又再度出现，用来描述一群法国年轻画家（其中包括毕加索）的绘画特色。而在文学批评界，表现主义一词则在 1911 年 7 月正式出现在德国，并在此后的几年中获得了更广泛的认可。

表现主义是一种反传统的现代主义流派，它在绘画、文学、音乐、电影等艺术形式中均有不同的表现，“但他们也有一些共同的思想倾向和艺术特点，即不满社会现状，要求改革，要求‘革命’。在创作上他们不满足于对客观事物的摹写，要求进而表现事物的内在实质；要求突破对人的行为和人所处的环境的描绘而揭示人的灵魂；要求不再停留在对暂时现象和偶然现象的记叙而展示其永恒的品质。”因而，表现主义的出现，为作家们进一步提供了一条通向内心的文学道路。作家们越来越关注对人性和心理世界的发掘，关注对人的存在本质的揭示。而在具体的表现手法上，则强调主观想象，强调对世界的虚拟和变形的夸张与抽像，强调幻象在文学想象力中的作用。正如表现主义文学运动的代表人物埃德施米特所指出：“存在是一种巨大的幻象……需要对艺术世界进行确确实实的再塑造。这就要创造一个崭新的世界图象。”“表现主义艺术家的整个用武之地就在幻象之中。他并不看，他观察；他不描写，他经历；他不再现，他塑造；他不拾取，他去探寻。于是不再有工厂、房舍、疾病、妓女、呻吟和饥饿这一连串的事实，有的只是它们的幻象。”

卡夫卡的文学创作也濡染了表现主义的艺术特征。这突出地表现在卡夫卡同样是个营造幻象的艺术大师。卡夫卡的文学世界中就充满了这种再造现实的幻象。《变形记》中人变成大甲虫的虚拟现实，《地洞》所描绘的洞穴的生存世界，《骑桶者》结尾所写的一个人骑着空空的煤桶“浮升到冰山区域，永远消失”的情景……描绘的都是这种幻象世界。正如德国大作家托马斯·曼所说：“他是一个梦幻者，他起草完成的作品都带着梦的性质，它们模仿梦——生活奇妙的影子戏——的不合逻辑、惴惴不安的愚蠢，叫人好笑。”但是笑过之余，你会惊叹卡夫卡的幻象的世界看似不合逻辑，但却并非虚妄，它恰恰揭示了人类生存的更本真的图景，是人的境遇的更深刻反映。

在卡夫卡的短篇小说《猎人格拉胡斯》中，写了这样一段死后再生的猎人格拉胡斯与一位市长的对话：

> “难道天国没有您的份儿么？”市长皱着眉头问道。
>
> “我，”猎人回答，“我总是处于通向天国的阶梯上。我在那无限漫长的露天台阶上徘徊，时而在上，时而在下，时而在右，时而在左，一直处于运动之中。我由一个猎人变成了一只蝴蝶。您别笑！”
>
> “我没有笑，”市长辩解说。
>
> “这就好，”猎人说，“我一直在运动着。每当我使出最大的劲来眼看快爬到顶点，天国的大门已向我闪闪发光时，我又在我那破旧的船上苏醒过来，发现自己仍旧在世上某一条荒凉的河流上，发现自己那一次死去压根儿是一个可笑的错误。”

徘徊在通向天国的阶梯上的格拉胡斯可以看成是卡夫卡本人

的化身，卡夫卡也正是一个出入于现实世界和幻象世界之间的小说家，他的小说中真实与幻象纠缠交错在一起，是无法分割的统一世界。单纯从现实的角度或单纯从幻象的角度来评价卡夫卡，都没有捕捉住卡夫卡的精髓。他所擅长的是以严格的现实主义手法写神秘的幻象。法国作家，诺贝尔文学奖获得者纪德就认为卡夫卡的作品有相反相成的两个世界：一是对“梦幻世界‘自然主义式’的再现（通过精致入微的画面使之可信），二是大胆地向神秘主义的转换”。卡夫卡的本领在于他的小说图像在总体上呈现的是一个超现实的世界，一个想象的梦幻的世界，一个在现实中并不存在的荒诞的世界，一个具有神秘主义色彩的世界；然而，他的细节描写又是极其现实主义甚至是自然主义的，有着非常精细入微的描写，小说场景的处理也是极其生活化。比如他的《在流放地》，关于杀人的行刑机器以及行刑的军官最后对自己执行死刑的构思都具有荒诞色彩，但是在具体的叙述过程中，卡夫卡又充分表现出细节描写的逼真性，尤其对行刑机器以及行刑过程的描摹，更是淋漓尽致、栩栩如生。而另一方面，这种细节描写与传统现实主义的描写又具有本质上的区别。在以巴尔扎克为代表的传统现实主义小说中，细节的存在是为了更形象逼真地再现社会生活，烘托人物形象，凸现典型环境；而在卡夫卡的表现主义小说中，真实细腻的细节最终是为了反衬整体生存处境的荒诞和神秘。而最终卡夫卡展示给我们的是一个陌生的世界，这个陌生的世界最终隐喻了现代人对自己生存的世界的陌生感，隐喻了现代人流放在自己的家园中的宿命。

卡夫卡特别擅长的是对一个可能性的世界的拟想。《在流放地》中行刑的军官最后对自己执行死刑就是一种悬想性的境况，是未必发生却可能发生的情境。这个情境与变成甲虫的艺术想象一样，都是通过对一种可能发生的现象的拟想来传达的。卡夫卡小说的表现主义的想象力也正表现在处理拟想性的可能世界的能力，并往往借助于荒诞、变形、陌生化、抽象化等艺术手段来实现。譬如其中变形的手段就是通过打破生活的固有形态，对现实生活中的事物加以夸张与扭曲的方式来凸现生活以及人的存在本质的一种艺术手法。它既是一种表现主义艺术家常用的技巧，同时在卡夫卡那里，又是“变形”化地对现代人的意识和存在的深层本质的超前反映。就像卡夫卡曾经表述过的那样：一次，卡夫卡和雅赫诺参观一个法国画家的画展，当雅赫诺说到毕加索是一个故意的扭曲者的时候，卡夫卡说：

> 我不这么认为。他只不过是将尚未进入我们意识中的畸形记录下来。艺术是一面镜子，它有时像一个走得快的钟，走在前面。

对于卡夫卡和他的时代的关系而言，他正是这样一个走在前面的，既反映时代，又超越时代的艺术的先知。

作为预言书的《城堡》

《城堡》虽成书于 20 世纪初叶，但它是属于整个 20 世纪的书。今天看来，它也分明属于 21 世纪。它是人类阅读史上少有的历久弥新的一部书。每次重新翻开它，都会感到有令人无法捉摸的新的意蕴扑面而来。在这个意义上，说它是一部预言书是毫不为过的。

发表于1926年的《城堡》写成于1922年，是卡夫卡最后也是最重要的长篇小说。主人公的名字只是一个符号——K，小说开头写K在一个遍地积雪的深夜来到一个城堡外的村庄，准备进入这座城堡。K自称是一个土地测量员，受城堡的聘请来丈量土地。但是城堡并不承认聘请过土地测量员，因此K无权在村庄居住，更不能进入城堡。于是K为进入城堡而开始了一场毫无希望的斗争。K首先去找村长，村长告诉他聘请K是城堡的一次失误的结果。多年前城堡的A部门有过一个议案，要为它所管辖的这座村庄请一个土地测量员，议案发给了村长，村长写了封答复信，称并不需要土地测量员，但是这封信并没有送回A部门，而是阴错阳差地送到了B部门。同时也不排除这封信在中途哪个环节上丢失或者压在一大堆文件底下的可能性。结果就是K被招聘来到了城堡，而城堡则已经把这件事忘了。于是K成为了城堡官僚主义的牺牲品。城堡当局一直拒绝他的任何要求，连城堡管辖的村庄、村民以及村庄中的小学校、客栈都与K为敌，结果是K最终也没能进入城堡。小说没有写完，据卡夫卡的生前好友，《城堡》一书的编者马克斯·布洛德在《城堡》第一版附注中说："卡夫卡从未写出结尾的章节，但有一次我问起他这部小说如何结尾时，他曾告诉过我。那个名义上的土地测量员将得到部分的满足。他将不懈地进行斗争，斗争至精疲力竭而死。村民们将围集在死者的床边，这时城堡当局传谕：虽然K提出在村中居住的要求缺乏合法的根据，但是考虑到其他某些情况，准许他在村中居住和工作。"

这是一部与传统的现实主义小说大相径庭的作品，以往用来分析传统小说的角度——譬如故事性、戏剧冲突、人物性格、典型环境、情节的发生、发展、高潮、结局等等——在这里都显得失去了效用。这是一部从整体上看像一个迷宫的小说，卡夫卡营造的是一个具有荒诞色彩的情境。理解这部小说的焦点在于，为什么K千方百计地试图进入城堡？城堡究竟是个什么样的存在？它有着什么样的象征性内涵？小说的主题又是什么？在卡夫卡的研究史上，这些问题都是没有最终的明确答案的，《城堡》的魅力也恰恰在此。而这一切都因为小说最终指向的是一种荒诞的处境。正像一位苏联学者扎东斯基所说："正是渗透在卡夫卡的每一行作品里的这种荒诞色彩——这种预先就排除了弄懂书中事件的任何潜在可能的荒诞色彩，才是卡夫卡把生活非现实化的基本手段。一切的一切——物件啦，谈话啦，房屋啦，人啦，思想啦，——全都像沙子一样，会从手指缝里漏掉，而最后剩下来的就只是对于不可索解的、荒诞无稽的生活的恐惧情绪。"

"城堡"是小说的核心意象，小说一开头就引入了对"城堡"的描写：

> K到村子的时候，已经是后半夜了。村子深深地陷在雪地里。城堡所在的那个山冈笼罩在雾霭和夜色里看不见了，连一星儿显示出有一座城堡屹立在那儿的光亮也看不见。K站在一座从大路通向村子的木桥上，对着他头上那一片空洞虚无的幻景，凝视了好一会儿。

卡夫卡对城堡的描写策略是想把它塑造成既真实存在又虚无缥缈的意象，一个迷宫般的存在。因此，小说一开始就营造了一种近乎梦幻般的氛围。这种氛围提示了小说的总体基调，此后，梦魇般的经历就一直伴随着K。尤其当K第二天想进入城堡的时候，卡夫卡更是呈现了一个鬼打墙般的存在：城堡看上去近在眼前，但是却没有路通向它，“他走的这条村子的大街根本通不到城堡的山冈，它只是向着城堡的山冈，接着仿佛经过匠心设计似的，便巧妙地转到另一个方向去了，虽然并没有离开城堡，可是也一步没有靠近它”。这是一段具有隐喻和象征色彩的文字，提示着城堡的无法企及，从而也无法被人们认知。卡夫卡正是想把城堡塑造成一个难以名状的存在物，它的内涵因而是不明确的，甚至是抽象的，就像一位卡夫卡研究者所说的那样：

> 卡夫卡的世界却是由象征符号组成的，那是一些启发性的象征，然而它们无法带我们找到结论，就像一把十分精致的钥匙，却没有一把锁可供他们来开启。卡夫卡作品的最基本的性质也就在于此，任何想得到结论或解开谜底的企图必将归于徒然。

“城堡”是一个有多重象征意义的主题级的意象，同时也使小说成为一个解释的迷宫。

《城堡》问世以来，关于它的多种多样的解释可以写成几本厚厚的书。不同的研究者从不同的文化背景和理论视野出发，得出的是不同的结论：从神学立场出发，有研究者认为“城堡”是神和神的恩典的象征，K 所追求的是最高的和绝对的拯救，也有研究者认为卡夫卡用城堡来比喻“神”，而 K 的种种行径都是对既成秩序的反抗，想证明神是不存在的；持心理学观点的研究者认为，城堡客观上并不存在，它是 K 的自我意识的外在折射，是 K 内在真实的外在反映；存在主义的角度则认为，城堡是荒诞世界的一种形式，是现代人的危机，K 被任意摆布而不能自主，他的一切努力都是徒劳，从而代表了人类的生存状态；社会学的观点则认为城堡中官僚主义严重，效率极低，城堡里的官员既无能又腐败，彼此之间充满矛盾，代表着崩溃前夕的奥匈帝国的官僚主义作风，同时又是作者对法西斯统治的预感，表现了现代集权统治的症状；马克思主义文艺观则认为，K 的恐惧来自个人与物化了的外在世界之间的矛盾，小说将个人的恐惧感普遍化，将个人的困境作为历史和人类的普遍的困境；而从形而上学的观点看，K 努力追求和探索的，是深层的不可知的秘密，他在寻找生命的终极意义；实证主义研究者则详细考证作者生平，以此说明作品产生的背景，指出《城堡》中的人物、事件同卡夫卡身处的时代社会、家庭、交往、工作、旅游、疾病、婚事、个性等等有密切的关系[1]。

这证明《城堡》是一部可以有多重解释的作品，这种多重的解释，是由于“城堡”意象的朦胧和神秘所带来的。有论者指出：“卡夫卡的作品的本质在于问题的提出而不在于答案的获得，因此，对于卡夫卡的作品就得提出最后一个问题：这些作品能解释吗？”有相当一部分研究者认为《城堡》是没有最终的主题和答案的，或者也可以说，对于它的解释是无止境的，这使小说有着复义性的特征，有一种未完成性。未完成性也是卡夫卡小说的特征。他的三部长篇小说和一些短篇小说都没有结尾，在表面上看，似乎是因为卡夫卡缺乏完整的构思，但是有如此之多的小说没有写完，就可以看成是卡夫卡一种自觉的追求。从而未完成性在卡夫卡那

---

[1] 参见谢莹莹《Kafkaesque——卡夫卡的作品与现实》，《国外文学》，1996 年，第 1 期，第 44 页。

里成为一种文学模式，昭示了小说的开放性。有研究者说：未完成性是“卡夫卡能够以佯谬的方式借以完善地表达他对现代人之迷惘和危机的认识的唯一形式。”

这种复义性以及未完成性的特征，也是现代主义文学的一个具有普遍性的特征。《城堡》的复杂解释史启示着我们，对于阅读一篇有着丰富而不确定含义的现代主义小说，读者也应该调整自己的阅读心理和态度，从而把对确定性结论的热衷调整为对小说的复杂而不确定的寓意的无穷追索。

记忆的神话

普鲁斯特以后情况的变化毋宁说使我们充满了怀旧的伤感。一种博大的美随着普鲁斯特离我们渐渐远去，而且永不复回。

——昆德拉

普鲁斯特的巨著《追忆似水年华》(简称《追忆》)堪称是一部“不世出”的小说，按康诺利在《现代主义代表作100种提要》中的说法，“《追忆似水年华》像《恶之花》或《战争与和平》一样，是一百年间只出现一次的作品”，法国作家莫洛亚在为《追忆》1954年版作的序中也说：“对于1900年到1950年这一历史时期，没有比《追忆》更值得纪念的长篇小说杰作了。”这不仅由于《追忆》像巴尔扎克“人间喜剧”那么篇幅巨大，规模宏伟，而更在于普鲁斯特并不满足于开发已有的众所周知的“矿脉”，他开辟的是新的“矿藏”。而这新的矿藏中最有价值的矿层，是普鲁斯特力图探讨的人类所固有的“回忆”这一心理机制。“回忆”构成了“追寻失去的时间”的真正题旨，是普鲁斯特把握已逝时光的方式，也是他把过去的生涯纳入此在的方式，更是他为自己确立的恒常的生命形式。而从更普泛的意义上讲，回忆又是人类使自己的文明得以延续的方式，甚至是人的存在方式本身，这就是《追忆似水年华》所隐含的人类学层面的空前丰饶的矿藏。

“在很长一段时间里，我都是早早就躺下了。”几百万言的《追忆》是以这样看似平淡无奇的一句开头的。从手稿中人们发现普鲁斯特在前后五年中，曾尝试了十六种写法才确定了这一句。它描述了小说的叙述者“我”一段时间里的生活情形：早早躺下，又无法成眠，在床上沉思冥想。小说接下来的几十页写的正是“我”失眠夜的缅想。1913年，一个出版家只翻了小说开头就当即拒绝：“我实在弄不明白，一个人怎能花上三十页的篇幅来描述他入睡之前如何在床上辗转反侧。”但对叙述者来说，这三十页的篇幅却太重要了，它描摹的是“我”在回忆中打发漫漫长夜的生活方式。在某种意义上，这也正是普鲁斯特本人生活形态的写照。1896年，普鲁斯特在他的处女作《悠游卒岁录》的序言中写道：

> 在我孩提时代，我以为圣经里没有一个人物的命运像挪亚那样悲惨，因为洪水使他被囚禁于方舟达四十天之久。后来，我经常患病，在漫长的时间里，我不得不待在“方舟”上。于是，我懂得了挪亚曾经只能从方舟上才如此清楚地观察世界，尽管方舟是封闭的，大地一片漆黑。

这本书出版时普鲁斯特只25岁，当时他肯定没有想到“方舟”式的囚禁生活将构成他此后生涯中一种恒常的生活形态。他必须适应这种卧病在床的生活，而他最后终于赋予了这种生活以最好的方式：即在回忆中写作，在写作中回忆。普鲁斯特得的是哮喘病和花粉过敏症，对环境要求极高，最轻微的植物性香气也会使他窒息。他的房间要衬上软木，隔开外面的声音；窗子总得关上，防的是窗外的栗树的气味和烟味；毛衣也得在火上烤得滚烫之后才能穿，所以他的毛衣一碰就成百衲衣一样的碎片；想出去到乡间看看童年时代的山楂树，也得坐在密不透风的马车中，而且是一件冒着很大风险的事。可以想象，从 1901 年到 1922 年去世，普鲁斯特是在怎样一种生活形态下写他的《追忆似水年华》的。像创作《呼兰河传》时期的疾病缠身的萧红一样，这是一种以回忆为主体的生命形式。

作为普鲁斯特的生命形式的“回忆”，在小说中则生成为一种艺术形式。整部《追忆》都是叙述者“我”的回忆的产物，也就是说，普鲁斯特是靠回忆来结构整部小说的，回忆因此是结构情节的方式，是叙事形式，也是主题模式。这一切都可能使对《追忆》的探讨进入具有普适意义的诗学层面，提升出关于“回忆”以及“记忆”的诗学范畴，并进而上升到对人类记忆机制的全方位的探索领域。

如果把《追忆》比作一座由回忆建构的大厦，那么它的最重要的一块基石是普鲁斯特所发现的一种记忆的形式——“无意的记忆”（也译成“非自主记忆”、“非意愿记忆”、“不自觉记忆”、“不由自主的记忆”等等）。正是这种记忆形式的发现使普鲁斯特获得了拯救，否则他无法使自己的漫长的回忆获得美学支撑。普鲁斯特也正是在寻找到了这种记忆形式之后，才真正开始了他的小说创作。那么怎样理解所谓的“无意的记忆”呢？当你无意中嗅到一缕清香，听到从什么地方飘来的一串熟悉的音符，或者偶然翻到一件旧物，便会突然唤醒沉埋在记忆中的一段往事、一幅场景或一种思绪。它们深藏在心灵深处，平时并没有意识到，却在不经意之间被唤醒了，这偶然唤醒的记忆就是“无意的记忆”。它本是人类的一种普泛的记忆体验和形式，但《追忆》的特出意义在于为这种“无意的记忆”赋予了美学与诗学内涵，并且把它作为回忆大厦的最重要的支撑，或者说把“无意的记忆”上升为一种诗学范畴。

小说中对“小玛德莱娜”点心的描写是《追忆似水年华》有关“无意的记忆”的最重要的细节，从而使“小玛德莱娜”成为20世纪世界文坛最有名的点心。不过在小说中它的样子却并没有什么特别，“又矮又胖”，“看来像是用扇贝壳那样的点心模子做的”，吃法是先要放在一杯茶水里泡软。然而当小说中的“我”喝了泡着“小玛德莱娜”点心的茶，一件奇迹却顿时发生了：“我浑身一震，我注意到我身上发生了非同小可的变化。一种舒坦的快感传遍全身，我感到超尘脱俗，却不知出自何因。我只觉得人生一世，荣辱得失都清淡如水，背时遭劫亦无甚大碍，所谓人生短促，不过是一时幻觉；那情形好比恋爱发生的作用，它以一种可贵的精神充实了我。”为什么一块点心会产生如此震撼？小说的叙述者“我”认为，人们关于往事的记忆藏在脑海之外，是理智和智力不可企及的，记忆只能在无意中被现实的感受和事物偶然唤醒，“小玛德莱娜”正是唤醒了“我”当年吃这种点心的记忆，往昔的记忆就伴随着这块点心得以复活，而失去的时间便借助这种“无意的记忆”的方式获得重现。

“小玛德莱娜”的细节告诉我们：过去的记忆其实是附着在像点心这样的“记忆之物”上面的，而文学家的使命正是对记忆之物的捕捉。这种能唤起往事的记忆之物，在中国古典诗歌中最为丰富。古典诗歌的一系列母题，譬如凭吊，怀远，思古，睹物思人，登高览胜……种种经典情境关涉的都是记忆的母题。美国汉学家斯蒂芬·欧文在他那本奇特的书《追忆——中国古典文学中的往事再现》中指出，中国古典诗歌最懂得在往昔存留的断片（记忆之物）中去唤回历史记忆。譬如杜牧的名诗“折戟沉沙铁未销，自将磨洗认前朝。东风不与周郎便，铜雀春深锁二乔”，诗人只有找到沙滩中沉埋的前朝的断戟，才能使历史记忆找到承载。“折戟”正是这种记忆之物。但中国古典诗歌中的记忆方式往往有群体性，当中国诗人们找到一片瓦当，一个断戟，一个箭头，触发他们的记忆的联想方式往往有一种共通性，共同的文化史记忆使诗人们的记忆方式都产生了一定的惯性。相比之下，“小玛德莱娜”点心则独属于普鲁斯特，独属于小说中的“我”，它唤起的也是个体性生命记忆。同时它也是关于如何唤醒“无意的记忆”的一个发生学意义上的最好的说明。小说这样描写点心带来的奇迹：尽管“我”距离当年的经历已经很久了，“但是气味和滋味却会在形销之后长期存在，即使人亡物毁，久远的往事了无陈迹，唯独气味和滋味虽说更脆弱却更有生命力；虽说更虚幻却更经久不散，更忠贞不矢，它们仍然对依稀往事寄托着回忆、期待和希望，它们以几乎无从辨认的蛛丝马迹，坚强不屈地支撑起整座回忆的巨厦。”普鲁斯特把“小玛德莱娜”点心的细节看成是对整座回忆的巨厦的支撑，爱尔兰剧作家、《等待戈多》的作者贝克特则说：

浸了茶水的小玛德莱娜点心的著名情节将证明普鲁斯特的整部著作是一座无意的记忆的纪念碑，而且是一部无意的记忆如何发挥作用的史诗。

正是在这个意义上，莫洛亚指出："随着普鲁斯特作品的诞生，就有了通过无意的记忆来回忆过去的方法。"（《从普鲁斯特到萨特》）他把"无意的记忆"上升为回忆的方法论，而这恰恰是小说诗学所最感兴趣的核心问题。

从小说诗学角度着眼，回忆的诗学所关注的问题是普鲁斯特究竟怎样把人类的记忆机制与小说结构形式有机地统一在一起。"无意的记忆"之所以具有诗学的属性，正因为它涵容了这两个层面。首先它揭示了人类回忆的固有形态和特征，即回忆的无序性、非逻辑性。真实的回忆是纯粹原生态的，是一种记忆的弥漫，有偶发性特征，时间上也很难区分出先后次序。很少有人会命令自己先回忆什么，再回忆什么，最后回忆什么。往昔的记忆在我们的回忆过程中呈现出的往往是一种混沌状态，甚至是共时状态。以"无意的记忆"作为回忆巨厦之基石的《追忆似水年华》，其叙事形态在总体上正表现为故事时间顺序的打乱，构成小说细部的是无意识的联想，是沉思录，是议论，是解释，是说明，它们共同编织成一个回忆之网，或者说编织成网状的回忆。小说在回忆中建构的不是一个有顺序有因果的故事时间，而是一种心理时间。这种内在时间观显然受到了柏格森时间哲学的影响。柏格森的时间是一种人类内在体验的时间，是一种不依赖钟表计时的心理时间，是被直觉洞察的时间。这就去掉了时间线性流逝的因果链，使时间成为直觉性的内在的"绵延"，在绵延中使过去与现在互相交织渗透，记忆的内容与回忆的行为互相混合，从而使时间在人的心理存在和体验方式中获得了内在的统一性。在这一点上，《追忆似水年华》是柏格森时间观的诗学论证。这正是小说名字（直译即"寻找失去的时间"）的真正含义。

然而真的存在一个完好如初的过去一个纯然的过去等待我们去寻找，去唤醒，去复现么？从根本上说，回忆总是立足于现在的需要才产生的，所以，即使是“无意的记忆”，也是由现在触发的；过去被唤醒的同时已经隐含了“当下”的向度。回忆必然是现在的感觉和过去的感觉的叠合，其中永远隐藏着某种“回溯性差异”，即在回忆中永远有两种向度的矛盾，一种向度是过去的、当时的判断尺度，另一种则是当下的判断尺度作为参照背景。正因如此，在《追忆》中我们总是能感觉到有两个“我”在交流与辩难的声音，一个是往事中的当时的“我”，一个是现在的当下的“我”。回忆正是两个“我”所进行的回环往复的对话，是当下的“我”对过去的“我”的问询。回忆既是向过去的沉溺，找回过去的自己，更是对现在的“我”的确证和救赎，是建构此在的方式，从而使回忆在根本上关涉的并不是过去之“我”，而恰恰是此在之“我”。这便是《追忆》呈示给我们的最重要的启示。普鲁斯特最终告诉我们，为什么人类永远摆脱不了“回溯”的诱惑，为什么回溯性的叙事是人类讲故事的永远的方式，因为回溯正是人的生存方式本身，回溯在追寻到了过去的时间的同时，也就确证了自我的此在。因此，普鲁斯特借助他笔下的叙述者把人类的回忆的形象浓缩为一身，小说中“我”的形象（甚至可以说普鲁斯特本人的形象）最终留给我们的正是回忆的形象，这个形象本身比回忆中的故事更生动鲜明。这是一个静夜失眠者的形象，小说叙事者站在生命和记忆的终端首先想起的正是自己的这个失眠者形象，巴什拉在《烛之火》中把这个形象称作“伟大的孤独熬夜人”，他靠沉思和遐想打发自己的漫漫长夜，一次伟大的回忆便由此展开。

昆德拉把普鲁斯特的出现看成是一个文学时代的终结，他说：

> 普鲁斯特以后情况的变化毋宁说使我们充满了怀旧的伤感。一种博大的美随着普鲁斯特离我们渐渐远去，而且永不复回。

那么，什么是昆德拉所谓“博大的美”呢？可能是《追忆似水年华》心灵史诗一般的鸿篇巨制，可能是以回忆方式精心构筑的美学大厦本身，也可能指普鲁斯特以回忆的方式探讨了人类内在心理时间的统一性。而在探讨了内在心理时间统一性的同时，也就建构了自我的内在统一性。

《追忆似水年华》的主题句可以概括为“自我凭藉回忆的方式追寻失去的时间”，“回忆”在普鲁斯特这里最终升华为把握过去的方式，建构此在的方式，也就成为确证自我的方式，或者说是主体获得拯救的方式。在这个意义上，《追忆》最终探讨的是人的主体存在的内在性和整一性能否存在或如何存在的问题。普鲁斯特给出的答案是确定的。他认为，人们的真正生活，唯一被体验的生活，一种具有内在性和整一性的生活是过去时间中的生活，而回忆作为心理机制和艺术方式的结合，是能够复现这种生活的。普鲁斯特确信，他在“无意的记忆”中把握住了或者说寻找回了某一段过去的时间，这寻找到的过去的时间就是普鲁斯特理想中的幸福的乐园。因此，普鲁斯特是在过去这面重现的镜子中获得了自我确证的镜像，他是生活在过去时中的人。在时间的三个向度中，普鲁斯特迷恋的是过去的维度，这和卡夫卡小说中潜在的时间意识形成了对比。奥地利学者波里策称卡夫卡的时针是静止不动的，他笔下的人物没有过去，只生活在烦躁不安的现时的时间中，而普鲁斯特的时针则是倒退着，回到过去，在过去的时间中寻找到了幸福，并确证了自我。

但是，靠“无意的记忆”真能寻找到失去的时间吗？真的能够确证自我的存在吗？显然这只是在想象方式中找回了过去的时间，而对自我的确证也只是一种想象式的确证。任何人在回忆中捕捉到的过去都只是心理的幻象，而小说家写在小说中，则成为文学的幻象。这说明建构了一座回忆的大厦的《追忆似水年华》在本质上是一个幻象文本。过去的时间实际上是无法找回的，柏格森发明的心理时间的概念实际上关涉的不是时间问题，而是心理问题。正像博尔赫斯所说的那样：“时间问题就是连续不断地失去时间，从不停止。”所谓人没有可能两次涉足同一条时间之河，也正是这个意思。但是，人的无奈之处在于，作为个体的人，其“存在”的本性是飘移的，难以界定的。我们的此在其实一无所有，只能凭借过去的经验、阅历、回忆这些既往的东西确定，此在的我拥有的现在时间只能是永远在流逝的瞬间，因此，只有过去的失去的时间才成为我们唯一感到切实的东西。但失去的时间却是虚幻的最大的根源，就是说，我们用来支撑自己的东西原来竟是已经失去了的永不复返的东西。《追忆似水年华》对自我追寻的悖论和困境正在于此。普鲁斯特以为自己捕捉住了记忆，把握住了已逝的时间，其实不过是自我欺瞒的心理幻象。

如果普鲁斯特当真以为他能确切地追寻到过去的时间，他就会成为一个浪漫主义者，而与20世纪现代主义精神相异质。普鲁斯特毕竟是20世纪小说家，他禀赋的现代性在于，他其实很清楚自己所追寻的东西的幻象性以及记忆的大厦的乌托邦属性，同时他也很清楚时间是一个古希腊的双面神，即，时间既可以留下记忆，又可以无情地剥蚀记忆。这就是与记忆同等重要的另一个主题：遗忘。莫洛亚在《追忆似水年华》序中说："我们周围的一切都处于永恒的流逝、销蚀过程之中，普鲁斯特正是无日不为这个想法困扰。这种流逝与销蚀的一面就是时间的另外一个面孔而且是更有力量的一面，正像人的死亡是不可抗拒的力量一样。遗忘的范畴也就是死亡的范畴。"莫洛亚下面的话更加精彩：

> 人类毕生都在与时间抗争。他们本想执著地眷恋一个爱人，一位友人，某些信念；遗忘从冥冥之中慢慢升起，淹没他们最美丽、最宝贵的记忆。总有一天，那个原来爱过，痛苦过，参与过一场革命的人，什么也不会留下。

莫洛亚说出了普鲁斯特试图表达的更潜在的含义，即寻找失去的时间其实是与时间本身以及与遗忘相抗衡的方式。如果说"遗忘"的主题在普鲁斯特这里尚是潜在的主题，那么到了昆德拉那里则成为最显明的主题之一。譬如《笑忘录》就是探讨遗忘主题的小说。而昆德拉关于遗忘与回忆的命题与普鲁斯特恰恰相反。普鲁斯特把回忆看成是对遗忘的抗争，而昆德拉则说："回忆不是对遗忘的否定，回忆是遗忘的一种形式。"遗忘如同死亡一样，更根本地制约了人的存在的基本属性。

时间和空间的问题是20世纪现代小说中一个重要问题，也是《追忆似水年华》的核心问题之一。普鲁斯特在寻找失去的时间的同时，已开始感受到20世纪人类存在的空间性对时间性的剥蚀。他感到只有沉溺在过去时间的记忆中才能确证自我，而现时的空间则是人产生孤独和无助感的直接原因，人被空间分割与剥蚀，空间带给人的更多的是放逐感、陌生感。卡夫卡笔下那位没有过去，没有时间性和历史性，在异乡的空间找不到归宿和自我的主人公K恰恰象征了这种放逐感、陌生感。空间化可以说是当代人的真正视界，尤其在所谓的后现代，人们越来越没有时间去回忆，去思索，每天在电视机前和因特网上面对广告和新闻，感受到的正是人类空间的共时性在压迫自己。按杰姆逊的话，这是一个没有时间深度的时代。杰姆逊在《关于后现代主义》的对话录中指出：现代主义的一种专用语言是以普鲁斯特和托马斯·曼为代表的，就是时间性描述语言，在这种语言背后，有一种柏格森的“深度时间”概念。但这种深度时间体验与我们当代的体验毫不相关，我们当代是一种永恒的“空间性现时”。就是说，时间成为永远的现在时，因此是空间性的。这就是当代人感到焦虑、不安与烦躁的深层原因：时间的纵深感没有了，心理的归趋和稳定感也就没有了。这就是我们与普鲁斯特时代的区别。普鲁斯特时代尚能营造关于过去时间统一性的幻觉，而今天的我们可能连关于时间的幻觉也无法企及。

普鲁斯特最终启示我们的是：记忆可能是现代人的最后一束稻草。正像一位研究者说的那样：普鲁斯特表达的是人类的最低限度的希望。这句话的意思是，人类尽管可能一无所有，但至少还拥有记忆，在记忆中尚能维持自己的自足性和统一性的幻觉；而低于普鲁斯特表达的这种限度的希望是不存在的，就是说，普鲁斯特为现代人守望的其实是最低最后的希望，是最后一束稻草。从这个意义上说，《追忆似水年华》建构的是人类最后一个神话，即关于记忆的神话。昆德拉所谓“一种博大的美随着普鲁斯特离我们渐渐远去”，这种“博大的美”正是人类的最后一个神话所蕴涵的美感。

意识流小说的集大成

在使用神话，构造当代与古代之间的一种连续性并行结构的过程中，乔伊斯先生是在尝试一种新的方法……它是一种控制的方式，一种构造秩序的方式，一种赋予庞大、无效、混乱的景象，即当代历史，以形状和意义的方式。

——艾略特

20世纪的各种各样的现代主义文学流派有着一个共同的特征，即在文学观念的背后大都有着哲学和心理学的支撑。意识流小说也不例外，作为一个文学流派，其总体特征首先表现在它的产生具有深厚的哲学与心理学基础。其中法国现代哲学家亨利·柏格森（1859—1941）的直觉主义和心理时间观直接构成意识流小说的哲学背景。柏格森主张人的主观精神是一种内在的“绵延”的状态，是一种处于不断变化之中的意识流程，“连绵不断”是人的意识与精神活动的主导特征。同时，柏格森又提出了“心理时间”的理论，他的哲学中的“时间”不是我们通常理解的体现在钟表刻度上的物理时间，而是一种心理意义上的时间。作为心理时间，它与人的流动的、绵延的意识融为一体，不可分割。这一切都为意识流小说中的时间形态的主观性、意识的绵延性和心理的流动性等等小说图景，提供了基本的哲学依据。

奥地利心理学家弗洛伊德的精神分析学说则构成了意识流文学的心理学基础。弗洛伊德把人的精神领域划分为意识、前意识与无意识三种结构形态，认为其中的“无意识”是处于意识最底层的广大的区域，它是一片充满着盲目冲动的黑暗域，深埋着人的本能、欲望与冲突。人的无意识是非理性的，受到理性的压抑而很难实现，同时无意识也是人的清醒而自觉的理性意识所无法认识、也无法控制的。但是，人有做梦的行为，而梦的活动却是无意识的间接的反映，人在梦中的时候，饱受压制的欲望和本能便通过变形的象征方式浮现，从而人的梦便成为被压抑的欲望的一个宣泄的渠道，使人在日常生活中难以满足的欲望得到补偿性与替代性的满足。这就是弗洛伊德著名的释梦学说。它与无意识学说一起，深刻地影响了意识流小说家的创作理念，构成了意识流文学的心理学基础。了解意识流文学的哲学和心理学背景是非常重要的，这种现象说明了现代主义文学流派的形成往往与哲学和心理学以及社会学思潮有着不可分割的内在联系和渗透，表现出 20 世纪人文科学的整一性图景。

“意识流”（stream of consiousness）这一概念最初是心理学术语，是由美国心理学家威廉·詹姆斯（1842—1910）在《心理学原理》一书中提出来的：

> 意识就其本身而言并非是许多截成一段一段的碎片。“链条”或“系列”之类的字眼都不能恰当地描述意识最初呈现出

来的样子。它不是片断的连接，而是流动的。用“河”或“流”这样的比喻才能最自然地把它描述出来……我们就称它为思想流、意识流或主观生活之流吧。

这种把意识比作连绵流动的河水的譬喻直接触发了作家们的联想。1918 年，梅·辛克莱在评论多萝西·理查逊的小说《旅程》时最早把“意识流”这一术语引入了文学评论，此后，作为一个文学术语的“意识流”创生了一种独特的小说文体。

那么作为小说文体的意识流有哪些特征呢？这一点在国外文学理论界尚有分歧。按弗洛伊德的分类，意识活动可分为意识、前意识和无意识，理论界分歧的焦点就在于意识流小说描绘的所谓流动的意识到底指意识的哪个层面。有的理论家认为应该指意识的全部层面。这样法国作家普鲁斯特就被包括在意识流小说家中，他的长篇巨著《追忆似水年华》就被看成意识流小说。而另外一些理论家则认为意识流小说应侧重于描绘前意识和无意识，这样一来，普鲁斯特又被驱逐出了意识流小说流派。两种观点中更占有主导地位的是后一种主张。我们这里采纳的就是后一种观点。这种观点的代表人物之一，美国文学理论家汉弗莱指出：

让我们把意识比作为大海中的冰山——是整座冰山而不是仅仅露出海面的相对来讲比较小的那一部分。按照这个比喻，海平面以下的庞大部分才是意识流小说的主旨所在。……从这样一种意识概念出发，我们可以给意识流小说下这样的定义：意识流小说是侧重于探索意识的未形成语言层次的一类小说，其目的是为了揭示人物的精神存在。[1]

所谓“意识的未形成语言层次”，指的即是前意识与无意识层次。在这个意义上，爱尔兰小说家乔伊斯的创作集中表现出对前意识与无意识领域的兴趣，也构成了意识流小说史上的集大成人物。

詹姆斯·乔伊斯（1882—1941）生于爱尔兰的都柏林，于都柏林大学毕业后，1902 年赴欧洲大陆，开始侨居生涯。早期最重要的两部作品《都柏林人》和《青年艺术家的画像》均在 1904 年开始创作，但是分别到 1914 年和 1916 年才真正出版。前者是描写的都柏林精神状态的瘫痪与“麻痹”，后者则是写主人公斯蒂芬成长历程的兼有自传性色彩和启悟性母题的长篇小说。在技巧上，《青年艺术家的画像》运用了内心独白、自由联想等带有意识流特征的创作手法，因此，有的评论家把它也看成是一部意识流小说。从这部小说中，至少可以看到后来在《尤利西斯》和《芬尼根的守灵夜》中所达到的登峰造极的意识流技巧并不是横空出世的艺术实验，而是在早期创作中即已经开始酝酿了。

《尤利西斯》既是意识流小说的开山之作，也是意识流小说的集大成之作。1922 年 2 月 2 日，《尤利西斯》首先在法国巴黎出版，既而引起了轰动，尽管在英美一再被禁，但最终它仍然被看成为 20 世纪英语文学中的最重要的一部小说，被誉为“二十世纪最伟大的英语文学著作”。

小说写的是 1904 年 6 月 16 日一天里发生在三个主人公（布卢

[1] 汉弗莱：《现代小说中的意识流》，湖南人民出版社，1987 年 9 月版，第 5 页。

姆、斯蒂芬、摩莉）身上的事情。斯蒂芬是个年青的历史教师、诗人，布卢姆是个中年的广告推销员，摩莉是布卢姆的妻子，一个歌唱家。小说写的就是这三个人物一天中的经历和心理活动。在结构上分为三个部分，第一部分（前三章）写斯蒂芬的行动和意识，第二部分（第四章到第十五章）集中写的是布卢姆一天中的经历。随着布卢姆一天中的行程，小说每一章写一个主要的场景，通过这些场景的展现，小说就涉及了都柏林社会生活的方方面面。第三部分（第十六章到第十八章）写布卢姆和斯蒂芬的相遇和交流以及摩莉的意识流联想。

首先值得注意的是小说的标题“尤利西斯”。尤利西斯是希腊的荷马史诗《奥德赛》（也翻译成奥德修斯）中的大英雄奥德修斯，“尤利西斯”是奥德修斯在拉丁文中的译名。乔伊斯以尤利西斯为小说的书名，就是为了在小说的主人公布卢姆和希腊史诗英雄之间建立某种联系。《尤利西斯》的每一章原来的题目也都运用了荷马史诗《奥德赛》中的人名、地名和情节，尽管在小说正式出版时这些题目都已经删除，但是与《奥德赛》的对应仍然是小说中一种内在的组成要素。

为什么乔伊斯精心设置了一个与荷马史诗《奥德赛》相对应的结构呢？一种观点认为，这反映了乔伊斯的宏大的创作意图。乔伊斯曾经称《尤利西斯》是“一部两个民族（以色列和爱尔兰）的史诗”[1]，他是以创作一部规模宏伟的史诗的心态来设计小说的题旨和规模的。对荷马史诗的借用反映了乔伊斯借助一种神话结构从总

---

[1] 转引自金隄：《一部二十世纪的史诗·译者前言》，《尤利西斯》，人民文学出版社，1994年9月版，第1页。

体上把握当代社会生活的意向，正如大诗人 T.S. 艾略特在《〈尤利西斯〉：秩序与神话》一文中所说的那样：

> 在使用神话，构造当代与古代之间的一种连续性并行结构的过程中，乔伊斯先生是在尝试一种新的方法……它是一种控制的方式，一种构造秩序的方式，一种赋予庞大、无效、混乱的景象，即当代历史，以形状和意义的方式[1]。

另一种观点则认为《尤利西斯》所代表的 20 世纪现代主义小说在史诗和神话模式中所建构的秩序和统一性不过是一种虚构的产物。他们认为，小说中的主人公布卢姆作为一个有些下流的广告推销员怎么能与荷马史诗中的大英雄相提并论？平庸琐碎的都柏林的现实生活又怎么能成为一个神话？ T.S. 艾略特只看到了事物的表面，《尤利西斯》的现代神话所建构的秩序并不是生活中的固有本质，只是小说家的想象而已。在这个意义上，有研究者指出：20 世纪的文化“已经丧失了一致性和生命力，所以作家才不得不企图以唯一可能的方式——虚构来对文化进行‘再统一’”。因此“《尤利西斯》不是一部神话著作，而是一部小说，不是要用现代的语言来再现奥德赛的神话，而是从根本上怀疑现代人是否可能具有神话般的幻想。”“这不涉及对神话世界的认可，而只是‘对它提出疑问’”[2]。

这两种观点看似不同，但在对丧失了生命力的无序的现代文

---

[1]《艾略特诗学文集》，王恩衷编译，国际文化出版公司出版，1989 年 12 月版，第 284 页。

[2] 彼得 · 福克纳：《现代主义》，北方文艺出版社，1988 年 8 月版，第 105 页。

明的基本判断上堪称是一致的。

作为一部意识流的集大成著作，它在意识流方面的成就突出反映在它几乎穷尽了所有的意识流技巧：自由联想、内心独白、时空跳跃、蒙太奇、旁白、幻觉、梦境、印象直呈等等，可谓意识流的集大成。而更引人注目的是，乔伊斯并不是单纯炫耀他的诸种技巧，技巧的运用是与他对人物的塑造密切联系在一起的。评论家们注意到小说中三个人物的意识流有着彼此截然不同的风格和特质。斯蒂芬是个历史教师和诗人，他的内心独白就多深奥的隐喻，充斥着各种历史和文学典故，而且经常会出现各种各样的警句，他的联想流是一种具有深层语义的联想；而布卢姆是个广告推销员，他的意识流则有一种平面展开的特征，关注的也大都是空间化的色彩感更鲜明的事物，是一种浮面化的联想；至于摩莉，则是一个没有什么思想，语言也有些粗鄙，耽于欲望的形象，乔伊斯为她设计的意识流则有一种突发性和随意性，语言也经常有语法错误，还把大诗人济慈的名句说成是拜伦的作品，表现了她的不学无术。这些精心的细部设计，无不反映出《尤利西斯》作为一部世纪经典的博大与丰富。

如果说，《尤利西斯》在问世伊始即被视为天书的话，那么，更像天书的是乔伊斯的《芬尼根的守灵夜》(1939)。乔伊斯完成这部小说花了十七年的时间，并称这部小说将使评论家们至少忙上三百年。

为什么这部小说分外晦涩难懂呢？首先因为它表现的是小说人物纯粹的梦幻意识。小说的书名是源自爱尔兰的一首民歌《芬尼根的守灵夜》(*Finnegan's Wake*)，民歌唱的是芬尼根喝醉了酒，从梯子上掉下来，人们以为他死了，就为他守灵，没想到他在闻到酒的芳香之后又突然苏醒了。乔伊斯把原来的歌名改为 *Finnegans Wake*，省去了一个所有格的标点符号，并把芬尼根改为复数，从而表示所有芬尼根的守灵夜。复数的芬尼根可以说既指代小说中的所有人物，又隐喻了整个人类。

小说基本上是围绕着核心人物酒店老板伊尔威克一夜之间的梦幻意识展开。在人物的梦中展现出的既有伊尔威克一家人的个体命运的图景，又有爱尔兰乃至全世界的历史，堪称是人类混乱的精神史的一部缩影。研究者一般认为乔伊斯写作《芬尼根的守灵夜》的历史观受到 18 世纪意大利哲学家维柯的历史循环论的影响。维科认为人类历史是不断循环往复的。经过"神灵时代"、"英雄时代"、"凡人时代"和"混乱时代"四个阶段之后再重新回到"神灵时代"的起点，周而复始。乔伊斯则把自己所处的历史时代看成是"混乱时代"，只有用暗夜、梦魇才能真正描述这个时代的历史特征。而"芬尼根的守灵夜"则暗含着对新时代来临的一种期盼。与这种历史循环论的构想相一致的，是小说结构的循环往复。在全书的结尾，乔伊斯没有使用标志着完结的句号，而是结束在一个定冠词"the"上："A way a lone a last a loved a long the"（这遥远的、孤独的、最后的、可爱的、漫长的），有趣的是，这个未完成的结尾恰好与小说的以小写字母打头的开头"riverrun, past Eve and Adam' s"（河水奔流，经过夏娃与亚当的乐园）连成了一句，构成了小说结构体式的循环。小说结构与小说背后隐含的历史观在此构成了一种内在的同构的关系。

更令人望而却步的是《芬尼根的守灵夜》的语言实验。乔伊斯可以说创造了一种用来描绘梦呓的专用语言。他不仅发明了无数的匪夷所思的英语新词汇，同时对既有的词汇也采取重新编排的策略，还把六十多种的语言（古文字、外语、方言等）囊括进他的小说，使小说的语义空前复杂，也使语言产生了前所未有的张力，因而，有人甚至说它是用“精神分裂症的语言”写出来的[1]。这种前无古人的大胆尝试不能说完全是故弄玄虚，最主要的动机还是出于描写人类黑夜与梦魇的主题目的。乔伊斯说：

> 对夜的描写，我感到我不能像平时一样使用语言。那样用词就不能表达夜间事物的真相，它们在不同阶段——有意识、半意识，然后是无意识——时的真相[2]。

混乱的语言正适于表达暗夜、梦幻和无意识。由此，乔伊斯也把意识流实验推向了极端，成为现代主义文学史上绝无仅有的意识流小说的集大成者。

---

[1] 彼特·科斯特洛：《乔伊斯》，中国社会科学出版社，1990年6月版，第160页。
[2] 转引自袁可嘉：《欧美现代派文学概论》，上海文艺出版社，1993年6月版，第167页。

情境化的小说

一位作家，如此突然地一举成名，如此漫不经心地使这么多别的作家和别的写作方式一败涂地，并如此直接地成为一个时代的象征，这的确是史无前例的。

——康诺利

影响作家的作家

在把个人的传奇生涯和创作的辉煌业绩结合起来的作家中，海明威堪称是独一无二的。海明威是20世纪的传奇英雄，塑造了有名的保持“压力下的风度”的硬汉形象。他自己也正是这样一个形象，从小练拳击，打垒球，喜欢斗牛，并亲身上过斗牛场；还喜欢钓鱼，骑马，滑雪，打猎，在非洲森林里狩猎时两天内飞机出事两次，差点送了命。参加过两次世界大战以及西班牙内战，一生中多次负伤，仅脑震荡就有十几次，出过三次车祸，“光是作战，他身上中弹九处，头部受伤六次。他十八岁的时候在意大利给炸伤了，起初都当他死了，丢下他不管，医生一共在他身上拿出二百三十七块碎片，拿不出的不算。”[1]二战一开始他就跃跃欲试，1941 年来亚洲逛了一圈，在前线采访，拜见了蒋介石和周恩来。珍珠港事件之后美国参战，1942 年海明威向美国海军自告奋勇，驾驶渔艇在古巴沿海巡逻了两年，搜集德国潜艇活动情报。1944 年随美军在诺曼底登陆，带领一支游击队最先在巴黎凯旋门一带与德国作战，比正规军更早地进驻巴黎，所以经常戏称巴黎是他解放的。一进巴黎海明威就开着一辆军用吉普车去拜访毕加索。战时像毕加索和萨特这样的大师级人物都留在巴黎，萨特是被德军俘虏后，1941 年获释留在巴黎当哲学教师的。而毕加索早已声名显赫，日子也显然要更好过一些，尽管巴黎缺衣短食，但是慕名拜访毕加索的人很多，都会给他带点火腿之类的好吃的。只有海明威是以得胜将军的姿态威风凛凛地去见毕加索。但碰巧毕加索不在家，女管家接待了他，见海明威两手空空，就很不含蓄地提示:“你大概想给先生留下点什么礼物吧？”海明威说他原来倒没想到这些，但这可能是个好主意，就回到吉普车里，搬下一个箱子，放在门房里，并在箱子上写下“海明威赠送给毕加索”。女管家一看，原来是一箱手榴弹，吓得赶快跑了出去。这个历史细节见毕加索的情人弗郎索瓦兹写的回忆录《巨匠与情人》，堪称是关于毕加索的各种回忆录中最好看的一本。

尽管海明威表现出来的是一个与整个世界相抗争的角斗士的形象，而在骨子里则是与卡夫卡、里尔克、加缪一样，敏感，易受伤害，甚至脆弱。同时，海明威还多了几分天真。菲力浦·扬

[1] 菲力浦·扬:《欧涅斯·海明威》，见《美国现代七大小说家》，生活·读书·新知三联书店，1988 年版，第 220 页。

认为，一切美国故事里最伟大的主题是：天真遇上经验，讲天真的美国人怎样走到外面的世界，怎样遇见与天真完全不同的东西，怎样在路上被打倒了，从此以后便很难再把自己拼起来，回复原状。海明威讲述的正是这古老的故事，关于一个男孩子怎样被他从小到大经历的世界打击得粉碎的故事。菲力浦·扬认为海明威的独特处还在于他笔下的这些天真的人物不会成熟，也不会成人，永远有一种天真的本性。海明威最具有自传意味的系列小说《尼克·亚当斯故事集》写的正是这样一个主人公，文学史家认为尼克·亚当斯的形象与马克·吐温笔下的哈克贝利·芬同样不朽。

但是，海明威真正革命性的贡献是他的小说在写作方式、语言和技巧方面的成就。康诺利在《现代主义代表作一百种提要》中这样评价海明威：

> 一位作家，如此突然地一举成名，如此漫不经心地使这么多别的作家和别的写作方式一败涂地，并如此直接地成为一个时代的象征，这的确是史无前例的。

而《永别了，武器》则“也许算得上是他的最佳作品，在这部书之后，人们再也无法模仿这种和谐悦耳、水晶般透明的风格”。这种说法实际上是针对着大批海明威文体风格的模仿者而言的。海明威成名之后，几乎所有文学青年都觉得自己也有了一举成名的梦想和希望。杂志社一时间收到的几乎都是海明威体的小说。连大学课堂的文学课也受到了影响。美国当代小说家理查德·福特回忆他大学生活时说，教授布置的作业就是让全班用“海明威文体”或“福克纳文体”写一段文章，学生们都怨声载道：“居然能给学生布置这样苦难奸诈的作业。”

可以说有两类作家，一类作家主要影响读者，另一类作家则主要影响其他的作家。海明威可能更属于后者。尤其是海明威的短篇小说更是把他的“冰山文体”推到了极致，深刻地影响了后来的小说家。比如马尔克斯就认为真正影响了自己的是两位大师：福克纳和海明威。他称福克纳是一位“与我的心灵有着许多共感的作家，而海明威则是一位与我的写作技巧最为密切相关的作家”。马尔克斯认为海明威始终未能在长篇小说领域里博得声望，而是往往以其训练有素、基础扎实的短篇小说来赢得声誉。其中的《白象似的群山》则堪称是海明威短篇小说中无法替代的经典，也是20世纪少数值得一读再读的短篇杰作之一。

初始境遇的呈示

《白象似的群山》写于1927年，收入海明威小说集《没有女人的男人》。小说情节一句话就可以概括：一个美国男人同一个姑娘在一个西班牙小站等火车的时候，男人设法说服姑娘去做一个小手术。是什么手术小说没有直接交代，但有经验的读者能够猜出是一次人工流产。整部小说基本上是由男人和姑娘的对话构成，开始的时候两个人的气氛似乎有些沉闷，姑娘就采取主动的姿态，称远处群山的轮廓在阳光下“看上去像一群白象”。但男人有些心不在焉，他只关心一个话题，就是想劝姑娘去做手术。姑娘显得紧张和忧虑，男人就一再解释和安慰：那实在是一种非常简便的手术，甚至算不上一个手术。真的没有什么大不了，只要用空气一吸就行了。我以为这是最妥善的办法。但如果你本人不是真心想做，我也绝不勉强。姑娘终于急了：你再说我可要叫了。到这里，小说的内在紧张达到了高峰，男人就去放旅行包等列车进站。回来时问姑娘：你觉得好些了吗？姑娘向他投来一个微笑：我觉得好极了。

小说就这样戛然而止。这是典型的海明威式的短篇小说结尾，评论家称之为“零度结尾”。和欧·亨利出人意料的戏剧化的结尾正相反，这种“零度结尾”是平平淡淡地滑过去，像结束又不像结束，把读者茫然地悬在半空。“零度结尾”的概念，可能是从罗兰·巴尔特（又译罗兰·巴特）《写作的零度》那里引发出来的。所谓“写作的零度”，在罗兰·巴尔特眼里，是以存在主义大师加缪为代表的那种方式，即“中性的”，“非感情化”，回避感情色彩和主观意向性的写作方式。海明威短篇小说的结尾也有“零度”特征，不点明主题，不表示意向，拒绝解释和判断，甚至不像结尾。我们不知道男人和姑娘以后会怎样，是不是做了手术？手术之后俩人是分手了，还是依旧像从前那样过着幸福生活？海明威似乎并不关心这些。他只是像一个摄影师，碰巧路过西班牙小站，偷拍下来一个男人和姑娘的对话，然后两个人上火车走了，故事也就结束了。他们从哪里来？是谁？又到哪里去？为什么来到了这个小站？海明威可能并不知道，我们读者也就无从知晓。整部小说运用的是非常典型的纯粹的限制性的客观叙事视角，恰像一架机位固定的摄影机，它拍到什么，读者就看到什么。绝少叙事者的干预和介入，甚至可以说非全知的叙事者知道的几乎与读者一样多。小说省略了太多的东西。包括人物的身份，故事的背景以及情节的来龙去脉。因此，想做出确凿的判断几乎是徒劳的。

评论界理解这篇小说普遍表现出一种道德主义倾向，譬如海明威研究专家，英国学者贝茨就认为：“这个短篇是海明威或者其他任何人曾经写出的最可怕的故事之一。”“对于姑娘来说，有什么东西毁了；不但她的过去，而且将来都是这样。她是吓坏了。”理查德·福特则说：“这个故事我很欣赏，因为它很现代，没有人说出‘堕胎’二字，但堕胎的感觉——失落、困惑、发呆——渗入字里行间。”又譬如小说的法文译本就把题目译成《失去的天堂》，意思是无辜的姑娘在人工流产事件中把天堂般的过去失掉了。这个过去的天堂可能指少女的纯真烂漫，也可能指过去幸福美满的好时光。但实际上，《白象似的群山》绝不是一篇道德小说，而是一篇情境化的具有多重可能性的小说。在所有的评论中，最有眼光的是昆德拉的解读。在汉译《被背叛的遗嘱》中，昆德拉花了近十页的篇幅讨论《白象似的群山》。他认为，在这个只有五页长的短篇中，人们可以从对话出发想象无数的故事：男人已婚并强迫他的情人堕胎好对付他的妻子；他是单身汉希望堕胎因为他害怕把自己的生活复杂化；但是也可能这是一种无私的做法，预见到一个孩子会给姑娘带来的困难；也许，人们可以想象一下，他病得很重并害怕留下姑娘单独一人和孩子；人们甚至可以想象孩子是属于另一个已离开姑娘的男人的，姑娘想和美国男人一起生活，后者向她建议堕胎同时完全准备好在拒绝的情况下自己承担父亲的角色。至于那姑娘呢？她可以为了情人同意堕胎；但也可能是她自己采取的主动，随着堕胎的期限临近，她失去了勇气……昆德拉的解读使小说的情节得以多重的猜想下去。而人物性格也同样有多重性：“男人可以是敏感的，正在爱，温柔；他可以是自私，狡猾，虚伪。姑娘可以是极度敏感，细腻，并有很深的道德感；她也完全可以是任性，矫揉造作，喜欢歇斯底里发脾气。”更重要的是小说人物对话背后的主观动机是被隐藏着的。海明威省略了一切说明性的提示，即使我们能够从他们的对话中感受到节奏、速度、语调，也无法判断真正的心理动机。一般说来，小说中的主导动机是揭示主题和意向的重要手段，如乔伊斯《尤利西斯》中曾经多次复现的布卢姆随身携带的烤土豆。这不是一般的土豆，它在小说中多次出现，就有了象征意义，它是布卢姆的护身符，布卢姆称它能预防鼠疫。所以他经常伸手到口袋里去摸，看看这块护身符是不是还在。土豆能给他壮胆，每摸土豆的时候，就意味着布卢姆将开始一次尤利西斯般英勇的行为，尽管这壮举不过就是去一趟肉食店。《白象似的群山》中类似的主导动机则是姑娘关于白象的比喻，在小说中出现了三次。但从这个比喻也很难生发出确切的判断。我们可以说姑娘是微妙的，有情趣，有诗意，而男人对她的比喻毫无反应，男人是很实在的或者是没有趣味的。但昆德拉认为人们“也完全可以在她的独特的比喻性发现中看到一种矫揉造作，故作风雅，装模作样”，卖弄有诗意的想象力。如果是这样，姑娘说什么堕胎后世界就不再属于他们之类的话语，就只能归结为姑娘对抒情式卖弄的喜好。这种有抒情倾向的女性，生活中我们经常会碰到。

昆德拉最后下结论说：“隐藏在这场简单而寻常的对话背面的，没有任何一点是清楚的。”这使《白象似的群山》成为一个可以多重讲述的故事，一个可以一遍遍用不同的前因后果加以阐释的故事。这种多重阐释性正是由省略的艺术带来的。一旦海明威补充了背景介绍，交代了来龙去脉，小说就完全可能很清楚。但海明威的高明处在于他绝不会让一切一目了然，他要把冰山的八分之七藏起来，因此他便呈示了一个经得起多重猜想的情境。这反而是一种真正忠实于生活的本相的小说技巧。我们在生活中真正面对的，正是一些搞不清前因后果的情境。我经常喜欢在火车上或小饭店里听旁边我不认识的人聊天，有时听进去后就会猜想这两个人身份是什么？要去做一件什么事？两个人的关系是什么？碰巧是一男一女就更有意思，如果是夫妻或恋人，一般听他们说几句话就可以猜出，如果都不是，难度就大了。这时我就想起《白象似的群山》，觉得这篇小说真是写绝了。这也许和早年巴黎时代海明威的写作方式有关。从他的回忆录《流动的圣节》中可以知道，当年海明威穷得很，经常挨饿，住的旅馆也非常冷，他就常常到咖啡馆写作。倘若外面冷风大作，寒气逼人，他的小说中的故事也就发生在寒风呼啸的冬天。如果碰到一个脸蛋像新铸的钱币一样光亮动人，“头发黑得像乌鸦的翅膀”的姑娘进来，海明威的思绪就会受到牵扰，变得异常兴奋，很想把姑娘写进小说。这家海明威经常光顾的咖啡馆在圣米歇尔广场上，后来成为海明威爱好者凭吊的地方。多年以后，马尔克斯也曾经在这家咖啡馆留连，并“总希望能再度发现那个漂亮清新，头发像乌鸦翅膀一样斜过脸庞的女孩”。所以考察海明威的写作方式，巴黎时代的咖啡馆是绝对重要的，就像汪曾祺谈西南联大时期的昆明茶馆一样。《白象似的群山》正是海明威午餐前在饭馆碰上一个刚刚做过堕胎手术的女人，聊了几句天，就开始创作这篇小说，结果一气呵成，连午饭都忘了吃。这种写作方式很容易把小说情境化，小说叙事往往只选择一个生活横切面，一个有限空间，一小段时间，客观记录所发生的事件，回避作者甚至叙事者的解释与说明，使小说情境呈示出生活本身固有的复杂性和多义性。

同样是多义性，海明威与卡夫卡的小说譬如《城堡》有什么区别呢？不妨说，卡夫卡是个沉思者，他在自己的小说中灌注思想；而海明威则拒斥思想，或者说是“隐匿思想”。菲力浦·扬就说海明威的风格是“没有思想的”，需要“停止思想”。贝茨称海明威的语言也是那种“公牛般的、出乎本能的、缺少思想的语言”。因此海明威的省略的艺术也许不仅是省略了经验，而且也省略了思想。他的小说中深刻的东西也许不如其他现代主义小说多，但仍然有意蕴的丰富性。这些意蕴是生活本身的丰富性带来的，它同样能激发读者想象力和再创造文本的能力。这使海明威提供了另一种小说，其创作动机不是为了归纳某种深刻的思想，也不仅仅满足于提供抽象的哲学图式。海明威的小说并不在乎这些，而真正成功的小说也并不提供确切的人生图式，它更注重呈示初始的人生境遇，呈示原生故事，而正是这种原生情境中蕴涵了生活本来固有的复杂性、相对性和诸种可能性。《白象似的群山》正是这样一篇小说，它排斥任何单值判断和单一的价值取向，尤其是道德裁判。这种相对性的立场和动机与海明威小说中的省略艺术和纯客观的限制性视角是吻合的。这是海明威的小说中作者的声音隐藏得最深的一篇，小说几乎是独立于作者之外，它就像生活境遇本身在那里自己呈现自己。正是在这个意义上，海明威的短篇小说提示我们理解现代小说的另一种方式。如果说现代主义小说大都隐藏一个深度模式的话，那么在海明威小说中寻找这种深度模式有时反而会妨碍更深入理解他的小说。这就是寻找深度模式的批评方式的悖论。就是说探究作品深度模式的习惯恰恰会妨碍对作品的更深入的认知。悖论之所以产生，原因在于寻求深度模式最终获得的不过是哲学层次上的抽象概念和图式，而作品丰富和具体化的感性存在和经验存在却可能被肢解甚或抛弃了。这道理对《白象似的群山》也一样。只有从情境化角度出发，而不是一开始就说它是一个最可怕的故事，一个道德文本，才可能找到比较恰当的切入点。由此我们可以说，海明威的短篇写作，丰富了我们对小说这一体裁的本质规定性的理解。这就是海明威在小说学上的意义。《白象似的群山》启示我们，小说自身的本质界定或许正是与人类生存境遇的丰富性相吻合的。小说发现的正是生活的初始境遇，正是大千世界的相对性和丰富性。

"对真正神秘的敬意"

海明威的"冰山文体"除了给他的小说带来简约质朴的语言以及隐匿思想的风格外，同时也使他的小说在境遇的呈示背后有某种神秘色彩和气氛。读他的小说，总有一些说不大清楚的东西存在。马尔克斯说："他的短篇小说的精华使人得出这样的印象，即作品中省去了一些东西，确切地说来，这正使作品富于神秘优雅之感。"理查德·福特也说：

> 我觉得海明威是保守秘密，而非揭示秘密。他不太接近这过于复杂的世界，不是因为他原则上不愿意，就是因为说不出更多的来，为此我不信任他。当然，我并非没有从海明威那里获得一些有价值的东西，那就是对真正神秘的敬意。

海明威所保守的秘密，显然不是神秘主义意义上的不可知论的秘密，而是指我们生活在一个复杂的世界中，这个世界不是我们很容易就了解的一清二楚的。总有些东西是被遮蔽的，总有些东西是我们无法获得直接经验的，也总有些东西由于我们观察角度的不同展示给我们的内容就不一样。《白象似的群山》如果由美国男人自己来写或由姑娘来写肯定会是另一个样子。而更重要的是，福特认为，有些东西也许是很难或不能说出来的。比如海明威比较早的短篇《印第安营地》，写尼克·亚当斯还是个孩子的时候跟他父亲去给一个印第安女人接生，女人一个劲儿地叫，女人的丈夫前三天干活把自己的腿砍伤了，现在正躺在上铺抽烟。接生之后，尼克的父亲说："该去看看那个洋洋得意的爸爸了。在这些小事情上做爸爸的往往最痛苦。"他发现新生儿的父亲没什么声音，就说："我得说，他倒是真能沉得住气。"等他打开印第安人盖的毯子，发现那人已把自己的喉管到两耳之间都割断了，鲜血直冒。尼克的父亲的第一反应是："快把尼克带出去！"小说这时写道："用不着多此一举了。尼克正好在门口，把上铺看得清清楚楚。"这就是尼克最早的创伤记忆。菲力浦·扬认为海明威念念不忘暴力和横死的主题，这个故事可能会告诉我们最初的原因。海明威自己也说，一个作家最好的训练是不快乐的童年。《印第安营地》这篇小说是通过小孩子的眼睛来看的，尼克肯定不明白为什么印第安人要自杀，一遍遍问父亲，父亲也说不清楚。小说没告诉我们原因，尼克觉得不可思议，我们读者也同样觉得不可思议。又比如《太阳照样升起》，一个焦点问题是男主人公杰克在战争中到底负的是什么样的伤。不理解这一点就无法看懂小说。但海明威从头到尾都没说是什么伤，读者只能自己猜想。理查德·福特有个解释：

我现在也许知道了那印第安人为什么要自杀——太多的医生，太多的痛苦和侮辱。我也许较有把握地知道杰克负的是什么伤。但我也知道了对每个人来说，在任何时候有些重要的事是不能说的，或者因为它们太重要，或者因为太难诉诸语言。我想我是从海明威中最早也最好的学到这一点的。

“对真正神秘的敬意”被理查德·福特看成是从海明威那里学到的最有价值的东西，而这里所谓的“神秘”最终涉及是禁忌领域的问题。尽管海明威所代表的“迷惘的一代”寻欢作乐，纵情声色，但那一代人却是绝对认真的一代。同时海明威时代还是人类尚保留着许多禁忌的时代，无论是残酷的禁忌还是美好的禁忌。有些话题是作家不愿在小说中直接写的，有些是不能公开说出来的，更不能在大庭广众下讨论的。这些禁忌是每一个时代根源于本能、人性和心理深处的潜在约束，再超前的作家也往往无法逾越他所处的时代所能企及的限度。如果把20年代“迷惘的一代”与60年代“垮掉的一代”相对比，就可以充分了解到这一点。或许正是这种保有许多禁忌的时代最终赋予了海明威的冰山文体以一种真正的神秘感。

“没有人传达过的经验”

——读海明威的《老人与海》

每一个人在世界上都受挫折，有许多人反而在折断的地方长得最结实。

——海明威

海明威在小说中塑造了世界文学史上一系列有名的硬汉的形象，这些硬汉的形象身上都有海明威自己的影子。在海明威1929年出版的长篇小说《永别了，武器》中有这样一句格言：“每一个人在世界上都受挫折，有许多人反而在折断的地方长得最结实。”并不是每个人都能在折断的地方长得最结实，因此，海明威的名言和他写硬汉的小说对每个渴望勇敢和坚强的读者都是一种激励和鼓舞。

海明威的第一次文学创作高峰是在20世纪20年代，问世了《太阳照样升起》《永别了，武器》等长篇小说和一系列著名的短篇小说。他的第二次文学创作高峰则是发表于1952年的《老人与海》，海明威称他的一生中所能写出的最好的小说恰是《老人与海》，他也正因为这部作品在1954年获得了诺贝尔文学奖。

《老人与海》写的是古巴一个叫桑提亚哥的老渔夫，独自一人摇了一只小船出海打鱼，却已经连续84天没有钓着一条鱼了。头40天还有一个男孩子跟老人在一块儿，可是过了40天一条鱼都没有钓着，孩子的爹妈就说老人现在是倒霉透了，让孩子跟了另外一条船，剩下老人单独出海。终于在84天之后老人钓到了一条无比巨大的马林鱼。这是老人从来没见过也没听说过的那么大的一条鱼，比他的船还长两英尺。鱼大劲也大，一直拖着小船漂流，老人拉着鱼不放，整整两天两夜，被大鱼拖到了外海。老人在这两天两夜中经历了从未遭遇的艰难考验，终于把大鱼拉到小船旁边，用鱼叉刺死了它，把它拴在船头。然而这时却遇上了鲨鱼，老人与鲨鱼进行了殊死的搏斗，用鱼叉和刀把鲨鱼一条一条地杀死，最后老人的武器只剩下一只折断的舵柄，而大马林鱼也被鲨鱼吃光了，老人最后拖回家的只是一副光秃秃的骨架。

第一次阅读《老人与海》还是在中学时代，当时曾经疑惑过为什么这样一个听起来简单不过的故事会受到诺贝尔文学奖的青睐？它究竟有什么打动人的地方呢？后来曾经一度成为海明威迷，再次细读这部作品，意识到小说或许有两处格外触动了我的文学神经。

一是老人的自言自语。海明威在《老人与海》中运用的最多的手法是人物的内心独白。读者常常读到海明威其他小说中不是那么常见的人物的自言自语，从中不仅能与老人一起历险，也随时能够了解到老人的心理流程。对老人的思想和心理的揭示是这部小说塑造人物形象的更值得研究者关注的部分。老人只身一人在海上与大马林鱼两天两夜的搏斗，那是一个人所能经历的最惊心动魄的历险，同时也是一次心灵的历险。对老人构成挑战的不仅是大鱼，他需要战胜的还有黑夜、疲劳、孤独、对死亡的恐惧以及自己的信心和勇气的丧失。

> “可是你还没睡呢，老头儿，”他喃喃地说。“已经过了半天一夜再加一天，你都没有睡觉。你得想法趁它安静沉稳的时候睡一会儿。你要是不睡，脑瓜子许会糊涂的。”
>
> 鱼，你是在整死我，老汉想。不过，你够格这么做。兄弟，我从来没见过什么东西比你更大、更漂亮、更沉着、更高尚。快来弄死我吧。究竟是谁弄死谁，我不在乎。

在这段文字中，海明威交互运用直接引语和自由间接引语来状写人物的心理世界。老人在自我对话的同时，也在与大鱼进行对话，对大鱼连续用了几个形容词：“漂亮”、“沉着”、“高尚”。可以感受到老人对大鱼已经产生了一种惺惺相惜之感，就像英雄惜英雄一样。老人并不是完全把大鱼看成敌人，在一瞬间，老人对大鱼竟有了一种朋友的感情。另一方面，我们也就感受到老人孤独的心境。自言自语是老人战胜孤独的方式，而读者却从自言自语中越发感受到老人的孤独的心理和处境。

小说的戏剧性结局也让我心生触动。这种戏剧性结局是年轻时代的海明威很少甚至也不屑于设计和处理的，多多少少昭示的是历经沧桑之后的海明威晚年的心境。尽管老人历尽千辛万苦战胜了马林鱼，大鱼却被鲨鱼吃个精光，我相信海明威试图带给他的忠实的读者的阅读感受是一种酸楚。海明威为什么没有让老人最终胜利呢？他为什么构思的是个失败的结局呢？海明威在这样的一个最终失败的故事中想告诉读者什么呢？可以看看瑞典文学院在授予海明威诺贝尔文学奖授奖词中的说法：

> 《老人与海》这篇故事讲一个年迈的古巴渔夫在大西洋里和一条大鱼搏斗，给人以难忘的印象。作家在一篇渔猎故事的框架中，生动地展现出人的命运。它是对一种即使一无所获仍旧不屈不挠的奋斗精神的讴歌，是对不畏艰险，不惧失败的那种道义胜利的讴歌。故事富有戏剧性的情节在我们眼前渐渐展开，一个个富有活力的细节积累起来，产生了一种震撼人心的力量。“一个人并不是生来就要被打败的”，“人尽可以被毁灭，但却不能被打败。”

最后一句引用的是《老人与海》中老人的自言自语。这是小说中最有名的话，也是海明威作品中被引用最多的语言。“一个人并不是生来就要被打败的”，“人尽可以被毁灭，但却不能被打败。”这或许就是海明威在《老人与海》中想揭示的哲理。老人千辛万苦钓到的大鱼被鲨鱼吃光，从世俗的角度理解，老人是失败了。但读者读完小说都会感到老人是个真正的英雄，从而也是一个真正的胜利者。老人虽然倒霉，但并没有真的失败，用海明威自己的话来说，老人保持了一种“压力下的风度”，也可以说老人是虽败犹荣，他以自己的失败换来的却是尊严和荣誉。中国人有句古话：不以成败论英雄，说的正是这个意思。从某种意义上说，没有经历过失败的英雄，不是真正的英雄。而一个人往往经历了失败，才能真正走向成熟，人的尊严和勇气往往经过失败才能真正获得。因此，海明威笔下这个失败的老人才具有打动人心的力量，更能给人以鼓舞和激励。

中译本《老人与海》不足一百页，可以说是个短中篇。海明威在一次回答记者的提问时说：“《老人与海》本来可以写到长达一千多页，把村里每个人都写进去，包括他们如何谋生、怎么出生、受教育、生孩子等等。”如果海明威这样写，那么《老人与海》就是另一部小说了。他没有这样写，他写的是他最想写的东西，用海明威自己的话说，他想把他自己的独有的经验传达出来，并且是“没有人传达过的经验”。从海明威为小说想出的题目可以看出，这“没有人传达过的经验”就是关于一个老人和大海的故事。所以，小说的主人公应该有两个，一个是老人，另一个是海。“大海也同人一样值得写。”海明威关于大海也有非常多的经验和经历，第二次世界大战期间，他曾经自告奋勇，向美国海军提出申请，驾驶自己的一艘打鱼船在古巴沿海巡逻了两年，为美国海军收集情报，还打算过与这个海域的德国潜艇作战。到了五六十年代，他自己装备有一艘豪华先进的游艇，一有时间他就去墨西哥湾钓鱼。海明威一生中有许多类似的爱好和经验，对于他的文学创作有极大的帮助。比如他从小就炼拳击，打垒球，后来到了欧洲以后喜欢上了斗牛，自己还上场当过斗牛士。他还喜欢滑雪、骑马、打猎，在非洲狩猎时，还差点送了命。他的《非洲的青山》，写的就是自己在非洲打猎的故事，另一本书《死在午后》，写的是关于斗牛的故事，从中可以看出海明威对打猎和斗牛都非常谙熟。而他为了掌握钓马林鱼的技术，曾花了很多时间。而《老人与海》也同时表明，一个出色的作家，不仅应该熟悉文学技巧，更要熟悉生活，而在海明威，作为一个人的生活与冒险比作为一个作家的文学创作恐怕是更为首要的。海明威是喜欢学习新东西和新事物的人：“有些东西，人们不能很快学会，必须付出很多时间才能掌握”，甚至“了解它们要花费一辈子的时间，所以，每个人从生活中学到的一点新东西是非常珍贵的，也是他留给后人的唯一遗产。”可以说，海明威在《老人与海》中留给我们的关于大海的经验和描述，正是他留给后人的一份弥足珍贵的遗产。美国有位作家写了一本书，题目就叫《海明威与海》，也使我们了解到海明威与大海的不解之缘。海在海明威那里既是人的生存环境，也是人的存在的背景，而在《老人与海》中，大海就是桑提亚哥的生存方式。它在老人眼里是一种有生命的力量，茫茫的大海是对老人的忍耐力构成的是最大的考验，老人也正表现出敢于和海所象征的不可预知的自然拼死一搏的勇气。因此，我们也就可以从更宽泛的意义上理解这篇小说。美国一个研究者说：

> 如果用最广泛的看法，我们可以说这小说表现人生是一场斗争，敌人是各种不可征服的自然力，包括大海、马林鱼、鲨鱼都是这种自然力的象征。在这个意义上说，《老人与海》是对人生的一个比喻，它形容人生是一种伟大的竞赛，当主人公失败了倒下来的时候，读者却得到难忘的一瞥，看见一个人可以成为怎么样一个顶天立地的大丈夫。

可以说，老人虽然倒下去了，但他赢得的却是人生这一场斗争中最宝贵的人格尊严。而大海作为不可征服的自然力的存在，完美地衬托了桑提亚哥的抗争，使老人表现出的人格尊严更令人肃然起敬。

与“海”相似，小说中还有一个迷人的意象：“狮子。”老人少年时代是一个水手，去过非洲，在非洲的海滩上经常见到狮子。

小说因此屡次写到老人提起狮子，也经常梦到狮子：

> 他梦见的，再也不是狂风巨浪，不是女人，不是大事，不是大鱼、搏斗、角力，也不是他的妻子。他现在只梦见异域他乡，梦见海滩上的那些狮子。

又如小说结尾：

> 在路那头的窝棚里，老汉又睡着了。他仍然趴着睡，孩子坐在路边望着他。老汉正梦见那些狮子。

当"狮子"在小说中一再复现，就与大海一样，成为一个多少带有象征色彩的意象。但狮子到底象征着什么，似乎是难以确切言明的。可以说它象征着老人漂洋过海的少年时代，也可以说它象征着老人的梦想和渴望，或者说象征着老人征服困难的雄心壮志，或者说象征着一种高贵的不可战胜的人格。这些说法可能都有道理，但不能说哪一个就是唯一正确的。"狮子"作为一个象征意象具有多重内涵，反而可以引导读者去多重想象，去寻求自己的解释。同时，"狮子"的意象也有助于理解小说的哲理"一个人并不是生来就要被打败的。人尽可以被毁灭，但却不能被打败"，从而也熔铸于"没有人传达过的经验"之中。

一个关于自我欺瞒的人性故事

——读纪德的《田园交响曲》

纪德对他每一作品最大的关心，不在是否这作品能得一时的成功，而是如何使它能持久。这“永远的今日”“永远的青春”正是纪德在艺术上最高的企图与理想。而为达到这目的，对于艺术品中思想价值相对性的重视与认识，是不可缺少的条件之一。

——盛澄华

一

如果说纪德的《违背道德的人》的确像英国批评家约翰·凯里所说的那样，是“一个关于忠实于自我的故事”[1]，那么《田园交响曲》则是一个关于人性的自我欺瞒的故事。

理解《田园交响曲》一直绕不过去的是纪德本人对小说的自

[1]《阅读的至乐——20世纪最令人快乐的书》，凤凰出版传媒集团译林出版社，2009年版，第4页。

述。纪德在《日记》中曾经评论过自己的几部创作：

> 除了《地粮》是唯一的例外，我所有的作品都是讽刺性的；是批评性作品。《窄门》是对某种神秘主义倾向的批评；《伊莎贝尔》是对某种浪漫主义的空想的批评；《田园交响曲》是对某种自我欺骗的批评；《违背道德的人》是对某种个人主义的批评。

“对某种自我欺骗的批评”就成为作家本人对《田园交响曲》的最具有权威性的定评，也奠定了解读作品核心命意的一种基调。

可以说，纪德相当完美地实现了他的创作初衷，《田园交响曲》的情节主线展示给读者的正是主人公本能爱欲与道德准则的冲突。救助、收留、保护并启蒙了盲女吉特吕德的“我”称得上一个不失高尚的牧师，但是当他逐渐在内心深处对盲女萌生爱欲情怀，却对自己的私欲“出于本能”地掩饰，屡屡借助对《圣经》有利于自己的妄自解释获得心理安慰，甚至不惜阻挠和破坏盲女与自己儿子雅克的爱情的时候，作为一个牧师的“我”则已然陷入了自欺欺人的虚伪境地。

纪德的中国知音，法国文学研究专家盛澄华在写于上世纪40年代的专著《纪德研究》中对《田园交响曲》曾做出如下精辟的评论：“这场戏的精彩处正是牧师自身那种崇高的虚伪。”“爱欲又极能藉道德的庇护而骗过了自己的良心。人们往往能设法寻觅种种正大高尚的名义去掩饰自己的卑怯行为，因此纪德以为愈是虔诚的人，愈怕回头看自己。因此固有的道德的假面，才成为他唯一的屏障，唯一的藏身之所。这也就是所以使牧师信以为他对盲女的爱恋只是一种纯洁无瑕的慈爱。”

纪德的工作恰恰是揭穿这种“道德的假面”，揭示人的心理深处的黑暗本质，还原人性固有的复杂性。

二

“愈是虔诚的人，愈怕回头看自己。”但比起那些一往直前从不回身反顾者，这种“回头看自己”的人，既可能多了一些“掩饰自己”的虚伪，也可能会同时获得几分自我审视的反思性。至少在《田园交响曲》的牧师这里，时时反顾内心，在道德良知和本能爱欲之间的挣扎，并每每戴上道德假面自我辩解，为小说带来的是心理探究和人性解剖的深度。

盛澄华指出：

> 纪德作品中的人物差不多都作着一种不断的内心分析。这里个人显明地被分置在两个壁垒：一方面是动作着的我，而另一方面是在观察与判断的我，所以纪德的作品很多都用日记体写成，因为只有这体裁最适宜于内心生活的分析。

《田园交响曲》中也同样存在这样两个“我”，一个是在故事情节展开过程中“行动的我”，另一个即是那时时“回头看自己”的“观察与判断的我”。小说中更值得关注的正是在内心中自我纠结自我剖析自我崇高的“我”。而作品的人性解剖的心理深度正由这个“观察与判断的我”带来的。在某种意义上说，《田园交响曲》是一部心理小说，或者说是一部探究复杂人性的小说。这就是纪德选择了一个第一人称“我”做小说主人公的原因之一。“他(纪德)之所以爱用第一人称写作，因为构成他小说材料的都是一些所谓‘内在的景致’(Paysages intérieurs)，一些在他内心中相互挣扎，相互冲突的思想，所以如用客观的手法，他无从把握他所创造的人物的错综性——每一人物也就是他自己无数部分的化身，但小说中的人物虽以第一人称出现，而小说的作者对这无数的‘我’却只采取一种旁观的态度，这也就是所以使纪德说这些都是他带有讽刺性，批评性的作品，而这也正是所以使纪德小说表面的坦直与单纯恰恰形成它们内部的曲折。”[1]纪德登上文坛之际，正是弗洛伊德所发明的关于人类的深蕴心理学——精神分析学说大行其道的历史时期，对人类心理与人性的复杂性的关注，诱惑了当时众多的小说家，也催生了随后兴起的意识流小说流派。纪德笔下经常出现的两个“我”，即与纪德对人性构成因素的复杂理解有关。纪德“以为每个人的生活当是由两种相反的力所构成。这两种力的相互排斥、挣扎，才形成一切生命的源泉。所以在艺术中我们有想象与现实的对立，在意识中有思想与行动的分歧，在社会中即形成个人与集团的抗衡，在恋爱中即形成情与欲的冲突。因此他的作品所表现的常是一大片战场，在那里上帝与恶魔作着永远不断的角逐”。

这所谓的两种力，在《田园交响曲》中主要表现为道德与私心以及理智与爱欲的冲突。纪德之所以把这部小说也视为批评性的作品，并不是对牧师最后占了上风的自我与爱欲进行谴责，在某种意义上说，纪德视道德与自我的对峙以及理智与爱欲的冲突为

[1] 盛澄华:《纪德研究》，森林出版社，1948 年版，第 72 页。

人性中两种力必然抗衡的结果。纪德的批评真正针对的是牧师自我欺瞒所表现出的虚伪人格。当牧师声称“我决不愿意去注意吉特吕德不可否认的美”的时候，当牧师骨子里出于对大儿子雅克的嫉妒却冠冕堂皇地断言“雅克很会说理，这么年轻的人的思想中已经有那么多僵硬的教条，叫我见了痛心，否则，我必然会欣赏他的论证的高超和逻辑的一致”的时候，当读者终于意识到牧师妻子其实很善解人意忍辱负重不肯伤害丈夫和盲女，而牧师却总想让读者感觉到她的不近人情的时候，牧师的虚伪人格跃然纸上。而小说最高明的地方在于纪德含而不露地通过牧师自己的日记生动地传达出了读者可以辨识的这种虚伪性。

三

还清楚地记得上世纪 80 年代第一次读《田园交响曲》的时候，我对小说中的牧师充满鄙视，对盲女与少年雅克未能走到一起极度惋惜，称得上是纪德所期待的理想读者。当时作为一个文学系本科生的我堪称是一个道德至上主义者，对小说中虚伪的牧师难免也会产生极端道德化的感触。

二十多年后的今天重读，发现自己对牧师的形象竟多了几分理解和宽容，对牧师的“虚伪”人格的体认也复杂了一些，一时间感到牧师爱上盲女吉特吕德，是基于人性的本能，至少称得上符合人之常情。也许当年从道德至上主义的立场苛责虚伪的牧师的时候，我已经把自己置于一个更“道德”的仲裁者的高度。于是我如今开始有些认同法国作家莫洛亚在《从普鲁斯特到萨特》一书中对牧师的断言：“这种虚伪完全是无意识的。”

正因为牧师的虚伪可能是无意识的，《田园交响曲》才有可能超越单纯的道德谴责和批评，而获得某种人性的高度和深度，继而才有可能成为具有持久艺术和思想价值的永恒性作品。盛澄华说：

> 纪德对他每一作品最大的关心，不在是否这作品能得一时的成功，而是如何使它能持久。这"永远的今日""永远的青春"正是纪德在艺术上最高的企图与理想。而为达到这目的，对于艺术品中思想价值相对性的重视与认识，是不可缺少的条件之一。

思想价值的"相对性"保证了作品对简单的道德判断的超越，而趋于揭示人性的复杂。

因此，"虚伪"在《田园交响曲》中也许不仅仅是人格意义上的，而更是人性意义上的。

倘若先不管纪德本人如何看待自己的这部作品，而是采取"作者死了"的阅读立场，读者就会对作品和人物产生自己的有别于作者的主观投射。比如，或许有读者就会追问小说中牧师对盲女的爱情是不是值得同情的。

当纪德选择了第一人称"我"作为小说的叙事主体，牧师的形象在某种意义上就获得了某种自足性与自主性，而读者一般的阅读心理，往往会对叙述者报以认同与同情。在小说结尾悲剧诞生之际，如果有读者对牧师产生的不仅仅是谴责，而且还有深深的怜悯，也自是阅读环节的应有之意。当然，这种怜悯的目光也应该同时投射到盲女、雅克以及牧师的妻子身上。

四

在某种意义上，《田园交响曲》也可以看作诠释甚至实践圣经戒律的文本。如果对基督教教义有研究和兴趣的读者，深入思考一下小说人物对于基督教的教义和诫令的态度，是把对《田园交响曲》的阅读引向深入的另一个途径。当然，普通读者可能不必深究耶稣与其门徒圣保罗的观点的区别。但是专业的读者会看到，在小说的悲剧结局中，宗教其实起着不可忽略的作用。这就是纪德选择一个牧师作为小说叙述者兼主人公的原因所在。

对于一个上帝的仆人而言，牧师自欺欺人的虚伪比起普通人可能尤其难以获得谅解，道德与爱欲的冲突在牧师的身上也必然表现得更为强烈，并最终以一种更加严重的罪恶感表现出来。对“罪”的思考因此是小说中纪德所关注的核心理念之一。而牧师关于基督和圣保罗之辩（“我愈来愈看清，组成我们基督徒信仰的许多观念不是出自基督的原话，而是出自圣保罗的注解。”）看似涉及了基督教学理之争，背后则关涉着“我”对罪的忧虑、恐惧以及出于本能的逃避。

所以贯穿于小说后半部分的是牧师念兹在兹的罪恶感：“我竭力使自己超越罪的概念，但是罪好像是不可容忍的。”而当这种罪恶感变为沉甸甸的心理现实难以排遣的时候，牧师不自觉的选择是借助于对《圣经》有利于自己的重新解释，来获得心理的慰安与平静。因此雅克才责备牧师在基督学说中挑选迎合牧师自己的内容。这种对基督学说的选择性恰恰是把圣典在“为我所用”的过程中功利化了，圣典因此面临的是走向反面的危险。

这种罪的意识也渗透和影响到了盲女吉特吕德：

“我要肯定的是我没有增添罪恶。”

“我记得圣保罗的一段话，我整天反复念：‘我以前没有律法是活着的，但是诫命来到，罪又活了，我就死了。’”

圣保罗的话恰恰出自牧师从来不肯向盲女阅读与讲解的章节。而盲女重见光明之后，需要她负荷的正是人世固有的责任。她的罪感的获得也是一个正常人真正承担起属于自己的诫命的体现。当盲女依旧目盲的时候，她尚可以用《圣经》中的基督圣训“你们若瞎了眼，就没有罪了”寻求解脱；一旦目能见物，她“首先看到的是我们的错，我们的罪”。吉特吕德最终的死亡既与看到人间不幸甚至丑恶的真相后的失望有关，也决定于她的罪感的自觉。

当牧师追问：“在《圣经》中有多少其他章节令人读了赋予二重和三重的意义？”这在某种意义上也可以看成是纪德本人的声音。而纪德的小说其实也正追求这种意义的二重、三重乃至多重性，类似于交响曲的几个声部。而小说中的多重声音往往更是以矛盾和辩难的方式存在的。早在1895年纪德就说：“我也喜欢在每一部作品的内部具有对其本身的辩驳的部分，不过要隐而不露。”就像有文学史家评价纪德的《伪币制造者》时所说的那样：“这部伟大的小说同时又给了他表现自身那些对立面的机会。这部小说不是独奏曲，而是交响乐。”[1]

---

[1] 米歇尔·莱蒙：《法国现代小说史》，上海译文出版社，1995年版，第264页。

五

对《田园交响曲》这样一部内涵丰富的作品的阅读，倘若只纠缠于作者本人阐述的批评性意图，从单一的角度读解小说的题旨，就会忽略本书一些同样值得品味之处。

在我看来，尽管牧师可能是一个应该受到谴责的形象，但牧师对盲女的“启蒙”的历程，堪称是小说中蕴含着美好情愫的部分。

> 那是三月五日。我记下这个日期仿佛这是个生日。这不止是微笑，而是脱胎换骨。她的五官一下子活跃了；这像是豁然开朗，类似阿尔卑斯山巅上的这道霞光，黎明前映着雪峰颤动，然后从黑暗中喷薄出来；简直是一项神秘的彩绘工作；我同样联想到毕士大池子，天使纷纷下池子搅动死水，看到吉特吕德脸上突然出现天使般的表情，我有一种勾魂摄魄的感觉，因为我认为这个时刻占据她内心的不全是智慧，还有爱。

启蒙的精义正在于心智与爱的同时唤醒。而启蒙的历程也是重新认识世界的过程。在这一过程中，不仅仅是被启蒙者获得了对世界的崭新启悟，启蒙者也会同时获得对世界的陌生化目光，仿佛刚刚诞生的婴儿睁眼看世界，一切都是新鲜如初的，这个充满斑斓色彩的世界刚刚在上帝手中生成。

牧师的启蒙尤为别出心裁之处是借助交响曲中的乐器向盲女解读她无法看到的世间的颜色。就像交响乐中有华彩乐段，小说

《田园交响曲》的华彩部分正是对听觉和视觉两个感觉领域关系的状写：

> 我可以借用交响乐中每件乐器的作用来谈论颜色问题。我要吉特吕德注意铜管乐器、弦乐器、木管乐器的不同音色，每件乐器都可以各自奏出高低不同的强度，组成声音的全部音域，从最低音到最高音。我要她想象大自然中存在的色彩，红与橙黄相当于圆号与长号的音色，黄与绿相当于小提琴、大提琴和低音提琴；玫瑰与蓝可以由长笛、单簧管和双簧管来比拟。这下子她心中的疑团全部消逝，感到莫大的喜悦。

深受象征主义影响的纪德也许是通过这种沟通“声音和色彩”的世界的方式向波德莱尔和韩波等象征派诗人致敬。如波德莱尔在号称“象征派的宪章”的《感应》一诗中即利用通感艺术联结了芳香与音、色的世界：“芳香、色彩、音响全在互相感应。/ 有些芳香新鲜得像儿童肌肤一样，/ 柔和得像双簧管，绿油油像牧场。”另一个象征派诗人韩波则在诗歌《元音》中，把五个元音字母分别对应五种颜色：“A 黑，E 白，I 红，U 绿，O 蓝：元音，/ 终有一天我要说破你们的来历。”元音的来历在韩波那里是要到大千世界的五彩斑斓中去寻求，而纪德这里反其意而用之，借助声音诠释颜色。这种音色互证的方式在列维 - 斯特劳斯那里获得的是人类学的深厚基础，他在《看·听·读》一书中编织“看·听·读”在心灵中交织而成的相互感应的网络，可以充分印证《田园交响曲》中通感经验的合理性。

而纪德除了建构声音与色彩的相通，更重要的是强调两者的区隔。这种区隔在《田园交响曲》中有着更深刻的隐喻涵义。当牧师向盲女以声音解释颜色的时候，他才充分意识到“视觉世界跟听觉世界是多么不同，在这两个世界之间所作的一切比喻都不可能面面俱到”。在纪德的理解中，“听”的世界中存有真正的田园牧歌，而“看”的世界却充斥着不尽圆满的人间真相。小说中的观察无疑是深刻的：

> “我的吉特吕德，看得到的人并不像你那么会听。”
> “那些有眼睛的人，”我最后说，“不认识到自己的幸福。”
> “有眼睛的人是不知道看的人。”

牧师因此认为目盲的残疾对盲女而言甚至是一个优点，可以使她“眼不见心不烦”，全神贯注于单纯美好的“听”的“田园交响曲”，借以回到有如史前的牧歌时代。意大利哲学家吉奥乔·阿甘本在《幼年与历史：经验的毁灭》一书中指出希腊人强调的是“视觉的至高无上”。视觉（“看”）的至高无上意味着目睹真实，从而打破幻觉和迷梦，因此，牧师才对盲女的复明一直感到忧心忡忡，这是对在盲女眼中真相大白的恐惧。如果说从人类学的意义上说对视觉的强调导致了人类理性历史的开始，那么听觉的世界则似乎更有史前的特质，使人想起亚当和夏娃在伊甸园中尚未偷吃善恶果之前的乐园时期，就像纪德在《纳蕤思解说》中对乐园梦的书写。

盲女吉特吕德就是真正属于田园世界的令人难忘的形象。她拥有的是“天使的笑容”，纯真而美好。虽然目不能视，却“看”到了一个明眼人无法看到的天堂般的世界，这个世界或许正吻合着

“田园交响曲”的本意。如果说存在一个田园世界的话，那么它只属于复明之前的盲女。一旦盲女复明后了解到真相，幸福以及田园就同时失落了：“整个世界不像您让我相信的那么美，牧师，甚至相差很大。”小说的名字“田园交响曲”因此寓意深刻。当盲女听了交响乐《田园交响曲》之后问牧师：你们看到的东西真是跟交响曲中描述的“溪边情境”一样美吗？牧师思索的是：“这些非语言所能表达的和声描述的不是真实的世界，而是理想的世界，一个没有痛苦、没有罪恶的世界。我至今还不敢向吉特吕德谈起痛苦、罪恶、死亡。”所谓的“田园交响曲”意味着只有掩盖了痛苦、罪恶、死亡之后，才具有存在的可能性。而更具有反讽意味的是，恰恰是启蒙了盲女心智的牧师本人，最后撕开了覆盖在真相上面的面纱，揭示了田园交响曲的虚假性。纪德曾说：“我喜欢每本书里都含有自我否定的部分，自我消灭的部分。”纪德在《田园交响曲》中编织了一个牧歌神话的同时，也毁灭了人类可以拥有一个田园世界的梦想。

其实冰雪聪明的吉特吕德，早知道牧师的夫人因她而伤心，“她的愁脸上那么深刻的悲伤”。而雅克也因她而受到无辜的伤害。“‘因而有时候’，她悲切地又说，‘我从您这里得到的幸福都像是由于无知而来的。’”本书最终似乎告诉读者，欺瞒和假象有时是产生幸福的幻觉的前提。

六

前几天刚刚拜读被王德威称为“如此悲伤、如此愉悦、如此奇特”的史诗般的回忆录《巨流河》，发现作者齐邦媛在上世纪 40 年代的抗战期间即以手抄本的形式珍存过《田园交响曲》："战时因为纸张品质不好，印刷困难，有一些真正令我感动的书，多翻几次就出现磨痕。高中毕业后等联考放榜那段时间，我买了当年最好的嘉乐纸笔记，恭谨地抄了一本纪德《田园交响曲》和何其芳、卞之琳、李广田的诗合集《汉园集》，至今珍存，字迹因墨水不好已渐模糊。"完整而"恭谨"地手抄，这差不多是对一本书的热爱所能达到的极致吧？此后，时光又流逝了大半个世纪，在《田园交响曲》问世后近一百年的今天，当马振骋先生的精彩译本出版的时候，恐怕不会有读者再"恭谨"地抄录了。但它那探问人性深度秘密的光辉，依旧闪烁在人类阅读史的夜空，值得21世纪的中国读者再度驻足仰望。

不可抗拒的命运之旅

——郑超麟译《冈果旅行》导读

> 我这里提出的“差别”概念，乃是“美妙”和“希奇”之所系；这概念是如此重要，我觉得它是我来此地所获得的主要教训。
>
> ——纪德

纪德（1869—1951）的非洲游记《刚果之行》[1]在中国大陆已经有了几个译本。而目前所能看到的最早的译本是由郑超麟（化名绮纹）翻译的这本《冈果旅行》，1940 年 5 月由上海长风书店出版。

纪德的《刚果之行》问世于 1927 年。此时纪德的世界声誉已经如日中天，恰如有研究者所说：“他被美国流行评论家评价为与普鲁斯特、乔伊斯以及曼恩等人齐名的作家。法国二、三十年代的主要作家几乎都视他为杰出之士。即使在国外，他的作品也得

[1] 纪德的这部刚果游记通行译法是《刚果之行》，本文中也主要采用这个译名，只在涉及郑超麟的译本时称《冈果旅行》。

到了国际大师级所应得的重视。他成为会议讨论的主题，公众的话题和杂志的专号。”[1]但正是此时的纪德，也酝酿着人生和思想的新变。直接促成这一变化的，正是纪德始于1925年7月的非洲之旅。

一

非洲对纪德的人生历程、思想发展以及创作实践的意义，是怎么估量都不过分的。他一生中有过多次非洲之行。早在1893年纪德24岁的时候，就开始了自己的北非之旅。随后的十年中又有四次非洲之行（分别是1896年、1899年、1900年和1903年）。对青年纪德来说，这是一块交织着神秘、恐惧、光明与期待的大陆：

> 非洲！我重复着这个神秘的字眼：我用恐惧、令人着迷的恐怖和某种期待充实着这个字眼。在溽热的夜晚，我将目光热切地投向某种咄咄逼人、充满光明的许诺。[2]

纪德的中国研究者张若名在发表于1946年的文章中则从人生观的高度来评价纪德青年时代的北非之旅：“成全纪德的地理环境则是非洲，非洲是他的再生之地。他从非洲旅行归来之后，才得到一种新的人生观。”[3]在张若名看来，非洲之旅，正是调节纪德生命、心灵与艺术灵感的一次必经过程。而通过异域旅行重建自己

[1] 林如莲:《超越障碍—张若名与安德烈·纪德》，文收张若名著:《纪德的态度》，生活·读书·新知三联书店，1994年，第170页。
[2] 转引自克洛德·马丹:《纪德》，李建森译，生活·读书·新知三联书店，1992年，第98页。
[3] 张若名:《纪德的态度》，生活·读书·新知三联书店，1994年，第99页。

的生活调适自己的创作状态已经成为纪德惯常采取的方式和手段。

1925 年的刚果之旅也同样可以看成是纪德重新获得激情和灵感、重新建构自己新的生命形态的必然之旅，如一本关于纪德的传记所说：

> 纪德时常对自己灵感的枯竭感到痛苦，他试图强自己所难，或者在旅行中逃避内心的不适感。
>
> 从 1925 年起，直到生命的结束，他完全待不住了，他将生活在抵达和出发之间。他在巴黎的那一套狭小的住宅“瓦诺”总是塞满了手提箱和几乎未打开的行囊。他的身影相继出现在赤道非洲、苏联、马格里布、近东、德国、意大利、英国……他去远方寻觅什么？他在《刚果之行》的第一页里回答道：“到了那儿就知道了。”旅行既是逃遁又是创作的替代品，满足了纪德最大的需求，即与有待认识和爱的另一些事物和另一些人……不断有新的接触。[1]

纪德晚年的一系列域外旅行，可以说正是从 1925 年的刚果之旅开始的。

而 1925 年的这次刚果旅行，则被纪德同时看作“老年时实现的一种青年时的计划”，他“立志做这冈果旅行”，“有三十年长久了”(《冈果旅行》)，刚果旅行甚至被纪德看成毕生中命运的一部分，恰如他在旅行之初所写的那样：“一种不可抗拒的命运迫得我

[1] 克洛德·马丹：《纪德》，李建森译，生活·读书·新知三联书店，1992 年版，第 203—204 页。

非做这旅行不可。”

《刚果之行》主要由纪德的日记组成，日记从1925年7月21日——他乘船出发的第三天——记起，到1926年的2月20日止，历时整整七个月。根据纪德日记所记载的旅行路线，他是从法国本土坐船，沿着非洲西海岸航行，于1925年8月9日抵达刚果河在大西洋的出海口，然后沿着刚果河上溯，8月14日到达布拉柴维尔(《冈果旅行》中郑超麟翻译成“布拉萨”)，10月17日到达中非首都班吉(《冈果旅行》翻译成“邦季”)，此后深入非洲内陆，按纪德的话说，才“真正开始旅行”，也从此开始真正接触和了解到法国人所谓的“黑非洲”刚果——法属赤道非洲在殖民者统治下的残酷真相。

在8月9日进入刚果河这一天，纪德在日记中写道：“我的心跳跃得，仍然同二十岁时那样厉害。”最初踏入刚果土地，非洲大陆带给纪德的，是令他亢奋不已的新鲜感以及自我更新的欣悦与陶醉：

> 起初一切都迷了我：气候，光色，树叶，香气以及鸟底歌声，都是新的，在这中间连我自己也是新的；为了过于惊奇，我遂无话可说。我不知道怎样说才好。我毫无辨别地赞美着。在陶醉之中是不能写什么的。而我是陶醉了。

如果说旅行所禀赋的固有的特质是一切经历都在转瞬即逝，那么纪德所企望的，正是“爱那转瞬即逝的东西”。流动的异国风景首先成为纪德旅行中的挚爱。

纪德所有的游记都在对旅行中的一切陌生的风景表达惊奇，

“惊奇”也由此构成纪德的突出品质，使他更像一个智者：“智者，即是对一切事物发生惊奇的人。”[1]刚果之旅伊始所呈现出的纪德便是一个惊奇中的“看风景人”的形象，“风景”也成为这部游记的最初的关键词；令人着迷的风景，正是纪德在非洲追寻、观察和描写的主题之一：

> 交替着的单调风景，仍是很能感人的，我几乎不愿离开它去睡午觉。
>
> 醒来时，景致是最美丽的。
>
> 最迷人处就是其中暗晦的神秘。
>
> 小村子如此之美，如此之奇，我们好像在这里寻到了我们此次旅行底原故，好像进入了此次旅行对象底内心。

“暗晦的神秘”以及“对象底内心”这类的措辞，都可以看作是纪德关于自己的风景观的具有暗示性和自我指涉性的说法。与普通的旅行者和观光者不同，作为作家的纪德，在风景背后试图窥见的是风景魅惑他心灵的那一部分，是风景与心灵的契合，是“对象底内心”，是“暗晦的神秘”，是风景对作家心灵和文学灵感的滋养。风景构成了作为作家纪德的心灵探险的一部分。纪德的一系列游记由此也表现出与一般游记的差异，更多纪德的观感、心理、心灵感悟，堪称是一次次心灵之旅和哲思之旅。

但是仔细审视纪德对异域风景的态度，会发现纪德执迷的是对差异性的寻找和关切。尽管法属刚果是法国的殖民地，但对纪

[1] 转引自盛澄华：《纪德研究》，森林出版社，1948年版，第39页。

德来说毕竟仍是一个新鲜而陌生的“异”的国度。纪德的域外旅行，正和英国小说家毛姆在东方中国以及康拉德在非洲刚果，或者纪德的法国同乡如画家高更在塔希提，以及记者、诗人和小说家戈蒂耶在伊斯坦布尔所关注的那样，更为了追求差异性。与欧洲本土的差异，构成了纪德更感兴趣的部分：

> 我这里提出的“差别”概念，乃是“美妙”和“希奇”之所系；这概念是如此重要，我觉得它是我来此地所获得的主要教训。

“差别”当然不只意味着不同，还需要诉诸“美妙”与“希奇”。在 11 月 1 日的日记中纪德谈及“最奇异的和最美丽的”两个词，进而声称：“我在这笔记中，总是拿这两个形容词合起来用，因为风景如果不是奇异的，就要使人想起欧洲某处的风景。”而纪德来非洲的目的当然不是为了观看在欧洲本土已经司空见惯了的风景。因此，当他在刚果所遇见的如果是“缺乏个性，没有个性化，不能达到一种差别”的风景，便感到“这很使我发愁”。而一旦极目所见是“更加奇异的，与我们的故乡无论何地毫无相似之处”的景致，纪德的眼睛便“舍不得离开了”。

这种对“差别”和“奇异”的追求，就一个孤独的作家，和一个心灵的探险者而言，当然是非洲之旅的题中应有之义，也是完全可以理解的。但是在殖民主义征服世界的历史过程中更普遍的情形则是，关于殖民地的“异”的追求，在好奇与新鲜感的表象之下，也往往隐含着强势文化对弱势文化的一种居高临下的态度。在纪德对刚果在“暗晦的神秘”的判断背后，或许也多少暗含着他自己可能也没有自觉到的某种文化优越感。这种文化优越感早已经在纪德旅行非洲之前的殖民主义时代就深深地镌刻在老牌殖民者所遗留下来的历史碑石上。

而很多时候，纪德在非洲的所见所感都离“美妙”与“希奇”相去甚远。如他对土著跳舞仪式的观感：“再没有比这跳舞更无味更愚昧的了。”“月亮底下，这阴暗的仪式，似乎在举行什么魔鬼底密仪；我看了很久，如同在看地狱。”这也同样是纪德对刚果的某种真实的感受，甚至代表着纪德对非洲的更主导性的判断，正如下面一则日记中所写的那样：

> 又是那种广漠，那种无定形，那种迟疑，无决定，无计划，无组织，——我在旅行初期便深深感觉到了，而那是这个国土之主要的特征。

《刚果之行》的认识价值，正隐含在纪德对法国殖民地这种不乏内在复杂性甚至矛盾性的判断之中。由此，纪德也以其弥足珍视的记录，为世界以及后人提供了难得的欧洲白人观察非洲殖民地的视角。

二

刚到非洲，纪德所生发的，往往是一些有想当然成分的主观性感怀，如7月27日的日记：“天宇很低。空气非常宁静与柔和。此地一切好像预许给人以幸福，快乐和遗忘的。”但随着纪德对刚果腹地的深入，这种“幸福，快乐和遗忘”的“预许”很快就破灭了。纪德终于发现，刚果的土地上不仅仅展开着奇异和美丽的风景，也不仅仅生活着温顺可爱的黑孩子，而是绝大部分殖民者治下的土地上都笼罩着愁云惨雾：

> 我们以往所过区域，只见着一些被践踏的人群，被凌虐的，被奴役的，一心所想没有超过最低级的生活。没有牧者的愁惨的人畜。

纪德终于发现“冈果恰好是我们的最贫穷的殖民地”；发现就在他抵达波达的前六天，当地的法国执行官为了惩罚拒绝迁居的当地土著（“因为不愿抛弃他们的耕作”）而屠杀了三十二个黑人；发现法国总督对于“波达近郊拜耶人的剿办”，前后剿杀老幼男女共一千人；发现殖民者的苛捐杂税令土著不堪忍受，以致“居民差不多都逃光了”；发现当地的法国“大专利公司”的强取豪夺的暴行简直令人发指……

《冈果旅行》由此表现出刚果之行在纪德思想历程中的重要性。也许纪德在非洲之旅伊始的确是抱着纯粹“为娱乐”的目的，但是一旦在旅途中看到不公，非正义，残暴、血腥的殖民统治，他的娱乐兴致起码是“被终止”了，一个作家的良知和责任感油然而生：

> 我们负起了对于他们的责任，我们没有权利逃脱这个责任。从此以后，一种悲欢占据了我，我知道些事情，而不能置之不理。什么鬼怪驱我到非洲来的呢？我来这地方寻觅什么物事呢？我本是安安静静的。现在我知道了；我应当说话了。

自今以前，我说我的话，都不管有人听没有人听；我都是为未来的人写作的，唯一地但愿著作能经久存在。

我要到后台去，到布景底后面去，看看那里究竟藏着什么东西，即使是这东西是很难看的。我所猜疑的，我所要看的，正是这个“难看的东西”。

当纪德对黑非洲的殖民者的暴行以及殖民地人民的悲惨与不公看得多了之后，他终于开始“说话了”，他的笔触逐渐趋于“现实主义化”，感触也开始郁闷与不平。激发纪德的，是对法国殖民者的愤慨和对非洲土著的同情。揭露殖民者暴行的工作也一直持续到回国之后，既为自己的《刚果之行》做了大量的注释，引用了一些在旅行途中无法获得的殖民统治的材料，同时也把自己的关于殖民地的观感和政见诉诸公共舆论。于是，“我们将看到狂热的个人主义者、趣味高雅的唯美主义者安德烈·纪德先生整理材料和统计表，用信件和报道揭露丑闻，涉足政界和金融界，在议会挑起辩论，敦促政府进行调查。并非毫无成绩，公共舆论警觉了，殖民政府宣布租地契约将不再续签……”[1]“他的《刚果纪行》(*Voyage au Congo*)本身即是对整个欧洲殖民政策的公诉状，他明知道他的书出版后会受攻击，但他顾不得这些，需要的话，他准备和一切恶势力斗争。”[2]“由这一本旅闻所引起的社会反响是不难想象的：纪德招致了无数的敌人，但同时也引起了大众的义愤与同情。如果有立一记程碑的需要，这可说第一次纪德其人与大众

[1] 克洛德·马丹：《纪德》，李建森译，生活·读书·新知三联书店，1992 年版，第 208 页。

[2] 盛澄华：《纪德研究》，森林出版社，1948 年版，第 19 页。

取得了联系。”《刚果之行》在备受非议的同时，也引发了法国乃至欧洲的热切关注，出版后连续印行达三十一版之多。

在《刚果之行》中对殖民主义进行抨击的同时，纪德也表达了对白种人的批判和对黑人的同情与赞美：“白种人愈无智识，他就愈觉得黑人是愚蠢的。”“同这些黑人对照起来，白人是何等猥琐。”在纪德即将离开刚果之前的日记中，写到几个来纪德这里告状的黑人，希望纪德给他们留下一张字条，以防当地白人长官的报复。

> 他们相信，有我写的一张字就可以阻止人家害他们。……他们显然感激我替他们做的这一点点事情。其中一个，年纪最大的，抓住我的手，紧紧握着，握了很久。他的眼睛满含了泪，嘴唇颤动着。这个不可以言语形容的感动，使我很难过。他一定也看出我是何等感动的，他的眼光露出感激神气，亲爱神气。这可怜人是何等悲哀，何等高贵，我愿拥抱他在两臂之内。

纪德对黑人的同情为《刚果之行》注入了越来越浓烈的情感底色。同时纪德也开始致力于探讨黑人贫困和悲惨的制度性原因。在为10月9日的日记所作的注释中，纪德写道：“人家把黑人说做懒惰的，无需要又无欲望的种族。但我宁愿相信，他们的奴属地位以及极端的贫困乃是他们的‘无感底主因’。”“无感”一词在黄蓓的译本中被译成“麻木”，在刘煜的译本中被译成“冷漠之心”，郑超麟之外的两个译本的翻译有助于我们理解纪德感受到的黑人的“无感”，而纪德正是透过这种“无感”的表象挖掘到了由种族奴役和极端贫困所造成的这种“无感”状态的内在而深刻的根源。

而当一部分殖民者把黑人作为统治和掠夺对象甚至当作敌人来对待的时候，纪德更为崇奉的，是英国小说家约瑟夫·康拉德（郑超麟译成“约瑟·康拉”）对非洲以及黑人的态度：“约瑟·康拉在他的《黑暗之心》中说得很好：‘我们必须有异乎寻常的想象力，才能把这些人认做敌人。’”而由此看来，一些统治着非洲的殖民者，其想象力的确是太过非凡了。而在康拉德看来，“非洲人要比文明人高尚得多。在刚果河驾舟行驶的黑人与周围的环境协调契合，身心健康。与殖民者的苍白羸弱形成尖锐对照。显然，康拉德之所以在文明与原始的比较中左袒原始，这不只有着反对殖民主义的因素，还有着深沉的对原始本身的切切实实的尊敬”。[1]在某种意义上，这也是纪德试图在非洲所发现的。也许正是在这个意义上，纪德把康拉德看成是自己的可尊敬的先行者。赵景深在1929年《小说月报》上发表的文章《康拉特的后继者纪得》就把这两个人联系起来，在介绍纪德的《刚果旅行记》一书的时候，称纪德能“从丑恶中看出美丽”，并将他的小说归类到“康拉德异国情调小说类”中。在非洲的书写和探险方面，康拉德（1857—1924）的确称得上是纪德的先驱者，这部《刚果之行》也堪称是纪德向文学前辈致敬的方式。他在《冈果旅行》的扉页上题的正是“献给约瑟·康拉之灵”，尽管康拉德最早抵达非洲（1890年）比起纪德不过早了几年而已。在《冈果旅行》8月9日的注释中，纪德这样评价康拉德同样以非洲刚果为背景的名著《黑暗之心》：“这本值得赞美的书，至今还是深合于真实的，我能亲身证实，我将常常征引书中文句，

[1] 赵启光：《青春》，康拉德著，方平等译：《康拉德小说选》译本序，上海译文出版社，1997年版，第21页。

他的描写没有丝毫过火，都是无情地恰合事实。”《黑暗之心》中的主人公船长马洛正像纪德走的路线一样，驾船沿着刚果河进入非洲的腹地，一步步深入马洛所感受到的“太初的混沌”——黑暗的心。纪德在日记中还谈及康拉德的另一部作品：

> 有人责备约瑟·康拉，说他在《飓风》之中没有描写大风暴最猛烈的情景。我却佩服他的叙述恰恰终止于最可怕的情景开始之处，引导读者至于好似不能更加恐怖的地步，而让他们自由想象其余的一切。

在纪德看来，这是一种“艺术爱好抟节[1]而厌恶极端”的艺术观，堪称与纪德自己的艺术准则暗通款曲。

刚果之行对纪德的意义也体现在生命观的改变。在旅途之初，纪德还希望自己能维持一种和谐的生命状态：“重要的，乃是灵魂底冲动和肉体底顺从之间的这个平衡能维持下去。但愿我，即使渐渐老了时，仍能在内心保持和谐。”平衡与和谐，是纪德这一时期核心的生命观内容。但经历了对刚果的殖民黑暗的耳闻目睹，他的生命观遭遇了挑战。打破这种生命观的，是“介入”的意愿与方式。在《冈果旅行》的注释中，纪德这样谈到社会问题的不期而至：“我想不到这些令人烦闷的社会问题，即我此时模糊感到的我们与土人关系的问题，不久就缠住我，直至变成我此次旅行底主要兴趣，而且令我觉得我到这国土来，正为得研究这些问题，那时我尤其感觉不够资格解决这个问题。但我要去学习。”这种学习，就

[1] 疑为“撙节”之误。

包括纪德回国后大量的调查和搜集材料的工作，并在《刚果之行》的大量注释中得到了一部分的体现。

刚果之旅也直接促成了纪德的后期思想的一度向左转，如40年代中国的纪德研究专家盛澄华所叙述的那样：“纪德在六十岁以后突然起了思想上的转变，这是三〇年代法国文坛上意见最惹人注目的事情。……而一九二七的《刚果纪行》与一九二八的《从察回来》[1]无疑是它更具体的觉醒。一生追求精神的自由与对被压迫者寄予同情的纪德最终终于在共产主义中发现了人类最伟大的理想，这原是最自然的演进，他自己曾坦白地表示：‘从内心与精神上说，我自始是一个共产主义者。’……纪德被苏联邀为国宾去参加高尔基的葬礼，回来后他发表了《从苏联归来》，其中他坦白地指出苏联值得颂扬的方面，但他也同样坦白地指出了不是这些颂扬所可抵消的种种方面：‘正统主义’，‘接受主义’，‘恐怖主义’。”“纪德一向为顽固的右倾主义所痛恨，至此他却又开罪了最执迷的左倾青年。但他自己却觉得很自然，他对人类幸福的理想并不因此而幻灭，而他依然忠于他自己的理想。”纪德与共产主义思想的分分合合，一直是纪德研究界聚讼不断的话题。究其根源，自然要追溯到纪德的这次刚果之旅。

三

纪德对蝴蝶的爱好堪与纳博科夫媲美。刚果之行的纪德与24岁时到非洲旅行时的青年纪德一样，也随身携带了捕蝶网和标本

[1] *Le Retour du Chad*，即《乍得归来》。

箱。《冈果旅行》中的一个叙述线索就是纪德捕蝶的历程。“蝴蝶”也构成了本书的关键词之一，至少在《冈果旅行》的前半部分，“蝴蝶”的字眼经常出现：“我捕着了一些美丽的燕尾蝶，硫磺色夹有黑斑。”“蝴蝶多得很，种类也很繁复；但我只有一把无柄的网，最美丽的都放过了。”“在岸上，我追捕那黑底蓝斑的大蝴蝶。然后趁预备午饭的时间，我和二位同伴进入那紧靠乡村的森林。一些不知名的大蝴蝶，在我们脚步之前飞起来，用异样的姿劳[1]，在弯曲的小径上替我们引路，然后消失在葛藤交织之中，为我们的蝶网所不能及。”纪德沿途所遇见的各色各样的蝴蝶，既渲染了非洲的神秘和奇异，也为纪德的刚果之旅增加了浪漫色彩，是镶嵌在“暗晦的神秘”之边缘的鲜亮蕾丝花边。

但纪德的非洲捕蝶，也为一些后来的评论者诟病。爱伦堡就曾以嘲讽的口吻把纪德本人比喻为蝴蝶：“他就是一只巨大的夜里的蝴蝶，它具有那种能够迷惑内行的昆虫学家和拿着扑蝶网的男孩子的极其罕见的色彩。”[2]笔者对纪德的非洲之旅最早的了解，是从中国现代诗人汪铭竹在1941年创作的一首诗那里获得的，诗的题目为《纪德与蝶》：

> 热情的细网，重又络住他彷徨的心，纪德
> 向非洲发掘新的食粮去，蓦地像
> 春天往他身上扑来，于是开始了蝶的猎狩

---

[1] 疑为“姿态”之误。
[2] 爱伦堡：《人・岁月・生活》，秦顺新译，花城出版社，1991年版，第285页。

他说：这是一种青年时的计划，在老年时
才实现。向往着这簇新的世界，已经
二十年，或许三十年了，仿佛一支隐秘的梦。

非洲诚然是块迷人的土地；有绿色大蛇，
有羚羊，有庞大的纸草田，灰色蜥蜴与大白鹭，
古代白蚁居室，如座圆圆的矮山丘。

木棉树，旅人树，棕榈树，像象耳般大的
巨大的羊齿类寄生；鳄鱼身上，是多好的
美的斑纹，野火烧过的荒野上，有狮子来往。

魔鬼一般的孩子们，头顶上插着一翎大羽毛，
美的上肢之女人，髁骨上响起金灿灿的铜环；
并以棕榈纤维编成短短的裙。此外，还有文面的土人。

凌压在这一切奇异之上的，非洲更是蝶之王国；
大的燕尾蝶，蔚蓝色，珍珠色，硫磺色嵌着
黑的斑点，有的翼背上更闪灼金光……

但不久纪德的坏时辰到来了，他的热心
照射了非洲的空间，他闯入后台，扯开了
炫目的布景，在那里他目击了丑陋与可耻。

孩子们赤裸着上身，没一片布。生疥疮，生癣，

生癞痢，象皮症，瞌睡病，像播种落在
每个人身上。死亡牵起手，拜访着家家。

全像没有牧者的愁惨的人畜呀，女人在
雨淋下漏夜给修着汽车路。割树胶者
已是被榨干的橘，剩下了空的皮壳。

太重的徭役，土人全都逃往荆棘中去了，
如一只只被猎逐的野兽。部落抛下了，乡村
抛下了，自然更顾不了家庭与耕种。

一举眼，荒芜的田成了一片柴草。蛰伏在
向无人居的洞穴中，以草根果腹。在荆棘中，真理有
何等昂贵之代价呀，一个土人头目如是说。

于是从憧憬之高塔跌下了，纪德深深诅咒
自己着了魔。眼光失却了新奇的感觉，忘了蝶，
忘了长柄的捕蝶网；终于他冲出谎言的黑屋。

这首诗基本上描述的是纪德在《刚果之行》中的经历，准确地把握了纪德的心路历程，还原了纪德《刚果之行》中的主要细节，并别出心裁地寻找到一个聚焦点——蝴蝶，状写了纪德从热衷于捕蝶到“失却了新奇的感觉，忘了蝶”，“冲出谎言的黑屋”，从拉康意义上的象征界回到现实界的过程。如果联想到汪铭竹创作这首诗的战争年代的历史背景，就更容易理解诗人的真正诉求。研

究者彭春凌把“纪德与蝶”看成一个时代的“寓言”：

> 它寓意着梦想遭遇现实的惨烈过程。就汪铭竹《纪德与蝶》一诗来看，这一过程是一个青年从“向往着簇新的世界”到“闯入后台，扯开了炫目的布景”、“目击丑陋与可耻”的过程。个人主义的现代承诺，伴随着“世界自由人”的想象，它们的破产却使得1940年代的中国诗人，中国现代呈现出巨大的转折。走出自我、关注现实、了解中国成为这一转变的方向。当然，“纪德与蝶”的寓言在汪铭竹诗中的重现，除了印证“世界怎样改变我们”的过程外，也证明了现实击碎梦想的亘古定律。因此，“纪德与蝶”的寓言也必将如幽灵般在历史中回荡，等待人们“冲出谎言的黑屋”。

这一评价对于理解《刚果之行》时期的纪德，同样有启示的意义。

当初读《纪德与蝶》的时候，有些狐疑为什么汪铭竹如此谙熟非洲的动植物，并如此熟稔地铺陈关于非洲的风土和现实，诗中繁复的细节描写肯定其来有自。读了郑超麟翻译的这本《冈果旅行》才恍然，诗的细部包括具体用语都来自《冈果旅行》，可以断定，汪铭竹读的正是1940年刚刚在中国本土问世的郑超麟译本。

《纪德与蝶》一诗在某种意义上也可以看成一个值得一书的有关文学影响的案例，至少从中可以看出纪德对中国作家影响的具体性和深入性。早在1923年，纪德的名字就在《小说月报》上出现，此后，纪德的作品被大量翻译到中国现代文坛。其中以卞之琳翻译的纪德的作品为最多，他自己创作于40年代初的长篇小说《山山水水》即受到纪德文学观的深刻的影响。冯至也在战争年代借鉴了纪德对象征主义的反省。1944 年，冯至在昆明为《生活导报》编辑副刊，辑录了几条片断，其中一条题为《象征派》的片断录自纪德的《赝币制造者写作日记》。在这条片断中，纪德认为象征派把诗当成避难所，是逃出丑恶现实的唯一去路。“大家带了一种绝望的热忱而直奔那里。”但象征主义者“只带来一种美学，而不带来一种新的伦理学”。这一片断冯至在 1948 年又重新发表一遍，代表了冯至在整个 40 年代对象征派的态度。纪德启迪中国作家的，正是一种新的现代伦理学的重建。中国现代文坛上能与卞之琳对纪德的偏爱相媲美的，是评论家盛澄华，他出版于 1948 年的专著《纪德研究》，与张若名 20 世纪 30 年代在法国完成的博士论文《纪德的态度》一样，集中反映了中国学者纪德研究的深度和广度。盛澄华也指出：“纪德认为象征主义的天地太窄。象征主义派不够对生命发生惊奇，因此它徒有新的美学观，而无新的伦理观。象征主义派作家反抗写实主义，同时对现实采取逃避的态度。他们的作品缺乏某种人性的感动，美则美矣，但美中永远脱不了某种苦味。”因此纪德创作《地粮》的另一企图是想把文学从当时“极度造作与窒息的气氛中”解放出来，“使它重返大地”[1]。当纪德在 1947 年得到诺贝尔文学奖之后，更有学院派批评家如李广田撰文评论。上述对纪德的借鉴与评论代表了中国 40 年代学院派以及带有自由主义倾向的知识分子作家的态度，大体上是以赞赏为主。

40 年代的中国文坛对待纪德还有针锋相对的另一派观点，即

---

[1] 盛澄华：《试论纪德》，见《纪德研究》，第 52 页。

以七月派为代表的左翼知识分子对纪德的个人主义的批判。1945年，路翎在《希望》杂志上发表了《纪德底姿态》一文，指出纪德的姿态是“西欧的个人主义的姿态”：

纪德，终他底一生，只能做一个苦闷的智识阶级底代言人。

在我们这个时代，纪德是变成了怎样一些人们底“心灵的避难所”。……文化的批判呀！心儿底苦恼呀！灵魂底永不安定呀！这些纪德的信徒们！

路翎对纪德的批判发表后，胡风很快表示支持，认为这对于消除纪德在中国的消极影响有积极作用。在1945年9月22日给路翎的信中，胡风说：“评纪德是好的，很好。万一他能在中国多有几个读者，那影响一定会如此的。现在不过有几个附庸风雅者而已。”因此，路翎对纪德的态度，其实也代表了七月派的态度。而路翎的矛头指向，不仅仅限于纪德本人，也反映着七月派对于学院派知识分子的不满，把中国的学院派知识分子也看成是如纪德一样的“苦闷的智识阶级”，批判的是学院派与现实保持距离的政治姿态。七月派对纪德的批判因此涉及许多问题视野，如对学院知识分子和自由主义知识分子的理解和学院知识分子的命运问题，个人主义和集体主义的关系问题，对人民的理解问题，以及文学的独立性是否存在以及如何存在的问题等等。

40年代中国知识界对待纪德的两种差不多截然相反的不同判断和态度，既是中国文坛和思想界不同声音的体现，也显示出纪德身上所内涵的问题视野的国际性。

四

《冈果旅行》的译者郑超麟（1901—1998），是中国现代历史上一个重要的人物。出生于福建省漳平县，1919年赴法国“勤工俭学”。1922年6月，与周恩来等18位中国旅欧的年轻马克思主义者在巴黎开会，成立“少年共产党”。大革命时期，郑超麟在中共中央宣传部工作，曾任中共湖北省委宣传部部长，中共中央党刊《布尔什维克》主编，参加过“八七会议”，后与陈独秀一起转向“托派”。

郑超麟也是著名的翻译家，曾经翻译过数十种政治类和文学类作品，包括有布哈林的《共产主义ABC》、托洛茨基的《俄国革命史》、马迪野的《法国革命史》、斯大林的《列宁主义概论》《马克思恩格斯书信选》等重要著作。其中署名绮纹的文学作品就有十余种，包括纪德的著作《冈果旅行》《从苏联归来》《为我的〈从苏联归来〉答客难》等。

有研究者叙述过“绮纹”这一笔名的由来。这是一个发生在1922年，郑超麟在法国哈金森橡胶厂勤工俭学时的一个故事：

> 工作点的旁边有个写字间，用玻璃墙和玻璃门内外隔开，里外看得清清楚楚。写字间主任是一个中年人，衣服整齐清洁，两个助手，也是白领西装，此外还有个小姑娘，不是高鼻深目，而是东方人的脸型，是写字间的“小交通”，文静寡言，每天把主任写好的文件送到厂内其他车间去。有一天，郑超麟发现，这个东方脸型小姑娘坐在椅子上呆呆地望着他，令他奇怪不已。他同车间的中年工人和青年工人也看到了，

并且告诉了他。突然有一天，写字间里一位白领西装的主任助手来到郑超麟身边，笑着对他说："YVOUNE 爱你哩，你约她出去谈谈好了。"当时的郑超麟不靠打工已不能生活，所以只好笑笑。但他由此知道这个法国小姑娘的芳名，音译成文雅的中文是"绮纹"，他也知道用法文怎样写，这是法国女孩子常用的名。此事引起他许多幻想，因为还没有一个女孩子这样看过他，但他下不了这个决心。不久，他们那个车间小组被撤销，他被调到制鞋车间，那里只有几个法国老太婆。这个故事到此就结束了。但在 75 年后的 1997 年郑超麟写道："久而久之，这个故事我就忘记了，且住！如果忘记了为什么后来我翻译外国小说要署'绮纹'笔名呢？1926 年，中央妇女部要编《中国妇女》杂志，当时的妇女部长找蒋光赤和我写文章，但要署女同志的名，于是蒋光赤文章署名'广慈女士'，我的文章署名'绮纹女士'。"[1]

这就是笔名"绮纹"的由来。在郑超麟以"绮纹"为笔名翻译的十余种作品中，就包括这本《冈果旅行》，这个译本由于是战时出版，较少有人关注，也不大进入研究者们的视野。但即使从文学翻译的意义上，也反映出作为一个翻译家的郑超麟的译笔的老练与独特，比较忠实地传达出纪德原著的独异的文学造诣和文体风格。

作为文学作品的《冈果旅行》表现出纪德的卓绝的文学天赋。如作为一个作家的敏锐和善感，温良与热情，以及洞若观火的观

[1] 靳树鹏：《郑超麟的翻译生涯》，《文史精华》，2001 年第 2 期。

察力。《冈果旅行》中因此处处表现出一种细节的观察力和表现力。如这一段：

> 瘦骨嶙嶙的马匹，肋膀都磨破了，流血，人家用普鲁士蓝涂抹伤处。……几群乌鸦在那里飞来飞去。有几只栖息在车顶上，好像脱了毛的大鸽。

如此精细的观察透露出的是一个善良体贴和富于同情的心灵。一般的日记体游记通常都很难避免乏味感，要么是大杂烩，要么是流水账。而纪德的游记以其细腻的观察和精细的刻画，并以善感的心灵为底蕴，呈现出如此富有吸引力的与众不同的《冈果旅行》。

细腻的观察和精细的刻画保证了纪德对刚果之行所见所感能够进行如实而逼真的呈现。其实，游记文体本身固有的局限性一度构成了纪德焦虑的问题："我这里只能记下谈话底大意；我不能写出这晚令人忧虑的怪异的空气。要用许多艺术手腕才写得出来，而我是信笔写的。"但是，倘若真的用了"许多艺术手腕"，或许写出的就是小说了，而纪德信笔写出的东西，才真正具有最原初的，没有加过工的真实性。

《冈果旅行》的另一种魅力体现在纪德的语言和文体风格方面。爱伦堡曾经指出纪德"有一种极为优美的语言——鲜明、确切而又独特"。诗人卞之琳则如此评价纪德的文体："三十年代中期起，我已经开始更欣赏安德列·纪德后期明朗、陡峭的小说文体。"纪德的《刚果之行》也可以算作纪德后期的作品，小说文体中那种"明朗、陡峭"同样体现在纪德的刚果游记中。刘煜在《刚果之行》"译者的话”中也称“纪德作品的风格，素以明净精细著称，文笔简练，爱用不完全句和省略句”。[1]从这个意义上看，郑超麟的译笔，堪称恰如其分地传达了纪德的文字特点。郑超麟翻译的《冈果旅行》，充斥着大量的省略句和短句，从而使郑超麟的翻译语言相当简洁明快，如：“福拉弥。它的丑陋。它的不合我意。”每句自成一句，都用句号，使短短的一行十余字中似乎蕴含了更多耐人寻味的深意。又如：“一只大鳄鱼很靠近船。两枪。它在河中纵跳。我们停船。然后，坐捕鲸船回原处去。找它不着。”频繁使用短句，每句都有自己的主语，同时尽量用省略句，或者刘煜所谓的“不完全句”。其中的“两枪”，即是简洁明快的省略，既省略了主语，也省略了动词，但丝毫不影响意思的传递。郑超麟的此类翻译虽然有时显得拗口，但是有力，因此表现力十足。再如如下的两句：

一条黑蛇，很细，颇长，蜿蜒着，逃走了。

一种山羊，很小，腿很短；公的，不过比猎狗大一点罢了。

这些翻译令人想起中国现代文体家废名在小说《桥》里的一句：“一匹白马，好天气，仰天打滚，草色青青。”在省略、简洁、含蓄的风格意义上，堪称异曲同工。

摆在读者面前的这本《冈果旅行》，也由此构成了中国翻译史上一个不可多得的文本。

---

[1] 刘煜、徐小亚译：《刚果之行》，湖南人民出版社，1986年版，第3页。

对人的处境的探索

> 战争和失败摧毁了世界给人们造成的安宁，正在结束的战争使人们感觉到自己赤条条地处在这个世界上，没有任何幻想，完全委弃给自己的是独有的力量，终于理解到只有自己可以依靠。
>
> ——萨特

存在主义的特殊性在于它首先是个哲学思潮。最初作为哲学概念的存在主义，要追溯到丹麦哲学家克尔凯郭尔（1813—1855），他主张哲学应该研究个体的存在，并把对上帝的信仰作为人的存在的最终境地，从而奠定了宗教存在主义思想体系。1925年前后，法国哲学家兼作家马塞尔（1889—1973）把克尔凯郭尔的思想引入法国，创立了基督教存在主义文学。第二次世界大战之前，法国文坛又产生了以萨特为代表的无神论存在主义，这就是通常所谓的存在主义思潮。它在思想上直接受到德国哲学家海德格尔、胡塞尔、雅斯贝尔斯的哲学影响，在文学上则主要体现为萨特、加缪、西蒙娜·波伏瓦等人的创作，在第二次世界大战之后形成了高峰。

这一高峰的形成，其社会历史根源正是惨绝人寰的战争背景。萨特、加缪等存在主义作家，都亲身经历了第二次世界大战，深切感受到战争带给人类的恐怖和绝望，最终使存在主义作家普遍产生了对世界的荒诞体验，人类前所未有的悲观处境在存在主义作家们的创作中得到了如实的反映。焦虑、绝望、抑郁、荒谬……这一切感受都转化为作品中的存在主义式的文学主题。正如萨特所说：

> 战争和失败摧毁了世界给人们造成的安宁，正在结束的战争使人们感觉到自己赤条条地处在这个世界上，没有任何幻想，完全委弃给自己的是独有的力量，终于理解到只有自己可以依靠[1]。

存在主义学说正是直面战争带给人类精神创伤，直面人们迷茫焦虑的心理，充分注重生命个体的存在，提出了“自由选择”的理论，从而在西方乃至世界造成了巨大的影响。二战之后的萨特在某种意义上说是战后一代青年的精神领袖。他的存在主义哲学思想风靡一时，成为经历了残酷的战争洗礼的幸存者的精神支柱。他的学说中最富于影响力的是所谓“存在先于本质”的命题以及“自由选择”的理论。这使存在主义成为一种具有一定的积极意义的生命哲学，也是激励人们确证自己的个体存在价值的人生哲学。

[1] 转引自陈慧:《西方现代派文学简论》，花山文艺出版社，1985 年 3 月版，第 137 页。

“存在先于本质”的命题在萨特那里首先是一种无神论的学说，正如考卜莱斯顿所说：“存在先于本质”“这个命题的意义是指没有任何永恒的本质（即表现为上帝心中的‘观念’之永恒本质）是先于事物之存在的。萨特也似乎意指根本就没有什么客观的本质，因为本质是以人类的关切和选择而决定的。”[1]因此，萨特否定了自柏拉图以来的西方哲学中的本质论，认为所谓的永恒的先验的本质是不存在的，人的本质只能通过他对自己的存在的方式的选择来确定。在萨特的理解中，“人是一种存在先于本质的生物。一把椅子，在它存在之前，本质就已存在于木工的头脑之中了。而人呢？谁能依据某种本质来塑造他呢？”[2]“人是注定要自由的”，人的本质只能通过自己的自由选择来实现。

正如存在主义先驱之一尼采那样，萨特也主张“上帝死了”，人从此不再有一个神明来主宰自己的命运，也从此不再需要一个神明来指导自己的选择。生命的个体存在就获得了自我选择的空前的自由。所以萨特把自己的存在主义哲学看成是一种关于行动的哲学，而“行动的首要条件便是自由”[3]，因此，存在主义也是一种关于自由的哲学，强调的就是一种自我选择的自由。这是一种存在论层面的自由，这种选择的自由并非意味着随心所欲和为所欲为，它通过把人的个体界定为可以自由选择的存在，而使人的生命和意识走向一种真正的自觉。

---

[1] 参见考夫曼编著：《存在主义》，陈鼓应、孟祥森译，商务印书馆，1987年9月版，第331页。

[2] 安德烈·莫洛亚：《论让—保尔·萨特》，《萨特研究》，中国社会科学出版社，1981年10月版，第312页。

[3] 萨特：《存在与虚无》，陈宣良等译，生活·读书·新知三联书店，1987年3月版，第557页。

“自由选择”由此构成了存在主义文学的最重要的观念，是存在主义作家们始终酷爱的主题。这使存在主义文学有着鲜明的人本主义色彩，探索的是人类以及人的个体在荒诞的世界上的出路和可能性的问题。存在主义作家们因此常常在创作中把人物放置于某种极端化的处境之中，让主人公面临具有荒诞性的两难化局面，最终突出他们的决断和选择。他们强调的是人类只有面对极端处境和危急关头，生命的潜在的能量和可能性才会得到充分的发掘，人的意志和尊严才能充分显现，人类所面临的真正的生存现状也才能得到深刻反思。因此，存在主义小说中的人物往往是身处逆境，遭遇荒诞的形象，他们所置身的往往是一些极端化的生存处境。譬如萨特的《墙》中的监狱，《间隔》中的地狱，都是这样的极端情境。而相对于传统小说对引人入胜的戏剧性冲突和具有悬念的故事情节的精心营造，萨特更喜欢致力于对人物心理的描绘和对存在处境的分析，他的小说也因此被称为“处境小说”。恰如加缪的长篇小说《鼠疫》中关于那座封闭的鼠疫之城的构思，也同样展示了人类一种极端化的可能处境，并以这种极端处境凸显主人公在选择抗争的过程中所获得的生命价值与人性尊严。

“荒诞体验”构成了存在主义文学对世界的一种具有代表性的体验和感受，也构成了存在主义文学的基本主题。萨特1937年发表于《新法兰西评论》上的短篇小说《墙》就是集中传达对世界的荒诞体验的文学作品。《墙》写的是西班牙战争中三个被佛朗哥法西斯逮捕入狱的共和党人在临刑前夜的孤独与恐惧。“墙”的意象是一个象征性意象，从具象层面上看，它象征着人与世界之间横亘着的屏障，从抽象层面上看，则象征着人的存在被一堵堵封闭的难以逾越的墙所围困的荒诞处境。正如萨特自己所说，他在小说写作中体验到的是“那些死亡者的荒谬性”。在这个意义上说，存在主义把早在卡夫卡那里就已经集中表述过的荒诞体验进一步归结为文学思想的出发点。

荒诞体验在萨特的创作中具体表现一种“恶心”和焦虑感。焦虑感也是存在主义文学的重要主题。萨特的长篇小说《恶心》中就写到主人公洛根丁面对周围一切人和事都有一种厌倦和恶心的感受，一条皮面的长凳、一棵栗树的树根，一块普通的鹅卵石，都会使洛根丁感到恶心。而恶心背后的深层心理则是一种焦虑，是对自己生存处境的一种焦虑。在这个意义上说，焦虑也构成了存在主义的一大心理和文学主题。

而这一切，都使存在主义文学表现出最显著的一种艺术特征——哲理化。这恐怕与存在主义作家往往既是文学家，同时也是哲学家密切相关，譬如萨特的小说都可以看作哲学小说，有着鲜明的哲理指向，在某种意义上可以说是他的存在主义哲学思想的文学版，这种哲理化的特征，是20世纪现代主义的最重要的发展趋向，反映了20世纪人类对自身历史命运和存在状态的困惑以及执著的探索。

萨特发表于1938年的小说《恶心》在存在主义文学史上有举足轻重的地位。《恶心》是一部日记体小说，自述者洛根丁是一个年青的历史学者。日记所记述的是洛根丁枯燥的生活片段。他住在法国一个小城的旅馆里，准备为18世纪一个侯爵写一部传记。然而小说的大量篇幅记录的却是洛根丁对一切都感到厌倦的心理，这种心理具体表现为一种生理上的“恶心”的感受，洛根丁所接触与目睹的一切，都让他感到恶心，即使是咖啡馆掌柜的吊带也让他产生恶心的感受：

> 他的兰布衬衫在咖啡色墙壁的背景上很快活地显现出来。这也产生“恶心”。或者不如说，这就是“恶心”。“恶心”并不在我身上，我觉得它在那边，在墙上，在吊带上，在我身边的一切事物上。它和咖啡馆已经合成一体，我是在它的里面。

而萨特最终则把这种恶心的感受上升到存在论的高度。正如有论者所说的那样：“这种恶心不单纯是生理的反应，而是一种认知，但它又不单纯是抽象的认知，而是具体形于一种生理反应。毫无疑问，作为一种认知、一种感受、一种体验，萨特的恶心是一种对现实世界的否定性的认识、感受和体验。它既然是一种主体的反应，那就正映照出外部现实世界、周围的自在存在之中有着令人恶心的性质。”“既然外部世界的存在、自在存在只有通过恶心才被显露出来，那就说明了外部世界就是一个令人恶心的世界。总而言之，在萨特看来，外部世界的根本性质就是恶心。”[1]

萨特的关于“存在”的观念，正是这样在《恶心》中得以建立。他把外部现实世界看成是一种“自在的存在”，而人的主体存在则是一种“自为的存在”。这种自为的存在正如《恶心》中洛根丁的独白所表现的那样：

> 我存在，是我自己在维持我的存在。我的躯体，一旦它

[1] 柳鸣九：《来自恶心感与迷茫感——萨特：从〈恶心〉到〈墙〉》，《墙》，安徽文艺出版社，1992年6月版，第6页。

开始有了，它就会自行活下去，但是我的思想，是我在维持它、我在展开它。

我存在着，我活着，我思想所以我存在，我存在因为我思想。

因此，人的思想，人的精神才是人的主体的“自为的存在”的根本依据。从这个意义上说，萨特所描述的存在主义式的自为的主体，是一种具有自我超越和批判精神的主体，是一个有自我选择的自由和自我选择的主动性的主体。这使萨特的存在主义成为一种张扬人的主体性的具有进取精神的哲学。如果与存在主义之后的世界文学发展历程相比较，就可以清楚地感受到这一点。到了后来的荒诞派戏剧中，人物形象才往往是真正丧失了主体性的自我荒诞的人；黑色幽默小说中的人也往往是被置于一种荒诞情境中任由摆布的木偶；新小说派创作中的人则进一步被“物化”，人已经变成了一种“物”的存在……这一切都反衬了存在主义是一种具有主体性精神的生存哲学。因此，萨特的《恶心》中尽管淋漓尽致地表现了洛根丁的恶心感以及精神深处的某种迷茫感，但是他仍然是一个具有主体自觉和批评意识的主体，这就是小说所表现出的某种积极意义所在。

萨特的戏剧也构成了他的文学创作重要组成部分。他的剧本基本上都是探讨人类的生存境遇和自由选择的主题。正如他的小说往往被称为“处境小说”一样，他的剧本也同样具有“处境剧”的艺术特征。这种对“处境”的迷恋正是与萨特试图揭示人类存在境况的创作初衷密切相关。同时，他笔下的人物所处的处境往往都是具体的，在很大程度上拖着萨特的文学创作的轮子不致滑向哲学写作。他的小说和剧本中对“处境”的拟设可以说是使其创作具有了文学性的重要维度。譬如萨特的《间隔》，就把人物设置在拟想的地狱中，从而更有利于昭示“他人就是地狱”的存在主义命题。

《间隔》是一出幻想戏剧，故事发生在地狱中，戏剧场景是一个第二帝国时期风格的客厅，主要人物是三个鬼魂，生前都是“卑鄙小人”，此刻在地狱中互相审判和互相折磨，展示出的是一幅委琐丑恶的人与人之间的关系图景。因此，萨特展示的地狱景象有别于传统的宗教想象，而是试图表现“他人就是地狱”的命题。是人与人之间互相戒备、倾轧、欺瞒与指责的关系构成了比真正的地狱更悲惨的现实生存境遇。而在哲理层面，萨特还试图表现当每个人在生活中都“以邻为壑”的时候，所谓地狱其实就存在于我们生活之中，甚至存在于我们内心深处。在这出剧中，萨特也在自觉地对自己的关于存在主义的自由选择论进行某种修正。释迦牟尼说：“心可以为地狱，亦可以为天堂。”人的自由选择当然可以指向真善美，但是也完全可以指向假恶丑，就像《间隔》中表现的那样，每个人物做出的都是种种卑劣的选择。萨特试图表现的是，人的存在固然决定于自我选择，但是选择什么却可以把我们引向不同的生命本质。由此，萨特使他的自由选择理论在一定程度上获得了道德论的支撑。

《魔鬼与上帝》继续着这种关于选择的思索，并进一步引入了善与恶的观念维度。剧本以四百年前的农民起义为背景，侧重描写作为一介武夫的主人公格茨的生命抉择过程。格茨首先选择了魔鬼，专门作恶，然后又皈依了上帝，一心向善，但是两种抉择都归于失败。最终萨特安排他选择了进行社会斗争的具体的人群，从而完成了外在生命经历和内在观念历程的三部曲。在萨特的理念中，格茨无论对善还是对恶的选择，都是从抽象的观念出发，但是“抽象的观念并不能导致正确的选择，而选择本身如果只以抽象的善恶观念为内容，也并不能解决自我选择的问题”。剧本的深刻处在于，萨特让格茨最终觉悟到仅仅从抽象的观念出发，而不是具体考虑人民大众的生存处境，行善有时会造成更坏的结果。格茨最后选择了具体的历史中的人群，萨特本人认为这种选择使格茨完成了“信仰的转变，他开始皈依人，在抛弃绝对的伦理之后，他发现了历史的伦理、人类的伦理与具体的伦理”，“他从笃信上帝到无神论，从抽象的伦理、不着边际的伦理到具体的介入”[1]。剧本中格茨的这种转变从而也意味着萨特本人思想的变化，他为自己的自由选择的学说最终赋予了具体的、历史的内容，也标志着萨特存在主义思想的臻于成熟。

[1] 柳鸣九:《历史唯物主义的度量与萨特的存在》,《魔鬼与上帝》，漓江出版社，1986年8月版，第20页。

荒诞世界中的反抗哲学

我就这样从荒谬中推导出三个结果：我的反抗、我的自由和我的激情。

——加缪

尽管阿尔贝·加缪（1913—1960）本人始终否认自己属于任何派别，但文学史仍旧喜欢把加缪叙述为与萨特齐名的存在主义文学的第二个重镇。加缪的主要创作——中篇小说《局外人》（1942）、长篇小说《鼠疫》（1947）、中篇小说《堕落》（1956）、短篇小说集《流放与王国》（1957），散文集《反与正》（1937）、《婚礼》（1939），哲学随笔《西西弗的神话》（1942）、《反抗者》（1951）等——都以其浓郁的存在主义色彩而引发文学史研究者从存在主义思潮的角度加以审视。而最具有存在主义思考力度的创作，或许首推加缪的散文和随笔。

散文随笔也构成了加缪写作中最有影响力的一部分。从加缪早期的散文集《反与正》中，读者即可以看到一个刚过弱冠之年的作者足迹遍布欧洲大陆的思想之旅，体验到年青的加缪敏锐的感受力以及对世界一种既疏离又充满激情的悖论式态度。散文集《反与正》构成了理解加缪一生创作的起点。1942年加缪创作了著名的散文集《西西弗的神话》。这是一部具有存在主义思想的作品，开篇就指出："真正严肃的哲学问题只有一个：自杀。判断生活是否值得经历，这本身就是在回答哲学的根本问题。"加缪从他的存在主义立场出发，认为生活的本质是荒谬的，唯一的选择就是弃绝生活。但是自杀也是荒谬的，生存本身正是人的宿命。剩下的出路就是顺从或反抗，而加缪最终选择的是反抗："我就这样从荒谬中推导出三个结果：我的反抗、我的自由和我的激情。"[1]因此，加缪的哲学最终导向一种反抗哲学，导向对生命和存在的一种激情。这种激情的内涵就是要全身心地投入和拥抱生活，正像希腊神话中那个受诸神惩罚的西西弗。西西弗把巨石推上山顶，而石头由于自身的重量又重新从山上滚下，西西弗便一次次地推着石头上山，永远周而复始。在他人看来，西西弗的生存是荒谬的，但是加缪却认为西西弗是幸福的，西西弗每次推石头上山都是在实现他自己的宿命，"他的命运是属于他的，他的岩石是他自己的事情。"他的周而复始的行为就是对荒谬的反叛，当西西弗走向巨石的时候，他成为了自己的真正的主人。《西西弗的神话》由此把"荒谬"看成人类生存的具有本体性的处境，受诸神惩罚周而复始推着石头上山的西西弗正是关于人类荒谬的存在的一个寓言形象。而加缪最终倡导的是对人类荒谬的生存处境的反叛，并在这种反叛中确立自己的生存意义。

《局外人》是加缪的小说成名作。这部小说由第一人称叙事

[1] 加缪：《西西弗的神话》，生活·读书·新知三联书店，1987年3月版，第80页。

者——主人公默尔索的自述构成。默尔索以一种冷静得近乎冷漠的口吻讲述了他母亲的死，讲述了母亲死后的第二天他就去寻欢作乐，还讲述了他糊里糊涂地杀了一个人而被捕入狱，最终将走向刑场；小说还会偶尔进入默尔索的内心，透视他对于世界的荒诞感受。这就是《局外人》试图表达的一种荒谬的世界观。在默尔索这里，荒谬感产生于对自己处境的冷眼旁观，产生于自己的局外人的姿态，产生于对世界的陌生化的体验。正如加缪在《西西弗的神话》中所说的那样：

> 一个能用歪理来解释的世界，还是一个熟悉的世界，但是在一个突然被剥夺了幻觉和光明的宇宙中，人就感到自己是个局外人。这种流放无可救药，因为人被剥夺了对故乡的回忆和对乐土的希望。这种人和生活的分离，演员和布景的分离，正是荒诞感。

因此，“荒诞本质上是一种分裂，它不存在于对立的两种因素的任何一方。它产生于它们之间的对立。”“荒诞不在人，也不在世界，而在两者的共存。”[1]小说《局外人》的主题表达的就是人与他所处的生存境遇之间的乖谬。默尔索的冷漠正是在世界中找不到和谐感，他与周围的存在格格不入，他之所以被判了死刑，根本原因尚不在杀了那个阿拉伯人，而是因为他对社会所公认的行为准则的蔑视，他对一切都漫不经心，都感到无所谓，连母亲的

[1] 转引自郭宏安：《阿尔贝·加缪》，《萨特研究》，中国社会科学出版社，1981年10月版，第485页。

死也使他无动于衷，在这个意义上说，他被社会视为一个异己，一个疏离者，一个局外人，最终则被看作社会的一个敌人而走向死亡。

但是默尔索的冷漠不意味着他是个毫无感觉的人。加缪在为《局外人》写的序言中这样评价默尔索："他远非麻木不仁，他怀有一种执著而深沉的激情，对于绝对和真实的激情。"因此，在某种意义上说，默尔索是一个对世界的荒诞的属性比起他人来有着更为自觉的体认的人。通过默尔索的形象的塑造，加缪指出：荒谬感首先表现在对自我生存状态的某种怀疑。正像他在《西西弗的神话》中描述的那样：

> 有时，诸种背景崩溃了。起床，乘电车，在办公室或工厂工作四小时，午饭，又乘电车，四小时工作，吃饭，睡觉；星期一、二、三、四、五、六，总是一个节奏，在绝大部分时间里很容易沿循这条道路。一旦某一天，"为什么"的问题被提出来，一切就从这带点惊奇味道的厌倦开始了。"开始"是至关重要的。厌倦产生于一种机械麻木生活的活动之后，但它同时启发了意识的活动。它唤醒意识并且激发起随后的活动。

厌倦导致的是一种对生活的拒斥的态度，并最终指向一种觉醒。尽管在默尔索这里，这种可能的觉醒是以其生命的消亡为代价。

《局外人》中比故事情节更有名的是默尔索的冷漠的叙述：

> 今天，妈妈死了。也许是昨天，我不知道。我收到养老

院的一封电报，说：“母死。明日葬。专此通知。”这说明不了什么。可能是昨天死的。

这段叙述反映了法国后现代主义理论家罗兰·巴尔特所谓的一种零度写作的特征。所谓“零度写作”，即中性的，非感情化的写作，这种排斥了主观情绪和感情的叙述调子显然更有助于加缪表达他的存在主义的荒谬的哲学观和世界观，小说的叙述方式与主题取向构成了有机的统一。

加缪的长篇小说《鼠疫》写的故事发生在20世纪40年代，地点是阿尔及利亚的地中海海滨城市奥兰。由于鼠疫的迅速蔓延，大批居民的相继死亡，当局封锁了城市，奥兰成了一座与世隔绝的围城。这座鼠疫之城显然影射了德国法西斯占领下的整个欧洲，也是关于人类在劫难逃的一个寓言。在《鼠疫》的结尾，虽然人们取得了胜利，但是鼠疫的阴影仍旧笼罩在小说主人公里厄的心头：

里厄倾听着城中震天的欢呼声，心中却沉思着：威胁着欢乐的东西始终存在，因为这些兴高采烈的人群所看不到的东西，他却一目了然。他知道，人们能够在书中看到这些话：鼠疫杆菌永远不死不灭，它能沉睡在家具和衣服中历时几十年，它能在房间、地窖、皮箱、手帕和废纸堆中耐心地潜伏守候，也许有朝一日，人们又遭厄运，或是再来上一次教训，瘟神会再度发动它的鼠群，驱使它们选中某一座幸福的城市作为它们的葬身之地。

加缪曾经这样谈及写作《鼠疫》的基本动机：“我想通过鼠疫来

表现我们所感到的窒息和我们所经历的那种充满了威胁和流放的气氛。我也想就此将这种解释扩展至一般存在这一概念。”[1]小说结尾这瘟神发动的鼠群，正象征着人类始终面临的惘惘的威胁，象征着毁灭人类的一种可知以及未知的力量，它是关于人类总体生存境遇的象征表达。由此，“鼠疫”的意象就上升为“一般存在”的概念高度。从《局外人》到《鼠疫》，加缪都表现了存在主义的基本思想，即世界是荒诞和不可理喻的，人是孤独无助的。正像加缪自己所说：“《局外人》写的是人在荒谬的世界中孤立无援，身不由己；《鼠疫》写的是面临同样的荒唐的生存时，尽管每个人的观点不同，但从深处看来，却有等同的地方。”[2]在这个意义上，《鼠疫》也同样流露出悲观主义情绪。但是，这部小说又通过里厄医生的形象，表达出一种抵抗精神。这种抵抗，尚不仅仅停留在里厄医生个人的举动，而是表现为一种集体的行动。在里厄的组织下，一大批志愿者组成了救护队，投身于对鼠疫的斗争中。在这个意义上，《鼠疫》中群体性的抵抗精神已经构成了对《局外人》中个体觉醒阶段的一种超越。

《鼠疫》中的里厄的形象，使小说中的精神特质远离了虚无主义，正像诺贝尔颁奖词中所说：加缪“以严肃而认真的思考，重新建立起已被摧毁的理想；力图在无正义的世界上实现正义的可能性。这些都早已使他成为一名人道主义者。”而在加缪作品中经常作为主题词复现的“荒诞”，也不仅仅体现为一种负面因素：“他所

---

[1] 转引自《诺贝尔文学奖金库》第一卷，中国社会出版社，1998年12月版，第372页。

[2] 转引自林友梅：《关于加缪和他的〈鼠疫〉》，《鼠疫》，上海译文出版社，1980年8月版，第3页。

倡导的人类处境的‘荒诞’，不是靠贫瘠的否定论撑腰，而是由一种强有力的‘无上诫命’所支持，可以说是一个‘但是’，一个背叛荒诞的意志，因为要唤醒这一意志，于是创造了一种价值。”[1]就是说，加缪的作品在把荒诞看成是人类生存处境的同时，也就意味着对荒诞的一种否定和抗争，通过这种抗争，加缪就在荒诞的世界中建立了一种价值形态，一种反抗荒诞的生存哲学。

[1] 参见授予加缪的诺贝尔文学奖颁奖词，《诺贝尔文学奖金库》第一卷，中国社会出版社，1998年12月版，第375页。

后现代主义视域中的博尔赫斯

《阿莱夫》由于写了各种各样的东西而受到读者的称赞：幻想、讽刺、自传和忧伤。但是我不禁自问：我们对复杂性的那种现代的热情是不是错了？

——博尔赫斯

“后现代主义”是个众说纷纭、很难有一个公认的定义的概念；同时在20世纪后半叶，它差不多又是与现代主义同等重要，因而无法回避的概念。理论界一般认为“后现代主义”是产生于20世纪50年代末60年代初的文化思潮，在哲学、宗教、建筑、文学、艺术中均有充分的反映。理论界同时又认为它与盛行于20世纪的现代主义主潮不同，有人说它是对现代主义的反动，与现代主义有着本质的区别；也有人说它是对现代主义的发展，是进入信息社会、新技术革命时代的资本主义制度各种危机的产物[1]。作为一

[1] 参见《世界文论》,《后现代主义》，社会科学文献出版社，1993年6月版，第56页。

种文化思潮，有研究者这样描述“后现代主义”的文化逻辑：

> 体现在哲学上，是“元话语”的失效和中心性、同一性的消失；体现在美学上则是传统美学趣味和深度的消失，走上没有深度、没有历史感的平面，从而导致“表征紊乱”；体现在文艺上则表现为精神维度的消逝，本能成为一切，人的消亡使冷漠的纯客观的写作成为后现代的标志；体现在宗教上，则是关注焦虑、绝望、自杀一类的课题，以走向“新宗教”来挽救合法性危机的根源——信仰危机。可以认为，后现代文化逻辑的复杂性，直接显示出这个时代的复杂性[1]。

文学领域的后现代主义构成的是整个后现代主义思潮中的一个组成部分，既分享着后现代主义总体思潮的共性特征，又具有自己的某些特殊性。

在文学领域，后现代主义写作也是个世界性的现象，文学界一般认为具有后现代主义特征的创作起码在40年代的阿根廷小说家博尔赫斯的小说中就有表现，到了60年代则形成了后现代主义的高峰期，在欧洲有意大利的卡尔维诺为其最突出的代表，此时已经移居到欧洲的俄罗斯裔美国小说家纳博科夫也被看作是后现代主义的代表人物。在美国，则产生了一批后现代主义作家，包括大部分黑色幽默小说家，也都同时被看成是后现代主义作家。后现代主义著名理论家伊哈布·哈桑列举了一系列他认为的后现代主义作家，其中包括塞缪尔·贝克特，尤今·尤内斯库，博尔赫斯，

[1] 王岳川:《后现代主义文化研究》，北京大学出版社，1992年6月版，第19页。

迈克斯·本斯，纳博科夫，哈罗德·品特，B.S.约翰逊，瑞纳·赫本斯多尔，布鲁克–罗斯，海尔默特·海森布特尔，尤今·贝克尔，皮特·汉德克，托马斯·伯恩哈特，恩斯特·冉德尔，马尔克斯，约里奥·考尔达泽，罗伯–格里耶，米歇尔·布托尔，莫利斯·罗歇，菲利浦·索勒斯，约翰·巴斯，威廉·巴勒斯，托马斯·品钦，唐纳德·巴赛尔姆，瓦尔特·阿比什，约翰·爱什伯利，戴维·安丁，萨姆·谢帕尔德，罗伯特·威尔逊等。被伊哈布·哈桑列入后现代主义作家的既有如贝克特、尤内斯库等一般被看成是荒诞派的戏剧家，也有罗伯–格里耶、布托尔这样的新小说派作家，更有美国60年代的一批黑色幽默作家，“毋庸置疑，这些人性质迥异，不能形成一个运动、一种模式、或一个学派。然而他们却可能引出一系列相互关联的文化倾向，一套价值观念，一组新的程序和看法。而这一切我们称之为后现代主义。”[1]

后现代主义写作是一个异常庞杂的领域，试图归纳出具有普遍性的基本特征是相当困难的。一般说来，后现代主义小说家无论在具体的观念上彼此多么不同，但是在把小说当作是一个虚构的文本世界这一点上，观点往往是惊人一致的。他们力图打破文学是对生活和现实的真实反映的神话，而直接承认小说的本质就是对世界的想象性虚构，是作家对杂乱无章的创作素材的编织和缝合，因此，后现代主义作家不仅在创作观念上强调小说的虚构性，而且往往在写作过程中刻意表明文本的虚构属性，并用各种各样的叙述手法凸显小说本身就是一种虚构行为。对于那些习惯了传统小说的创作观念的读者来说，后现代主义写作显然具有一

[1] 参见《世界文论》,《后现代主义》，社会科学文献出版社，1993年6月版，第156页。

种先锋性和实验性。

实验性是后现代主义写作的最有通约性特征。因此，后现代主义小说家的创作往往又被称为实验小说。而在后现代主义的各种实验手段中，所谓的“元叙述”是其中最常见的因素，而当一部小说充满了元叙述的时候，这种小说也就被称为“元小说”（也翻译成“超小说”）。所谓“元叙述”或“元小说”，按英国作家、文学理论家戴维·洛奇的说法，元小说“是有关小说的小说：是关注小说的虚构身份及其创作过程的小说”[1]。这一点在与传统小说的比较中可以得到更好的说明。传统小说往往关心的是人物、事件，是作品所叙述的内容；而元小说则更关心作者本人是怎样写这部小说的，小说中往往喜欢声明作者是在虚构作品，喜欢告诉读者作者是在用什么手法虚构作品，更喜欢交代作者创作小说的一切相关过程，换句话说，小说的叙述往往在谈论正在进行的叙述本身，并使这种对叙述的叙述成为小说整体的一部分。譬如公认的美国后现代主义小说家小库尔特·冯尼格的《五号屠宰场》，小说一开始就直接对读者说：“我很不愿意告诉你们这本糟糕的小书花费了我多少钱、多少时间，带给我的焦虑有多大。”小说的结尾则写道：“现在我已写完这本描写战争的书。下一次我打算写点有趣的东西。”“这本书是个败笔，也只能如此。”这些评论都是指涉小说本身的，就像舞台上的演员突然掉过头来向台下的观众评论他正在出演的这出剧，说：“这个剧本太差了”或“我演得怎么样？”当一部小说中充斥着大量这样的关于小说本身的叙述的时候，这种叙述就是元叙述，而具有元叙述因素的小说则被称为元小说。

---

[1] 戴维·洛奇：《小说的艺术》，作家出版社，1998年2月版，第230页。

后现代主义写作还突出表现了文类和文体的杂糅性。如上一章讲到的品钦的《万有引力之虹》就杂烩了众多的文体类型，把滑稽小品、喜剧、侦探小说、历史小说、哲学文本等不同的文类编织在一个文本之中，有一种百衲衣般的效果；又如意大利的后现代主义大师级人物卡尔维诺，他的《宇宙奇趣》既像童话，又有科学幻想小说特点，同时又在表达哲理，但它又什么也不是。卡尔维诺的《隐形的城市》则把散文、诗歌、对话录和游记有机地组合起来。而纳博科夫《微暗的火》也是“一部才华横溢的拼合起来的小说”[1]。

弗拉基米尔·纳博科夫的《微暗的火》(1962)被美国作家玛丽·麦卡锡称为“本世纪最伟大的艺术作品之一”。小说的构思可谓奇异，前一部分是一首名为“微暗的火”的长诗，约占全书十分之一的篇幅；而后一部分是对这首诗的注释。诗的作者是美国作家谢德，谢德死后，这部遗诗落到一个叫金伯特的流亡学者手中。小说的后一部分就是这个流亡学者对长诗所做的编辑和注释，这些注释既是对长诗的注解，又完全可以看成是金伯特写的一部自传性小说，在小说中，金伯特把自己塑造成来自一个虚构的国家赞布拉的国王，此刻则流亡在美国一大学做访问学者，并被故国的间谍追杀。但是细心的读者很容易就能看出破绽：他在注释中所回忆的赞布拉故国的景象与他对自己所在的美国大学的描绘十分相像，而他所指认的追杀他的间谍则被法院认定为一个流浪汉。因此，金伯特的叙述中隐含了自我颠覆的因素，他在拼合各种各

[1] 康诺利、伯吉斯:《现代主义代表作100种提要·现代小说佳作99种提要》，漓江出版社，1988年4月版，第174页。

样无法辨别真伪的细节时，不可避免地留下了瓦解小说大厦可信性的裂缝，从而使读者如堕五里雾中，传统小说真实与虚构的界限被彻底打破了，你不知道是否应该相信金伯特的一切叙述。

在这里纳博科夫把诗歌、学术性注解、生活化场景、流亡国王的传奇故事杂糅成一部作品，虽然可以把它界定为小说，但是它无疑打破了传统小说的文体概念，为小说开辟了新的可能性空间。

伯吉斯在谈到纳博科夫的小说《辩护》的英文版（1964）时，曾指出小说中的主人公——一个国际象棋的大师级的选手——“只能找到两种生活方式——拼板玩具的方式，把不匀称的万物碎片拼到一个预先铸好的模型当中，还有国际象棋的方式，对封闭式技术及战略的反常的自我专注”。这种把不匀称的万物碎片拼到一起的拼板玩具的方式，以及对象棋游戏的技术和战略的“反常的自我专注”，在一定意义上构成的正是后现代主义写作的拼贴风格以及元叙述实验的一个隐喻。而这种后现代主义写作的拼贴风格以及元叙述实验在阿根廷小说家博尔赫斯那里达到了堪称登峰造极的地步。

文学评论界通常把博尔赫斯的小说概括为“宇宙主义”，或“卡夫卡式的幻想主义”。正像卡尔维诺对博尔赫斯评价的那样：“我之所以喜爱他的作品，是因为他的每一篇作品都包含有某种宇宙模式或者宇宙的某种属性（无限性，不可数计性，永恒的或者现在的或者周期性的时间）。”[1]这种对某种宇宙模式或者宇宙的某种属

[1] 卡尔维诺：《未来千年文学备忘录》，杨德友译，辽宁教育出版社，1997年3月版，第83页。

性的关注，使博尔赫斯的小说具有一种玄学特征。他的小说中充斥着对无限和永恒的思考，但是，这种思考却往往以小说中具体有限的形式来传达。以有限表现无限是博尔赫斯小说观念的重要组成部分，譬如他的一篇具有代表性的小说《沙之书》中就描绘了这样一部神奇之书，那是一本没有第一页，也没有最后一页，可以无止境地翻下去的无限之书，是能够像恒河中的细沙一般无法计数无限繁衍的魔书。但是正是这样的无限之书，却呈现为一本书的通常的形状，有限和无限就这样在一本书中完美地统一在一起。又如他的另一小说代表作《阿莱夫》。"阿莱夫"是博尔赫斯小说中最奇幻的事物之一，"它是包含着一切的点的空间的一个点"，是"一个圆周几乎只有一英寸的发光的小圆面"，然而宇宙空间的总和却在其中，从中可以看到地球上、宇宙间任何你想看到的东西，它是汇合了世上所有地方的地方。从某种意义上说，"沙之书"和"阿莱夫"的意象是表达有限与无限的最好的文学形式。博尔赫斯的小说充满了这样一些形式化的意象，又比如梦、镜子、废墟、花园、沙漏、罗盘、锥体、硬币、盘旋的梯子、大百科全书等等，都频繁地在博尔赫斯的小说中出现。这些意象不同于一般小说或诗歌中的意象，它们都有鲜明的形式化特征，有可塑性，是有意味的形式，同时又有玄学意味，可以在小说中对它们进行形而上的阐释。

"迷宫"也是博尔赫斯所迷恋的意象，构成了他的小说《交叉小径的花园》(1941)总体构思的出发点。

《交叉小径的花园》写的是第一次世界大战中的事件。主人公是个名字叫余琛的中国人，是一名德国人的间谍。故事发生的时候，余琛正在英国，掌握了一份绝密情报：在法国的城市阿尔贝有一处对德国人构成威胁的英国炮兵阵地。但他还没有来得及把情报汇报给德国上司，就被英国特工追杀。如何把情报传给德国上司？他想到了一个绝妙的主意：去杀死一个与阿尔贝城市名字相同的人。如果他的谋划成功，当谋杀案被报道之后，他的喜欢读报的上司在报纸上看到凶手余琛以及死者阿尔贝的名字时，就会猜到其中的奥秘。于是余琛乘火车赶到郊区去杀一位名叫阿尔贝的著名汉学家。当他来到阿尔贝的住宅，见到阿尔贝之后，才惊讶地发现他与汉学家的神奇的缘分：原来，曾经在中国当过传教士的阿尔贝如今正在研究的竟是余琛的曾祖父崔朋当年两项伟大的事业：一是崔朋所建造的任何人进去都会迷路的名字也叫“交叉小径的花园”的迷宫，一是崔朋所写的一部其中人物比《红楼梦》还多的小说，而这部小说如今就在阿尔贝的手中，并且他已经破译了小说的秘密：原来，所谓的迷宫正是崔朋创作的小说本身，迷宫与小说其实是一回事。而小说所具有的迷宫的特征则表现在：整部小说文本可以看作是一个谜面，而谜底则是“时间”。

从这个意义上说，《交叉小径的花园》可以看成是一个关于时间的迷宫故事，时间在这里也具有了迷宫的特质。博尔赫斯理解的时间，不是一种物理学意义上的线性时间，而是一种具有玄学特征的迷宫般的时间。与交叉小径的花园一样，时间也可以具有多种形态，正像阿尔贝对余琛所说的那样：

> “这解释很明显：《交叉小径的花园》是崔朋所设想的一幅宇宙的图画，它没有完成，然而并非虚假。您的祖先跟牛顿和叔本华不同，他不相信时间的一致，时间的绝对。他相信时间的无限连续，相信正在扩展着、正在变化着的分散、集

中、平行的时间的网。这张时间的网，它的网线互相接近，交叉，隔断，或者几个世纪各不相干，包含了一切的可能性。我们并不存在于这种时间的大多数里；在某一些里，您存在，而我不存在；在另一些里，我存在，而您不存在；在再一些里，您我都存在。”

“时间是永远交叉着的，直到无可数计的将来。在其中的一个交叉里，我是您的敌人。”

阿尔贝似乎预见了自己的结局。正当他向余琛解释时间迷宫的时候，英国特工赶来了，但在特工捕获余琛之前，余琛终于开枪打死了阿尔贝。而余琛的德国上司也猜到了他的计策，城市阿尔贝的英国炮兵阵地最终被德国人炸成废墟。

从叙事模式上看，《交叉小径的花园》采取的是故事中套故事的格局，在一个间谍与侦探故事的框架中嵌入了一个关于异国的故事以及迷宫的故事，最终它的主题则指向了一种关于时间的玄学主题，使小说成为“包含了一篇全然为逻辑和形而上学的故事”。这充分表现出博尔赫斯具有把不同类型的小说模式组合嫁接在一起的高超本领，从而汇入后现代主义写作的杂糅化的总体倾向中，即在文本中综合了不同的因素，这些因素既有不同的小说文体，也有不同的小说类型，同时也有不同的叙述方式和主题模式。但是它的主导动机却是玄学的。由此，《交叉小径的花园》引发出的小说学问题是小说家如何在文本中缝合不同的情境、文体乃至不同的叙事文类。从这个意义上说，缝合与杂糅构成了博尔赫斯的小说学的重要组成部分，就像他对自己的第一本诗集《布宜诺斯艾利斯的热情》所担心的那样：“我担心这本书会成为一种‘葡萄干布丁'：里头写的东西太多了。”[1]“葡萄干布丁”就是一种杂糅写作。同样，博尔赫斯在小说中融汇了更多的东西：主题、形式、文体、小说类型，此外还杂糅了不同的情调与美学风格。又如他这样谈到自己的小说《阿莱夫》：

> 《阿莱夫》由于写了各种各样的东西而受到读者的称赞：幻想、讽刺、自传和忧伤。但是我不禁自问：我们对复杂性的那种现代的热情是不是错了？

博尔赫斯这种对复杂性的热情显然是没有错的。正如小说家昆德拉说的那样：“小说的精神是复杂性的精神。”这种复杂性正是小说之外的现代世界的复杂化在小说文本中的体现。正是这种复杂使博尔赫斯的小说诗学具有一种包容性和生成性。

博尔赫斯的小说以幻想性著称，但是更值得重视的是他在小说处理幻想题材的方式。其实博尔赫斯写的往往不是纯粹的幻想小说，他更擅长于把幻想因素编织在真实的处境之中，从而在小说中致力于营造一种真实的氛围。譬如《交叉小径的花园》，就制造了一种神奇的时间花园曾经真实存在于中国的幻觉；在《阿莱夫》中，博尔赫斯也想制造出一种阿莱夫真实存在过的假象。他的办法是把“阿莱夫”放在一个现实生活中曾经有过的处所：

> 当我把阿莱夫作为一种幻想的东西考虑的时候，我就把

---

[1] 博尔赫斯：《博尔赫斯文集·文论自述卷》，海南国际新闻出版中心，1996年版，第116页。

它安置在一个我能够想象的最微不足道的环境中：那是一个小小的地下室，位于布宜诺斯艾利斯一个曾经很时髦的街区一幢难以描述的住宅里。在《一千零一夜》的世界中，丢掉神灯或戒指之类的东西，谁也不会去注意；在我们这个多疑的世界上，我们却必须放好任何一件使人惊叹的东西，或者把它弃而不顾。所以在《阿莱夫》的末尾，必须把房子毁掉，连同那个发光的圆面。[1]

真真假假就这样混杂在一起，从而表现了博尔赫斯处理真实与虚构的关系的高超技巧。

博尔赫斯的小说学意义正在这里。他的出现正像卡夫卡、乔伊斯、罗伯-格里耶一样，也使人们对小说是什么这个问题进行再度思考，去追问小说的可能性限度究竟如何？小说在形式上到底还能走多远？如何在小说中处理真实与幻想的关系？小说能够用什么样的虚拟和变形的方式呈现人类象征性的存在图式？这些都是博尔赫斯带给20世纪小说领域的值得珍视的启示。

[1] 博尔赫斯:《作家们的作家》，云南人民出版社，1995年版，第190页。

现代主义时代的现实主义小说

> 人物并不是作者创造的。它们早就存在，必须去寻找。假如我们不去寻找，假如我们不能重现他们，那是我们的过错。
>
> ——索尔·贝娄

现实主义小说与现代主义小说在20世纪既是并行不悖的两条主线，同时也突出地表现出彼此渗透和交融的特征。从某种意义上说，正是现代主义与现实主义的双峰并峙以及彼此盘根错节的交融互渗构成20世纪世界文坛的完整格局。

写实的原则始终是现实主义小说的根本。譬如诺贝尔文学奖委员会为1929年获得诺贝尔奖的托马斯·曼所致的颁奖词中即称：

> 写实小说忠实、精细、全面地刻画现实生活，描写人类的心灵面对当代社会时所体验到的最深刻和最微妙的感情，并强调全体与个体之间的相关性。在这方面，旧式文体是难以与它相提并论的。

托马斯·曼的《布登勃洛克一家》(1901)被看成是德国"最早的、也是最突出的"的写实小说，它的确吻合于诺贝尔奖的颁奖词对写实小说的评价。《布登勃洛克一家》一方面忠实、精细、全面地表现生活，另一方面则又深入到深刻而微妙的人类情感领域，在刻画人物方面，则把个体的典型人物与群体的共性的统一，这些都是传统的现实主义小说的长处，它也完全在托马斯·曼的创作中得到完美的体现。

但是，我们真正想强调的是，托马斯·曼又赋予了现实主义小说以崭新的品质。他的《布登勃洛克一家》不仅具有19世纪批判现实主义小说所具有的优长，它也同时具有德国作家所独具的深思和玄奥的哲理性，因此，它也堪称是一部哲学小说。而当1924年托马斯·曼的《魔山》问世之后，20世纪的现实主义小说则获得了以往的小说从未达到的境界。

《魔山》的故事发生在第一次大战前夕，地点在作者所虚构的一个瑞士阿尔卑斯山中的疗养院，即作者所谓的"魔山"，里面住着来自欧洲各地的病人，他们精神空虚，身体虚弱，有如行尸走肉，从而反映着世纪初叶欧洲精神的病态和危机，因此《魔山》也被称为"时代小说"，透露的是"整个欧洲精神生活的精髓"(美国作家辛克莱·刘易斯语)。"魔山"象征着病态和死亡，象征着病恹恹的现代欧洲的精神生活，甚至象征着笼罩在病态和梦魇中的人类生活处境本身。

《魔山》的问世，也进一步标志着20世纪的现实主义小说已经无法维持19世纪以前的"纯洁性"，一方面是现实主义小说必须顺应时代的复杂性，另一方面则是风起云涌的现代主义思潮也为现实主义小说提供了新的思想空间和新的实验技巧。对现代主义的借鉴和融合，从此成为20世纪现实主义小说的最重要的特征之一。从《魔山》即可以看出，20世纪的现实主义小说之所以取得了不容忽略的成就，与它自我的更新与发展密不可分。现实主义小说的一部分生命力正来自于它对席卷整个20世纪的现代主义文学潮流的吸纳与借鉴。在某种程度上，在20世纪的伟大作品中，不受现代主义文学影响的现实主义小说几乎是不存在的。

象征性技巧在20世纪现实主义小说中也得到了进一步的发展。“魔山”的意象就是一种主题级的象征。它昭示了20世纪现实主义小说中的象征运用越来越趋于多义化和朦胧化，这与现代主义文学的影响，与作家把握世界和传达世界的方式的复杂化均有密切的关系。美国小说家索尔·贝娄（1915—2005）的创作，同样展示了20世纪现实主义小说的丰富性和兼容性。

索尔·贝娄的现实主义成就集中体现在他继承了19世纪现实主义小说的某些传统，激赏福楼拜、托尔斯泰、德莱塞、康拉德等现实主义小说家，并从他们身上汲取了相当多的现实主义文学信念。索尔·贝娄坚守的现实主义准则之一是关于小说中的人物的信念。他引申英国女作家伊丽莎白·鲍恩的话说：“人物并不是作者创造的。它们早就存在，必须去寻找。假如我们不去寻找，假如我们不能重现他们，那是我们的过错。”[1]这背后的观念是对人的状况的深切关注。而对人的处境的关怀，正是现实主义的重要传统。

另一方面，索尔·贝娄同时认为“人的状况也许从来没有像现在这样难于明确阐述”。他所面对的是一个无论人的内在世界还是

[1] 索尔·贝娄：《受奖演说》，《赫索格》，漓江出版社，1985年7月版，第483页。

外部世界都日趋复杂的时代。这使他在自己的创作实践中努力寻找新的叙述形式。正像他自己所说的那样：在文学创作中必须“要求能有一种更加广泛、更加灵活、更加丰富、更有条理、更为全面的叙述，阐明人类究竟是什么，我们是谁，活着为什么等等问题。”[1]他对现实主义小说新的形式的寻找就是为了更好地回答他自己提出的问题。而要回答这些问题，传统的现实主义小说叙述方式显然是不够了。索尔·贝娄的小说观念因此突出地反映了20世纪的一种普遍趋势，即现实主义与现代主义的互相渗透和影响的图景。

索尔·贝娄的代表作，长篇小说《赫索格》集中反映了对复杂的现代人的生存境遇的关注，对知识分子心态的勾勒，以及对人的终极存在问题的思考。

《赫索格》中的主人公赫索格学识渊博，崇尚理性和人道主义精神，是个出色的大学历史教授。但是他在个人的现实生活中，一切却背道而驰。他两次婚姻都以失败而告终，第二个妻子还与自己最好的朋友有染，赫索格自己则被妻子赶出家门，最后不但失去了妻子、朋友，还失去了心爱的女儿。这巨大的变故彻底改变了赫索格的生活，也改变了他的精神状态，他只能借助写信来缓解内心的危机。书信因此构成了全书的重要组成部分，多达五十余封，分别写给不同的人。但是这些信件却从未寄出，它们只是赫索格心灵的一种自我倾诉，从中读者得以窥视到赫索格的内心深处，也使这部小说在描绘美国60年代动荡变幻的社会现实的同

[1] 转引自宋兆林:《贝娄和他的〈赫索格〉》,《赫索格》，漓江出版社，1985年7月版，第7页。

时，成为探索知识分子心理和精神危机的“心理现实主义”作品。

知识分子的思想与生活构成了索尔·贝娄始终关注的重要领域,《赫索格》传达的正是知识分子对自我本质的拷问和自我认同的危机。就像小说中赫索格对镜自问的那样：

> 我的天哪！这个生物是什么？这东西认为自己是个人。可究竟是什么？这并不是人，但它渴望做个人。像一场烦扰不休的梦，一团凝聚不散的烟雾。一种愿望。

索尔·贝娄笔下的知识分子，正是像赫索格这样一些离群索居，内心充满苦闷和孤独，却努力在一个与他们相疏离的社会中探求自我，寻找认同和归宿的形象。即使索尔·贝娄在长篇小说《雨王汉德森》中刻画的百万富翁汉德森，也同样被“我是谁”的问题所困扰：

> 我是谁？一个家财万贯的流浪汉，一个被驱逐到世上的粗暴之徒，一个离开了自己祖先移居异国的逃亡者，一个心里老叫唤着“我要，我要”的家伙——他绝望地拉小提琴，为的是追寻死者的声音，他必须冲破心灵的沉寂。

虽然汉德森的物质生活极端富裕，但内心世界却极度贫瘠，最终跑到非洲大陆的蛮荒之地去寻求皈依。但恰恰是在非洲的原始部落中，汉德森获得了一种精神的再生，并带着这种对生命意义和人的价值的重新领悟返回美国。作者称汉德森是一个“具有优秀品质的荒谬的探索者”，这种评价中隐含着戏谑的成分，而从未到过非洲的作者对汉德森在非洲原始部族的冒险之旅的描绘也多少有一种戏拟英雄传奇的意味，汉德森由于奇迹般地为一个原始部落求得一场雨而被奉为雨王，本身就有点滑稽，正像塞万提斯的《堂·吉诃德》戏拟骑士小说一样。索尔·贝娄《雨王汉德森》的价值一方面体现在汉德森对生命意义的堂·吉诃德式的寻求，另一方面则体现在以原始社会形态和生存方式构成现代社会的参照，从间接的层面透露了现代人以及现代社会的危机。

《洪堡的礼物》是索尔·贝娄可以和《赫索格》媲美的另一部长篇小说。小说的叙事者查理·西特林是个美国作家，在经历了穷奢极侈的生活之后却再也创作不出新的作品。与此同时，他的生活却陷入了危机：前妻向他索取巨额抚养费，流氓歹徒也无休止地纠缠他，律师也在他的身上打算盘，法官更不会轻易放过他。最终他只好流落到了西班牙。但恰在此时，他获得了的一个已故的诗人朋友洪堡留下来的一部电影剧本，这一从天而降的礼物使西特林重新富有了起来。小说试图描绘一种“洪堡精神”，这就是洪堡生前所信奉着的“善良与爱”的精神。这种精神才是洪堡所留下来的更珍贵的礼物，在一个金钱拜物教的物质社会中，它尤其显得弥足珍贵。

无论是《赫索格》，还是《洪堡的礼物》，都表现出对于现代主义文学风格和技巧的借鉴。索尔·贝娄的小说证明，20 世纪的现实主义小说如果再坚守巴尔扎克和托尔斯泰时代的原则是不可能的。可以说，索尔·贝娄改变了小说的现实主义传统，使之顺应了一个现代主义的时代。授予索尔·贝娄的 1976 年诺贝尔文学奖颁奖词中开门见山地说：“在索尔·贝娄的第一部作品诞生之时，美国的叙事艺术发生了倾向性和换代性的变化。”这种变化的重要方面，是他在小说中借鉴了大量的现代派的艺术手法。这种对现代主义的技巧的借鉴尤其体现在意识流手法的运用上。《赫索格》中混杂了大量的内心独白、心理分析、主观意绪、议论说理，有鲜明的意识流创作技巧的影响痕迹。这与索尔·贝娄试图揭示现代知识分子在都市生活中的心理危机的初衷是分不开的。但与乔伊斯等意识流小说家集中探索非理性的潜意识相比，索尔·贝娄小说中的表现的往往是人物的理性意识，意识流手法也往往是刻画人物的一种有效的手段，构成了所谓“心理现实主义”风格的有机组成部分。同时，索尔·贝娄也注重对社会环境的描绘，力图展示小说人物所处的现实境遇，像他所激赏的美国杰出现实主义小说家德莱塞那样，深刻地剖析主人公的悲剧之所以产生的社会因素和历史根源。正如他自己所说：“不可避免的个人混乱，也就是社会悲剧的写照。”传统现实主义小说固有的优势与现代主义的新的视野被索尔·贝娄完美地整合在一起。

新小说派：呈现“物”的本身

这些奇特而难以分类的作品并不表明小说体裁的衰落，而只是标志着我们生活在一个思考的时代，小说也正在对其本身进行思考。

——萨特

1955 年前后，法国的传统小说似乎走向了死胡同。第二次世界大战之后，法国文坛没有再出现像普鲁斯特这样的伟大小说家，小说面临了危机。就在这“小说危机”的当口，出现了“新小说派”。

1950 年，女作家娜塔丽·萨洛特发表了一篇名为《怀疑的时代》的文章，成为后来的新小说派理论的重要论文。文章引用了法国作家斯汤达的一句话：“怀疑的精灵已经来到这个世界。”并同时宣称“我们已进入怀疑的时代”[1]。新小说派正是在这“怀疑的时代”

[1] 娜塔丽·萨洛特:《怀疑的时代》,《法国作家论文学》，生活·读书·新知三联书店，1984 年 6 月版，第 381 页。

的历史背景下进入法国文坛并进而影响了世界文学的历史进程。

新小说派的代表人物之一娜塔丽·萨洛特（1900—1999）早在1947年就出版了她的小说《一个陌生人的肖像》，这部小说在当时并没有引起注意。但萨特为这部小说再版作序时却对它给予了很高评价，并提出了著名的“反小说”的概念：

> 当代文学最奇异的特征之一，是到处都出现了生气勃勃的和彻底否定了以往的、可以称之为反小说的作品。……它是以小说本身来否定小说，是在建设它却又当着我们的面摧毁它，是写关于一种不应该写、不可能写成的小说的小说，是创造一种虚构……这些奇特而难以分类的作品并不表明小说体裁的衰落，而只是标志着我们生活在一个思考的时代，小说也正在对其本身进行思考[1]。

萨特的命名和阐释突出了“新小说派”对传统小说的反叛特征，并宣告了一代新小说作家的诞生。新小说派的另一个理论代言人和代表作家罗伯-格里耶（1922—　）也相继发表了论文《未来小说的道路》（1956）、《自然、人道主义、悲剧》（1958），成为新小说派的纲领性文献。他的小说创作《橡皮》（1953）、《窥视者》（1955）、《嫉妒》（1957）甫一问世即成为文坛瞩目的焦点。此外米歇尔·布托尔（1926—　）也陆续出版了《时间的运用》（1956）、《变》（1957）等小说，成为新小说派中的干将之一。这几个小说家的创作，充分代表了新小说派的实绩。

[1] 萨特:《萨特文学论文集》，施康强等译，安徽文艺出版社，1998年4月版，第292页。

新小说派堪称是二战后最具革命性的文学流派。这种革命性首先表现在对巴尔扎克以来的现实主义小说传统的质疑和反叛。新小说派首先质疑的是传统小说关于“真实性”的观念，认为以巴尔扎克为代表的传统小说对环境的注重、对人物的刻划所反映的只是一种肤浅的真实，不仅无法揭示一个客观世界，而且以真实性的假象欺瞒读者。同时，传统现实主义小说的艺术手法已经不再适应现代人的生存方式和心理习惯。用萨洛特的话来说：“小说被贬为次要的艺术只因它固守过时的技巧。”当然，新小说派的艺术革新也遭致了可以想见的批评，就像罗伯-格里耶曾描述过的那样：“有人对我们说：你们不在作品中刻划人物，你们连故事都不讲，你们不去研究某一个人物的性格、也不去写某种环境，不去分析人的七情六欲，所以你们写的并不是真正的小说。”但是，新小说派这些被批评界诟病的地方，却恰恰是他们坚持的地方，也恰恰是他们的创作对传统小说构成了反叛的地方。在艺术观念上，新小说派作家极力主张文学应该客观摹写世界，主张在作品中抛弃任何作家主观的思想、见解和议论，作家所做的只是精细、如实地反映外部世界，尤其是刻绘外在的物质世界。因此，对“物”的重要性的强调在新小说派这里走向了一个极端，罗伯—格里耶就宣称：

> 我们必须制造出一个更实体、更直观的世界，以代替现有的这种充满心理的、社会的、功能的意义的世界。让物件和姿态首先以它们的存在去发生作用，让它们的存在继续为人们感觉到，而不顾任何企图把它们归入什么体系的说明性理论。……在小说的这个未来世界里，姿态和物件将在那里，

而后才能成为“某某东西”。此后它们还是在那里，坚硬、不变、永远存在，嘲笑自己的意义[1]。

与萨特、加缪等存在主义作家相比，罗伯—格里耶等新小说派作家在观念上走得更远，他们认为，萨特和加缪把世界理解为荒诞的存在，仍是赋予世界一种意义的行为，“荒诞”本身就是世界的意义。存在主义的荒诞主题仍在探讨人在世界中的意义问题。而在罗伯—格里耶一类的新小说派作家那里，“世界既不是有意义的，也不是荒谬的，它存在着，如此而已”（罗伯—格里耶语）。他们彻底放逐了意义的维度。小说不再以叙述一个有声有色有头有尾的故事为目的，也不再具有主导的心理学动机，更不用说探索什么存在的意义了。那么，新小说派作家是如何在小说中放逐了意义的维度呢？法国著名后现代主义理论家罗兰·巴尔特总结说，罗伯—格里耶采取的策略有二：一是消解深度。二是瓦解叙事。

首先，罗伯—格里耶认为，传统的小说的意义是建立在“深度”这个神话的基础上的，小说家总认为他的小说试图表达一个深刻的主题，小说总是隐含有一种深度，而这深度就是小说的意义。但是罗伯—格里耶却不相信世界有一种深度存在，所谓的深度是人类人为赋予的。他的小说就是一种排斥了所谓深度的“表面小说”，在技巧上则表现为大量运用视觉性极强的词汇，惯于不厌其烦地描写事物的形状、数目、方位、性质、质地等等物质表层的

[1] 罗伯—格里耶：《未来小说的道路》，《现代西方文论选》，上海译文出版社，1983年4月版，第314页。

特征。如他的代表作《嫉妒》中这样写香蕉树：

> 从这丛香蕉树往下，这片蕉林的边线沿着山坡稍稍岔开着垂下来(向左偏斜)。到这片地的下端为止，每排植有三十二株香蕉树。
>
> 如果不计较这些树实际上的有无和顺序，那么第六排树在一个矩形、一个规则的梯形和一个边缘凹陷的梯形中所拥有的植株数应当分别是二十二、二十一和二十。而如果减去已经砍掉的树，则是十九。
>
> 再往下的每一排树木所包含的株数依次为：二十三、二十一、二十一、二十一、二十二、二十一、二十、二十、二十三、二十一、二十、十九……

这就是新小说中常常出现的极端精细的物质主义式描写，小说家试图完全写出香蕉林的原貌，它的分布、形状、数目、给人一种极端的机械感。罗伯—格里耶刻意追求的就是为读者呈现视觉层面的香蕉林，而不关注于什么深度和意义。

其次，是瓦解叙事。罗兰·巴尔特称罗伯—格里耶小说写作的最突出的特点是“断绝了叙事性吸引力”，打断叙事的连续性，大量运用场景、细节、断片，读者很难再读到一个完整的有连贯情节线索的故事。这就是罗伯—格里耶对小说的叙事性秩序的瓦解。在萨洛特的小说《天象馆》中，也表现出类似的特征，小说家采取的是心理直接呈示的叙述方式，完整的故事、连贯的情节甚至人物的性格，都不再是小说的重心，小说可以说是由心理片断的直呈所构成的。

新小说派是一个努力探索新的语言方式和艺术手段的流派，在新小说派所偏爱的各种艺术倾向中，一个重要的主题“就是叙述一个故事的不可能性”[1]。就是说，新小说派小说家尽可能地在小说中摒弃故事，即使有故事情节的某种形态，也表现为一种未完成状态，小说的讲述方式通常表现为“现在进行时”，小说成为叙事者的正在进行的叙述行为，所以，“未完成性”构成了新小说的一个重要的特征。这使绝大多数的新小说作品成为一种未完成的探索。正如新小说派作家米歇尔·布托尔所说：“小说是一种探索。”这个定义也可以被理解为：“小说乃是对小说本身的探索。”新小说派小说家都致力于探索小说的新的可能性，探索还没有被别的小说家实践过的小说形式和主题，而对传统小说形式则一概否定。因此有文学史家称新小说派是“否定派”：

> 不要人物，也不要故事情节，总之，不要从古至今构成小说的东西。这正是发掘更适合我们时代感性的新形式的愿望。大部分新小说宣言中的实质就是文学必须更新，必须重新提出来讨论，应当探索一些新路子，至少应当在乔伊斯、陀思妥耶夫斯基、卡夫卡已经开辟的道路上走下去。新小说就是通过这一方式，作为未来小说的试验室，作为具有否定和探索特色的小说新风格出现的[2]。

在新小说派作家中，萨洛特对意识流小说理念和技巧有着自

[1] 米歇尔·莱蒙：《法国现代小说史》，上海译文出版社，1995年3月版，第346页。
[2] 同上书，第338页。

觉的继承。她主张发掘新的心理领域，发掘“无意识这个几乎尚未开拓的广阔领域”[1]，发掘意识下的“潜在的真实”。所以有研究者称继普鲁斯特、乔伊斯、伍尔夫之后，萨洛特的作品“构成了20世纪欧洲文学中第二次心理现实主义高潮中的重要内容之一”[2]。萨洛特的《天象馆》就酷似伍尔夫的小说，整部小说由不同人物的内心独白组成。但是萨洛特的内心独白并不完全等同于伍尔夫时代的独白，萨洛特的创新之处体现在“潜对话”范畴的提出。通俗地讲，“潜对话”即只发生在内心中的不具有外在具体形式的对话，它“既可是某一个人物想象中可能发生的对话，也可以是某一个人物回忆中已经发生过的对话，还可以是人物之间目前在内心中所发生的并未发而为声、也不一定形之于色的对话，正因为是心理活动中的对话，是人物内心世界里的应答，因而，我们也可以称之为人物内心独白中的复调模式，从这个意义上来说，它是内心独白的一种发展”。所谓“人物内心独白中的复调模式”，正是指只发生在人物心灵深处的不同声音的对话关系，就像音乐中的复调效果一样。这对以往意识流小说中只有单一人物声音的内心独白，是一种创新与发展。

新小说派作家往往运用一些早已有之的通俗小说文类形式，如侦探小说，就是罗伯－格里耶、米歇尔·布托尔常常采用的小说类型。罗伯－格里耶的《橡皮》和《窥视者》，米歇尔·布托尔的《时间的运用》都具有一种侦探小说的外壳。《时间的运用》在情节层面叙述的是三起谋杀案，而在形而上层面则是探索时间的内在

---

[1] 萨洛特：《怀疑的时代》，《“冰山”理论：对话与潜对话》（下），工人出版社，1987年4月版，第559页。

[2] 柳鸣九：《娜塔丽·萨洛特与心理现实主义》，《天象馆》，漓江出版社，1991年10月版，第13页。

机制。正像阿根廷小说家博尔赫斯的小说《交叉小径的花园》是在一个侦探故事的框架中包含关于时间的玄学主题一样，布托尔也在《时间的运用》中尝试把时间分割成一段段碎片，谋杀故事与玄学动机就这样合为一体。他的另一部代表作《变》也有这种哲理性的追求。小说写的是一个打字机公司的经理在由巴黎到罗马的火车上 20 多个小时的回忆和联想。对已经逝去的二十多年时光中的一次次旅行的联想构成了小说的核心内容。小说题目中所谓的“变”正是指主人公记忆中的时空的变化以及心理流程的变化，这一系列的“变”最终则导致了主人公精神世界的嬗变。而火车在时空中的穿行，则构成了主人公精神的探索历程的外在象征。《变》在叙事层面上最具有创造性的追求是运用了少见的第二人称“你”，从小说的第一句“你把左脚踩在门槛的铜凹槽上”一直到小说结尾，“你”始终与读者相伴。为什么作者引入了第二人称“你”呢？布托尔本人曾解释说：“由于这里描述的是意识的觉醒，所以人物不能自称‘我’，用‘你’既可以描述人物的处境，又可以描述语言是如何逐渐在他身上形成的。”[1]而从阅读层面上看，“你”则既指小说主人公，又把读者带入小说，从而使读者获得积极介入小说进程的阅读体验。此外，第二人称“你”的叙述，在时间上建构的是一种进行时态，使一切仿佛都成为未完成的正在行进中的过程。罗兰·巴尔特曾经这样讨论过法语中的另一种时态“简单过去时”：“在简单过去时背后永远隐藏着一个造物主、上帝或叙事者。”[2]最终在时态的后面隐含的是一种稳定性和一种秩序感。与“简单过去时”

[1] 转引自桂裕芳：《变·译后记》，《变》，外国文学出版社，1983 年 4 月版，第 241 页。
[2] 巴尔特：《符号学原理》，生活·读书·新知三联书店，1988 年 11 月版，第 79 页。

构成差别的是,《变》中的“你”所带来的正在进行时，则表明小说叙述的是一个变动不居的流程，既是人物外在的行动过程，也是心理和精神的历程，从而在小说叙述层面凸显了“变”的题旨。

克洛德·西蒙是所谓的第二代新小说派作家，其著作有《草》(1958)、《弗兰德公路》(1960)、《历史》(1967)、《双目失明的奥利翁》(1970)和《农事诗》(1981)等。1985年瑞典皇家学院把诺贝尔文学奖授予克洛德·西蒙，在某种意义上说，这诺贝尔奖是授予整个新小说派的，意味着对新小说派的肯定。颁奖词中称赞说:“这位作家以诗和画的创造性，深入表现了人类长期置身其中的处境。”诗和画的结合的确构成了西蒙的独特的艺术追求。他的小说《风》(1957)的副标题是“重建巴洛克式圣坛装饰屏的尝试”，从题目就可以看出对打通诗与画的界限的尝试，小说是以绘画的方式来结构的，类似于一种巴洛克式风格的画屏。《弗兰德公路》是他的代表作，也是试图以绘画的空间性来代替传统小说的线性时间线索，以电影蒙太奇式的手法把不同时间和人物的心理活动、想象和追忆组合在一起，最终营造的是一种心理时空。西蒙的后期的创作以《双目失明的奥利翁》和《农事诗》为代表，开始了新小说派理论家让·里加杜所说的“叙述的探险”的过程[1]。小说不再是叙述一场冒险经历，而是一种叙述本身的冒险。小说作为一种叙事艺术的本体性在西蒙这里得到自觉的体现。《农事诗》的奇特之处在于它并置了不同的历史时空中的三个人物的故事，从而把法国大革命时期的一个将军，二次大战中的一个法国骑兵以及西班牙内战时期

[1] 参见林秀清:《诗画结合的新小说》,《弗兰德公路》，漓江出版社，1987年3月版，第8页。

的一个英国青年的经历组接在一起，在彼此参照的过程中产生一种超越历史的绵延感。西蒙也似乎像他的文学前辈普鲁斯特那样，擅长在记忆以及联想领域纵横驰骋。正像诺贝尔颁奖词中所说,《弗兰德公路》和《农事诗》“写了个人的回忆、家族的历史传闻、近年的战争体验和过去时代战争的经历极为复杂的混合内容，表现了一种感官方面敏锐的感受力和语言方面高度的想象启发力”。

新小说派中最具有代表性的一个，是罗伯—格里耶。罗兰·巴尔特称他是小说界的哥白尼，认为罗伯—格里耶的每部小说，都具有一种小说革命的意义。罗伯—格里耶也可以说是20世纪在小说实验和小说创新的道路上走得最远的人物之一。他的《橡皮》和《窥视者》表面上酷似包含了谋杀案的侦探小说。其中《窥视者》获得了法国1955年的“评论家奖”，写的是一个旅行推销员马弟雅恩回到自己童年生活过的海岛去推销手表，在海滩的僻静的地方杀了牧羊女雅克莲，并将尸体推入海中，尸体后来被人发现，马弟雅恩做贼心虚，回到作案现场去消灭物证，却被雅克莲的男朋友于连窥见。然而，此后却似乎什么也没有发生，马弟雅恩两天后平安无事地回大陆了。“窥视者”指的是发现了马弟雅恩犯罪却没有告发的于连。但是他为什么替罪犯隐瞒？马弟雅恩又出于什么动机去杀害雅克莲？小说始终没有交代。即使连杀人的过程，小说也没有正面描写，而是奇特地出现了一个小时的叙述“空白”，正是这一个小时的空白中，雅克莲被害了，至于是被谁所杀，小说则是通过一系列关于现场物证的暗示，间接透露出马弟雅恩曾经杀过人。这是一部与读者所熟悉的侦探小说类型相去甚远的作品，是以侦探小说为“表”，以“物化”追求为“里”的先锋性小说。它是隐藏了主观判断和心理动机的小说，也没有侦探小说连贯的叙事线索，进入读者视野的核心部分是排除了主观感受和判断的客观“物象”。叙事者就像一个盲人，拿着一架摄影机，在一个隐藏的角落不被人知地任摄影机随意拍摄进入镜头的场面、细节和物象，却没有配上一句加以解释的话外音。最终占据画面的是被放大的“物”，如《窥视者》临近结尾时对一只灰海鸥描写：

它恰好呈现着侧面，头转向右方。长长的翅膀合拢着，翅膀的尖端在尾巴上交叉，尾巴也是相当短的。它的喙是平的，很厚，黄色，微弯，可是尖端却呈勾状。翅膀下边和尖端都有较深色的羽毛。

下面只看见一只右脚(另一只恰好被右脚遮没)，又瘦又直，布满黄色的鳞片。它从腹下一个弯成一百二十度角的关节开始，和上面布满羽毛的肉身接连，这肉身只露出这一小部分。另一只脚可以看见脚趾间的脚蹼，和伸开在木桩的圆顶上的尖爪。

物象被如此放大，推成电影特写一般的镜头，却没有丝毫意义根据，读者所看到的便只是“物”的存在本身，至于对“物象”淋漓尽致的表现究竟有什么用意和企图，为什么要如此细致地描绘一只海鸥的细部，是作者没有告诉我们的。或许不厌其烦地呈现无意义的“物”的存在本身，就是《窥视者》的形而上的意图所在。与这种冷静、如实地描摹客观事物相适应的，是罗伯—格里耶所追求的一种没有人格化的，放逐了感情色彩的语言，有评论家称这是一种中性的语言。所有这些趋向在罗伯—格里耶的代表作《嫉妒》中得到了更为充分的体现。

《嫉妒》是罗伯—格里耶的最具实验性的作品，有评论者称它是罗伯—格里耶作品中“最出色的一部”[1]，但也是令大多读者望而却步的一部。它的革命性首先体现在对传统的小说准则的彻底背离。巴尔扎克时代的关于典型环境、人物塑造、情节描写、心理分析之类的约定俗成的准则，在《嫉妒》中得到了前所未有的反叛。

《嫉妒》的书名告诉读者，它是一部关于“嫉妒”主题的小说，写的是一个丈夫对自己的妻子阿A和一个男邻居弗兰克观察和猜忌的过程。但整部小说并没有什么故事，甚至没有多少情节，贯穿小说始终的是一些一再重复的场景。同时，《嫉妒》的叙事者其实是没有出现的。小说貌似一个第一人称叙事者在叙述，但从未有“我”的字样出现，读者只能听到他的声音，却不知他是谁。进入视野和场景的总是女主人阿A的活动，以及阿A和邻居弗兰克在露台聊天，在餐厅吃饭的场景。但是读者却时刻感到场景和空间中不止有阿A和弗兰克，当小说写到露台或餐厅的场景时，总是要交代有第三把椅子，第三个杯子，第三副餐具，暗示还有第三个人的存在。这第三个人就是小说中的嫉妒的丈夫，一个不动声色的观察者，时刻在监视和猜忌让他嫉妒的妻子。

秘鲁小说家略萨认为《嫉妒》是一部故事中的最根本的成分——也就是中心人物，作为叙事者的“我”——流亡于叙述之外的长篇小说[2]。也可以说小说的中心人物是被隐藏的。同时，在核心人物之外，小说也隐藏了核心的细节：阿A搭邻居弗兰克的车进城，当晚却没有赶回来，理由是车在路上抛了锚。于是妻子是怎

[1] 柳鸣九:《嫉妒》译本序，《嫉妒》，漓江出版社，1987年2月版，第3页。
[2] 略萨:《中国套盒》，百花文艺出版社，2000年1月版，第96页。

样在外面过夜的就成为叙事者不断猜疑的重要细节。但这一细节的真相——汽车究竟有没有抛锚——在小说中也是被隐藏的，是无法证实的，既是叙事者无法确知的，也同时是读者无法确知的。

《嫉妒》的这种“隐藏”的艺术似乎想告诉读者这样一个理念：所谓真实是不存在的，或者说，并不存在巴尔扎克式的传统小说意义上的真实。一切都取决于人的观察角度和位置。小说中的叙事者所能叙述出来的，只是他所能看到的和感知到的。因此，叙事者的观察就构成了小说中最核心的要素。正是在这个意义上，小说的名字所隐含的双关含义（在法语中，“嫉妒”一词的另一个意思是“百叶窗”）把作为主观心理活动的“嫉妒”主题与作为客观存在的百叶窗所表现的“观察”的主题结合了起来。小说中的叙事者正是常常透过百叶窗观察着妻子以及邻居的一举一动。他的视野也由此取决于百叶窗的物质形式，他所能看到的场景也被他的观察的形式——百叶窗所限定。而小说也因此表达了新小说派的一个重要的小说观念：人的主观心理和情绪与客观存在的“物”是密不可分的。这就是《嫉妒》所蕴涵的“物化”的重要主题。

法国学者戈尔德曼在他的《论小说的社会学》一书中指出，《嫉妒》这部小说的名字所隐含的双关含义表明“在这个世界上不可能把情感和物分开”[1]。小说表现了“物”的自主性，并进而表现了一个“物化”的现实。正像《嫉妒》中的叙事者所昭示的那样，他只能透过百叶窗偷偷地窥视，是一个被动的存在，而无法成为一个行动者，这就是“物化”的现象，人向物转化，由此，戈尔德曼认

[1] 吕西安·戈尔德曼：《论小说的社会学》，中国社会科学出版社，1988年6月版，第218页。

为“物”成为一种具有自主性的现实，而人不但不能控制“物”，反而被“物”同化，被物宰制。最终我们所处的世界的结构也变成了一种“物化”的结构。《嫉妒》所表现的更深刻的主题正是这种世界以及人的“物化”的主题。“物化”也构成了新小说派对20世纪人类生存状况的一种深刻的体认。

马克思主义者认为，资本主义把一切社会关系都变成了物。马克思正是从商品拜物教中发现了物化现象，即资产阶级把每一件事物都理解成可计算的东西，从而形成了资本主义的拜物教化的特征。这是一般意义上的马克思主义者的观点，从这种观点理解罗伯—格里耶的《嫉妒》，评论者们认为小说一方面写出了一个客观存在的物化世界，另一方面则可以说表现了对“物化”世界的抗争。但是罗伯—格里耶对“物化”还有着自己的理解。他说，“我是一个现实主义的、客观的作家，我创造一个我不加判断的想象的世界，既不赞同，也不谴责，但是我记录下了作为基本现实的存在”。在他的论文《未来小说的道路》中，他称他制造的只是一个更实体，更直观的世界，让物件首先以它们的存在去发挥作用。“物”在罗伯—格里耶的理解中首先是一种客观存在，它是自足的，拒绝人类赋予它以各种各样的说法和意义。《嫉妒》表现的就是一个没有意义的世界。它的风格是彻底的表面化，甚至排除了文学上的修辞手段，尤其排斥了比喻。

罗伯—格里耶认为，对比喻的运用远不仅仅是修辞问题，而是反映了人把自己的本性的观念推广到“物”上面，从而反映了一种人对“物”的世界的主宰，是以人为中心的。所以罗伯—格里耶主张文学作品尽量不用比喻，而是还原“物”的本来的世界。只有这样，才能如实地反映世界作为物的存在的事实，也才能反映人所处的是一个物化的世界的事实。

但是，复杂之处在于，《嫉妒》同时又是自身内部具有某种悖论性的小说，它是个自我矛盾的统一体。当评论家们察觉到叙事者在不动声色地呈现着“物”的时候，罗伯—格里耶却指出这个叙事者并不是一个所谓冷静客观的人，恰恰相反，他是“所有的人当中最不中立、最不不偏不倚的人；不仅如此，他还永远是一个卷入无休止的热烈探索中的人，他的视象甚至常常变形，他的想象甚至进入接近疯狂的境地”。“是这个人在看、在感觉、在想象，而且是一个置身于一定的空间和时间之中的人，他受这感情欲望支配，一个和你们、和我一样的人。”[1]简单地说，《嫉妒》的叙事者是个被“嫉妒”的心理疯狂折磨的有强烈主观情感的人。

因此，罗伯—格里耶指出，“尽管人们在小说中看到许多‘物’，描写的又很细，但首先总是有人的眼光在看，有思想在审视，有情欲在改变着它。我们小说中的‘物’从未脱出人的感知之外显现出来，不论这种‘物’是真实的，还是想象的。”正是从这个意义上，罗兰·巴尔特说有两个罗伯—格里耶，一个是客观主义者；另一个是人本主义者，或主观主义者。读者也可以有两种方式去读罗伯—格里耶，即一方面是把他看作描绘“物”的世界的小说家，另一方面又可以看作是创作主观性文学的小说家。而罗伯—格里耶的作品中“出现的物常常是作为一项心理内容的素材”[2]。从这个意义上说，两个罗伯—格里耶是统一的，《嫉妒 / 百叶窗》的书名本身就意味着主观世界和客观世界的不可分割。

---

[1] 罗伯—格里耶:《新小说》,《“冰山”理论：对话与潜对话》(下)，工人出版社，1987年4月版，第522—523页。

[2] 米歇尔·莱蒙:《法国现代小说史》，徐知免等译，上海译文出版社，1995年版，第339页。

对不存在事物的想象力

最古老的寓言模式：孩子在森林里迷路或是骑士战胜遇见的恶人和诱惑，至今仍然是一切人类故事的无可替代的程式，仍然是一切伟大的堪称典范的小说中的图景。

——卡尔维诺

意大利作家伊塔洛·卡尔维诺（1923—1985）获得的文学史评价有些堪称是登峰造极的，从1947年蜚声文学界的小说《通向蜘蛛巢的小路》开始，此后的《我们的祖先》三部曲、《宇宙奇趣》《命运交叉的城堡》《隐形的城市》《寒冬夜行人》《帕洛马尔》等作品，使卡尔维诺成为世界级作家，获得了“最富魅力的后现代派大师”，“当今世界上屈指可数的几位伟大的艺术家”，“意大利最独出心裁、最富有创作才能、最有趣的寓言式作家”等赞誉[1]。以致有人说：“当意大利爆炸，当英国焚烧，当世界末日来临，我想不出有比卡

[1] 参见吴正仪:《我们的祖先·前言》,《我们的祖先》，工人出版社，1989年3月版，第6页。

尔维诺更好的作家在身边。”[1]

这位可以在世界毁灭之际冲淡你的“末日”感的作家，毕生对童话有着浓厚的兴趣。卡尔维诺曾经精心钻研和搜集过意大利本土童话，著有一部百万言的巨著《意大利童话》。他的小说创作中也有着鲜明的童话的影响痕迹，善于想象世界上本来不存在的事物。50年代的《我们的祖先》三部曲就是塑造了无中生有的文学形象的具有童话思维和寓言色彩的三部传奇故事。

《我们的祖先》三部曲由《分成两半的子爵》（1952）、《在树上攀援的男爵》（1957）和《不存在的骑士》（1959）组成。三个故事都发生在遥远的过去。《分成两半的子爵》写的是一位子爵在战争中被炮弹一分为二，竟然分开的两半都各自存活了下来，一半善良，一半邪恶。人性的善与恶就这样以童话的形态形象地反映在分成两半的子爵身上。《在树上攀援的男爵》写少年柯希莫为了反抗专制的父亲而爬上了树，从此就再也没有下到地面，创造了一种纯然而自足的树上的生活方式。《不存在的骑士》写的是查理大帝的一名驰骋疆场的骑士阿季卢尔福的故事。奇异的是所谓的骑士没有肉身，只是一副盔甲，盔甲的里面是空无一物的虚无，但这副空空荡荡的盔甲却具有活人的一切禀性。从客观真实性的意义上说，这三个“我们的祖先”都属于“不存在”的人物，都有一种童话的属性。

童话思维正体现在小说的三个人物形象身上。如分成两半的子爵，形象简明，观念鲜明，有儿童思维的色彩和特征。不存在

---

[1] 转引自陈实：《隐形的城市》译序，《隐形的城市》，花城出版社，1991年1月版，第10页。

的骑士界于空无与实有之间，也符合儿童的心理和想象力。至于树上的男爵，树上的生活方式更是一种童话化的构想。因此，尽管三部曲的主题是抽象的，但是这种童话化的构思却使三部小说形象鲜明，生动逼真。三部小说都建立在具体的形象构思的基础之上，正如卡尔维诺自己说的那样：

> 我开始写作幻想的故事的时候，是没有考虑理论的问题的；我只懂得我全部的故事的源头是一种视觉的形象。有一个形象是一个人被分割为两半，每一半都还继续独立地活着。另外一个形象是一个男孩爬到树上，从一棵树跳到另一棵树，不下地面。还有一个是一套空的甲胄，它行走、说话，好像里面有人似的[1]。

三部小说仿佛是遵循着三个人物特有的禀性自行进展，“是形象本身发挥了它内在的潜能，托出了它本身原本就包含着的故事”。卡尔维诺塑造这种奇特的人物形象的初衷，在很大程度上出于对人类的想象力日益贫乏的忧虑。现代人每天被电视上无穷无尽的视觉形象疲劳轰炸，想象力却在因此而衰竭。尤其是个人化的想象力更是在电视文化的平面化图像面前萎缩。因此，卡尔维诺追问：“那种引发出对于不存在（not there）事物的形象的力量还会继续发展吗？”他的《我们的祖先》三部曲对几个形象的塑造，正表现出对于某种不存在的事物的形象的高超想象力。

《我们的祖先》同时又是关于现代人的生存和人性的寓言。卡

[1] 卡尔维诺：《未来千年文学备忘录》，辽宁教育出版社，1997年3月版，第62页。

尔维诺在《我们的祖先》后记中这样评论他的三部曲：

> 我要使它们成为描写人们怎样实现自我的三部曲：在《不存在的骑士》中争取生存，在《分成两半的子爵》中追求不受社会摧残的完整人性，在《在树上攀援的男爵》中有一条通向完整的道路，这是通过对个人的自我抉择矢志不移的努力而达到的非个人主义的完整。这三个故事代表通向自由的三个阶段。

因此，尽管小说写的是古代的故事，批评家仍称《我们的祖先》“是现代人的三部曲”[1]。它们恰像卡夫卡小说《变形记》一样，写的是关于现代人生存境况、人性追求和自我认同的寓言，只是卡尔维诺的想象比起灰暗的卡夫卡来更具有一种亮色而已。

《我们的祖先》的艺术成就突出地表现在它创造了一种寓言形式。寓言形式是现代小说最有活力的一种模式，在卡夫卡那里就奠定了它在20世纪小说中大量运用的基础。寓言的原型模式中往往蕴涵着人类的基本境遇，蕴涵着人类的基本心理动机，也蕴涵着人类的基本的追求与渴望，正如卡尔维诺所说：“最古老的寓言模式：孩子在森林里迷路或是骑士战胜遇见的恶人和诱惑，至今仍然是一切人类故事的无可替代的程式，仍然是一切伟大的堪称典范的小说中的图景。”[2]在《我们的祖先》中，寓言的模式与传奇

[1] 转引自吕同六：《现实中的童话，童话中的现实·〈卡尔维诺文集〉序》，《卡尔维诺文集》，第一卷上，译林出版社，2001年9月版，第19页。

[2] 转引自吴正仪：《我们的祖先》前言，《我们的祖先》，工人出版社，1989年3月版，第10页。

的故事和关于生存的哲理有机地结合在一起，使小说既有形而上的内蕴，又有可读性，是现代小说中不可多得的精品。

卡尔维诺60年代的小说则具有了更多的实验追求。譬如《寒冬夜行人》，是一部由十篇小说的开头组成的长篇小说，换句话说，它只是十篇故事开端的无关联的缝合。小说运用了少见的第二人称，一开头写的是“你”（小说的一位“读者”）正在阅读卡尔维诺的新小说《寒冬夜行人》，正到故事的紧要关头，“你”发现内容前后连接不上，“你”就去书店换书，老板告诉“你”是小说装订出了错误，把卡尔维诺的小说与一个波兰作家巴扎克巴尔的小说《在马尔博克城外》订在一起了。因为“你”已经被巴扎克巴尔的小说吸引，于是就换了一本《在马尔博克城外》继续读，读了一阵，小说的内容又发生了错乱，如此这般反反复复，“你”最终读的只是十部小说的开头。更有趣的是，这十本小说的名字组成的竟是一首诗：

假如冬夜里一个旅人
在马尔博克城外
在陡峭的山坡上向外探身
不怕风也不畏高
俯视阴影慢慢聚拢
在千丝万缕的线网之中
在纵横交错的线网之中
月色下满地落叶
环绕着一个空坟

下面有什么故事等待了结？

《寒冬夜行人》中的十篇故事共同的特点和联系只有一个，就是每一个故事都在最吸引你的地方戛然而止，小说还没有充分展开，悬念还没有解答就结束了，而另一个故事又开始了。这种营造故事的方法背后有着卡尔维诺的时间理念在支撑，这就是他的“时间零”的理论。什么是“时间零”呢？比如一个猎手去森林狩猎，一头雄狮扑了过来。猎手急忙向狮子射出一箭，“雄狮纵身跃起。羽箭在空中飞鸣。这一瞬间，犹如电影中的定格一样，呈现出一个绝对的时间。卡尔维诺把它称为时间零。这一瞬间以后，存在着两种可能性：狮子可能张开血盆大口，咬断猎手的喉管，吞噬他的血肉；也可能羽箭射个正着，狮子挣扎一番，一命呜呼。但那都是发生于时间零之后的事件，也就是说，进入了时间一，时间二，时间三。至于狮子跃起与利箭射出以前，那都是发生于时间零以前，即时间负一，时间负二，时间负三”[1]。以情节和故事取胜的传统小说遵循的是线性时间和因果关系，更注重故事的来龙去脉，关注“时间零”之前或之后的事情。而在卡尔维诺看来惟有“时间零”才是更值得小说家倾注热情的时刻。这就对那种要求有前因后果，有完整的故事，有高潮和结局的传统小说观念形态构成了反叛，表现了后现代主义写作的开放性和零散性，故事不再完整，也不再有传统意义上的结局，读者的参与和阅读成了实现小说价值的重要环节。

在结构上，《寒冬夜行人》也被称为“连环套小说”或者“套盒结构”小说。是小说的读者“你”走马灯似地更换小说的过程串起

[1] 吕同六：《卡尔维诺小说的神奇世界》，《寒冬夜行人》，安徽文艺出版社，1993年8月版，第8页。

了十部故事，“你”对小说的阅读和更换构成了一个更大的套盒，十部小说的开头则构成了大套盒里面的小盒子。在这个意义上，卡尔维诺发展了从《天方夜谭》和《十日谈》就已经开始了的世界小说的“套盒叙事”的传统，并显示出了一种惊人的创造性。

另一方面，卡尔维诺本人则称《寒冬夜行人》为“超越性小说”（hyper-novel）。并认为《寒冬夜行人》作为一部超越性小说的目标是揭示小说的本质，它以压缩的方式，展示了十个开端：

> 核心是共同的，但每个开端的发展方式都不同，而且在一个既左右其他，也被其他左右的框架中展开。……我的气质促使我“写得短些”，而这样的结构让我可能把创新与表达的态度和一种对无限可能性的感知结合为一[1]。

从这个意义上说，《寒冬夜行人》也同样是关于小说的小说，探索的是小说写作的可能性，并进而说明“一切叙述的潜在的繁复性”，卡尔维诺说这也是他另一部实验小说《命运交叉的城堡》所遵循的原则。在这个意义上，批评家们把《寒冬夜行人》这类的小说称为“元小说”、“纯小说”，强调的就是这类小说对小说本身存在的可能性的追求，它们是思索小说自身存在的方式和命运的小说。

---

[1] 卡尔维诺:《未来千年文学备忘录》，辽宁教育出版社，1997年3月版，第85页。

20 世纪最后的传奇

“现在我们越过边界了——但是要越过多少道边界，才能回到家？”对我而言，要找到一个地方，让我能跟我自己、跟环境和谐相处，那就是我的家。家不是一间房屋，不是一个国度。——然而这样的地方，并不存在。

——安哲罗普洛斯

如果说，19 世纪是人类创造传奇的最后一个世纪，那么 20 世纪就是人类讲述传奇的最后一个世纪。

传奇的诞生，有赖于超异的空间，超常的人物，超凡的举动。而现代生活世界的世俗化和庸常化，以及现代统治管理的日常化和体制化，使得人类那些毫无生趣和创造性的个体越来越陷于被约束被规范的境地。这就是无形和有形的规训全方位地吞蚀着生命个体原本自由的空间与时间的 20 世纪。在这样一个世纪，人类的传奇即使存在，也只能存在于想象力的世界，存在于艺术大师的虚构和叙述中。

在我看来，是两个意大利人，为我们讲述了 20 世纪最后的精彩传奇，这就是作为卡尔维诺的小说——《我们的祖先》三部曲之一的《树上的男爵》(1957)，以及托纳托雷的影片——《一九〇〇的传奇》(又名《海上钢琴师》，1998)。

两部隶属于不同媒介的作品却有太多的异曲同工之处。《树上的男爵》最令人着迷的莫过于男爵柯希莫在树上攀援的形象。这个形象本身就具有天然的传奇性：柯希莫自从12岁时因为在午餐的饭桌上拒吃蜗牛而爬到树上起，一直到65岁在海上消失，就再也没有踏到地面上哪怕一步。或者说，他在树上过了大半生，从未脚踏实地过，而是在树上塑造了超越尘寰的另一种生存形态，建立了自己的完整而自足的世界，至死也不肯返回地面。这本身就是一个传奇和现代神话。而《一九〇〇的传奇》(*The Legend of 1900*)的题目就昭示了它作为一部世纪传奇的品质：主人公——一个弃婴——在20世纪的第一天在船上被黑人船工丹尼捡到，并因此起名为一九〇〇，从此就在这艘"弗吉尼亚"号客轮上长大，随着它在欧洲和美国之间往返漂泊，为那些穿洋过海投奔新大陆的乘客展示高超的钢琴技艺，始终生存在海上，从没有登上过陆地，一直到废弃的"弗吉尼亚"号在海上被炸毁。一九〇〇选择了与船俱亡，正像男爵柯希莫最终也没有回到地上一样。

我长久地迷恋男爵和一九〇〇这两个神话般的形象。在我的脑海里，男爵柯希莫在自己的家乡翁布罗萨郁郁葱葱的森林中攀援的孤独身影，经常会和形只影单的一九〇〇那在船的紧贴海面的舷窗一次次落寞地凝视大海的目光叠印在一起。男爵茕茕孑立的姿态宛若一个漫长的启示，穿越整整一个世纪的光阴把一九〇〇忧郁的眸子照亮，一九〇〇由此仿佛成为男爵最忠实的也是唯一的传人，在20世纪继续演绎着他的传奇生涯。

男爵柯希莫在树上攀援的身影总是使我意识到曾经有个离我们如此切近，但却是我们永远无法企及的世界。这个树上的世界当然只存在于卡尔维诺虚构的叙事和非凡的想象力中，但又仿佛就在距我们咫尺之遥的上方，它的存在意味着，每个人其实都可以很轻易地超越自己既有的生活而跨越到这个与众不同的世界上去。这个树上的世界的悖论性在于，它曾经是离人间最近，但实际上却又最远的一个乌托邦。它离人世如此之近，是因为卡尔维诺既塑造了一个匪夷所思的树上的世界，同时这个世界又完完全全遵循着树上的生活所应该有的可信的逻辑。男爵柯希莫的所作所为其实都没有超出我们所能想象到的树上的世界应该有的常规。男爵在接受了地面上的弟弟偷偷带给他的树上生活必备的最初的物什之后，就学会了在树上生存下去的一切本领。他以打猎和钓鱼为生，在树枝间往水塘里撒下钩就坐收鳝鱼和鳟鱼，并以自己的渔猎所得与地上交换自己无法制造的东西。他选择了离群索居，对自己天才般地创造了一种观照现世的超越的方式十分满意，信奉“谁想看清尘世就应当同它保持必要的距离”；同时悖谬之处又在于，当男爵离开了尘世，他似乎才对尘世产生更大的热情和更执著的关怀，于是又以居高临下的姿态对地面上的生活积极参与。他在树顶出席霸道而神经质的姐姐的婚礼，在妈妈临终之际从窗外用鱼叉取了一片桔子递到她的手里。他在林中与杀人越货的大盗布鲁基一同迷上了阅读，并为遭受绞刑的大盗守卫尸体，挥动帽子赶开啄食尸体眼睛和鼻子的乌鸦。他与邻居高贵而专制的女子薇莪拉在树上轰轰烈烈地恋爱，并为她最终的负气离去痛不欲生。他曾经率领森林中的烧炭工一举截获摩尔海盗藏在洞穴里的宝藏，指挥了一次抗击警察征收什一税的暴动。他树上的生涯最值得夸耀的篇章或许是接见前来拜访男爵的拿破仑皇帝，在树上为拿破仑遮挡炫目的太阳。这似曾相识的一幕使拿破仑仿效起当年的亚历山大大帝：“如果我不是拿破仑皇帝的话，我很愿做柯希莫·隆多公民。”男爵还背靠一个枝丫，在一块小木板上从事写作，在他那穿插着惊险情节、决斗和色情故事的《一个建立在树上的国家的宪法草案》中，男爵设想自己创立了在树顶上的完善的国家，说服全人类在那里定居并且生活得幸福，而他自己却走下树，生活在已经荒芜的大地上……男爵尝试着树上一切可能的生活，建立了属于自己一个人的王国，创造了一种与众不同的生存。它离尘世如此切近，但却是一个人类中只有最富有想象力的一员——卡尔维诺——才真正抵达了的梦幻国度。

在男爵漫长的树上的生涯中，这如此切近，却又使他遥不可及的尘世的幸福是不是曾经每时每刻都对他构成着莫大的诱惑？当“各家各户都点燃灯火，而柯希莫在树上孤独地与雕鸮的黑眼睛相伴”的时候，当他蜷缩着湿漉漉的身体，在无法遮风挡雨的树洞里瑟瑟发抖的时候，曾经想过此刻的他完全可以舒舒服服地卧在家中暖暖的被窝里，逍遥地谛听窗外的风雨吗？男爵的弟弟——小说的叙事者——凝望着哥哥隐身其中的一片片茂密的树林，经常泛起的就是类似的思绪：

> 他躲在一棵梧桐树顶上，挨着冻，望着灯火辉煌的窗子，看见我们家室内张灯结彩，头戴假发的人们跳舞。他的心里曾经涌起什么样的情绪呢？至少曾经稍稍地怀念我们的生活吗？他曾想到重返我们的生活只差一步之遥，这一步是那么的近又是那么的容易跨越吗？

在人类的一切需要逾越的界限中，男爵面临的界限无疑是最容易穿越的；而在人类一切需要固守的界限中，男爵的界限又是最难以守住的，因为尘世的诱惑是如此切近，如此触手可及，甚至一不当心就可以跌落在地上，返回原初的生活，回归尘世的快乐，体味脚踏实地的踏实感，并继而踏着远游者的足迹走向更远的地方，去实现树上无法企及的更多的可能性。但是，男爵与地面的咫尺之遥最终却成了永远的距离。

由此，“弃绝”构成了男爵的树上的传奇生涯的主题词。而“弃绝”也同样构成了一九〇〇的生命维度：对爱情的弃绝，对陆地上大千世界的丰富体验的弃绝，对在城市以他那举世无双的技艺扬名立腕的巨大诱惑的弃绝。尽管对一个在船上邂逅的女孩的怀恋，以及想在陆地上听听海的声音的渴望，几乎使他一度弃船登岸，他曾经离陆地与男爵一样已咫尺之遥。然而就在他走到连接轮船与陆地的跳板的中间，他停住了。一边是城市的钢筋水泥的无边的森林，无限可能的诱惑，无限美好的许诺；一边是有限的船上的天地，以及同样有限的钢琴键盘上的八十八个琴键。一九〇〇在跳板上久久伫立。这是一个艰难的抉择，我在凝神屏息中似乎听到了他的怦然心跳。影片最生动的片断正是一九〇〇这良久伫立的时刻，那是他生命中悬而未决的时辰。最后，他扔掉了自己的绅士帽，回过身来，重新走向了船。绅士帽划过天空，画出了一道完美的弧线，宣告着他对陆地生涯的彻底弃绝。

当男爵和一九〇〇放弃了另一个世界的可能性的时候，人们仍然可以感受到他们内心深处的怅惘。男爵和一九〇〇都有他们无法企及的空间，对男爵是近在咫尺的地面以及森林延伸不到的地方，对一九〇〇则是大海的尽头——陆地，以及远方那一座座高楼林立的都市。《树上的男爵》中有一个细节让我久久难忘：男爵曾在森林的尽头良久观望一大片他无法逾越的空旷的草地，“仿佛可以从草地上悟出长久以来在内心折磨着他的那个东西：对于远方的思念、空虚感、期待，这些思想本身可以延绵不断，比生命更长久”。这正像一九〇〇也渴望与陆地上的人交流，渴望换个角度，从陆地上谛听海的声音一样。每个人都会对自己所没有经历的生涯怀有一份好奇甚至渴望，许多人甚至为了自己其实无法企及的世界而离开家园，走向远方。远方曾令多少人魂牵梦绕，远方甚至就是乌托邦的化身。于是就有了兰波的“生活在远方”。生活在远方，是把远方的生活看成是唯一值得体验和尝试的生活。兰波们借着对远方的怀想超越于不圆满的现世，逃逸出当下的处境，却没有意识到所谓远方只是以可能性的方式存在的，它不可能变成现实，因为远方一旦抵达，就不成其为远方，而变成了当下和此在，于是又会有新的远方在遥遥的不可企及的地方召唤。远方是没有尽头的，正像一九〇〇视野中的城市没有尽头一样。

对一九〇〇来说，近在眼前的城市，也是可能性和无限性的象征，它许诺了太多的东西，而恰恰是这种无限性的许诺使一九〇〇望而却步：

> 城市是那么大，看不到尽头，尽头在哪里？可以给我看看尽头吗？只是街道就已经成千上万，上了岸，何去何从？爱一个女人，住一间房子，买一块地，赏一片风景，走一条死路。太多的选择，我无所适从。

在一九〇〇眼里，“陆地是艘太大的船，是位太美的美女，是条太长的航程，是瓶太浓的香水，是篇无从弹奏的乐章”。如果说男爵坚持生活在树上，用他自己的话说是一种“抵抗”，抵抗人世间的凡俗和平庸；而一九〇〇则是一种弃绝，一种退守，一种回归。男爵和一九〇〇对与众不同的生活的选择，与其说出于别出心裁的刻意，不如说更是遵循了内心的召唤，顺从了自我的内在本性。如果说男爵凭借树上的王国寻找到了一种“把自己的命运同其他人的命运分隔开来，并且成功地变成与众不同的人的方法”，那么一九〇〇则选择了一种更适合于自己的有所限制的形态，选择了一种他所驾轻就熟游刃有余的生活。“生于船，长于船，死于船”，船最终成为他的宿命。“我没法舍弃这艘船，我宁可舍弃自己的生命。”当他最后与那座海上浮城一起消亡，他的生存选择就最终上升到了一种存在论的层面。

于是，当男爵在森林的尽处瞩望远方的时候，当一九〇〇寂寞地俯瞰陆地和远眺城市的时候，这凝神的姿态分外令人感怀。而由此，我明了了他们何以执著甚至顽固地坚守只属于自己的生命的界限。他们保留了对另一种生活的权力和想象，同时把对远方的思念封存在思念本身之中，把陆地和远方定格在自己的边际之外。

边际性是现代人面临的重要临界形态，每个生命个体毕生都在处理自己的各种各样的边界。经常遭遇边界主题的作家是昆德拉，他的小说《生命中不能承受之轻》中有这样一段话：

> 我小说中的人物是我自己没有意识到的种种可能性。正因为如此，我对他们都一样地喜爱，也一样地被他们惊吓。他们每一个人都已越过了我自己圈定的界线。对界线的跨越

（我的“我”只存在于界线之内）最能吸引我，因为在界线那边就开始了小说所要求的神秘。

在昆德拉这里，对界限的跨越是最吸引人的，小说的神秘，就在于人物可以越过某一条界线抵达一个无法预知的天地。《雾中风景》和《永恒与一日》的导演安哲罗普洛斯也在自己的影片中屡屡触及“边界”，他在台北接受一次访谈时就集中探讨过这个话题。《雾中风景》中有个小男孩问：“什么是边界？”安哲罗普洛斯称他的接下来的片子《鹳鸟踟蹰》就是为了回答这个问题而拍摄的：

《鹳鸟踟蹰》不止在谈地理的边界，还有人际之间的边界、爱情的边界、友谊的边界、一切的边界。马斯楚安尼在片中也问了一个问题：“现在我们越过边界了——但是要越过多少道边界，才能回到家？”对我而言，要找到一个地方，让我能跟我自己、跟环境和谐相处，那就是我的家。家不是一间房屋，不是一个国度。——然而这样的地方，并不存在。

安哲罗普洛斯启示我们，人类所遭遇的边界是无所不在的，它在人类的生存中具有本体性。这也解释了何以有那么多的艺术家迷恋边界的主题。就作家而言，20世纪酷爱边际这一母题的当然还有卡夫卡和博尔赫斯。卡夫卡的特质是在边际徘徊，他笔下那个彳亍在通向天国的阶梯上的猎人格拉胡斯以及逡巡在城堡外的K无疑都是卡夫卡自己的画像。而博尔赫斯和昆德拉执迷的则是对界限的跨越。当每个人面对所要跨越的界限都不免产生跃跃欲试的冲动和按捺不住的渴望的时候，也许，只有男爵和一九〇〇是唯一能够最终坚守在界限这边的人，也是安于生活在此岸的人。他们放弃了对界限的逾越，他们始终固守自己的边界，不越雷池一步。当安哲罗普洛斯断言“家”“并不存在”的时候，他是深刻的，却未必是幸福的。而更应该感到幸福的是男爵和一九〇〇，他们的幸福源于对自己的界限的确知，他们知道自己的生存的限度，而当他们为自己的生命划定了界限之后，他们毕生固守的正是自己的边界。他们以自己选择的生存形态最理想地诠释着什么是界限，什么是归宿，什么是热爱与弃绝，以及什么是限制与超越的主题。他们同时诠释的是传奇的生涯与凡俗的生活的区别。也许在树上生存几天是浪漫，生存几个星期是坚忍，而像男爵那样生存了一辈子，则只能是传奇和神话。男爵和一九〇〇以卓尔不群的姿态守住了自己的边界，也就创造了属于自己的独一无二的世界，创造了一种在限制中穷极可能性的生活，最终也守住了自己的传奇的疆域。他们遵循的是另一种逻辑，一种以有限去叩问无限的逻辑，他们穷极的正是限制中的可能。所以男爵极力拓展着树上的世界，延展它的边际，森林延伸到哪里，男爵的疆界就扩展到哪里。对一九〇〇来说，这个限制的世界既是船上的空间，也是键盘的天地，他生存的空间始终局限在船上，船头到船尾构成了他的外在的生存疆域。而钢琴的键盘则构成了他内在的生活。他在八十八个有限的琴键上驰骋他的天赋，并使自己内在的艺术生命达到了无与伦比的辉煌。无论是船，还是键盘，在他看来都是有限度的。“世界千变万化，这艘船每次则只载乘客两千，既载人，也载梦想，但范围离不开船头和船尾之间。在有限的钢琴上，我也自得其乐。”他的生命乐趣正来自于在有限的八十八个键上奏出无限的乐章，同时无限的音符又落实到有限的键盘的世界。正像既载人也载梦想的客轮，其空间只限于船头和船尾之间一样。一九〇〇在选择了限制的同时也就最终获得了自由："键盘有始也有终，有八十八个键，错不了，并不是无限的，音乐才是无限的。在琴键上奏出无限的音乐，我喜欢，我应付自如。走过跳板，前面的键盘有无数的琴键，无穷无尽，键盘无限大。无限大的键盘，怎奏得出音乐？那不是给凡人奏的，而是给上帝奏的。"他拒绝陆地的深层心理原因正是由于对无所限制、无穷无尽的世界的疑虑。

一九〇〇之所以拒绝陆地，还因为他对20世纪越来越庞大无边的城市生存的惊惧。电影的结尾，当故事的讲述者——曾经与一九〇〇在船上共同度过六年光阴的小号手麦克斯——在即将炸掉的废船上找到他并劝他下船的时候，一九〇〇是这样拒绝的：

> 我停下来不是因为所见，是因为所不见。你明不明白，是因为看不见的东西。连绵不绝的城市什么都有，除了尽头，没有尽头，我看不见城市的尽头。我需要看得见世界尽头。

"我停下来不是因为所见，是因为所不见。"这就是面对看不到尽头的现代都市的一九〇〇所道出的最具有启示性的格言。

现代人生存的无限性的神话充分体现在都市神话中。都市许诺了一切，是无限性的代名词，它囊括万有，涵盖了每个人都无法穷极的可能，同时又以它的"所不见"预示着更无穷的可能。尤其是一九〇〇在船上瞩望过无数次的纽约，号称"城市中的城市"，它包容了你所能想到的一切的可能性。昆德拉的《生命中不能承受之轻》中有一个词条："纽约的美"，写弗兰茨与萨宾娜在纽约街上一走就是几个小时，每走一步都有新鲜的景观，沿途景色都令人惊叹不已。两个人为此感叹，并称纽约的美是一种没有目的的美。但弗兰茨却从这种“没有目的的美”中感到了“新奇却可怕”，对他来说，它是一个“异己陌生的世界”，它在无所不包、穷尽人类的一切可能性的同时，也充满了悬念和未知，充满了一九〇〇说的“所不见”。正是这无限性、未知性、不可见性同样使一九〇〇感到恐惧。当他在跳板中央望着岸上的纽约时，他所看到的正是没有地平线的高楼大厦的森林。在银幕上，它被处理得无比阴森，简直像一片废墟，仿佛吞噬着一切。正像加拿大理论家、神话—原型批评的创建者弗莱在《现代百年》一书中所说：“城市向外蔓延，甚至无视国界，用一座硕大的钢骨水泥的坟墓将广袤无垠、肥沃美丽的田野覆盖。”正是在这个意义上，《一九〇〇的传奇》是对城市的无止境的蔓延，对人类对可能性的不加限制的追求，对欲望的没有边际的扩张的一种警示和忧虑。

“我不知道这个19世纪将给我们带来些什么，它一开头就不好，接着越来越糟下去。”这是《树上的男爵》的叙事者在小说最后写下的忧虑。这堪称是19世纪的忧虑。《一九〇〇的传奇》则传达着20世纪的忧患，对一个城市连同人类欲望无限扩张的世纪的忧虑。而如一九〇〇所固守的“有所不为”已不再是人类的信念。人类的梦想是征服无限与超越极限。而20世纪正是城市和现代性所许诺的可能性获得充分实现的世纪，是人类的欲望、贪婪几乎已扩张到极致的世纪，也是人类有史以来最值得忧虑的世纪。《一九〇〇的传奇》由此成为一个关于20世纪的忧虑的故事。这使它与《树上的男爵》都内含着典型的20世纪精神。正像福柯所说的那样：重要的不是神话讲述的年代，而是讲述神话的年代，男爵的故事同一九〇〇一样，都禀赋了20世纪的“神话叙述”的属性。弗莱指出：

> 每一个时代都有一个由思想、意象、信仰、认识、假设、忧虑以及希望组成的结构，它是被那个时代所认可的，用来表现对于人的境况和命运的看法。我把这样的结构称为“神话叙述”，而组成它的单位就是“神话”。
>
> 我们的神话叙述是一种由人类关怀所建立起来的结构：从广义上说它是一种存在性的，它从人类的希望和恐惧的角度去把握人类的境况。

从这个意义上说，男爵和一九〇〇的故事都是存在性的，在探讨了人类生存的界限和限度以及生存的可能性和不可能性的问题的同时，成为了替现代人指引生存路径的启示录。男爵和一九〇〇也因此都表现出了先知的本性，他们的传奇，也构成了关于现代人的理想生存境界的传奇。

构成《树上的男爵》与《一九〇〇的传奇》两部作品的“神话叙述”的有机组成部分的，是它们异曲同工的讲述方式。它们都是由一个作品中的具体人物讲述出来的。男爵的故事是仰望了他一辈子的弟弟叙述出的，而一九〇〇的故事则由小号手麦克斯来讲述。把男爵和一九〇〇的故事最终塑造成传奇的，正是两个故事的讲述者。从某种意义上说，没有讲述者，就没有传奇。正像是作为幸存者的霍拉旭使哈姆雷特的故事千载流传一样。

> 翁布罗萨不复存在了。凝视着空旷的天空，我不禁自问它是否确实存在过。那些密密层层错综复杂的枝叶，枝分杈、

叶裂片，越分越细，无穷无尽，而天空只是一些不规则地闪现的碎片。这样的景象存在过，也许只是为了让我哥哥以他那银喉长尾山雀般轻盈的步子从那些枝叶上面走过。

当男爵所生长的森林和树木在他死后被砍伐殆尽，一个可能存在的传奇的世界就随着柯希莫的逝去而消失了。而当一九〇〇悬在空中的双手在并不存在的钢琴上以虚拟的方式弹奏他生命的最后乐章的同时，他也在麦克斯遥遥的瞩望中与船一起被炸上了天。他同样是一个只留给麦克斯一个人的传奇。当麦克斯感叹“谁也不相信我的故事”的时候，突现的正是一九〇〇的传奇的品质。小说和电影都在顷刻间结束了一切，使两个故事成为好像根本没有真实发生过的幻象。我们终于怅惘地意识到：男爵与一九〇〇其实只存在于讲述之中。

在卡尔维诺的《隐形的城市》中，马可·波罗向中国的皇帝忽必烈描述他所游历的世界上的形形色色的城市，唯独没有谈及自己的故乡威尼斯。忽必烈问起原由，马可·波罗这样解释：“也许我不愿意讲述威尼斯是害怕失去它。”

当我讲述我所热爱的《树上的男爵》以及《一九〇〇的传奇》的时候，我们是不是也正在失去20世纪无与伦比的想象力的世界，失去20世纪最后的传奇？

《日瓦戈医生》与俄罗斯精神传统

我有责任通过小说来详述我们的时代——遥远而又恍若眼前的那些年月。时间不等人，我想将过去记录下来，通过《日瓦戈医生》这部小说，赞颂那时的俄国美好和敏感的一面。那些岁月一去不返。

——帕斯捷尔纳克

20世纪80年代末读帕乌斯托夫斯基的《金蔷薇》，读到写亚历山大·勃洛克的一段曾心生困扰，帕乌斯托夫斯基称：

我不大理解勃洛克对俄罗斯和人类的将会遇到的考验所怀有的那种先知式的、神秘的恐惧；至于他那种宿命的孤独感、毫无出路的怀疑、灾难性的沉沦以及他对革命的过于复杂化的理解，更是我无法理解的。

当时还是文学青年的我自然更难理解这位勃洛克的复杂性。勃洛克式的充满吊诡的思想在80年代生气勃勃的中国氛围中显得很陌生，也很另类。然而，随后我又读了帕斯捷尔纳克的获得诺贝尔文学奖的长篇小说《日瓦戈医生》。在90年代迥然不同的历史语境中，是《日瓦戈医生》真正引领我渐渐体认到这种俄罗斯精神传统的复杂性显然不仅仅体现在勃洛克一个人身上。

《日瓦戈医生》中的《瓦雷金诺》一章写日瓦戈在战争时期和妻子冬尼亚来到乌拉尔尤里亚京市附近的瓦雷基诺庄园，开始了一段“归园田居”式的读书写作、追索内心的生活。在日瓦戈所写的札记中，他把俄罗斯作家划分为两种气质：

> 在俄罗斯全部气质中，我现在最喜爱普希金和契诃夫的稚气，他们那种腼腆的天真；喜欢他们不为人类最终目的和自己的心灵得救这类高调而忧心忡忡。这一切他们本人是很明白的，可他们哪里会如此不谦虚地说出来呢？他们既顾不上这个，这也不是他们该干的事。果戈理、托尔斯泰、陀思妥耶夫斯基对死作过准备，心里有过不安，曾经探索过深义并总结过这种探索的结果。而前面谈到的两位作家，却终生把自己美好的才赋用于现实的细事上，在现实细事的交替中不知不觉度完了一生。他们的一生也是与任何人无关的个人的一生。

对于我这一代把果戈理和托尔斯泰尊奉为现实主义与人道主义经典大师的读者来说，日瓦戈医生的这种划分曾经令我莫名的困惑了许久。《日瓦戈医生》也由此令一代中国读者陷入深思，并最终被日瓦戈医生这样一个复杂化的人物所吸引。中国文化界也开始学习适应从普希金到契诃夫再到帕斯捷尔纳克的精神和气质，那种“腼腆的天真”，那种既执迷于探寻人生的意义，又不流于空谈和玄想，也远离布道者的真理在握的谦和本性，那种从一个谦卑的生命个体的意义上去承担历史的坚忍不拔。

在《日瓦戈医生》的观念视野中，人道主义精神以及俄罗斯传统价值形态是其中最重要的部分。帕斯捷尔纳克在一次访谈中曾经说：

> 我有责任通过小说来详述我们的时代——遥远而又恍若眼前的那些年月。时间不等人，我想将过去记录下来，通过《日瓦戈医生》这部小说，赞颂那时的俄国美好和敏感的一面。那些岁月一去不返。我们的先辈和祖先也已长眠不醒。但是在百花盛开的未来，我可以预见，他们的价值观念一定会复苏。

但是这种人道主义和传统的内在价值是苏维埃的革命意识形态很难接受的。于是《日瓦戈医生》一直由于它的边缘化的声音而引起争议。譬如有研究者认为“《日瓦戈医生》不是从辩证唯物史观而是从唯心史观出发去反思那段具有伟大变革意义的历史”。“《日瓦戈医生》淡化阶级矛盾，向人们昭示：暴力革命带来自残杀”，“破坏了整个生活，使历史倒退”，“在本质上否定了十月革命的历史意义”。可以说，《日瓦戈医生》的确从人道主义和个体生命的角度反思了俄国十月革命以及其后的社会主义的历史，它的价值之一也正是小说所表现出的看待历史和革命的一种复杂的甚至矛盾的态度。日瓦戈是个既认同革命又与革命有一种疏离感的边缘人物，他深受基督教的影响，有博爱思想，但却对革命潮流持一种警惕的态度；他参加了游击队与白军作战，又因同情而放走了白军俘虏；他与温柔善良的冬尼娅结为夫妻，却又喜欢上了美丽动人的拉拉。他一方面憎恶俄罗斯沙皇时代的政治制度，赞同十月革命的历史合理性，但是另一方面他却怀疑革命同时所带来的暴力和破坏，用日瓦戈医生自己的话来说："我是非常赞成革命的，可是我现在觉得，用暴力是什么也得不到的，应该以善为善。"他的信仰仍是来源于俄罗斯宗教的爱的信条以及托尔斯泰式的人道主义，在历史观上则表现出一种怀疑主义的精神。但是在史无前例的以暴易暴的革命时代，这种爱与人道的信仰是软弱无力的。正所谓"爱是孱弱的"，它的价值只是在于它是一种精神力量的象征，代表着人彼此热爱、怜悯的精神需求，代表着人类对自我完善和升华的精神追求，也代表着对苦难的一种坚忍的承受。正是在这个意义上，帕斯捷尔纳克代表了俄罗斯知识分子所固有的一种内在的精神：对苦难的坚忍承受，对精神生活的关注，对灵魂净化的向往，对人的尊严的捍卫，对完美人性的追求。帕斯捷尔纳克是俄罗斯内在的民族精神在20世纪上半叶的代表。他的创作深刻表现了一个知识分子虽然饱经痛楚、放逐、罪孽、牺牲，却依然保持着美好的信念与精神的良知的心灵历程。这种担承与良知构成了衡量帕斯捷尔纳克一生创作的更重要的尺度。这一切塑造了《日瓦戈医生》特有的高贵而忧郁的品格。因此，《日瓦戈医生》也被认为是"关于人类灵魂的纯洁和尊贵的小说"，它的问世，被称为"人类文学和道德史上最伟大的事件之一"。

因此，我理解为什么帕斯捷尔纳克虽然历经沧桑，仍然对生活充满热望："我渴望生活，而生活就意味着永远向前，去争取并达到更高的，尽善尽美的境界。"我同样理解了小说的结尾借助日瓦戈医生的一对朋友的感怀所表达的对心灵自由和美好未来的信念，并为这种俄罗斯式的内在精神品性深深触动：

> 日见苍老的一对好友，临窗眺望，感到心灵的这种自由已经来临；就在这天傍晚，未来似乎实实在在地出现在下面的大街上；他俩本人就迈入了这个未来，从此将处于这个未来之中。面对这个神圣的城市，面对整个大地，面对直到这个晚上参与了这一历史的人们及其子女，不由产生出一种幸福的动心的宁静感。这种宁静感渗透到一切之中，自己也产生一种无声的幸福的音乐，在周围广为散播。

在这个意义上说，《日瓦戈医生》不同于诸如绥拉菲莫维奇的《铁流》一类反映十月革命代表苏维埃主流意识形态的小说，也在苏联至少从高尔基的《母亲》就开始了的主流革命文学图景之外，提供了我们透视俄罗斯和苏维埃历史的另一种更繁复的观念视野。尽管日瓦戈的历史观和独善其身的选择与当时的历史潮流是无法吻合的，但却在大一统的主流意识形态之外发出了另一种声音，并终将穿透漫漫历史时间，显示出越来越值得人们关注的生命力。

而《日瓦戈医生》所代表的复杂化的俄罗斯精神传统也内化在中国 20 世纪 90 年代之后的历史进程中。90 年代之后直到今天的中国历史，按汪晖先生的说法，是一个“去政治化”的过程，集中表现在把 90 年代以后中国的历史和社会进程直接与新中国成立前接轨，由此，中国的革命历史和 1949 年之后的社会主义实践仿佛被悄无声息地删除了。2008 年奥运会的开幕式也充分印证了这一点。有西方评论家说，我们很赞叹张艺谋把中国传统文化展现给世界，也在开幕式的最后看到了今天走向太空时代的中国，但是

20世纪的中国到哪里去了？换句话说，开幕式没有表现中国现代历史，没有艰苦卓绝的革命历史和社会主义实践的历史。而关于革命与政治的被压抑的遗产，在21世纪的今天的语境中似乎有重新打捞出来的历史必然性。

90年代后的中国思想界之所以会更亲和于从普希金到契诃夫再到帕斯捷尔纳克的气质，其原因也正在"告别革命"的文化思潮。这是一个刚刚经受了政治性挫折的时代，在这样一个时代中，知识者往往有一种回到内心的归趋。柄谷行人在《日本现代文学的起源》中讨论明治20年代"心理的人"的出现时指出："当被引向政治小说及自由民权运动的性之冲动失掉其对象而内向化了的时候，'内面'、'风景'便出现了。"就像日瓦戈医生选择在瓦雷金诺的心灵的沉思一样，在90年代初告别革命的历史语境中，中国文坛以及知识界也有一种回归室内回归内心的趋向。这种把对暴力与革命史的反思向存在和心理深处沉潜的潮流，当然具有历史的某种必然性甚至合理性。但是，对内心的归趋，并不总是意味着可以同时获得对历史的反思性视野。对历史中的个人性体悟和个体性价值的强调在成为一种历史资源的同时，有可能会使人们忽略另一种精神传统固有的永久性的价值。当帕斯捷尔纳克把源于普希金、契诃夫的传统与果戈理、托尔斯泰和陀思妥耶夫斯基相对峙的时候，问题可能就暗含其中了。普希金和契诃夫的气质是否真的与托尔斯泰等人的精神传统相异质？学者薛毅即曾质疑过帕斯捷尔纳克的二分法：

托尔斯泰有更加伟大的人格和灵魂，这个灵魂和人格保障了托尔斯泰的文学是为人类的幸福而服务。俄罗斯作家布洛克说托尔斯泰的伟大一方面是勇猛的反抗，拒绝屈膝，另一方面，和人格力量同时增长的是对自己周围的责任感，感到自己是与周围紧密连在一起的。

罗曼·罗兰也曾经说过：“托尔斯泰的现实主义体现在他每个人物的身上，因为他是用同样的眼光来看待他们，他在每个人的身上都找到了可爱之处，并能使我们感到我们与他们的友爱的联系，由于他的爱，他一下子就达到了人生根蒂。”如果说帕斯捷尔纳克“从一个独立的、自由的，但又对时代充满关注的知识分子的角度来写历史”具有值得珍视的历史价值的话，托尔斯泰这种融入人类共同体的感同身受的体验，也是今天的历史时代中不可缺失的。它启发我思考的是：个体的沉思与孤独的内心求索的限度在哪里？对历史的承担过程中的“历史性”又在哪里？“历史”是不是一个可以去抽象体认的范畴？如果把“历史”抽象化处理，历史会不会恰恰成为一种非历史的存在？历史的具体性在于它与行进中的社会现实之间有一种深刻的纠缠和扭结。90年代之后的中国社会表现出的其实是一种“去历史化”的倾向，在告别革命的思潮中，在回归内在的趋向中，在商业化的大浪中，历史成为被解构的甚至已经缺席的“在场”。当历史是以回归内心的方式去反思的时候，历史可能也同样难以避免被抽象化的呈现和承担的命运。

这或许是《日瓦戈医生》对当今之中国的另一种启示意义。

始于希腊的东方精神之旅

她们给他带来了进入一个未知世界的陶醉感，生活在奇迹中的疲惫感，以及幸福所包含的一切迸发着火光的危害性。

——尤瑟纳尔

尤瑟纳尔的小说集《东方奇观》给读者呈现的是一条从希腊走向东方的精神轨迹。

虽然《东方奇观》1963 年再版时尤瑟纳尔把《王佛脱险记》作为她东方故事的第一篇，但实际上，她的想象东方之旅却是从希腊开始的。1934 年到 1938 年，创作《东方奇观》时期的尤瑟纳尔一直旅居希腊，希腊的生活经历既影响了她的创作取材，也决定了她对希腊乃至人类精神的探索。

《海仙女的恋人》正是这样一个关于希腊精神的故事。帕内吉约迪斯在遭遇海仙女之前的道路“已经铺好，那是一条希腊式的路，布满了灰尘和碎石，而且单调乏味，但是这条路上不时传来蟋蟀的歌声，小酒店门前的歇脚处也颇令人惬意”。这确乎是合乎生活惯例的常态化的生活，平凡却也不乏适意，是希腊理性在日常生活中的表征。然而，翱翔于希腊天空的不仅有放射理性光芒的太阳神阿波罗、智慧女神雅典娜，还有既纯洁又无情的月亮女神阿特米丝以及狂放的酒神狄奥尼索斯。《海仙女的恋人》中的“既天真可爱，又邪恶无比”的海仙女身上就掩映着月亮女神阿特米丝的依稀身影，体现着希腊精神中的另一侧面，从而斑驳和复杂了尤瑟纳尔创作中的希腊背景，也由此凸显了希腊对于尤瑟纳尔的重要性。正像让·德·奥姆松在《在法兰西学院接纳尤瑟纳尔典礼上的演说词》中所说的那样，希腊既为尤瑟纳尔“提供一个典范、一个背景”，也提供着“主人公”。具体的主人公之一正是《海仙女的恋人》中的帕内吉约迪斯的形象，而抽象意义上的主人公则是一种希腊精神。从这个意义上说，希腊也构成了尤瑟纳尔探索东方的精神与逻辑起点。

作为欧洲文化的原点之一的希腊，其实是欧洲自身传统的内部构成。而当尤瑟纳尔的想象之旅走向狭义的东方（中国、日本、印度）之际，展现在读者视界中的东方故事，就多少带有某种“奇观化”的特征。

王佛的故事取材于中国元杂剧中的道教传说，按理说中国读者读起来应该会有似曾相识的亲切之感。但当我读到尤瑟纳尔形容“林的妻子娇弱似芦苇、稚嫩如乳汁、甜得像口水、咸得似眼泪”时，我还是意识到这是一个“法国”女作家的笔墨。《王佛脱险记》内在的韵致在中国人眼里依旧是“异域”的，我从中体味到的仍是一种“他者”的眼光，尤其是构成观照之底蕴的“他者”化的思想。在我看来，《海仙女的恋人》与《王佛脱险记》都是思考何者为“美”的形而上作品。在故事的深处，作者考量的是“美”在人类生存中如何具有一种本体性意义，以及“美”又是如何深刻地影响了个体生存的处境乃至命运。也恰恰在这一点上，尤瑟纳尔的理路与中国的审美传统迥然有异。中国人理解的“美”，更是中庸的，自然的，和谐的，譬如“天地有大美而不言”，这种“无言之美”就匮缺西方文化中那种“美”的与生俱来的毁灭性。而在尤瑟纳尔的概念中，美是能够毁人的，当《王佛脱险记》中“林”的妻子发现“林爱王佛为她作的画像胜过爱她本人”，她就注定了毁于这种比生活现实更为“真实”之“美”的宿命。尤瑟纳尔在启迪我们应该如何重新审视自身传统，应该如何理解美与奇迹的关系，又应该如何为美而冥想的同时，也让我们意识到中国文化传统的独特性。

无论是在《海仙女的恋人》还是在《王佛脱险记》中，尤瑟纳尔都显示了对复杂人性的多重思索。而在《海仙女的恋人》中，尤瑟纳尔更是处理了与美相关的如此繁复的人性主题：美与疯癫，美与情欲，以及美与邪恶。与此相关联的是对何谓“幸福”的理解。在成为海仙女的恋人之前，帕内吉约迪斯过的是“质朴无华但很幸福的生活”，“然而，幸福永远是脆弱的，它若是没有被人们和境遇摧毁，就会受到鬼怪和幽灵的威胁”。当帕内吉约迪斯与海仙女邂逅之后，“她们给他带来了进入一个未知世界的陶醉感，生活在奇迹中的疲惫感，以及幸福所包含的一切迸发着火光的危害性。”掩卷深思，你会觉得尤瑟纳尔为“幸福”赋予了如此丰富的诠释。这一切，在在昭示了尤瑟纳尔创作中的哲理化品质。

当《东方奇观》在 1938 年最早结集时，尤瑟纳尔才三十几岁，然而日后成为法兰西学院三百多年历史上第一位女院士的缘由却已经蕴含在她对东方的追寻与思索之中了。她为法国人惯常的浪漫想象注入了希腊式的理性，既丰富了欧洲的文学传统，也为人类在理解自身的本性的道路上留下了无法替代与不可磨灭的踪迹。

魔幻与现实

我发现小说写的现实不是生活中的现实，而是一种不同的现实……支配小说的规律是另外一些东西，就像梦幻一样。生活中的现实，归根结底，是想象的复制，梦幻的复制。

——马尔克斯

什么是魔幻现实主义？学术界一般认为所谓魔幻现实主义，是指借助某些具有神奇或魔幻色彩的事物、现象或观念，如印第安古老的传说、神话故事、奇异的自然现象、人物的超常举止、迷信观念（如相信鬼魂存在等），以及作家的想象、艺术夸张、荒诞描写等手段反映历史和现实的一种独特艺术手法[1]。智利文学批评家因培特对魔幻现实主义的概括也有助于我们进一步理解这类观点："在魔幻现实主义小说中，作者的根本目的是试图借助魔幻来表现现实，而不是把魔幻当成现实来表现。"这种看法基本上是

[1] 参见朱景冬：《魔幻现实主义大师加西亚·马尔克斯》，《两百年的孤独——加西亚·马尔克斯谈创作》，云南人民出版社，1997年7月版，第7页。

把魔幻现实主义看成一种艺术手法，看成是魔幻现实主义作家表现现实的策略。

但另一种看法则把魔幻与现实看成一个整体，把“魔幻”看成拉丁美洲人观察、体验以及传达世界的固有方式，同时也是拉丁美洲小说家固有的思维与艺术方式，魔幻与现实在这些小说家的创作中并不是两个截然不同的层面，而恰恰是一个统一的世界。这一类看法尤其在诸如马尔克斯、胡安·鲁尔福、阿斯图里亚斯等魔幻现实主义的重要作家那里具有代表性。

虽然文学评论界使用“魔幻现实主义”这一术语开始于评论哥伦比亚小说家加西亚·马尔克斯于1967年出版的长篇小说《百年孤独》，但早在1940年代，拉丁美洲文学就出现了以魔幻的手法反映现实的小说创作。1943年，古巴作家卡彭铁尔就提出过“神奇的现实”的观点，认为拉丁美洲的现实本身就有神奇性，因此，文学作品中的内容也应该是神奇的。当拉丁美洲作家进一步利用本土的印第安神话与传说资源之后，拉丁美洲大陆的那种天然的神秘色彩和魔幻氛围就更加渗入到小说家们的想象和创作实践之中。阿斯图里亚斯的《玉米人》（1949）、胡安·鲁尔福的《佩德罗·巴拉莫》（1955）、墨西哥的作家卡洛斯·富恩特斯的《最明净的地区》（1958）和《阿尔特米奥·克鲁斯之死》（1962）等都是具有拉美大陆天然的神秘色彩和魔幻氛围的魔幻现实主义的经典之作。

危地马拉作家阿斯图里亚斯是1967年诺贝尔文学奖的获得者，代表作有《危地马拉传说》（1930）、《总统先生》（1946）、《玉米人》（1949）等。阿斯图里亚斯是对印第安人的民族文化有着极其深入的了解的拉美作家，童年时期就与印第安人有着广泛的交往。后来在法国侨居与流亡期间，还用西班牙语翻译了印第安民族的著名的玛雅—基切人神话《波波尔·乌》，他的《危地马拉传说》就大量取材于《波波尔·乌》中的神话传说，反映了阿斯图里亚斯对本土印第安文化传统、信仰的回归，也传达出印第安文化固有的魔幻色彩，被认为是魔幻现实主义开山之作。《总统先生》则是阿斯图里亚斯奠定了自己世界声望的作品。小说以1898年—1920年间职掌政权的卡布雷拉为原型，刻画了一个独裁者的形象。从魔幻现实主义艺术手法的角度上看，这部小说着重于表现一个荒诞的现实，用了大量夸张、梦幻与变形的技巧，一方面写一个暴君所统治下的梦魇般的世界，另一方面又把梦幻写成人民在强权之下的最后一个想象化的避难所。小说的似真似幻的梦幻般氛围使它成为魔幻现实主义的代表作。到了1949年问世的《玉米人》，阿斯图里亚斯又回到印第安人的世界中，描写了危地马拉印第安土著与白人之间的斗争。作者不是用猎奇的眼光打量印第安土著，而是自觉地站在印第安人的立场，以印第安人的思维方式去呈现世界，由此，小说自然携带上了一种神秘的魔幻色彩。这一切，使阿斯图里亚斯最终成为令拉丁美洲文学获得世界声誉的最有影响力的作家之一。

古巴作家卡彭铁尔也是60年代拉丁美洲文学“爆炸”的先驱者之一。他的长篇小说《人间王国》(1949)写的是1760年至1820年海地的黑奴起义的历史，在这部小说的前言中，卡彭铁尔指出拉丁美洲的“这种活生生存在的神奇现实是整个美洲的财富”，并在小说中充分尝试了“把幻想与现实、人的世界与神话世界、荒诞不经的想象与极其真实的生活场景交织起来的艺术手法，另外，还拓宽了现实的含义，认为现实不仅包括人们的所做所为，而且包括他们的所想所梦，因此，他在创作中常常运用夸张和变形的手法”[1]。《消失了的足迹》写的是一个研究音乐的教师在南美的原始森林中寻找古老乐器的故事，集中思考了现代文明和原始文明的关系。小说通过主人公——叙事者“我”对印第安文明的认同，反思了现代文明的堕落。给人深刻启示的是“我”对印第安人的生活模式的体认：

> 新的世界需要去体验，而不是解释。生活在这里的人们并不追求任何信念，他们坚信只有这样才能活下去，否则就不行。他们宁愿选择实实在在的现实而不追求《启示录》的作者们所推荐的现实。

这种“实实在在的现实”就是拉丁美洲土著文明的具有原生态气息的文明，卡彭铁尔在《消失了的足迹》中表达的正是回归这种自然文明的愿望。卡彭铁尔的另一部作品《光明世纪》则是他最富有代表性的历史小说，小说囊括了更广大的时空，写的是法国大革命在加勒比海造成的影响以及拉丁美洲人民反对殖民主义的斗争。

墨西哥的作家卡洛斯·富恩特斯的代表作有长篇小说《最明净的地区》(1958)和《阿尔特米奥·克鲁斯之死》(1962)。这两部作品使富恩特斯成为拉丁美洲文坛举足轻重的作家之一。《最明净的地区》按富恩特斯本人的说法，堪称为一部“现代墨西哥的总结”，集中描绘的是20世纪50年代墨西哥城的广阔的社会图景。其中

---

[1] 尹承东:《卡彭铁尔作品集》序言,《卡彭铁尔作品集》，云南人民出版社，1993年11月版，第9页。

的贯穿主人公伊斯卡·西恩富戈斯是一个融合了印第安和西班牙两种文化和血统的象征性形象，也是一个通神的形象。在小说的结尾，伊斯卡·西恩富戈斯运用隐身术，飞在城市的上空，最终消失在天的尽头，可以看作魔幻现实主义艺术手法中的神来之笔。《阿尔特米奥·克鲁斯之死》则写的是小说主人公阿尔特米奥·克鲁斯临死之前对自己一生的回溯。小说运用了多种具有实验性的先锋技巧，既有对电影蒙太奇方法的借用，又有多重时空的穿插，在叙事上，则交互使用三种不同的人称，这部小说可以看成是意识流技巧与魔幻现实主义的整合，表现了富恩特斯对小说艺术形式的极端自觉的探索。

美国学者乔·拉·麦克默里在评论加西亚·马尔克斯的魔幻现实主义特征时指出：

> 加西亚·马尔克斯一个手法就是把现实与幻想纯熟地融合起来，由于使用这种手法，他的小说给人的印象是：这是一个纯粹虚构的世界。在这个世界里，任何事都是可能的，每件事都是真实的[1]。

这段论述揭示的是魔幻现实主义小说中幻想和现实、虚构与写实融为一体难以分割的特征。而把现实魔幻化或者把魔幻现实化，也构成了魔幻现实主义小说的基本手法。

瑞典文学院在给马尔克斯的颁奖词中曾这样评价《百年孤独》

---

[1] 乔·拉·麦克默里：《〈阿莱夫〉和〈百年孤独〉：世界的两个缩影》，《加西亚·马尔克斯研究》，云南人民出版社，1993年版，第442页。

的艺术成就：马尔克斯“创造了一个独特的天地，那个由他虚构出来的小镇。从50年代末，他的小说就把我们引进了这个奇特的地方，那里汇聚了不可思议的奇迹和最纯粹的现实生活。作者的想象力在驰骋翱翔：荒诞不经的传说、具体的村镇生活、比拟与影射、细腻的景物描写，都像新闻报导一样准确地再现出来。”这段颁奖词也同样准确地描述了魔幻现实主义的基本风格和技巧，其中最重要的就是把神奇而荒诞的幻想与新闻报道般的写实原则相结合的艺术特征。这种结合还不仅仅是把现实魔幻化或者把魔幻现实化，而是最终体现了一种拉丁美洲大陆所特有的观照现实的思维方式。在拉丁美洲人的眼里，现实与幻想世界不是两个世界，它们恰恰是一个不可分开的整体。

譬如在胡安·鲁尔福的代表作，中篇小说《佩德罗·巴拉莫》（1955）中，表现的就是人鬼不分的现象。小说中取消了人鬼的界限、生死的界限以及时间的界限，小说中的山村实际上已经是荒无人烟，只有鬼魂出没，胡安·鲁尔福在小说中描绘的世界，其实是一个鬼魂的世界，读者看到的人物，包括小说中的第一人称叙事者“我”，差不多都是一些已经死去的人，但这些人物又都在对话，回忆，叙述，看上去都像活人。这似乎是一种荒诞的写法，但是在胡安·鲁尔福所生长的墨西哥这块土地上，鬼魂世界的存在，却有一种传统文化的依据，这就是古老的阿兹台克文化：“阿兹台克人认为，人死后，灵魂得不到宽恕，便难入天堂，只好在人世间游荡，成为冤魂。另外，墨西哥人对死亡和死人的看法也似有别于其他民族。他们不怕死人，每年都有死人节，让死人回到活着的亲人中来。鲁尔福正是利用墨西哥的这种传统观念和习惯，将小说中的科马拉写成荒无人烟、鬼魂昼行的山村。在那里，到处是冤魂，它们因得不到超度，或在呼叫，在喧闹；或在议论，在窃窃私语，发泄内心的痛苦、郁闷。”[1]可以说，在其他人眼中的虚妄和荒诞，在作者眼中却作为一种墨西哥的固有的现实而存在。

马尔克斯的《百年孤独》也中充斥着不可思议的细节：

> 霍·阿卡蒂奥刚刚带上卧室的门，室内就响起了手枪声。门下溢出一股血，穿过客厅，流到街上，沿着凹凸不平的人行道前进，流下石阶，爬上街沿，顺着土耳其人街奔驰，往右一弯，然后朝左一拐，径直踅向布恩蒂亚的房子，在关着的房门下面挤了进去，绕过客厅，贴着墙壁（免得弄脏地毯），穿过起居室，在饭厅的食桌旁边画了条曲线，沿着秋海棠长廊蜿蜒行进，悄悄地溜过阿玛兰塔的椅子下面（她正在教奥雷连诺·霍塞学习算术），穿过库房，进了厨房（乌苏娜正在那儿准备打碎三十六只鸡蛋来做面包）。

这显然是具有魔幻色彩的细节，但在马尔克斯的小说中却以最精细的现实主义的手法描写出来。作者不仅仅是在运用写实手法传达魔幻化的内涵，在马尔克斯的观念中，魔幻其实是被当成现实中的一种真实存在来理解。正如他自己说过的那样：“我认为，魔幻情境和超现实的情境是日常生活的一部分，和平常的、普通的现实没有什么不同……不管怎样，加勒比的现实，拉丁美洲的现实，一切的现实，实际上都比我们想象的神奇得多。”“我发现小

---

[1] 参见屠孟超:《胡安·鲁尔福全集·前言》,《胡安·鲁尔福全集》，云南人民出版社，1993年9月版，第7—8页。

说写的现实不是生活中的现实，而是一种不同的现实……支配小说的规律是另外一些东西，就像梦幻一样。生活中的现实，归根结底，是想象的复制，梦幻的复制。”[1]现实世界中是不会真正有死人的亡魂存在的，但是在马尔克斯和他的童年时期的族人的眼中，人的世界却与鬼的世界共存。马尔克斯是这样回忆他童年时代的家庭的："这座宅院的每一个角落都死过人，都有难以忘怀的往事。每天下午六点钟之后，人就不能在宅院里随意走动了。那真是一个恐怖而又神奇的世界。常常可以听到莫名其妙的喃喃私语。”“一到夜幕四合时分，就没有人敢在宅院里走动了，因为死人这时比活人多。”这一切构成了支撑《百年孤独》中的民间信仰的世界，从而也构成了马尔克斯小说的“魔幻的现实化”的核心理念。马尔克斯说："对我来讲，最重要的问题是打破真实的事物同似乎难以置信的事物之间的界限，因为在我试图回忆的世界中，这种界限是不存在的。”他的童年世界提供的正是这样一个打破了真实的事物同难以置信的事物之间的界限的世界。同样，阿斯图里亚斯也是这样看待印第安土著的："客观物质世界与印第安传说中神的世界是相通的，梦幻和现实之间没有不可逾越的鸿沟。他们用迷信的眼光看待世界，给一切都涂上神秘的色彩。他们的周围变成一个半梦幻半现实的世界。阿斯图里亚斯把印第安人的这种认识世界的方法称为‘二元观’。”[2]

魔幻现实主义小说常用的另一种手法是陌生化的技巧。所谓的陌生化，就是把人们熟知的事物以一种陌生的眼光或角度重新

[1] 加西亚·马尔克斯：《两百年的孤独》，朱景冬译，云南人民出版社，1997 年 7 月版，第 99 页。
[2] 刘习良：《魔幻与现实的融合》，《玉米人》，漓江出版社，1986 年 3 月版，第 6 页。

加以观照和传达，以重新造成一种新鲜感，重新唤醒人们对这个事物的认知和体验。如《百年孤独》中关于马孔多的第一代创始人布恩蒂亚带领孩子们见识他们从未见过的冰块的描写：

> 箱子里只有一大块透明的东西，这玩意儿中间有无数白色的细针，傍晚的霞光照到这些细针，细针上面就现出了五颜六色的星星。
>
> 霍·阿·布恩蒂亚感到大惑不解，但他知道孩子们等着他立即解释，便大胆地嘟囔说：
>
> “这是世界上最大的钻石。”
>
> “不，”吉卜赛巨人纠正他。“这是冰块。”
>
> 霍·阿·布恩蒂亚付了五个里亚尔，把手掌放在冰块上待了几分钟，接触这个神秘的东西，他的心里充满了恐惧和喜悦。他不知道如何向孩子们解释这种不太寻常的感觉，又付了十个里亚尔，想让他们自个儿试一试。大儿子霍·阿卡蒂奥拒绝去摸。相反地，奥雷连诺却大胆地弯下腰去，将手放在冰上，可是立即缩回手来。“这东西热得烫手！”他吓得叫了一声。

这是马尔克斯笔下的一个堪称神奇的细节。它使冰块显示出了奇特的光芒，使读者也有一种神奇之感。读者正是借助小说中人物的眼光在重新打量冰块，从而使冰块产生了一种陌生化的效果。“陌生化”是俄国形式主义者什克洛夫斯基的著名理论，他认为：“艺术之所以存在，就是为使人恢复对生活的感觉，就是为使人感受事物，使石头显出石头的质感。艺术的目的是要人感觉到事物，而不是仅仅知道事物。艺术的技巧就是使对象陌生，使形式变得困难，增加感觉的难度和时间长度，因为感觉过程本身就是审美目的，必须设法延长。”布恩蒂亚和奥雷连诺感觉冰块的过程，正是使冰块陌生化的过程。它在一定程度上说明了为什么陌生化是魔幻现实主义的普遍采用的技巧。“陌生化”的手法是使现实事物魔幻化的一种重要手段。

神话化也是魔幻现实主义小说普遍运用的法则。神话是受到20世纪西方现代主义作家青睐的文学形式。“社会的震荡使西欧知识界许多人确信：在文化薄层下，确有永恒的破坏和创造之力在运动；它们直接来源于人之天性和人类共有的心理及玄学之本原。为揭示人类这一共同的内蕴而力求超越社会—历史的限定以及空间—时间的限定，是19世纪现实主义向现代主义过渡的契机之一；而神话因其固有的象征性（特别是与‘深蕴’心理学相结合），成为一种适宜的语言，可用以表述个人行为和社会行为的永恒模式以及社会宇宙和自然宇宙的某些本质性规律。”[1]魔幻现实主义小说中对神话的大量运用也与20世纪神话主义思潮密切相关，同时，拉丁美洲这块有着深远的神话传统的土地为魔幻现实主义作家们更普泛地运用神话提供了更充分的资源。

危地马拉是古代玛雅—基切人的故乡。《波波尔·乌》堪称是玛雅—基切人的“圣经”，里面有一个关于玉米人的神话传说：“在印第安人心目中，人靠吃玉米维持生命，玉米即是人；人死后可以使土地肥沃，帮助玉米生长，人即是玉米。”[2]在这个意义上说，

[1] 叶·莫·梅列金斯基：《神话的诗学》，商务印书馆，1990年10月版，第4页。
[2] 刘习良：《魔幻与现实的融合》，《玉米人》，漓江出版社，1986年3月版，第8页。

阿斯图里亚斯的小说《玉米人》的核心构思以及“玉米人”的形象正是出自危地马拉土著印第安人的玛雅—基切的神话《波波尔·乌》。

马尔克斯的《百年孤独》更是神话传说的集大成。加拿大文学理论家弗莱总结了几种神话原型：天堂神话，原罪与堕落神话，出埃及记神话，田园牧歌神话，启示录神话等等。这些神话原型在《百年孤独》中几乎都得到了印证。研究者们认为，《百年孤独》模仿了《圣经》中从“创世纪”和“伊甸园”一直到“启示录”的所有核心情节。小说中的第一代领导人布恩蒂亚离开故乡去寻找新的乐园就酷似摩西带领犹太人“出埃及”。小镇马孔多的建立则是一个地地道道的创世神话，也是一个伊甸园的田园牧歌神话。而最终马孔多的堕落及毁灭则是原罪和堕落神话的体现，也可以看成是一个末日神话，一种启示录。此外，马尔克斯还吸纳了世界上众多的神话和传说。如第一代布恩蒂亚杀了人之后受鬼魂纠缠就是取材于印第安传说；俏姑娘雷梅苔丝乘着床单白日升天的情节则受到《天方夜谭》的影响；马孔多一连下了四年十一个月零二天的大雨的故事则有流传于世界各地洪水神话的影子……神话原型的运用，最终使《百年孤独》生成为一个整体性的象征，从而使马孔多不仅是拉丁美洲的一个缩影，也上升为整个人类生存状况的一个隐喻。用马尔克斯自己的话来说：“与其说马孔多是世界上的某一个地方，还不如说是某种精神状态。”[1]这种对人类生存状况和精神状态的传达可以看作整个魔幻现实主义小说家在运用神话资源的过程中具有普遍性的追求。

[1] 加西亚·马尔克斯、门多萨：《番石榴飘香》，生活·读书·新知三联书店，1987年8月版，第111页。

“绞架下的幽默”

世界就是这样告终

世界就是这样告终

世界就是这样告终

不是嘭的一响，而是嘘的一声

——艾略特

黑色幽默（Black humor）是美国1960年代出现的一个小说流派。1965年3月，弗里德曼编了一本名为《黑色幽默》的短篇小说集，收入12位作家的作品，“黑色幽默”这一文学派别便由此而来。其代表作家有约瑟夫·海勒（1923—1999）、小库尔特·冯尼格（1922—　）、约翰·巴斯（1930—　）、托马斯·品钦（1937—　）、唐纳德·巴赛尔姆（1931—1989）等。

西方文学界对“黑色幽默”有着各种各样的解释：哈利·肖在《文学名词辞典》（1973）里说，黑色幽默又叫黑色喜剧，它是一种荒诞的，变态的，病态的幽默，“由于它对当代社会常常采取不相容的态度，因此又叫病态幽默”。雷蒙德·奥尔德曼在《越过荒原》

（1972）一书的序言中说，黑色幽默是一种把痛苦与欢笑、荒谬的事实与平静得不相称的反应、残忍与柔情并列在一起的喜剧，并称黑色幽默作家对待意外、倒行逆施与暴行，能像丑角那样一耸肩膀，一笑了之。《大英百科全书》认为，“‘黑色幽默’是一种绝望的幽默在文学上的反映，它试图引出人们的笑声，作为对生活中显而易见的无意义和荒诞的最大的反响”……这些解释可以说大同小异，基本上都可以看成是对“黑色幽默”这一小说流派固有的创作特点的概括和归纳。

“黑色幽默”小说家集中写的是社会现实处境的荒谬及其对人的个体存在的挤压，“以一种无可奈何的嘲讽态度表现环境和个人（即‘自我’）之间的互不协调，并把这种互不协调的现象加以放大，扭曲，变成畸形，使它们显得更加荒诞不经，滑稽可笑，同时又令人感到沉重和苦闷，因此，有一些评论家把‘黑色幽默’称为‘绞架下的幽默’或‘大难临头时的幽默’”[1]。

人类早已有之的幽默本来是引发笑声的健康愉快轻松的幽默。幽默中有乐观的态度，有通达和自信，就像恩格斯曾经说过的那样，幽默是人们“对自己的事业具有信心”的表现。德国美学家里普斯则说，幽默是“一种在喜剧感被制约于崇高感的情况下产生的混合感情”。这是传统意义上的幽默。相比之下，黑色幽默则匮乏传统幽默中的那种乐观态度和崇高感受，它是后现代社会彻底丧失崇高感和严肃感之后在文学上的反映。诗人 T. S. 艾略特早就预见了现代世界将以一种滑稽可笑的方式告终：

---

[1]《中国大百科全书·外国文学》，第Ⅰ卷，中国大百科全书出版社，1982 年 5 月版，第 439 页。

世界就是这样告终

世界就是这样告终

世界就是这样告终

不是嘭的一响，而是嘘的一声

世界的终结是一种像膨胀的气球泄气时的情形，没有壮烈，没有崇高，甚至没有悲哀，有的只是滑稽可笑，于是作家们的应对态度也必然是一种哭笑不得的姿态。

黑色幽默丧失的正是自信乐观和居高临下的优越感。奥尔德曼在《越过荒原》中说的好：黑色幽默作家“永远不能居高临下，高瞻远瞩；他永远只能是自己题材的一部分。他必须承认周围的疯狂，同时还必须承认对于这种疯狂他也有所贡献；然后他用大笑来控制所承认的痛苦；同时也控制自己，从而停止促进世界的疯狂。”[1]换句话说，每个黑色幽默作家都是这个具有黑色幽默色彩的世界之中的结构性存在，当他呈现了世界的疯狂，也就使自己的创作成为疯狂世界的一部分。

60 年代的美国正是充满动荡甚至疯狂的时代，“在战后的 15 年中，无休止的冷战和热核战争的阴影使所有的战争都显得道德上暧昧不明，甚至完全丧失理智；而处在长期围困中的整个文化似乎也濒临疯狂。”[2]肯尼迪遇刺，黑人人权斗争、学生反战运动、垮掉了的一代的嬉皮士潮流……一系列具体事件，都是动荡的时代的外在表象，对美国人的生活和心理构成巨大的影响，一代人

[1] 转引自陈慧:《西方现代派文学简论》，花山文艺出版社，1985 年 3 月版，第 213 页。
[2] Morris Dickstein :《伊甸园之门——六十年代美国文化》，上海外语教育出版社，1985 年 8 月版，第 106 页。

对变幻莫测的社会产生了怀疑主义的情绪和悲观失望的心理，这一切构成了黑色幽默得以产生的社会历史和文化心理的根源。

如果说，艺术是对现实的折射，那么，黑色幽默小说家在艺术中寻找到的首先是变形、夸张的手法。既然世界是不可理喻的，是荒诞离奇的，那么，它的呈现方式也必然是非逻辑的，非理性的，是一种类似显微镜的放大的手法，或者哈哈镜的变形手法，从而呈现给我们的是正常情况下无法看到的怪异景象，荒诞的效果由此呼之欲出。夸张与变形的手法早在卡夫卡那里就得到了集中的运用，但是到了黑色幽默中，则达到了无以复加的地步。可以说，呈现一个荒诞世界的最好的方法就是夸张，譬如海勒的《第二十二条军规》写美国空军一个中队的伙食管理员米洛利用战争发财，大搞“跨国公司”，竟然与德国人签订合同，用自己的飞机轰炸自己的空军基地：

> 一天晚上，吃了一顿丰盛的晚餐以后，米洛的全部轰炸机和战斗机一齐起飞，于空中编队后，轰炸了美军自己飞行大队的驻地，因为他和德国人签订了另一份合同，这次是规定要炸毁他自己的全套装备。米洛的飞机分几路协同一致袭击，轰炸了美军机场的汽油库、弹药库、修理棚以及停机坪上的B—25轰炸机，只有起落跑道和各个食堂得以幸免。这是因为他们完成轰炸任务之后可以在那条跑道上着陆，然后在休息之前可以在食堂里吃一顿热快餐。……他们炸毁了四个中队，军官俱乐部和大队部办公楼。官兵们逃出帐篷，惊恐万状，晕头转向。一会儿工夫，地上到处都是哀号呼救的伤员。

这是匪夷所思的故事，但是它却以一种夸张的手法表现了战争中可能发生的极端化情形。重要的不是在战争中这种事情是否真正发生，而是它是否有可能发生。所以尽管它极尽夸张和变形之能事，但是它所摹写的一切，却都可能具有现实的依据，就像《伊甸园之门——六十年代美国文化》一书所说：

> 六十年代的黑色幽默小说不仅对历史深感兴趣，而且对自己时代的历史进行了令人惊叹的模拟。这种模拟主要是通过它们的整个想象方式而不是其实际题材来实现的。我们在书中见到的那种矛盾和荒诞的现象，那种闹剧、暴力和歇斯底里的混合体，同样存在于各种战争、骚乱、运动、暗杀和阴谋之中，也存在于六十年代精神的各种更微妙而不引人注目的表现之中。

这里，对社会的模拟正是通过诸如夸张、变形化的想象方式完成的，但是这种夸张又不是完全不着边际的，其中仍有现实的逻辑依据。

滑稽讽喻是黑色幽默经常运用的另一种文学技法。它既是一种嘲讽，又充满游戏调侃态度，并且常常对文学史上的早已成名的经典作品进行滑稽模仿，通过这种滑稽模仿彻底颠覆文学经典的严肃性。譬如巴赛尔姆的小说《白雪公主》就是对格林的那部家喻户晓的同名童话的仿写，但是巴赛尔姆的黑色幽默版的《白雪公主》以一种游戏的方式解构了美丽的童话世界。小说一开始就以戏谑的方式描绘白雪公主的形象：

她是一位黑美人，高个子，身上长着许多美人痣：胸上一颗，肚子上一颗，膝盖上一颗，脚踝上一颗，臀部上一颗，脖子后面一颗。它们全长在左边，从上到下，几乎能列成一排：

·

·

·

·

·

·

她的头发黑如乌木，皮肤洁白如雪。

这一段小说的开头戏拟了格林的童话《白雪公主》，而用图解的方式直观地显示公主身上的美人痣更是匪夷所思，堪称是滑稽讽喻的神来之笔。

从小说结构的角度看，传统小说那种连贯性的叙事格局在黑色幽默中彻底消失。黑色幽默小说家们更普遍遵循的是碎片化的结构逻辑，常常把小说写成零散的断片。碎片化和集锦化是黑色幽默的一大特征。譬如巴赛尔姆就自称喜爱片断："碎片是我信赖的唯一形式。"在某种意义上说，碎片的方式本身就构成了分崩离析的社会生活和价值观念的如实写照。巴赛尔姆的《白雪公主》在小说结构上就打破了原来的童话连贯的叙述，以零散化的片断组成，这些片断既有平庸的日常生活的细节呈现，也有小说中的人物不着边际的宏论，还有白雪公主的意念闪回。小库尔特·冯尼格的小说《顶刮刮的早餐》，关于人的机器属性的哲理思辨、对后现代社会中的商品广告的援引，穿插在文字之间的诸如卡车、手枪、电灯开关的大量插图，关于自由女神的火炬像一个燃烧着的蛋卷冰淇淋一类的富于解构色彩的想象，都以断片化的形式组合在小说之中。

巴赛尔姆是美国60年代最具实验色彩的小说家之一，在一代具有叛逆倾向的青年人中尤其具有影响，他的小说也受到后起的年青作家的效仿。当《亡父》问世的时候，巴赛尔姆已经成为美国文坛瞩目的人物之一，《纽约时报·书评周刊》称巴赛尔姆所到之处，居然引起了人们浑身“离子的爆炸声”，因为他占领了“现代意识的中心”。

在巴赛尔姆对格林的《白雪公主》的戏拟式改写的过程中，原来的童话的华丽宫殿和幽静森林的背景已经被改到充斥着汽车、飞机、吸毒、性病的美国现代都市。巴赛尔姆以黑色幽默的固有的游戏和戏谑的方式解构了美丽的神话世界，小说中的白雪公主过的也是庸俗不堪的生活，她的日常生活是单调乏味的，整天和七个小矮人一起忙着洗刷楼房，清理煤气灶和烤箱，制造婴儿食品，还得了性病，沉浸在孤芳自赏的虚荣之中。一切都与美丽的童话大相径庭。这无疑是对美丽的童话的消解，在这种反差中作者以反讽的方式呈现了后现代生活远离童话世界，只有混乱、矫情、庸俗不堪的真实面相。

《白雪公主》也反映了黑色幽默小说把多重文体与文类杂糅在一起的特征，巴赛尔姆笔下的白雪公主曾经在大学里学过文学，她的意念往往又与学术性的文化论题有关，小说中因此充斥了关于悲剧和诗歌的学术讨论。此外读者还能在小说中读到书信，读到毫无文学色彩的平铺直叙的公文写作，读到长达一页的王子名单，排列了三十多个王子的姓名。在第一部结束后巴赛尔姆还针对读者设计了关于小说阅读的问答题，譬如：“你喜欢目前这个故事吗？”“白雪公主是否像你记忆中的那个白雪公主？”“你认为创造新形式的歇斯底里对今天的艺术家是否是一种可行的行为？”“你是站着读书？还是躺着，坐着？”等等。这一切，使小说成为多种文体和文类的大杂烩。

托马斯·品钦的长篇小说《V》中的“V”是个神秘的符号，随着小说的展开读者可以发现，V既代表一个神秘的女人，同时V又“不是某个人，而是某种事物。它究竟是什么，天晓得”。小说的核心线索之一就是写主人公斯坦西尔对V的寻求，最终发现“V不过是一个散乱的概念”，而主人公对V的寻求也可以看作是一种“学术上的探索，一种精神上的追求”，而V最终的不可获解也象征着世界的混乱与本质的空无。《万有引力之虹》的时间背景是第二次世界大战临近尾声的1944年，从情节上看，小说具有主导性的线索写的是一个美军中尉奉命去执行一个任务：预见德国人袭击伦敦的V—2火箭的着落点。而奇怪的是，每次遭到V—2火箭攻击的着落点总是一个美国军官斯洛思罗普与女人发生关系的地方。于是军方的研究专家从统计学、弗洛伊德的心理分析学说、巴甫洛夫的条件反射学说等等角度探讨其间的这种神秘的感应关系，并决定把斯洛思罗普派到敌后，利用这种感应刺探火箭的秘密。小说接下去写了“最极端的猥亵描述和到了极限的色情受虐狂内容”。英国学者伯吉斯指出：“如果说《万有引力之虹》常常让人感到恶心，那是有正当理由的。归根到底，这是一部为了结束一切战争而写战争的书。”[1]小说把战争科技与人的欲望结合在一起，

[1] 康诺利、伯吉斯：《现代主义代表作100种提要·现代小说佳作99种提要》，漓江出版社，1988年4月版，第198页。

最终试图证明两者都会使人类走向毁灭之途，而宇宙也将在一种“热寂”的状态中走向最终的结局。“万有引力之虹”——火箭运行过程中走过的弧线——则象征着这种人与宇宙最终的灭亡。这部小说被看作堪与乔伊斯的《尤利西斯》媲美的巨著。从文体上看，它也的确像《尤利西斯》那样，杂烩了众多的文体类型，如滑稽小品、喜剧、侦探小说、历史小说、哲学文本等，在内容上也追求五花八门的囊括性，包括了现代物理，化学、弹道学、高等数学、社会学、人类学、性变态理论等等，具有一种后现代主义大百科全书式的野心。

小库尔特·冯尼格是六十年代另一具有代表性的作家，在知识分子和大学生中间有广泛的影响。其代表作《五号屠宰场》是一部融战争与科幻于一体的小说。冯尼格参加过第二次世界大战，当过德军的俘虏，目击了 1945 年德累斯顿十几万人葬身火海的盟军大轰炸，这难忘的经历在《五号屠宰场》中得到了集中的反映。但是小说的黑色幽默特征反映在主人公比利具有一种在时间中任意穿行的本领：

> 比利·皮尔格瑞姆挣脱了时间的羁绊：他就寝的时候是个衰老的鳏夫，醒来时却正举行婚礼。他从 1955 年的门进去，却从另一扇门——1941 年出来。他再从这扇门回去，却发现自己在 1963 年。他说他多次看见自己的诞生和去世，发生在这生死之间的事情他不按顺序地任意造访。

小说还写比利被绑架到另一个星球——特拉法麦多尔星上的穿越时空的游历。他自称是“来自一个自打有时间起就不停地进行无意义屠杀的星球”，对特拉法麦多尔“一整个星球上的人竟能和平共处”表示吃惊，并试图向他们打探如何才能和平共处的秘密，以期把经验带回去拯救地球。这显然是在滑稽中表达严肃主题。因此，虽然有人认为他的作品大都是科学幻想小说，但他并不承认。可以看出，冯尼格只是借用了科幻小说的外壳，骨子里则仍是黑色幽默的调侃和冷酷，在小说中有着更为超越的关于人类向何处去的思考，有着对人类危机处境的关注。《顶刮刮的早餐》的叙事者也有一种超然的叙述调子，他借着外星球的视角，以一种陌生化的眼光打量地球上的一切，那些看似天经地义的事情都一下子呈现出不合理性。比如小说以这样的方式评论所谓哥伦布发现美洲新大陆的1492年：

> 教师告诉孩子们说，这是人类发现他们的大陆的日期。事实上，在一四九二年，这个大陆上已有千百万人居住，过着丰富多彩的生活。这一年只是来了强盗，对他们进行了欺诈、掠夺和屠杀。

小说的基本观念是借助反讽化的叙事者的口说出的：“我在本书中表示了这样的疑虑：人类是机器、是机器人。”“我还有意把人类想象成橡皮大试管，里面起着激烈的化学变化，在我孩提时，我看见不少人甲状腺肿。……这些不幸的地球人甲状腺肿得就像喉咙上结着笋瓜。”这种人变成了机器的思想，反映着作者对后现代社会机械化和物化发展态势的忧虑，是对现代主义诸种流派所关注的文学主题的沿承和发展。书名所谓“顶刮刮的早餐”则是信手拈来的美国通用面粉公司用来推销一种谷物早餐的广告语，小说在此顺手牵羊地表达了对商品化趋势的冷嘲热讽。

约翰·巴思在1967年创作的著名论文《枯竭的文学》中指出，在当代文学创作中，“某些形式已经枯竭，某些可能性已经试尽”，从而在自己的创作中努力为小说寻找新的领地，为小说形式探索新的可能性。他的《羊童贾尔斯》探索的正是小说的“新领地”。

《羊童贾尔斯》的主人公贾尔斯是伴随山羊长大的，故称为羊童，抚养他的是一个养了一大群山羊的教授。与羊为伍的生涯使贾尔斯感到“山羊比人更有人性，人比山羊更有山羊性”，后来贾尔斯进了大学，取名乔治，并成了一个著名导师。这个故事从情节的角度看可以说是一篇成长型的寓言小说。《羊童贾尔斯》被英国学者安东尼·伯吉斯认为“是只有美国大学教授才写得出来的”，“这本书是一则寓言，一部戏拟之作，一篇教诲性的论文，一个比喻故事，一卷宗教典籍，认真地对待它会导致对它的玩世不恭”。这说明了小说有一种多重风格，多种指向，有游戏性和戏拟性。这种游戏性体现在约翰·巴思在叙述主要故事之前，首先设计了一系列出版者和编辑对这部小说的介绍材料和审读意见，作者还设计了一封来信试图证明小说的文字其实是出自一个叫贾尔斯的大学生之手，讲的是这个大学生自己的故事。这种实验性的叙述方式被称为“元叙述”，即对小说是如何被叙述出来的过程的一种叙述。

约瑟夫·海勒1942年加入美国空军，1944年从空军学校毕业后上了意大利战场，到1945年大战结束共执行了60次飞行轰炸任务，这一参战经历构成了他日后创作著名的《第二十二条军规》的难得的素材。《第二十二条军规》问世之后很快就成为热门畅销书，仅在美国本土，十年间就发行了八百多万册，成为了解60年代美国社会和文化思潮的必读书。也被文学史家称为“六十年代的最佳小说”[1]。

《第二十二条军规》写的是第二次世界大战争期间一支驻守在地中海某个小岛上的美国空军中队的故事。它显然是一部战争小说，但是战争在小说中却是以一个总体背景出现，具体的战争场景不是小说的中心所在，海勒自己说过：“我对战争题材不感兴趣。在《第二十二条军规》里，我也并不对战争感兴趣。我感兴趣的是官僚权力机构中的个人关系。”[2]具体说来，海勒感兴趣的是作为小说构思的核心的“第二十二条军规”，是“第二十二条军规”所象征的现代统治方式，是“第二十二条军规”所隐喻的人类的荒谬的存在处境。“在这里，战争的荒诞只是世界荒诞的一种极端形式”[3]。而且，这种荒诞感所由产生的直接根源也许不完全是作者在战争中的原初体验。这里重要的不是故事叙述的年代，而是叙述故事的年代，具体说来，作者的荒诞感直接产生于战后的危机体验。诚如海勒自己所说：“尤索林的情感并非我在战时的情感，我是战后才体会到的。这本书在更大程度上是对五十年代的反映，对麦卡锡时期的反映。在《第二十二条军规》中，我写下了自己对一个处于混乱中的国家的感受，我们至今仍在忍受这种混乱，二次大战时暂时的举国一致分崩离析了。你们会注意到，《第二十二条军规》的背景是大战的最后几个月，当时这种分崩离析已经开始了。”在这个意义上，“第二十二条军规”作为一个生存的总体隐喻是直

[1] Morris Dickstein：《伊甸园之门——六十年代美国文化》，上海外语教育出版社，1985年8月版，第117页。

[2] 转引自《当代美国小说概念》，《当代外国文学》，1985年，第2期，第159页。

[3] 钱满素：《海勒的神话——评〈第二十二条军规〉》，《美国当代小说家论》，中国社会科学出版社，1987年7月版，第143页。

接指向当代世界的生存现状的。

究竟什么是“第二十二条军规”(Catch—22)呢？在小说中“第二十二条军规”意指一个圈套，一个陷阱。当主人公尤索林问丹尼卡医生既然有军规可本，为什么不让疯子奥尔停止飞行时，小说出现了下面这一经典情节：

> 尤索林严肃认真地望着丹尼卡医生，想从另一个方向再来试一下。“奥尔是不是疯子？”
>
> “他当然是疯子罗，”丹尼卡医生说。
>
> “你能不能让他停止飞行呢？”
>
> “当然能。可是首先他得向我提出要求。军规中有这一条。”
>
> “那么他为什么不向你提出要求呢？”
>
> “因为他是疯子嘛，”丹尼卡医生说。“他几次三番死里逃生，可是他还在执行飞行任务，只有疯子才会这样。唔，我当然可以让奥尔停止飞行，可是首先，他得向我提出要求来。”
>
> “只要他向你提出要求。你就可以让他停止飞行，是吗？”尤索林问。
>
> “不行。这样我就不能让他停止飞行了。”
>
> “你意思是说这里面有个圈套吗？”
>
> “当然有圈套，”丹尼卡医生回答。“就是第二十二条军规。凡是想逃避战斗任务的人，不会是疯子。”

军规规定疯子可以停止飞行，但是必须由本人提出申请，“奥尔疯了，可以允许他停止飞行。只要他申请就行。可是他一提出请求，他就不再是个疯子，就得再去执行飞行任务。”因此，第二十二条军规是个自相矛盾的圈套。它隐喻了一种悖论般的荒谬处境，此词一问世，便迅速获得了生命力，成为一个专有词汇而进入英文词典。

"第二十二条军规"象征了一种有组织的混乱以及有理性的荒诞，象征了后现代社会的一种谁也看不到，但却无所不在的统治。小说表达了这样一种历史观："历史已经失去了控制，或者，'其他人'掌握了舵轮，并准备置我们于死地。"正是出于这种创作意图，小说影射了一种非人化的制度，一种灭绝人性的制度，同时写了人的肉体的本能的抵抗，海勒自己曾经说："《第二十二条军规》注重的是肉体的生存欲望对抗来自外部的暴力或那些意在毁灭生命和道义的规章制度。"[1]尤索林就是被一种求生的本能支撑着。他一开始也尽职尽责地去完成任务，努力去轰炸目标，但是后来他所做的只是如何躲避地面的高射炮，从而保住性命，最终尤索林成为"全队最精通规避动作的人"。这也是个局外人的形象，就像海勒自己说的那样："我想描写一种已经灭绝的文化……我这样做的目的是写一个局外人，一个本质上固有的局外人。"

但是海勒笔下的局外人却与卡夫卡或者加缪小说中的局外人有着一些明显的差别。如果说在卡夫卡所代表的现代主义作家笔下的局外人形象中尚有理性的自觉和理性的痛苦，那么，在后现代主义时代，在黑色幽默作家这里，小说人物所体验的非理性荒诞和自我的彻底丧失就是他们的存在方式和形态。与卡夫卡的《城堡》相比，我们可以看出现代主义和后现代主义的一些本质不同。

---

[1] 程代熙等编选：《西方现代派作家谈创作》，中国广播电视出版社，1991年1月版，第73页。

在卡夫卡那里，荒诞和不可理喻的是城堡所象征的庞大的现代统治，而K尚有理性的自觉和自我的抗争，加缪笔下的默尔索的冷漠也是对社会的一种抵抗的姿态。但是在尤索林这里，荒诞的不仅是世界，同时也是他自己的存在本身。小说中有一个滑稽的细节：当战友受伤死后，尤索林所做的竟是在死者流满一地的内脏中去查看他吃过的西红柿有没有被消化掉。正像伯吉斯写的那样：海勒的“方式是讽刺式的，同时也是超现实主义的、荒诞的，甚至是精神错乱的”。黑色幽默小说中的人物，其主体特征正可以用“精神错乱”来形容。

黑色幽默在文学观念和创作技巧、艺术手法上受了存在主义文学和新小说派的影响，写人的处境的离奇荒诞、怪异，叙述调子却是冷漠和无动于衷，甚至是轻松滑稽的调侃和嘲弄。如《第二十二条军规》中以近乎于鉴赏的方式精确而细致地描写了一个伤兵：

> 这个士兵从头到脚都用石膏和绷带裹着，双腿和两臂都毫无用处。……双臂双腿都被紧缚在吊索的一头吊了起来，同肩部和臀部保持垂直，吊索上的另一头则系上了铅砣，黑沉沉地挂在上面，一动不动，那形状是十分奇怪的。在他胳膊肘儿内侧的绷带上面，每边都缝着一个装有拉链的口子，通过这个口子，清澈的液体从一个洁净的瓶里输入他的身体。从腹股沟敷石膏的地方，另外伸出一根固定的锌制的管子，接上一根细长的橡皮软管，他的肾脏排泄就是通过这条管子一滴不漏地流入放在地上的一只洁净的封口的瓶内。等地上的瓶子满了，从胳膊肘那儿输入液体的瓶子也空了，这两只瓶子于是很快地互换一下位置，使瓶里的排泄又重新注入他的身体。

黑色幽默的笔法充分体现在两个瓶子的互换这一细节上。而更值得重视的是叙事者的语调和极端精细的写实主义笔致。这里，细节描写的越详细，越真实，荒诞的气息就越浓烈，越令人窒息。从中可见，小说中的荒诞不仅仅体现为"第二十二条军规"所象征的总体题旨，它也体现在一个个小说细节之中。

《出了毛病》(1974)是海勒的另一本代表作，按海勒自己的说法，与《第二十二条军规》相比，《出了毛病》"更注重内心，社会学意义上的生存欲望，在这里，产生冲突的地方是个人的欲望能否得到满足"。小说的第一人称叙事者，也是小说的主人公斯洛克姆总感到什么地方出了毛病，以至于像一个神经过敏症患者一般：

> 我看见关着的房门，就会神经过敏。即使是在我现在工作得如此得心应手的地方，看到一扇关上的房门就往往足以使我感到惊恐不安，担忧房内正在搞一些令人心寒的勾当，也许是对我不利的勾当吧。……我几乎能够嗅出即将来临的灾祸，正在冲破那门上的磨砂玻璃朝我迎面扑来。我会双手冒汗，说话时声音也变了。我不明白这是什么缘故。

这是一个惶惶不可终日的形象，在斯洛克姆身上体现的是社会、家庭和自我的多重压力下的绝望感。如果说，外在世界的荒诞是诸如卡夫卡、加缪和萨特一类存在主义小说家力图表现的主题，那么，"出了毛病"的内心世界则是海勒这些黑色幽默小说家致力的领域。在这个意义上，黑色幽默小说堪称是当代社会的精神危机的忠实写照，也是人类在绞架下的苦中作乐。

对存在的勘探

——读昆德拉的《生命中不能承受之轻》

当堂吉·诃德（又译堂吉诃德）离家去闯世界时，世界在他眼前变成了成堆的问题。这是塞万提斯留给他的继承者们的启示：小说家教他的读者把世界当作问题来理解。在一个建基于神圣不可侵犯的确定性的世界里，小说便死亡了。

——昆德拉

小说的立法者

从媒介的意义上说，20 世纪文学艺术领域最重要的一次革命是影音技术的发明，从此影音在这个世纪逐渐占据了统治地位，并对 19 世纪以前的文学和艺术传统构成了根本性冲击。法国小说家纪德就认为，西方绘画传统的一个重要方面是追求写实与逼真，讲究焦点与透视。但照相术的发明使画家的信条一下子就垮掉了，因为单就逼真性而言，相片肯定比绘画更真实。于是，从印象派，到抽象派、象征主义、达达主义、立体主义，绘画就迎来一个变形的时代。又比如小说，巴尔扎克时代的小说是“百科全书”式的文体，但纪德发现，随着电影和留声机的问世，小说剩下的地盘越来越小：

> 无疑留声机将来一定会肃清小说中带有叙述性的对话，而这些对话常是写实主义者自以为荣的。而外在的事变、冒险、情节、场面，这一类全属于电影，小说中也应该舍弃。（《伪币制造者》）

这样一来，小说还会剩下什么？汪曾祺在40年代也说过类似的话："许多本来可以写在小说里的东西老早老早就有另外方式代替了去。比如电影，简直老小说中的大部分，而且是最要紧的部分，完全能代劳，而且有声有形，证诸耳目，直接得多。"毫无疑问，在描绘场景，叙述情节，尤其是还原生活原初细节方面，电影肯定比小说更有优势，这使小说突然面对了一个本体论方面的问题：到底哪些东西是独属于小说这一体式，是其他艺术形式所没有的？小说的内涵和外延应该怎样重新界定？它的可能性限度是什么？20世纪现代主义小说的几次革命性突破都可以看作是对这个问题的直接回答，而且答案各不相同，异彩纷呈。小说可能是回忆（普鲁斯特），可能是对深层心理的传达（乔伊斯与意识流），可能是呈示荒诞与变形的存在（卡夫卡与存在主义），也可能是"物化"世界（罗伯-格里耶和新小说），或魔幻化的现实（拉美魔幻现实主义）。如果说二战之后最具革命性的小说实验是新小说派，那么在新小说派之后最有冲击力度的，就目前介绍到中国文坛的作家而言，可能是昆德拉。昆德拉的特出贡献在于，他是继新小说派之后最自觉地探索小说可能性限度的作家，并且呈现了新的小说样式，让我们知道小说还可以写成这个样子。

可以说昆德拉已经建构了他的独特的小说学，其核心就是探讨什么是小说独属于自己的本体？什么是小说独有的无法用其他方式替代的形式？小说的可能性限度是什么？对比一下昆德拉的《生命中不能承受之轻》(1984)以及由这部小说改编成的美国电影《布拉格之恋》(1988)可以让我们品味一下小说和电影各自的优长之所在，以及什么是这两种媒介的可能性限度。

18、19世纪的自然主义和写实主义小说所塑造的神话之一，就是以为小说能够如实还原场景与环境以及生活中的真实细节。小说家们总相信他们能把现实纤毫毕现地描摹出来，所以我们读左拉、巴尔扎克、托尔斯泰总躲不过大段大段不厌其烦的细节描写。这种如实还原生活细节的努力走到极端就可能产生类似马原小说《错误》中的那个有名的细节：一个知青喊他同屋其余的13个知青起床，小说竟重复了13遍"喂，起来一下！"而且每一句"喂，起来一下"都独立成一个自然段。这段细节在一般的读者眼里分明有骗稿费之嫌，却被另一个小说家余华誉为最精彩最纯粹的小说语言。究其原由大概因为它如实还原了生活中的固有场景和原初情境。但这一细节真的能还原生活中的原初情境吗？恐怕神话只能是神话。马原的这一描摹尽管如此刻意，但也无法传达全部生活真实，如语调、感情色彩、睡着的同伴的反应等等，都是这一细节无法传达的。即使马原描写的再细致，再逼真，也不会像电影一样一目了然。这不是马原的问题，而是小说的可能性限度问题，因为任何体裁都有其自己无法超越的作为媒介的边界。

小说《生命中不能承受之轻》也有一个有名的类似的细节：托马斯看到自己的女友特丽莎与别的男人跳舞而生闷气，回家后，在特丽莎再三刺激之下托马斯才承认说他是在嫉妒。小说接下来这样写："'你说你真的是嫉妒吗？'她不相信地问了十多次，好像什么人刚听到自己荣获了诺贝尔奖的消息。"托马斯是个登徒子，据他自己供认前后有过女友二百多个。特丽莎一直忧虑他不爱自己，一听他说嫉妒，自然像得了大奖。这一细节在电影里是这样表现的：特丽莎围着托马斯跳起了环形舞，又把他拉起来转圈儿，果真重复说了十多次"你嫉妒了？"每一次的语气和调子都有区别，先是惊异，继而半信半疑，接下来则由肯定转为欢快。最有意思的是最后几句变换了人称："他嫉妒了！"仿佛在向整个世界宣布一样。这一在小说中一笔带过的"十多次"的细节在电影里渲染的淋漓尽致，颇具感染力。这一对比或许告诉我们，在如实和逼真地还原生活细节和场景方面，小说可能远远不如电影。昆德拉即使学马原那样在小说中把"你嫉妒了"重复写上十几遍，也不如电影几个镜头来得生动。

但小说也大可不必在电影面前感到自卑。不妨再看小说《生命中不能承受之轻》中的另一个细节：

> （托马斯）感到特丽莎是个被放在树脂涂覆的草篮里顺水漂来的孩子。他怎么能让这个装着孩子的草篮顺流漂向狂暴汹涌的江涛？如果法老的女儿没有抓住那只载有小摩西逃离波浪的筐子，世上就不会有《旧约全书》，不会有我们今天所知的文明。多少古老的神话都始于营救一个弃儿的故事！如果波里布斯没有收养小俄狄浦斯，索福克勒斯也就写不出他

最美的悲剧了。

这一“被放在树脂涂覆的草篮里顺水漂来的孩子”的细节，构成了托马斯的“诗性记忆”，是小说中被昆德拉无数次重复的经典细节。这样重要的细节电影自然不会放弃。但这一想象性的情境电影表现起来就困难了，很难设想让饰演特丽莎的法国女影星比诺什坐在一个小草筐中顺水漂流。于是，电影这样演绎这一细节：特丽莎在一个碧蓝的室内游泳池里像一条美人鱼一般游过，掀翻了一些下棋的人摆放在水面上的棋盘，然后穿着泳衣的特丽莎爬上岸，把一旁的托马斯眼睛都看直了，马上就尾随而去。这是典型的好莱坞式的想象，游泳池里的特丽莎完全没有原小说中小镇女招待那种卑微感，不是丑小鸭，一开始就是天鹅；原小说中“草篮里顺水漂来的孩子”的意象也没有电影里男人窥视的色情目光，它突现的是特丽莎的无助、孤独、可怜，而赋予托马斯的语码则是“怜悯”。怜悯当然不等于爱情，但怜悯却能诱发爱情，而爱情的感情中却一定有怜悯。正是这种从特丽莎身上体验到的怜悯，使她区别了托马斯的所有其他性伙伴。更重要的是，小说中这一诗性想象使它与神话、传说世界建立了关联，即摩西的故事，俄狄浦斯的故事，弃儿的故事，它的蕴涵要丰富得多。这就是小说式的想象，是小说的优势，却是电影很难表现的。可以说，正是借助于电影的参照，小说才更加明了自己的优势所在，明了自己的本体特征到底是什么，明了什么才是独属于自己的其他体式无法替代的可能性。昆德拉的小说学的核心就是这个，他试图重新为小说立法，因此他才激赏奥地利小说家布洛赫对小说本质的理解：“发现小说才能发现的，这是小说存在的唯一理由。”

思索的小说

昆德拉把小说分为三种：叙事的小说（巴尔扎克、大小仲马）、描绘的小说（福楼拜）、思索的小说。他把自己的小说大体上看成是第三种。在这种“思索的小说”中，叙事者不只是讲故事、推动叙事进程、下达叙事指令的人，而更是提出问题的人，思索的人，整部小说的叙事都服从于这种问题和思索。譬如，昆德拉称他的《生命中不能承受之轻》开头第一页叙事者就在那儿，小说的第一句话就是叙事者“我”提出的哲学性命题：“尼采常常与哲学家们纠缠一个神秘的‘永劫回归’观。”由对这种“永劫回归”的思考，昆德拉引出了统摄全书的关于存在的“轻”与“重”的辨证。因此，这部小说是从哲学性质的思索开始的。在东西方小说美学的历史进程中，一直认为哲学化、哲理性的小说有普遍的观念倾向，使小说中的人物、情节、故事都沦为观念的佐证。但昆德拉不管这一套，他直接宣称自己有一个雄心，就是要把小说与哲学结合起来。当然这种结合不是以哲学家的方式从事哲学研究，而是以小说家的方式来进行哲学性思考。可以说，这种小说家式的哲学思考代表了20世纪现代主义小说一个基本取向，如卡夫卡、萨特、加缪、西蒙·波伏瓦、黑塞、博尔赫斯……都有这种倾向。因此，从小说学和诗学的角度解释这一倾向就是一个无法回避的课题，而昆德拉则以其“思索的小说”的命名把这一倾向自觉地推向了极端。

昆德拉之所以把自己的小说称作“思索的小说”，是因为他认为“哲学小说”是一个危险的措辞。因为哲学小说必须以一些论点、框框、某些论证为前提，并以某些抽象的哲学结论和证明为最终目的。而昆德拉则说：“我并不想要证明什么，我仅仅研究问题，如存在是什么？嫉妒是什么？轻、晕眩、虚弱是什么……等等。”同时他拒绝答案，拒绝结论的得出，他只提出问题，而且他提出的问题都只有假设性。在一次访谈中，昆德拉指出：“我所说的一切都是假设的。我是小说家，而小说家不喜欢太肯定的态度。他完全懂得，他什么也不知道。”“他虚构一些故事，在故事里，他询问世界。人的愚蠢就在于有问必答。小说的智慧则在于对一切提出问题。”正是在这个意义上，昆德拉极端重视塞万提斯留给人类的遗产，这份遗产的核心是塞万提斯让人们了解到了世界没有绝对真理，而只有一堆复杂的甚至互为对立的问题。昆德拉说：

> 当堂吉·诃德离家去闯世界时，世界在他眼前变成了成堆的问题。这是塞万提斯留给他的继承者们的启示：小说家教他的读者把世界当作问题来理解。在一个建基于神圣不可侵犯的确定性的世界里，小说便死亡了。或者，小说被迫成为这些确定性的说明，这是对小说精神的背叛，是对塞万提斯的背叛。极权的世界，不管它建立在什么基础上，就是什么都有了答案的世界，而不是提出疑问的世界。完全被大众传播媒介包围的世界，唉，也是答案的世界，而不是疑问的世界，在这样的世界里，小说，塞万提斯的遗产，很可能会不再有它的位置。(《小说是让人发现事物的模糊性》)

昆德拉的最大的忧虑就是塞万提斯的这份遗产正在被欧洲以及被整个世界遗忘。历史决定论的历史观和世界观，极权化的社会政治，大众传媒的话语垄断，都在使这份遗产丧失。这种见解对于中国目前的思想界也是有警醒作用的。而回到小说学的角度，昆德拉则启示我们，小说的功能是让人发现“事物的模糊性”。他甚至极端化地称“小说应该毁掉确切性”，世界的本来面目，就是谜和悖论，确定的世界本质是不存在的，谜和悖谬就是世界的本质，正像卡夫卡和加缪所理解的世界图景那样。而恰恰是世界这种悖论的本质反过来也决定了小说的本质，小说之所以存在的理由就在于呈示世界本来的模糊性和不确定性，小说并不提供答案，也不存在这种答案。福克纳就说：“我不相信答案能给找到。我相信它们只能被寻求，被永恒地寻求，而且总是由人类荒谬的某个脆弱的成员。”(《阿尔贝·加缪》)而小说家在小说中所提供的，正是这种永恒的寻求历程。从这个意义上说，20 世纪的小说精神是不确定性的精神。假如需要重新为小说下个定义的话，小说则可以被看成是一种与复杂的模糊的世界本身相吻合的文学形式。

昆德拉赋予“思索的小说”的另一重含义是：小说思考存在。他认为：

> 小说不研究现实，而是研究存在。存在并不是已经发生的，存在是人的可能的场所，是一切人可以成为的，一切人所能够的。小说家发现人们这种或那种可能，画出“存在的图”。(《小说的艺术》)

可以说，小说研究存在，是西方存在主义兴起之后重要的文学思潮，萨特和加缪是其突出的代表，正是萨特和加缪把小说提升到了存在论的层面，赋予了小说以新的使命，即发现和询问“存在”，以免“存在的被遗忘”，从而展示了 20 世纪人类真正的生存本质和生存状况。这可以说是人类有史以来哲学家和文学家第一次联袂探索存在的问题。昆德拉的小说也许不能用存在主义来概括，但他对存在的研究却可以纳入存在主义的大传统。他为小说家下了一个定义：小说家是存在的勘探者。而小说也不研究现实，而是研究存在。但问题在于，小说家对存在的研究与哲学家究竟有何区别？昆德拉的独特之处在于他对“存在”有他自己的理解。他认为，存在并不是已经发生的，存在是人的可能的场所，“人物与他的世界都应被作为可能来理解”。这就为我们提供了“存在的可能性”的范畴。了解这一范畴是理解昆德拉小说学的关键，也是理解昆德拉构想小说中人物的关键。

昆德拉归纳了18、19世纪的现实主义小说关于人物描写的三大规则：一，应该给小说中人物提供尽可能多的信息，如关于人物外表，说话的方式，行动的方式等等；二，应当让读者了解人物的过去，因为正是在人物的过去中可以找到他现在行为的动机；三，小说中的人物应当有完全的独立性，作者应当隐去自己的看法，不能直接发表议论影响读者，而应让人物自己去表演去行动。上述人物描写的规则就使真实性和客观性成为小说人物的根本特征。但什么是真实？为什么存在一个客观的真实？这个问题却很少有人去怀疑。20世纪的现代主义小说粉碎了传统小说关于“真实性”这一神话，而昆德拉可以说是这个神话的最后一个终结者。他认为，小说中的人物不是对一个活人的模拟，他是一个想象出来的人，是一个实验性的自我。用《生命中不能承受之轻》中的话来说，就是小说中的人物“不像生活中的人，不是女人生出来的，他们诞生于一个情境，一个句子，一个隐喻。简单说来那隐喻包含着一种基本的人类可能性”。这就是“可能性”的范畴，它构成了昆德拉思考笔下人物的情境以及人的存在的重要维度。我们每个人都生活在现实的时空中，都受制于各种现实因素，一个人现实中的生存有许多环节是规定好了的，这一点小说家也不例外。但小说家的优势在于，他自己的受到种种限制的现实生存却可以在小说中想象化地延伸。他可以在小说想象中去实现现实中无法实现的各种可能性：

> 我小说中的人物是我自己没有意识到的种种可能性。正因为如此，我对他们都一样地喜爱，也一样地被他们惊吓。他们每一个人都已越过了我自己圈定的界线。对界线的跨越（我的“我”只存在于界线之内）最能吸引我，因为在界线那边就开始了小说所要求的神秘。

小说之所以有神秘感，就在于小说中的人物可以越过某一条界线到一个无法预知的天地，而“我”则只能存在于界线的这一边。这就是小说想象中的可能性对现实生存的拓展和延伸。而现实中的我们一切都是被一次性地给定的。《生命中不能承受之轻》中一个属于托马斯的贯穿主题正是“一次性”的主题：

> 人类生命只有一次，我们不能测定我们的决策孰好孰坏，原因就是在一个给定的情境中，我们只能作一个决定。我们没有被赋予第二次、第三次或第四次生命来比较各种各样的决断。

从这个意义上看，文学史上那个最经典的犹疑可以得到更深刻的解释：哈姆雷特的犹疑不仅因为其性格因素的优柔寡断、犹豫不决，而更因为在一个给定的情境中，他只能做出一个抉择，他没有第二、第三或第四次生命来比较各种抉择。他必须为自己的最终决断，这种一次性不可挽回的决断负责。因此他的犹疑是存在论层面上的，是形而上的，隐含了生命的某种本体问题。借用昆德拉的思考就是：在没有永劫回归的世界上，人的生命只有一次，那么，人的存在的意义是什么？哈姆雷特著名的独白“to be or not to be”思考的正是这个问题，是人的存在论的问题。可以说哈姆雷特的启示在于，他是以选择的“可能性”对抗命运的被给定的一次性。人的生命固然只有一次，但人在各种关头面临的选择，却可能具有多重的“可能性”。没有“可能性”这一维度，人就是机械的，别无选择的，一切都是规定好了的，只有一条路可走。而可能性的存在则向我们展示出，人生最丰富也最生动的刹那也许就在犹豫的那一片刻，那是生命中悬而未决的时辰。而像昆德拉这样的小说家之所以与常人不同，也许就在于他们面临岔路的时候比别人驻足的时间更长，他们更是生活在对可能性的多重想象中。而他们的小说世界，则是他们的可能性所能具有的极致。

昆德拉正是把握了“存在的可能性”的维度，使他的小说魅力独特。他的小说力图展示的存在，就是用可能性去和一次性的生命相抗争的存在。既然我们的生命只有一次，没有人能永劫回归，那么我们就只能接受这“一次性”的现实。但这种接受却不是被动的，“可能性”正是与“一次性”相抗争的最好方式。而从另外一个角度观照，没有人能永劫回归，人都是要死的，这恰恰是人的存在获得意义的先在条件，即海德格尔的“先行到死”。一旦人真的能永远不死，有充分时间去尝试各种可能性，从而把可能性都变成现实性，情况可能会更糟糕，正像西蒙·波伏瓦的小说《人总是要死的》(1946)中的主人公，他长生不死，什么都经验过，见识过，结果生存反而变成了最不可忍受的事情。他一睡就是几个世纪，醒来后发现自己竟然还在不幸地活着，于是他最大的愿望就是能够死去。可以说，在波伏瓦这里，死绝不是生的一个负面的、否定的因素，而毋宁说是肯定的方面。正是它的存在，才使生充满魅力，世界才充满生机。海德格尔的哲学中的"死"正是这种肯定性的因素。施太格缪勒在《当代哲学主流》中这样解释海德格尔存在哲学中死的问题：人的"将来就存在于应被把握的可能性之中，它不断地由死亡这一最极端和最不确定的可能性提供背景。"可能性"在海德格尔那里获得了一种形而上学方面的重要性：即人总是从可能性中来了解自己本身，因为他的存在还不是最后被规定的。人正是生活在诸种可能性之中，诸种可能性一起构成人的本质的最内在的核心。"如果说，海德格尔是从哲学的角度反思了"存在"，那么，昆德拉则是从小说学的意义上抵达了存在。他们共同把握的，都是可能性这一维度。不过"可能性"在哲学家那里可以看作反思的某种结论性终点，而在小说家这里则更是小说想象的起点。譬如卡夫卡的《变形记》，格里高尔一天早晨起来发现自己躺在床上变成了一只大甲虫。这不是一篇寓言，而是小说，读者也是把它当成小说来接受。当然它不是在描摹现实，但这卡夫卡式的想象呈现的却是人的存在的可能性，变成大甲虫不过是对人的可能性的极端化的拟想而已。因此人们不是把它当成寓言，而是作为自己的生存的可能性境遇来认同的。这就是20世纪现代主义小说的想象力。它开拓了一个揭示人类生存的可能性的天地。这就是卡夫卡的天地，是博尔赫斯的天地，是卡尔维诺的天地，当然更是昆德拉的天地。不妨说，20世纪现代主义小说最大的发现就是把小说的疆域从现实性的维度拓展到可能性的维度，这一新的开拓疆土的壮举完全可以和哥伦布发现新大陆媲美。

反复叙事的诗学功能

所谓“反复叙事”，简单地说就是小说中的某一个事件，某一个细节在小说的各个不同的章节中被一次次地重复叙述。这是昆德拉小说结构上的重要特征。譬如《生命中不能承受之轻》中托马斯关于特丽莎的那个“草篮里顺水漂来的孩子”的诗性记忆的细节，在小说中就复现了八次，而且每次复现都似乎是很必要的，并不让人感到啰唆。而更值得分析的是这部小说中故事情节的重复。从讲故事的角度说，小说中的主要的情节在第一章中就已讲完了，但后边的二到七章仍然会重复叙述已经讲过的情节，这就构成了小说叙事结构上的反复叙事。为什么昆德拉要如此刻意地重复呢？这种反复叙事有哪些诗学方面的功能呢？

其一，可以说，小说中的每一次反复叙事都不是无谓的重复，每一次重复都会重新强调同一个事件的某一个侧面，或补充丰富一下细节，它不仅仅是为了反复加深读者的印象，也不仅仅是起着一种递进的作用，昆德拉的反复叙事更关键的功能是它突现了人类叙述行为的某种本质特征，即任何一次性的叙述都具有局限性，因为叙述者总是在某个时间里从某个方位某个角度来观照事件，同时叙述者总是要受制于他叙述时的条件和环境，受制于他的主观倾向。因此一次性的叙述不可避免要导致片面。说到底，这是人类视角的局限。而事件本身却是多侧面多层次的，因此，只有转换视角才可能呈现一个事件的丰富性。昆德拉的反复叙事正是如此，每一次重复都意味着新的角度和动机，由此反复叙事就建立了多重视角，“就像是好几种目光都放在同样的故事上”（《小说是让人发现事物的模糊性》）。它造成的效果就是昆德拉所说的“循环提问”，对同一个事件的内涵进行无穷的询问和追索。任何一件事的内涵都可能是可以无穷阐释的，因此，任何一次性的讲述都是有局限的，只能揭示出一部分内涵。克服这种一次性叙述的局限性的办法就是昆德拉的反复叙事。（当然角度多了不一定会把事情搞得更清楚。芥川龙之介的《密林中》就是一个反例。这部因后来被黑泽明改编成电影《罗生门》而誉满天下的小说更有形而上色彩，它昭示了真相的不可确知。叙述的人越多，事件的真相就越成为一笔糊涂账。因此昆德拉的反复叙事与《密林中》参照起来分析会更有意味。）

其二，反复叙事更重要的功能是影响了小说的叙事时间，它造成了故事时间的穿插与倒错，使故事中发生在后面的事件在小说的前几章已经率先交代了，当我们在小说的后半部分再读到的时候，就已全无悬念而言了。悬念堪称是传统小说讲故事的生命，尤其是侦探小说，没有了悬念就没有了一切。悬念的存在意味着小说叙事必须严格遵循线性因果关系，当小说交代了一个原因的时候，它将带来的结果是什么就构成了悬念，反之亦然。这种线性因果的支配原则甚至会影响小说的细节描写。契诃夫有句名言：“如果你在所写的短篇的第一段中写到墙上挂着一支枪，到故事的结束时这支枪就得打响才行。”这一教导经常被好莱坞电影所遵循：如果一部影片不断地打一个花瓶的特写，那么电影快结束的时候这个花瓶肯定要被女主人公举起来然后砸在一个男人，通常是凶手或变态狂的头上。

对小说的这种线性因果律的一次大的突破可能是卡夫卡。卡夫卡小说中的细节的意义只因为它是细节，往往用来表达荒诞和不可理喻，没有线性因果可循。比如《城堡》，整个故事的“因”就不怎么清楚，K为什么要进城堡？没有人能说出确切原因。而故事的“果”更是无限期地被延宕，K永远进不了城堡。你可以说这也是一种悬念，即K到底能否进入城堡本身就有悬念的意味。但传统小说的高潮就在于真相大白，给悬念以解答，而卡夫卡则永远把你悬在那儿。昆德拉对反复叙事的追求也必然消解了悬念，比如《生命中不能承受之轻》中托马斯和特丽莎的死在第三章就已经交代，而正式在第七章写两个人开着卡车到邻近的农庄联欢，归途出了车祸时，我们就毫无吃惊可言了。昆德拉打破了悬念，他的小说所倚仗的吸引住读者的手段就只能是别的东西，这就是命运感。小说先是交代远在美国的萨宾娜接到了一封通报托马斯夫妇死讯的信，因此当我们接下来读到联欢舞会时马上意识到这是两位主人公最后的夜晚。小说就结束在这种狂欢的气氛中，但读者却有一种曲终人散的悲凉，这种悲凉在电影《布拉格之恋》中更其明显。影片的结尾比小说多了个长镜头，表现的是托马斯和特丽莎开着车回自己的农庄，天下着雨，镜头是汽车的挡风玻璃和来回摆动的刮雨器，影片就结束在汽车一直向景深处开去的画面上。而我们观众已知道了结局，我们就分明感受到两个人其实是开向不可挽回的命运。可以说，从萨宾娜接到报丧的来信那一刻起，观众就笼罩在一种怅惘的感受之中，这就是一种命运感，一种对男女主人公的无奈和悲悯，按昆德拉自己在《小说的艺术》中所说，我们读者在读最后一章时，“被淹没在我们对未来认识的伤感之中”。昆德拉失去了悬念，但得到的是比悬念更丰富的东西。

可以说，在打破悬念上，昆德拉是十分自觉的。他认为他的小说每一章都很短小，而且“各自形成一个整体”：

> 这样就促使读者停顿、思考、不受叙事激流的左右。这一选择符合我的小说美学。而在一部小说中有太多的悬念，那么小说就会逐渐衰竭，逐渐被消耗光。小说是速度的敌人，阅读应该是缓慢进行的，读者应该在每一页每一个段落，甚至每个句子的魅力前停留。

其三，反复叙事的另一个作用是使小说的多重主题得以不断复现。譬如，“肉体”与“灵魂”以及两者的关系是小说《生命中不能承受之轻》的重要主题。它们是围绕着特丽莎而展开的。昆德拉试图在特丽莎身上探讨灵与肉是否统一这个古老的命题。特丽莎全身心地爱着托马斯，她相信爱情是灵与肉的统一。而托马斯却一再告诉她灵魂与肉体是两回事儿，托马斯与其他女人的交往并不妨碍他在灵魂深处爱着特丽莎，托马斯唯一的诗性记忆也只留给特丽莎一个人。但无论如何特丽莎无法接受这种灵与肉分离的哲学，它给特丽莎带来了一以贯之的困惑和痛苦。因此她就想去检验一下灵与肉到底是统一的还是分离的。而遗憾的是，小说家似乎想告诉我们灵与肉的确是两码事。到底灵与肉一开始就是分离的呢？还是到了现代才发生裂变？人们是不是像特丽莎那样本能地追求两者的统一？人的肉体（身体）是否是独立的存在，并且与灵魂同等重要？显然这些问题既是属于特丽莎的，也是属于现代人的，是我们这个时代中关于人的存在的最重要的几个问题之一。但昆德拉并不给我们解答，他也解答不了，重要的是这些问题被他提出来了。昆德拉曾这样谈及自己的《生命中不能承受之轻》:“全部小说都不过是一个长长的疑问，深思的疑问(疑问的深思)是我的所有的小说赖以建立的基础。”但这些问题在小说中究竟是怎样被提出来的呢?关键词的反复追问是其主导方式，而关键词就是小说人物的生存编码，譬如“灵与肉”之于特丽莎，它们透露着小说人物的存在秘密，承载着人物生存的诸种可能性。昆德拉在《小说的艺术》中说:

> 使一个人生动意味着：一直把他对存在的疑问追究到底。这意味着追究若干个境况，若干个动机，乃至使他定形的若干个词。

概括说来，就是对若干主题的反复追究，因此在小说结构上势必依赖于主题的一次次复现，落实到叙事上，则必须通过反复叙事才能做到。在这里，反复叙事是服务于小说家追究人物的生存编码的基本意图的。米歇尔·莱蒙在《法国现代小说史》中指出:“随着《追忆似水年华》这部书的出现，小说创作的概念发生了一个根本变化。从此，小说创作主要建立在多主题的重现与彼此互相配合上，而不在故事的发展上了。”可以说，到了昆德拉这里，多主题的重现与彼此配合的技巧走到了一个极端。

其四，从形而上层面看，反复叙事可以看作是与一次性生命相抗争的方式。昆德拉的《生命中不能承受之轻》的全部主题都建立在“生命只有一次”的基础之上，这是个体生命最终的宿命。但昆德拉的反复叙事，却使他的主人公一生中的重大事件被一次次地重复叙述，反复阐释，每一个重要细节都似乎衍生出比一次性更丰富的内容。那么是否能够假设，借助这种反复叙事，小说中的人物在某种程度上超越了生命的一次性呢？至少昆德拉利用反复叙事在文本中营造了这种幻觉。这是对一次性宿命的想象性的抗争。

小说的可能性限度

20 世纪的现代主义小说在发掘自己体裁的自律性，在寻找小说独属于自己的东西的同时，也生成了另一种相反的取向，即吸纳其他艺术，嫁接其他体裁。如意识流小说学电影蒙太奇，里尔克的《军旗手的爱与死》融合了诗歌，乔伊斯的《尤利西斯》杂糅了诸如新闻体、宗教对答体以及戏剧样式等。昆德拉也在小说中引入哲学文体、报道、传记，还时常借鉴音乐、电影的手法（他当过爵士乐手，也搞过电影），这铸就了他的小说的多样化的文体风格。但这样一来，昆德拉的追求就不可避免地导向了悖论：一方面宣称小说要发现只有小说才能发现的，另一方面却又打破了小说与其他艺术形式甚至是哲学历史文体的界限，这也是 20 世纪现代主义小说所共同面对的一种悖论式的境地。这种悖论境地引发了我们对现代小说的进一步追问：小说体式对其他艺术体裁的融合到底是拓展了小说本体还是破坏了小说本体的自律性？小说体裁形式的可能性与小说视域的本体性到底是不是一回事？有没有一个一成不变的确定的小说本体？小说最独特的本质和本体性规定是什么？小说有没有终极限度？小说的可能性限度又是什么？

从艺术本体论的角度来界定小说的本质恐怕不是一个最终的解决办法。“文学概论”以及百科全书上都有关于小说的定义，但读者很快就会发现读到的小说尤其是现代主义小说都不是按照文学原理的定义来写的。小说的本性是随着小说历史进程而不断发展丰富的，因此才需要不断地重新加以界定。可以说有一点是确定的，那就是小说的本体是一个流动的范畴，具有它的历史性。

昆德拉正是从西方历史的背景出发来讨论小说。比如他关心的一个问题是小说会不会走到末日，会不会死亡：

> 人们很久以来就大谈小说的末日：特别是未来派、超现实派和几乎所有前卫派。他们认为小说将在进步的道路上消失，将有一个全新的未来，一个与从前的艺术丝毫没有相像之处的艺术。小说将和贫困、统治阶级、老式汽车或高筒帽一样，以历史的公正的名义被埋葬。(《小说的艺术》)

那么，接替被埋葬的小说的应该是什么样的艺术呢？昆德拉没说，他可能也并没有对这种小说末日论真当一回事。他真正关注的倒是小说“精神”的死亡。小说作为一种形式恐怕是不会死亡的，但小说的精神却有可能死亡，而这种小说精神的死亡更可怕。昆德拉说他自己早已见过和经历过这种死亡，这种死亡发生在他度过了大半生的世界：捷克，尤其是苏联占领后的捷克，在禁止、新闻检查和意识形态压力种种手段下，小说果然死亡了。因为小说的本质是相对性与模糊性的本质，它与专制的世界不相容。一个专制的世界绝对排斥相对性、怀疑和疑问，因此专制的世界永远不可能与小说的精神相调和。在这种世界里，小说的死亡是必然的。同样的情况昆德拉认为也发生在俄国，俄罗斯的小说曾经伟大无比，那就是从果戈理到别雷的时代。然而此后小说的历史在俄国停止已有半个世纪了，因为在俄国，小说已发现不了任何新的存在的土地，小说只是确认既成的唯一的真理，重复真理要求小说说的话。因此，这种小说什么也没有发现，形同死亡。

可以看出，昆德拉所谓的小说死亡问题是强调小说精神的消失，这种精神就是复杂性与模糊性的精神。只有重新确立这种精神，小说才能发现存在的理由，那就是让小说直面丰富而复杂的“生活的世界”本身，直面存在的多种可能性，并对抗“存在的被遗忘”，正是在这个意义上，昆德拉称“小说的存在在今天难道不比过去任何时候都需要吗？”重新找到生存理由的小说是不会死亡的。

因此，昆德拉启示我们探讨“小说的可能性限度”的问题大概也不能只考虑形式的可能性。当我们只关怀形式的先锋性、探索性、创新性的时候，那形式中的生活世界却很可能恰恰被我们忽略了。形式的探寻必须伴随着新的发现和新的世界景观，就像意识流小说揭示了潜意识和深层心理，卡夫卡贡献了对世界的预言，海明威呈示了初始境域，罗伯—格里耶描绘了世界的“物化”一样。形式必须与它发现的世界结合在一起才不是苍白贫血的，也才不是短命的。

昆德拉关于小说的可能性限度的观点也许正是如此。他一方面说“小说形式的可能性还远远没有穷尽”，另一方面又说“小说不能超越它自己的可能性的限度”，这个小说的可能性限度也许正是决定于人的存在的可能性，决定于人与世界的关系的可能性。在这个意义上说，小说的内在精神、小说的本体并不完全取决于形式的限度，这就使小说的生存背景延伸到社会学、政治学、文化学以及哲学历史领域。小说的本质可能是无法仅从它的内部和自身逻辑来解释和定义的。宽泛地讲，文学也是这样，文学艺术反映的是世界图式，你就没有办法抛开世界单纯固守形式的立场。比如昆德拉说在捷克和俄国，小说已经死亡，这是小说本身的问题吗？显然不是，而是政治的问题，意识形态的问题。在这样的历史阶段，小说没有能力决定自己的生存方式和生存状态。

尽管如此，不能否认小说仍有其内在性和自身的逻辑。昆德拉就说："小说通过自己内在的专有的逻辑达到自己的尽头了吗？它还没有开发出它所有的可能性、认识和形式吗？"昆德拉的答案是乐观的，小说的可能性远没有被充分开发。他认为小说有四个召唤：游戏的召唤；梦的召唤；思想的召唤；时间的召唤。这四种召唤昭示了小说的四个基本的内在维度。这些维度有的是小说曾经有过后来又丢掉了的（"游戏"），有的则是尚未发掘其可能性的（"梦"、"思想"、"时间"），这四个小说视域代表了昆德拉对小说可能性问题的总结和展望。

但小说的可能性限度到底是什么？这恐怕是昆德拉无法预言的，大概也没有人能回答这个问题，因为人类总会有尚未被发现的东西在某个地方等着我们，而且人类历史的进程也永远会把人与世界的新的关系带给我们，从而把新的可能性带给我们。昆德拉以历史小说为例证，他说第一次世界大战之前是人的最后的平静的时代，这个时代人要斗争的对象只有灵魂的恶魔，这就是普鲁斯特和乔伊斯的时代。而从 1914 年世界大战爆发的第二天开始，新的可能性出现了：

> 在卡夫卡、哈谢克、穆齐尔、布洛赫的小说中，恶魔来自外界，人们把它叫做历史；它不再像那列冒险家的火车；

它是无人的、无法统治、无法估量、无法理喻——而且也是无法逃避的。

一大批中欧小说家打交道的对象正是这叫作历史的恶魔。小说的可能性由此又扩展到另一个广大的时空与维度中，这就是 20 世纪。而即将告别的 20 世纪可能是有史以来最复杂的世纪，这对人类来说是好是坏尚难定论，但对小说而言绝对是好事。小说的地平线在 20 世纪一下子延伸的很远，至今可能还没有人能完全看到它的边际，这就给小说家和读者留下了异常广阔的空间和令人激动的前景。

昆德拉的小说学：作为“存在编码”的关键词

全部小说都不过是一个长长的疑问，深思的疑问（疑问的深思）是我的所有的小说赖以建立的基础。

——昆德拉

上海译文出版社“米兰·昆德拉作品系列”的新近问世，是使中国的昆德拉迷们感到欣喜的事情。这一囊括了多达 13 部作品的系列向我们更完整地展现了一位高度自觉的小说家。昆德拉在小说艺术上的这种自觉表现在两方面，一是小说创作实践本身的自觉，二是他自己总结的小说理论，主要体现在《小说的艺术》和《被背叛的遗嘱》这两本书中。从这两方面说，昆德拉形成了自己独特而又具有系统性的小说学。

昆德拉把对存在的思索与勘探看成界定小说的最核心的方式。“存在之思”是昆德拉小说学的根基。但如何把对存在的思考具体化到小说中，如何使“存在”问题在小说中获得形式呢？其中，对负载着人物的“存在编码”的关键词的精心提炼堪称是其小说学的核心内容。

昆德拉的一个最基本的手法就是在小说中引入了关键词（key word），也称“基本词”、抽象词。他给小说就是这样下定义的：“一部小说就是对几个难以捉摸的词的定义的长期摸索，”“对这些词的定义和再定义。”那么这若干的关键词是些什么词呢？昆德拉认为这些词就是关于小说人物的生存的密码，存在编码，也译成“生存暗码”。昆德拉在《小说的艺术》中进一步解释道：“在写《不能承受的生命之轻》时，我意识到这个或那个人物的编码是由若干个关键词组成的。”比如男主人公托马斯的编码是轻和重，整部小说一共七章，其中两章题目都是“轻与重”，是集中写托马斯的。女主人公特丽莎的编码则是肉体、灵魂，关于特丽莎的两章题目就叫“灵与肉”。此外对于特丽莎还有晕眩、软弱、牧歌、天堂等。正是这些关键词支撑起了每个人物的生存状态，标志着每个人物的不同可能性的侧面，最后也正是这些词支撑起了整部小说的大厦。比如为什么说“肉体”、“灵魂”是关于特丽莎的重要生存编码呢？因为作者试图在她的身上探讨灵与肉是否统一这个古老的命题。特丽莎全身心地爱着托马斯，她相信爱情是灵与肉的统一。而托马斯却一再告诉她肉体与灵魂是两回事，自己与其他女人交往并不妨碍托马斯在灵魂深处爱着特丽莎，托马斯唯一的诗性记忆即关于草筐中顺水漂来的孩子的记忆是只留给特丽莎的。但无论如何特丽莎无法接受这种灵与肉分离的哲学。小说中特丽莎贯穿性的痛苦和困扰正是这种痛苦和困扰。因此特丽莎就去一个一直在勾引她的工程师那里验证一下灵与肉到底是统一的还是分离的。而遗憾的是，昆德拉似乎想告诉我们读者灵与肉的确是两回事，是分离的，具有两重性。到底灵与肉一开始就是分离的呢？还是到了现代才开始分离？是不是现代社会比起前现代给人类提供了更多的感官欲望，肉体享乐的本能突破了灵魂的约束，才导致了灵与肉的分离？人的肉体（身体）是否是独立的存在，并且与灵魂同等重要，就像穆旦在诗中写的那样，“我歌颂肉体，因为它是岩石，在我们的不肯定中肯定的岛屿”？人们是不是像特丽莎那样本能地去追求两者的统一？这些问题就是昆德拉提出来的，显然这些问题既是属于特丽莎的，更是属于我们现代人的，是我们这个时代中关于人的存在的最重大的几个问题之一。昆德拉并没有给我们解答，他也解答不了，但这些问题本身提出来就已经够了。昆德拉说：“全部小说都不过是一个长长的疑问，深思的疑问（疑问的深思）是我的所有的小说赖以建立的基础。”而这些“深思的疑问”是怎样被提出来的呢？关键词就是其主要方式。而且关键词不仅是人物生存编码，有时是小说主导性的主题，是小说核心问题。比如“轻”与“重”之于《生命中不能承受之轻》，“笑”与“忘”之于《笑忘录》，“玩笑”和“遗忘”之于《玩笑》。昆德拉自己在访谈录中就说过，《生活在别处》这部小说就是建立在这么几个问题上：

> 什么叫充满激情的态度？在充满激情的年代，青春是什么？激情—革命—青春，这三者结合的意义是什么？作为诗人是什么意思？我记得我在开始写这本小说时，我把记在我的日记本上的这个定义作为工作的假设：“诗人是一个在母亲的引导下在世界面前极力炫耀自己的年轻人，然而他没有能力进入那个世界。”您瞧，这个定义不是社会学的，不是美学的，又不是心理学的。

这种关于诗人的定义和再定义证明了昆德拉关于小说的解释，

即对几个难以捉摸的词的长期摸索。昆德拉说关于诗人的定义不是社会学的，不是美学的，也不是心理学的，我们有理由认为，这种定义方式正是“小说学”的，只有小说才可能这样下定义，《生活在别处》中的“诗人”的形象，它的生存编码，只有在小说中才有呈现和询问的可能性，昆德拉关于“诗人”的定义在任何一本词典中都找不到，它只能存在于小说中，只有在小说中才具有可能性。

这些“基本词”的运用之所以是昆德拉的“存在之思”在小说中的具体化，是“存在”在小说中获得形式的方式，还因为在小说中这些基本词不是被抽象地研究，这些生存编码是具体化地落实到人物身上的。同时更重要的是，这些生存编码是在小说情节与境况中逐步揭示出来的。比如特丽莎的生存编码之一“牧歌”：

> 为什么对特丽莎来说，“牧歌”这个词如此重要？
>
> 我们都是被《旧约全书》的神话哺育，我们可以说，一首牧歌就是留在我们心中的一幅图景，像是对天堂的回忆：天堂里的生活，不像是一条指向未知的直线，不是一种冒险。它是在已知事物当中的循环运动，它的单调孕育着快乐而不是愁烦。
>
> 只要人们生活在乡村之中，大自然之中，被家禽家畜，被按部就班的春夏秋冬所怀抱，他们就至少保留了天堂牧歌的依稀微光。正因为如此，特丽莎在矿泉区遇到集体农庄主席时，便想象出一幅乡村的图景（她从未在乡村生活也从不知道乡村），为之迷恋。这是她回望的方式——回望天堂。

“牧歌”为什么对特丽莎如此重要？因为“牧歌”这一关键词揭示了她的生存中的某种本性。她最初受托马斯的召唤从小镇子进入布拉格，进入了现代社会的都市，又经受了1968年苏联对布拉格的入侵，与托马斯流亡到瑞士，后来发现侨居的生活无法改变她，而且托马斯依旧频繁地接触其他的女人，她就给托马斯留下一封信，只身回到布拉格。身心疲惫的特丽莎突然发现乡村生活可能最适合于她，乡村与大自然接近，春夏秋冬按部就班，更多保留了天堂牧歌的微光，是距离天堂最近的一种生活。在这种生活方式中，未来不是未知的，不是不确定的，不是一种冒险，而是在已知的事物中循环运动，一切都是安稳的，没有城市中漂泊的动荡感。更重要的是也远离了托马斯形形色色的其他女伴。因此昆德拉说，特丽莎迷恋这种乡村方式，这是她回望的方式——回望天堂，回望天堂也就是回复到一种单纯、清新、无忧无虑、没有动荡也没有灵与肉的分离的田园牧歌般的生活。于是我们就看到，小说最后一章果然写的是特丽莎与托马斯在乡村度过他们生命中最后一段相对安宁和单纯的生活。因此，从关键词的角度上看，整个最后一章就是“牧歌”这个词在情节和境况中的具体化揭示和展开。

对词的探索还直接制约了小说的文体形式。这就是《不能承受的生命之轻》的第三章“误解的词”，是以词典的方式写的。如第三小节的标题“误解小词典”，探讨了“女人”、“忠诚与背叛”、“音乐”、“光明与黑暗”四个词的定义；第五小节是“误解小词典”的继续，探讨了“游行”、“纽约的美”、“萨宾娜的国家”、“墓地”等四个词。这些定义当然都是小说家的定义。对关键词的词典式的定义由此成为小说的一种形式。词典也变成了小说结构的一种元素。这就是昆德拉对小说形式的一种富于创新的探索。它探索的是究竟什么可以成为小说中的一种元素？词典的形式就这样构成了小说元素性的存在。它不是真正意义上的词典，尽管以词典的方式体现。从小说元素角度看待这种词典形式，可能更有启发性。正因为它成了小说中的元素形式，词典也才具有了小说性，而不是真的词典。而把词典的形式引入小说，堪称是昆德拉最具试验性的探索，它最终引发我们对现代小说可能性的进一步追问：小说体式对其他体式（譬如词典）的融合有没有一个终极限度？

科勒律治之花

如果有人梦中曾去过天堂，并且得到一枝花作为曾到过天堂的见证。而当他醒来时，发现这枝花就在他的手中……那么，将会是什么情景？

——博尔赫斯

秘鲁小说家略萨发现博尔赫斯经常喜欢引证“像博尔赫斯一样对时间问题着迷的作家”、英国小说家乔治·威尔斯（1866—1946）《时间机器》中的故事，“讲一个科学家去未来世界旅行，回来时带一朵玫瑰，作为他冒险的纪念。这朵违反常规、尚未出生的玫瑰刺激着博尔赫斯的想象力，因为是他幻想对象的范例。”[1]博尔赫斯本人则说“这未来的花朵比天堂的鲜花或梦中的鲜花更令人难以置信”[2]。它是从未来世界带回来的，它本应该在未来的某一天绽放，却奇迹般地来到了现在，进入了现实。这种情境的确非常刺激人

[1] 略萨：《中国套盒》，百花文艺出版社，2000年，第59页。
[2] 博尔赫斯：《博尔赫斯文集·文论自述卷》，海南国际新闻出版中心，1996年，第35页。

的想象力，博尔赫斯迷恋这朵玫瑰是毫不奇怪的。这朵未来的玫瑰，因此构成了他“幻想对象的范例”。

令博尔赫斯着迷的另一朵玫瑰则是“科勒律治之花”。他曾引用过出自科勒律治的这样一段神奇的想象：

> 如果有人梦中曾去过天堂，并且得到一枝花作为曾到过天堂的见证。而当他醒来时，发现这枝花就在他的手中……那么，将会是什么情景？[1]

梦中去过天堂没有什么稀奇，但你梦醒之后手中却有天堂玫瑰的物证，这就神奇了。如果你排除了手中的玫瑰是你的情人从小贩那里花一块钱买来的，并趁你做梦时塞到你手中这种可能性，那么这个醒来的发现——这朵天堂之花就像博尔赫斯在另一处所说，是“包含着恐怖的神奇东西”，既美丽神奇，又有一种形而上的恐怖。但尽管有形而上的恐怖，这朵天堂玫瑰体现出的科勒律治的想象力的确是非凡的。不过，中国小说家也有同样出色的想象，即使比起科勒律治、博尔赫斯来也毫不逊色。这就是李公佐的唐传奇《南柯太守传》。小说写一个游侠之士淳于棼当了个小武官，郁郁不得志，就镇日与“杜康”为伴。他的住宅南边有一棵巨大的古槐，淳于棼常常在槐树荫下聚众豪饮。一次喝多了就在自己家的走廊上睡着了。梦中忽见两个紫衣使者，自称是槐安国王派来的使臣，邀他前往。“生不觉下榻整衣，随二使至门”，这“不觉”二字一用，的确使小说不知不觉进入了梦中现实。出了门，“指古

[1] 博尔赫斯：《作家们的作家》，云南人民出版社，1995 年，第 5 页。

槐穴而去”，就从古槐树下的一个洞穴钻了进去。从此淳于棼在槐安国飞黄腾达，既当了驸马，又出守南柯郡。后来与檀萝国打仗，兵败，公主也死了，又被谗言迫害，梦中的国度也有不如意的时候。最后又由两个紫衣使者从洞穴里送了回来。这时淳于棼睡醒了，发现自己依然躺在走廊下，而太阳还没有落山。这个故事写到这里并不离奇，离奇的在于，醒了之后淳于棼就去大槐树下寻找洞穴，果然找到一蚂蚁洞，拿斧子来把树根砍掉，发现有更大的蚂蚁洞，就像一座城池，里面有三寸多长的蚁王和一群大蚂蚁。这就是槐安国都城了。又挖出一洞，格局完全像梦中的南柯郡。挖来挖去，梦里面的情形都在蚁洞中应验了。这个结尾显然是小说最精彩的构思。何其芳30年代改写过这个故事（即《画梦录》中的《淳于棼》），他把淳于棼梦中的游历一笔带过，侧重点放在淳于棼醒来之后对蚁洞的挖掘和“梦中倏忽，若度一世”的慨叹上。可以说何其芳抓住的正是《南柯太守传》最有独创性最富魅力的部分。这里面既有“大小之辨”，又有“久暂之辨”，隐含了时间和空间的主题。而更精彩的则是鲁迅对《南柯太守传》结尾的评价：“假实证幻，余韵悠然。”就像现实中的玫瑰构成了天堂经历的物证一样。

我读《南柯太守传》的震惊体验就来自结尾的“假实证幻”。为什么这种“假实证幻”令人有震惊感？因为令我们吃惊的不是梦的离奇，而是突然间发现幻想世界和现实世界之间有一条连通的渠道，就像英国作家福斯特的短篇小说《天国之车》，设想可以在现实中找到一辆车通向天国。这样一来，关于幻想和现实之间的界限就变得模糊了。到底庄生梦蝶还是蝶梦庄生就真的成为一个问题。

这就是“科勒律治之花”可以引申出的诗学涵义，而这朵花也正是诗学关注的中心。它是一个中介物，是现实与梦幻的联系，它连结两个世界，一个是现实世界，一个是幻想中的不存在的世界。它最形象地表现出一种边缘性或者说一种“际间性”（inter-），处理的是边际的问题。而边缘性、际间性也是现代诗学最值得关注的问题之一。由此，“科勒律治之花”奇幻想象以及最擅长于在小说中处理奇幻叙事的博尔赫斯、卡尔维诺、卡夫卡等小说家的幻想美学最终关涉的就是现实与奇幻的界限，以及对界限的跨越问题。正像托多罗夫在《幻想文学引论》一书中所说：“奇幻叙事允许我们跨越某些不可触及的疆域。”这些疆域除了幻想的疆域之外，还可以引申出许多其他的疆域，像同与异，自我与他者，诸种不同的小说类型和母题，以及不同的文类等等。其中最具魅惑力的跨越莫过于逾越真实与幻想的界限。而像博尔赫斯、卡尔维诺这样的小说家，在写作中的真正愉悦可能正在跨越边际与弥合缝隙的那一时刻。即使跨越不了边际与缝隙，在边际徘徊也是有意思的。卡夫卡的短篇小说《猎人格拉胡斯》，里面就有这样一段死后再生的猎人格拉胡斯与市长的对话：

> “难道天国没有您的份儿么？”市长皱着眉头问道。
>
> “我，”猎人回答，“我总是处于通向天国的阶梯上。我在那无限漫长的露天台阶上徘徊，时而在上，时而在下，时而在右，时而在左，一直处于运动之中。我由一个猎人变成了一只蝴蝶。您别笑！”
>
> “我没有笑，”市长辩解说。
>
> “这就好，”猎人说，“我一直在运动着。每当我使出最大的劲来眼看快爬到顶点，天国的大门已向我闪闪发光时，我又在我那破旧的船上苏醒过来，发现自己仍旧在世上某一条荒凉的

河流上，发现自己那一次死去压根儿是一个可笑的错误。”

卡夫卡本人的形象不妨说就是这个徘徊在通向天国的阶梯上的格拉胡斯。如果说，博尔赫斯追求跨越，卡夫卡则迷恋徘徊，正像K永远在城堡外面彳亍一样。当然，卡夫卡小说中也大量地处理了“跨越”的问题，下面我们还会涉及。

所以“边缘性”这一课题的魅力一方面是对边际的缝合，另一方面就是对界限的跨越。而真实与奇幻关系的课题涉及的也不仅仅是边缘存在的问题，不仅仅是临界的问题，还有更富有意味的“跨越”的问题。任何人类所想要跨越的界限几乎都是有吸引力的，甚至包括终极性的生与死的界限。人类的梦想之一就是跨越不可能的疆域，比如跨越幽冥永隔的世界，在活人和死人的世界之间穿梭。所以像黛米·摩尔主演的电影《幽灵》(《人鬼情未了》)的感伤性或者说伤感的力量就来自这一点，虽然它只称得上一部三流片。另一部美国电影《第六感》处理的也是类似的题材。男主角(布鲁斯·威利斯饰演)是个心理医生，影片开头，他的一个病人潜入了他的家，朝他开枪，他应声倒地。接下来的镜头字幕显示时间已是一年之后，心理医生去医治一个小男孩，这个男孩整天生活在恐怖之中，因为他能看到幽灵。影片的核心线索是医生与男孩的交往和心理治疗过程。影片的卖点之一就是出现了很多鬼魂，每次出现都能让电影院中的少女们一阵尖叫。令人震惊的是影片的结尾，医生突然发现睡在沙发上的妻子对他的触摸无动于衷，让他狐疑，接着又发现装酒的地下室的门已经一年多没有打开了。这一刻他才惊奇地发现自己原来是个幽灵，一年前就被打死了。观众也在同一时间发现了这一点(我当初是在汉城的一家电影院看的这部片子，当时全场是一片惊呼）。这就是一个生活在人世与幽冥两个世界中的人物，尽管他以为生活在人间，其实只与人世能看见鬼的那个男孩真正打交道。这是一部真正的鬼视点的电影，影片从头到尾都以一个已经死了的人作为叙事的焦点人物，并借助于这样一个幽灵满足人们跨越生死界限的梦想。

人类渴望飞翔的梦想也是一种跨越的梦想，而且构成了幻想文学中连绵不断的线索和母题。但真正飞翔起来的人的形象在现实中几乎是没有的，除了天使。我在电视上曾看过北京台“环球影视”栏目中的一个“十大（Top ten）天使影片”的节目，才知道电影人已经制造出那么多的天使的形象。但天使并不是人，人的飞翔这个梦想在文学中的实现只有借助飞行器。复杂一点的是凡尔纳小说中的环游地球旅行的气球，简单一些的则是阿拉伯世界的飞毯。神来之笔的则是马尔克斯《百年孤独》中俏姑娘雷梅苔丝，乘着床单就上了天。但最轻而易举地就飞起来的则是卡夫卡小说中的“骑桶者”。《骑桶者》的中译本只有短短三页，写叙事者“我”只骑着一个空木桶就飞上了天。飞翔本身是浪漫甚至神奇的，可惜这次木桶骑士飞翔的目的却不怎么浪漫。小说写于 1917 年寒冷的一、二月间，写的是第一次世界大战中奥匈帝国最艰苦的一个冬天的真实情况：缺煤。“我”其实是骑了一个空木桶去找煤，而且苦苦哀求煤店老板给他一铲子煤。卡尔维诺在《未来千年文学备忘录》中对这个故事进行了有意思的复述：“煤店老板的煤场在地下室，木桶骑士却高高在上。他费尽力气才把信息传送给老板，老板也的确是有求必应的，但是老板娘却不理睬他的需求。骑士恳求他们给他一铲子哪怕是最劣质的煤，即使他不能马上付款。那老板娘解下了裙子像轰苍蝇一样把这位不速之客赶了出去。那木桶很轻，驮着骑士飞走，消失在大冰山之后。”[1]原小说的结尾是这样的：

> （老板娘）把围裙解了下来，并用围裙把我扇走。遗憾的是，她真的把我扇走了。我的煤桶虽然有着一匹良种坐骑所具有的一切优点；但它没有抵抗力；它太轻了；一条妇女的围裙就能把它从地上驱赶起来。
>
> “你这个坏女人，”当她半是蔑视半是满足地在空中挥动着手转身向店铺走去时，我还回头喊着，“你这个坏女人！我求你给我一铲最次的煤你都不肯。”就这样，我浮升到冰山区域，永远消失，不复再见。

小说最后一句视点的变化很有意思。在“我浮升到冰山区域，永远消失，不复再见”的这一刻，小说的视点其实已经从“我”转化为地上人的视点。“我”怎么会永远消失，不复再见呢？“他”会永远消失，“我”却永远不会消失，“我”每天都可以见到自己，不可能永远消失。因此，结尾的视点无形中已转移到了留在地面的人身上，也就是说，变成了观众的视点。借助这个视点的陌生化距离，“我”就从一个找煤的普通人上升为幻想文学的主人公。

卡尔维诺认为，“空木桶”是“匮乏、希求和寻找的象征”，它的确隐含着关于匮乏和充实的寓意。匮乏与充实，世俗和浪漫是可能会反置的。只有当你木桶是空的时候，你才能飞翔，如果装满了，准会重重砸在地上。如果老板娘不是把“我”轰走，木桶就会装上了煤，而“我”也就不会飞到冰山那边去了。而“山那边”

---

[1] 卡尔维诺：《未来千年文学备忘录》，辽宁教育出版社，1997年，第20页。

在文学中永远是一个乌托邦的象征和隐喻。

《骑桶者》典型地体现了卡夫卡小说处理幻想题材的特异性。主人公对幻想与真实边际的跨越是直截了当、不容分说的。木桶说腾空就腾空，一点准备也不给读者，就像卡夫卡写《变形记》中主人公格里高尔早晨起来发现自己躺在床上变成一只大甲虫一样，都是顷刻间的事。它让你读者直接面对这种幻想的现实和结果，丝毫不需铺垫。即使如此，木桶的腾空仍有其现实性以及心理逻辑的真实，它是木头的，它是空的，它太轻了，同时它承载的其实是人类最可怜和最基本的希求和愿望，是匮乏时代的象征。它的腾空飞翔是必然的，虽然我们谁也没有真正见过一只驮着人的飞翔着的木桶。

博尔赫斯、卡尔维诺、马尔克斯、卡夫卡等小说家的小说学中一个相当有趣的议题正是关于真实与幻想的边际性问题。这些幻想大师挥洒自如地在小说中处理真实与幻想的复杂关系，游刃有余地缝合写实和梦幻的迥异情境，他们手中都拈有一枝魅惑读者心魂的“科勒律治之花”。

废墟的忧伤

——读奥尔罕·帕慕克的《伊斯坦布尔》

> 我出生的城市在她两千年的历史中从不曾如此贫穷、破败、孤立。她对我而言一直是个废墟之城，充满帝国斜阳的忧伤。我一生不是对抗这种忧伤，就是（跟每个伊斯坦布尔人一样）让她成为自己的忧伤。
>
> ——帕慕克

这是一部2006年诺贝尔文学奖获得者的童年回忆，同时也可以看成是帕慕克在其中长大的都市——伊斯坦布尔的传记。

我是把帕慕克的这部《伊斯坦布尔：一座城市的记忆》（奥尔罕·帕慕克著，何佩桦译，世纪出版集团上海人民出版社，2007年3月版）与本雅明的《一九零零年前后柏林的童年》比照着阅读的。本雅明在诸如西洋景、煤气灯、电话机、针线盒等一系列物什中追寻自己对于童年时代柏林这座都市的个人性记忆，而帕慕克则借助于他自己精心搜集的一张张关于伊斯坦布尔的老照片，勾勒了一幅彳亍于帝国斜阳的颓败记忆以及现代化转型浪潮之间的伊城的忧伤背影。

帕慕克在这部题为《伊斯坦布尔：一座城市的记忆》的传记一开头就奠定了自己与伊城的情感基调：

> 我出生的城市在她两千年的历史中从不曾如此贫穷、破败、孤立。她对我而言一直是个废墟之城，充满帝国斜阳的忧伤。我一生不是对抗这种忧伤，就是(跟每个伊斯坦布尔人一样)让她成为自己的忧伤。

一座城市的忧伤终究要化为她的子民的忧伤。对于帕慕克而言，伊斯坦布尔的忧伤在他的成长过程中想必是一种如影随形挥之不去的生存背景，最终则化为这部童年回忆录的忧伤底色。

伊斯坦布尔的忧伤，在很大程度上来自帕慕克对童年时代伊城贫民区的废墟的状写以及由此而来的废墟体验。这些废墟的绝大部分在今天业已被清除，然而它们一度呈现了在奥斯曼帝国逐渐消亡，一个西化而现代的伊斯坦布尔兴起的过程中历史更迭的记忆。这些废墟的记忆与书中一幅幅旧时照片相印证，仿佛那些曾经有过的废墟并没有真正化为旧时月色。

废墟的忧伤在帕慕克这里堪称是一种体验都市的美学形式。这是一种蕴含着些许悖谬的美感，它的一端联系着奥斯曼帝国的崩溃，另一端则维系着“诞生于城墙外荒凉、孤立、贫穷街区的梦想”。帕慕克正是把这个梦想称为“废墟的忧伤”：“假使通过局外人的眼睛观看这些场景，就可能‘美丽如画’。忧伤最初被看成如画的风光之美，却也逐渐用于表达一整个世纪的败战与贫困给伊斯坦布尔人民带来的悲痛。”由此，如画之美与悲痛之感奇异地交融在废墟体验之中，并生成了一种特有的美学。帕慕克称这是一种“偶然性的美”：

> 在伊斯坦布尔的贫民区，美完全归属于坍塌的城墙，从鲁梅利堡垒和安那多鲁堡垒（Anadoluhisari）的高塔和墙垣长出来的野草、常春藤和树。破败的喷泉，摇摇欲坠的老宅邸，废弃的百年煤气厂，清真寺剥落的古墙，相互缠绕的常春藤和梧桐树遮住木造房屋染黑的旧墙，这些都是偶然性的美。

废墟美学的核心就在于“偶然性”。这种偶然之美的理论依据可以推溯到英国作家罗斯金。罗斯金在他《建筑的七盏灯》一书中曾专门讨论过所谓“如画之美”，并将建筑上所体现出的这种独特之美归于其偶然性：

> 因此形容某某东西“美丽如画”，描述的是随着时间推移而变美的建筑风光，它的美是其创造者未曾料到的。对罗斯金来说，如画之美来自建筑物矗立数百年后才会浮现的细节，来自常春藤、四周环绕的青草绿叶，来自远处的岩石，天上的云和滔滔的海洋。因此新建筑无所谓如画之处，它要求你观看它本身，惟有在历史赋予它偶然之美，赋予我们意外的新看法，它才变得美丽如画。

由此我们可以了悟：所谓的“偶然之美”其实来自历史以及时光在建筑物上雕刻的印痕。同时偶然之美也需要一种类似中国园林艺术中的精髓——借景。“只有当我们从街头缝隙或无花果树夹道的巷弄中瞥见这些建筑，或看见海洋的亮光投射在建筑物墙上，我们方能说是欣赏如画之美。”因此，在《伊斯坦布尔》中，我们每每看到的是那些与废墟合为一体的常春藤，环绕的青草，远处的博斯普鲁斯海峡微暗的波光，它们都构成了废墟必不可少的“借景”。这些与其“借景”一体化的废墟，往往是在“街头缝隙或无花果树夹道的巷弄中”闪现的，废墟的前景也往往是拴在树杈间的牛、奔跑而过的孩子，横七竖八的墓碑，杂乱无章地晾晒着的衣物……它们都赋予了建筑物以意外之美，是一种附加于建筑物之上的文化和审美语义，是单纯的建筑物本身并不具有的美感。而“废墟”之上则天然禀赋着这些历史、文化和审美的积淀。因此，帕慕克说：

> 若想在废墟中“发现”城市的灵魂，将这些废墟看做城市“精髓”的表现，你就得踏上布满历史偶然性的迷宫长径。

帕慕克在本书中曾经提及的本雅明则激赏古老的“寓言”这一体裁在现代所重新获得的艺术生命力以及表达悖论的能力。本雅明指出：“寓言在思想之中一如废墟在物体之中。”在他看来，废墟的价值正在其历史性。也正是这一点导引着帕慕克走向了“历史偶然性的迷宫长径”去捕捉废墟的灵韵。无论是辉煌绚烂的往昔还是业已衰颓的过去如今都在废墟上定格，一座废墟为你的思想注入的是无限苍凉的历史感。在某种意义上说，已逝的历史并非贮存在博物馆中，而恰恰是凝聚在无人光顾的废墟里，这也是横亘北中国的一段段废弃的长城永远比那些修葺完好的观光长城更给人震撼的原因所在。

在《伊斯坦布尔》一书中，同样令我着迷的还有帕慕克搜集的关于废墟的照片。这些伊城的旧时影像与帕慕克的诗意文字相得益彰。甚或可以说，帕慕克文字中对伊斯坦布尔废墟的描述，如果没有书中所附的大量废墟照片和插图做参照，其感染力必定要逊色不少。就像前苏联导演塔可夫斯基的诗性电影《乡愁》，如果缺了结尾所定格的教堂废墟，其弥漫的乡愁就将难以找到附着之物一样。塔可夫斯基把自己薄雾笼罩之中的故乡田园屋舍与意大利锡耶纳南部的圣・卡尔加诺教堂的废墟别出心裁地叠加在一起，没有屋顶的教堂围住了落雪的俄罗斯乡村，也封存了塔可夫斯基漫天飞雪般的乡愁。这种匪夷所思的废墟影像给我的震撼如今在《伊斯坦布尔》一幅幅古旧的废墟照片中又重新体验了，正像塞外那些游人罕至的废长城曾经给过我的触动一样。

我尤其流连于书中第 275 页所载的由摄影家古勒拍摄的那幅照片，占满画面的断井残垣中探出一个少年的略带几许惊愕表情的脸。我把这幅照片中的那个男孩，看作是帕慕克少年时代的缩影。那种惊愕中的探询表情，使帕慕克成为他自己所谓的一个伊城的“陌生人”，也使帕慕克笔下的伊城，从一开始就携带着她的隐含的局外观察者。因为伊城的废墟风景，只有在一个陌生者的视野中才能得到真正的关注和呈现，诚如帕慕克所言：

> 若想体验伊斯坦布尔的后街，若想欣赏使废墟具有偶然之美的常春藤和树木，首先你在它们面前，必须成为“陌生人”。
>
> 欣赏贫困潦倒和历史衰退的偶然之美，在废墟中观看如画之景的人，往往是我们这些外来者。

对于一直未离开伊城的帕慕克而言，从自己的城市所体悟到的美感或许在很大程度上来自“幽灵分身”所生成的陌生化效果。在本书的第一页，帕慕克就称：“从我能记忆以来，我对自己的幽灵分身所怀有的感觉就很明确。”当这种“幽灵分身”在已身为作家的帕慕克那里成为一种艺术自觉之后，所谓“分身”就演变成一个自我“他者化”的过程，借此作者得以体验虚拟化的另一个自我，体验别一种可能的生存。这种自我陌生化，也被帕慕克引申为体验“废墟的忧伤”的一种“陌生人”的视界。

耐人寻味的是，这种“陌生人”的视角在很大程度上也是西方的视角。一二百年以来，西方，尤其是法国作家福楼拜、纪德、奈瓦尔、戈蒂耶，都曾经在伊斯坦布尔留下过自己漫游的足迹。如果说 1843 年带着忧伤来到东方，“令人觉得他将在伊斯坦布尔找到忧伤”的法国诗人奈瓦尔只在尼罗河岸看到“忧伤的黑色太阳”，那么，随后奈瓦尔中学时代的朋友，身为记者、诗人和小说家的戈蒂耶则“忧伤地走过”伊斯坦布尔的贫困城区，“在脏乱之中发现了忧伤之美”。戈蒂耶“有力地表述城墙的厚度与耐久，它们的剧变，时间的裂缝与蹂躏：划过整座高塔的裂纹，散落在塔底的破片”，并且“相信世界上没有哪个地方比这条路更严峻、更忧伤，路长三里多，一端是废墟，另一端是墓地”。当帕慕克集中阅读诸如戈蒂耶这类西方作家对伊城的描述的时候，他发现这种“废墟的忧伤”的审美情调其实正是被西方人最早的观察与描述所奠定的。

据此，帕慕克认为：“我们的‘呼愁’（土耳其语，意指忧伤，乃《伊斯坦布尔》一书的中心词汇，帕慕克花费了大量笔墨描述这个概念的词源及其内涵——引按）根基于欧洲：此概念首先以法语（由戈蒂耶而起，在朋友奈瓦尔的影响下）探索、表达并入诗。”尽管帕慕克指出“伊斯坦布尔最伟大的美德，在其居民有本事通过西方和东方的眼睛来看城市”，然而其间占主导地位的毕竟是西方的眼睛。帕慕克一方面提醒自己警惕西方观察者“太过分”的评价，另一方面则依旧断言“一个城市的性格就在于它‘太过分’的方式，一个旁观者可能对某些细节过分关注而歪曲事实，但往往也是这些细节定义了城市的性格”。我们有理由认为，伊城所特有的“废墟的忧伤”，既来自于帕慕克自我陌生化的姿态，也同时诞生于西方作家作为局外观察者的目光。而其美学基础，则在罗斯金的理论中：

> 罗斯金表明，如画之景由于是偶然发生，因此无法保存。毕竟，景色的美丽之处不在于建筑师的意图，而在于其废墟。这说明许多伊斯坦布尔人不愿见旧木头别墅修复的原因：当变黑、腐朽的木头消失在鲜艳的油漆底下，使这些房子看起来跟18世纪城市的极盛时期一样新，他们便与过去断绝了美好而退化的关系。因为过去一百年来，伊斯坦布尔人心目中的城市形象是个贫寒、不幸、陷入绝境的孩子。我十五岁作画时，尤其画后街的时候，为我们的忧伤将把我们带往何处感到忧心。

此际，帕慕克的深邃思绪与十五岁时的稚嫩目光叠加在一起，一同扫过伊城的一个个废墟，力透纸背的则是不知“将把我们带往何处”的忧伤。而我之所以倾情阅读终我一生也许无法抵达一次的伊斯坦布尔，或许正是力图感受帕慕克在讲述他的城市时所传达出的这种撩动整个人类心结的“废墟的忧伤”吧？

疾病的文学意义

> 阿尔卑斯山中疗养院那狭小而封闭的世界是二十世纪思想家必定遵循的全部线索的出发点：今天被讨论的全部主题都已经在那里预告过、评论过了。
>
> ——卡尔维诺

我对爱尔兰的文学形象记忆主要来自乔伊斯的小说集《都柏林人》，而视觉形象记忆则来自美国导演帕克根据普利策奖得主弗兰克·麦考特的童年回忆录改编的电影《安吉拉的灰烬》（*Angela's Ashes*，2000）。《都柏林人》（1914）的宗旨，按乔伊斯自己的话说，是力图揭示都柏林生活中的"精神麻痹"："我的目标是要为祖国写一章精神史。我选择都柏林作为背景，因为在我看来，这城市乃是麻痹的中心。"不同于《都柏林人》的"精神麻痹"，《安吉拉的灰烬》给我展现的更是一种身体的麻痹，尤其是几个孩子在饥饿、贫穷、污浊、阴雨、潮湿与疾病中挣扎的身体。

《安吉拉的灰烬》中还有另一副阴郁而美丽的身体，那就是给了弗兰克以爱欲历程的即将离世的肺病少女的身体。对少年弗兰克而言，在这副有着比亚兹莱般奇诡的美丽的身体中，恐惧与诱惑并存，而最终则是少女的美丽与诱惑战胜了对可能被肺病传染的恐惧。肺病少女那凄冷颓废之美，或许是留给弗兰克灰蒙蒙的少年时代的一抹仅存的亮色。

19 世纪末叶到 20 世纪初叶的欧洲把一种病恹恹的审美氛围长久留在了文学史的记忆中，这就是氤氲在字里行间的结核病的气息。读德富芦花的小说《不如归》(1897—1899)，发现这种结核病的气息也曾在日本的文坛蔓延，并且携带上了特有的东方美。《不如归》中这样写因结核病而变得分外美丽的女主人公浪子：

> 粉白消瘦的面容，微微颦蹙的双眉，面颊显出病态或者可算美中不足，而瘦削苗条的体型乃一派淑静的人品。此非傲笑北风的梅花，亦非朝霞之春化为蝴蝶飞翔的樱花，大可称为于夏之夜阑隐约开放的夜来香。

在人类的治疗史上，被过度审美化了的疾病，可能只有肺结核了。浪子的“夏之夜阑隐约开放的夜来香”之美堪称是它的一种极致。但浪子的粉白消瘦的面容在结核病的症候中却不具有代表性。我们更经常见到的，是潮红的脸颊、神经质的气质、弱不禁风的体格，以及漫长的治疗过程。这种漫长的治疗和恢复过程使结核病变成一种恒常的生存状态，而它所特有的病症也同时获得了文人的青睐，作家们从中发现了丰沛的文学性，最终使结核病与浪漫主义文学缔结了美好的姻缘。

一种疾病之所以能生成审美化观照，还因为虽然在链霉素尚未发明的时代，肺结核差不多是死神的同义语，但这个死神尚笼罩着朦胧神秘的面纱，不像后来的癌症和艾滋病那般赤裸裸的狰狞。结核病的死亡率固然极高，但它尚属于那种不至于一下子置人于死地的疾病，这一点绝对是一个审美化的重要前提。鲁迅在《病后杂谈》中曾谈到两位心怀“大愿”的人物：

> 一位是愿天下的人都死掉，只剩下他自己和一个好看的姑娘，还有一个卖大饼的；另一位是愿秋天薄暮，吐半口血，两个侍儿扶着，恹恹的到阶前去看秋海棠。这种志向，一看好像离奇，其实却照顾得很周到。第一位姑且不谈他罢，第二位的“吐半口血”，就有很大的道理。才子本来多病，但要“多”，就不能重，假使一吐就是一碗或几升，一个人的血，能有几回好吐呢？过不几天，就雅不下去了。

吐半口血，自然是无伤大雅的。而肺结核的“雅”，也多半是“吐半口血”的“雅”，或者说，是雅得恰到好处、恰如其分。

浪漫主义时代文学与结核病的结缘，却不止于“雅”的考虑，尽管其中的“雅”充当着二者联姻的重要中介。读日本当今最有影响力的批评家柄谷行人的著作《日本现代文学的起源》，进一步了解到在浪漫主义时代，结核病不仅是一种审美化的存在，同时也是身份、权力与文化的象征，它构成的是如布尔迪厄所说的一种象征化的资本：

> 许多人已指出浪漫派与结核的联系。而据苏珊·桑塔格（Susan Sontag）的《作为隐喻的病》一书，在西欧18世纪中叶，结核已经具有了引起浪漫主义联想的性格。结核神话得到广

泛传播时，对于俗人和暴发户来说，结核正是高雅、纤细、感性丰富的标志。患有结核的雪莱对同样有此病的济慈写到："这个肺病是更喜欢像你这样写一手好诗的人。"另外，在贵族已非权力而仅仅是一种象征的时候，结核病者的面孔成了贵族面容的新模型。

雷内·杜波斯（René Dubos）指出，"当时疾病的空气广为扩散，因此健康几乎成了野蛮趣味的征象"（《健康的幻想》）。希望获得感性者往往向往自己能患有结核。拜伦说"我真期望自己死于肺病"，健壮而充满活力的大仲马则试图假装患有肺病状。[1]

大仲马之所以要东施效颦，就是因为肺病乃是那个时代的时尚，就像魏晋士人服药而"行散"一样。魏晋士人的服药在当时也是名士的做派，而五石散想必也是普通人不大能买得起的。鲁迅在《魏晋风度及文章与药及酒之关系》中就嘲讽过那些并没服药却"在街旁睡倒，说是'散发'以示阔气"的作假者，可知这种附庸风雅在中国就古亦有之。浪漫主义的肺病以及魏晋六朝的"行散"都内涵着一种附加上去的超越于疾病本身的文化语码，是苏珊·桑塔格所谓的隐喻。当苏珊·桑塔格从隐喻的意义上讨论疾病的时候，隐喻已经完全不是单纯的修辞问题。正像法国新小说派大师罗伯—格里耶所说：

事实上，比喻从来不是什么单纯的修辞问题。说时间"反

[1] 柄谷行人：《日本现代文学的起源》，赵京华译，生活·读书·新知三联书店，2003年，第96页。

复无常”，说山岭“威严”，说森林有“心脏”，说烈日是“无情的”，说村庄“卧在”山间等等，在某种程度上都是提供关于物本身的知识，关于它们的形状、度量、位置等方面的知识。然而所选用的比喻性的词汇，不论它是多么单纯，总比仅仅提供纯粹物理条件方面的知识有更多的意义，而附加的一切又不能仅仅归在美文学的帐下。不管作者有意还是无意，山的高度便获得了一种道德价值，而太阳的酷热也成为了一种意志的结果。这些人化了的比喻在整个当代文学中反复出现的太多太普遍了，不能不说表现了整个一种形而上学的体系。[1]

当我们运用比喻的时候，我们就同时附加了人为的意义。虽然文学作品对比喻的运用往往是出于文学性和审美化的考虑，但是用罗兰·巴尔特的话说，这种审美化使物有了“浪漫心”，其实是人的抒情本性的反映，而更潜在的倾向则是一种伦理倾向和意识形态倾向，也是一种赋予本真的事物以人类附加的意义的倾向。在柄谷行人那里，对结核病的美化，不仅是无视“蔓延于社会的结核是非常悲惨的”现实，反而“与此社会实际相脱离，并将此颠倒过来而具有了一种‘意义’”。正是这种价值颠倒所生成的额外的“意义”，使结核病成为一种隐喻，并逐渐脱离了人的鲜活的身体，而演化为一个文学的幽灵（当然这个幽灵在浪漫主义者那里可能被奉为缪斯），最终则蜕变成一种神话。就像柄谷行人分析的那样：

[1] 罗伯—格里耶:《自然、人道主义、悲剧》,《现代西方文论选》，上海译文出版社，1983年，第320页。

结核病之所以在浪漫主义文学中无法彻底根除，“不是因为现实中患此病的人之多，而是由于‘文学’而神话化了的。与实际上的结核病之蔓延无关，这里所蔓延的乃是结核这一‘意义’”。就是说，结核病之所以在文学中蔓延，是因为文学需要它来刺激审美想象，需要它所负载的文化符码，需要它的隐喻意义。结核的这种“意义”毋宁说并非是结核病本身所固有的，而是文学审美历史性地建构出来的。

柄谷行人的深刻之处还在于他进一步发现了这种“对于结核的文学性美化不仅与关于结核之知识（科学）不相矛盾，相反是与此相生共存的”，换句话说，恰恰是两者的合谋共同塑造了结核病的文学神话。因此结核与文学的联姻用柄谷行人的话说，是一种“令人羞耻的结合”，它把疾病和痛苦幻化为审美和愉悦，表现的是人类文化机制和价值体系中的某种“倒错性”。所以最后柄谷行人得出的是出人意表的结论：

> 再次重申，并不是因为有了结核的蔓延这一事实才产生结核的神话化。结核的发生，与英国一样，日本也是因工业革命导致生活形态的急遽变化而扩大的，结核不是因过去就有结核菌而发生的，而是产生于复杂的诸种关系网之失去了原有的平衡。作为事实的结核本身是值得解读的社会、文化症状。

把结核病审美化的背后，掩盖的正是通过福柯式的知识考古学式的工作才能发现的社会、文化症状。《日本现代文学的起源》一书的基本构架由此也正是力图揭示在文学、医学等现代知识制度确立的过程中所遮蔽了的东西。

苏珊·桑塔格在《作为隐喻的病》一书中所做的是与柄谷行人类似的工作。如果说，柄谷行人对病的追究试图呈示现代知识制度在建构的同时所掩盖的历史本相，那么苏珊·桑塔格则通过服装与疾病来探讨现代性的形成过程中价值观的变化：

> 时至18世纪人们的（社会的，地理的）移动重新成为可能，价值与地位等便不再是与生俱来的了，而成了每个人应该主张获得的东西。这种主张乃是通过新的服装观念及对疾病之新的态度来实现的。服装（从外面装饰身体之物）与病（装饰身体内面之物）成了对于自我之新态度的比喻象征。[1]

这使我联想到了中国现代作家郁达夫。我在记忆中捕捉到的正是当年读他的小说所感受到的令人窒息的病的气息以及郁达夫对病的题材的处理所表现出的一种"新的态度"。在中国现代作家中，频繁地指涉疾病母题的，或许没有人能出其右。从郁达夫最早的留学生文学《银灰色的死》《沉沦》《南迁》，到后来的《胃病》《茫茫夜》《空虚》《杨梅烧酒》《迷羊》《蜃楼》，人类所能有的病差不多都让郁达夫的主人公患上了：感冒、头痛、胃病、肺炎、忧郁症、肺结核、神经衰弱……而且常常是一病就是一年半载的光景。因此病院和疗养院也构成了郁达夫小说中最具典型性的场景，正像托马斯·曼的巨著《魔山》把小说空间设在阿尔卑斯山中的一个疗养院一样。

---

[1] 柄谷行人:《日本现代文学的起源》，赵京华译，生活·读书·新知三联书店，2003年，第97页。

以往我只是简单地断定疾病的主题是介入郁达夫小说的一个可以尝试的角度，因为生理和身体上的疾病往往制约着主人公的情绪和气质，最终则会在小说的美感层面体现出来。五四时期的小说读到郁达夫才读出一点令人心动的感觉，他的小说的萎靡的感伤之美，阴柔的文化情趣与他大量处理疾病的母题必有一定的关系。如今想来，郁达夫小说中的病未必不是“对于自我之新态度的比喻象征”，正像他的小说中的人物于质夫所着之装束在当时感伤的一代文学青年中也引领服装的潮流一样。郁达夫笔下的病同样有一种“意义”，在小说人物颓废、落魄、病态的外表下其实暗含着一个新的自我，一个零余者（多余人）的形象。

从主体性的角度上说，中国现代文学的创生过程，也是现代主体建构的过程。文学史叙事中关于五四启蒙主义的最通常的表述，即是把五四的主题概括为“人的发现”。但是，人虽然发现了，作为现代主体的创建却并非一蹴而就的。刘禾就揭示出中国现代文学中的“自我”范畴是极不稳定的，因为个人常常发现在社会秩序的迅速崩溃中失去了归属。郁达夫的小说经常表现“破碎的、无目的以及充满不确定性因素的旅程”，正是归属感缺失的一个表征。他笔下的多余人大多是漂泊者的形象，但这种漂泊者与鲁迅的过客形象尚有不同，过客的主体性是被一种超目的论的哲学所支撑的主体性，换句话说，跋涉本身就是一种目的论，激励着过客不断前行，不管前方是坟还是鲜花。而郁达夫的零余者则是徘徊的形象，徘徊在男人和女人，东方和西方，传统和现代，知识分子和农民之间，所以郁达夫的零余者无法找到一个稳固的立足点。[1]《沉沦》（1921）就

[1] 参见刘禾:《跨语际实践》，生活·读书·新知三联书店，2002年，第210页。

已经开始了郁达夫的现代主题的表达，即现代性的危机是一种个人主体性以及民族主体性的双重危机，《沉沦》主人公蹈海自尽的象征性的死亡是这种主体性双重缺失的必然结果。由此便可以理解《沉沦》结尾主人公的独白："祖国呀祖国，我的死是你害我的！你快富起来，强起来吧！你还有许多儿女在那里受苦呢！"个人主体性的崩溃，被小说主人公归因于祖国的积贫积弱。经常看到有评论者指出郁达夫《沉沦》的结尾是失败的，小说本来一直写的是青春期的压抑，是零余者的个体意义上的心理危机，结尾却简单而且牵强地把小说主题提升到爱国主义和政治层面，在意识形态上是分裂的。其实，郁达夫的这个主题模式在现代小说中是司空见惯的，它反映着中国现代主体的建构过程与民族国家之间的千丝万缕的联系。民族国家的危机必然要反映为个人主体性的危机，郁达夫的颓废正是一种危机时刻主体性漂泊不定的反映。他屡屡处理病的题材也当由此获得更深入的解释，这就是郁达夫笔下同样作为隐喻的疾病所承载的现代性"意义"。

读郁达夫的小说，你会深切地感受到，疾病就是人物的命运，是人物的生存形态，同时也构成了一种隐喻。就像美国文学理论家卡勒谈论罗兰·巴尔特那样："巴尔特说他的身体属于托马斯·曼的《魔山》的世界，在那里，肺结核的医治肯定是一种生活方式。"[1]也许20世纪作家所能编织出来的关于"病"的最庞大的隐喻就是托马斯·曼的"魔山"世界了。这个世界完全也可以说是一个不折不扣的"神话"，即柄谷行人所谓"病的神话化"。卡尔维诺

[1] 乔纳森·卡勒:《罗兰·巴尔特》，方谦译，生活·读书·新知三联书店，1988年，第18页。

是这样评价“魔山”神话的：

> 我们都记得，许多人称之为是对本世纪文化最完备引论的一本书本身是一部长篇小说，即托马斯·曼（Thomas Mann）。如果这样说是不过分的：阿尔卑斯山中疗养院那狭小而封闭的世界是二十世纪思想家必定遵循的全部线索的出发点：今天被讨论的全部主题都已经在那里预告过、评论过了。[1]

因此，我们不难想见为什么罗兰·巴尔特会说他的身体属于托马斯·曼的《魔山》的世界。在1977年《法兰西学院文学符号学讲座就职讲演》中，罗兰·巴尔特指出：“我所经历过的肺结核病与《魔山》中的肺结核病十分相近，这两种时间混合在一起，都远离开我的现在了。于是我惊骇地（只有显而易见的事物才能使人惊骇）觉察，我自己的身体是历史性的。在某种意义上，我的身体与《魔山》中的主人公汉斯·加斯托普属于同一时代。1907年时我的尚未诞生的身体已经20岁了，这一年汉斯进入并定居在‘山区’，我的身体比我老得多，似乎我们永远保持着这个社会性忧虑的年龄，这种忧虑是世态沧桑使我们易于感受到的。”[2]

罗兰·巴尔特从《魔山》中的肺结核病里感到的是自己身体的历史性。这种历史性堪称是病的隐喻意义所赋予的。凭借这种隐喻，罗兰·巴尔特觉得自己生活在过去的年代，身体也由于这种过去性而“比我老得多”。这种能够唤回过去的“隐喻”在人的生存

---

[1]《未来千年文学备忘录》，辽宁教育出版社，1997年，第81页。
[2]《符号学原理》，生活·读书·新知三联书店，1988年，第20页。

的现实中可以说是俯拾皆是的，我联想到的是鲁迅的《腊叶》中所写到的那片去年秋天摘下的“病叶”：“一片独有一点蛀孔，镶着乌黑的花边，在红，黄和绿的斑驳中，明眸似的向人凝视。我自念：这是病叶呵！便将他摘了下来，夹在刚才买到的《雁门集》里。大概是愿使这将坠的被蚀而斑斓的颜色，暂得保存，不即与群叶一同飘散罢。”一片病叶，因其“病”，而获得了作者更多的温情，鲁迅笔下难得一见的正是如此充满温情的慨叹：“这是病叶呵！”这慨叹令我感怀不已。而让我更加感怀的是散文中透露出的罗兰·巴尔特式的“世态沧桑”感：

> 但今夜他却黄蜡似的躺在我的眼前，那眸子也不复似去年一般灼灼。假使再过几年，旧时的颜色在我记忆中消去，怕连我也不知道他何以夹在书里面的原因了。将坠的病叶的斑斓，似乎也只能在极短时中相对，更何况是葱郁的呢。看看窗外，很能耐寒的树木也早经秃尽了；枫树更何消说得。当深秋时，想来也许有和这去年的模样相似的病叶的罢，但可惜我今年竟没有赏玩秋树的余闲。

鲁迅把一片病叶夹在书中的举动也无异于“暂得保存”一种“病”的意义。然而在挽留病的“意义”的同时，鲁迅也发现“意义”如同旧时的颜色一般地销蚀，而窗外秃尽的树木正显示着此刻的冬天的本相，这正是“意义”无法挽回的本质，它超越了温情，也超越了审美化的“余闲”，最终真正地袪除了“病”的附加语义，从而还原了生命形态的历史性与本真性。

孤独的人才能发现风景

只有在对周围外部的东西没有关心的“内在的人”(inner man)那里，风景才能得以发现。风景乃是被无视“外部”的人发现的。

——柄谷行人

偶有机会出去旅行，总会发现自己的旅行经验印证着柄谷行人关于“风景的发现”的理论。柄谷行人在《日本现代文学的起源》一书中曾借助于日本小说家国木田独步的作品《难忘的人们》(1898年)阐发他的风景理论。令人印象深刻的一个细节是《难忘的人们》中的主人公大津从大阪坐小火轮渡过濑户内海时的情景。这段海道在日本也堪称是风景的发现的最佳地域之一，郁达夫在《海上——自传之八》中将其形容为“四周如画，明媚到了无以复加”，并由此“生出神仙窟宅的幻想”。在《山水及自然景物的欣赏》中，郁达夫还写道：

我曾经到过日本的濑户内海去旅行，月夜行舟，四面的青葱欲滴，当时我就只想在四国的海岸做一个半渔半读的乡下农民；依船楼而四望，真觉得物我两忘，生死全空了。

酷似郁达夫所拟想的情境，《难忘的人们》的主人公在船上观察的正是这样一个“在寂寞的岛上岸边捕鱼的人。随着火轮的行进那人影渐渐变成一个黑点。不久那岸边那山乃至整个岛屿便消失在雾里了。那以后至今的十年之间，我多次回忆起岛上那不曾相识的人。这就是我‘难忘的人们’中的一位”。

柄谷行人分析说：《难忘的人们》的主人公大津所看到的那岛上的捕鱼的人与其说是“人”，不如说是一个“风景”，是作为风景的人。岛上那不曾相识的人之所以难忘，是因为他是被作为“孤独的风景”而体验的。里尔克在《论山水》中也曾谈到在西方山水画的发展阶段中，有一个“人”走进纯粹的风景中进而成为风景的一部分的艺术史历程：

后来有人走入这个环境，作为牧童、作为农夫，或单纯作为一个形体从画的深处显现：那时一切矜夸都离开了他，而我们观看他，他要成为“物”。

这种“人”成为“物”的过程，即是人的风景化的过程。

这其实也是有过旅行经验的人的共通体验，在火车或者汽车上，很多人喜欢看沿途的风景。沿途的乡野中一掠而过的人当然是被当作风景来看的。对我来说，这种沿途的风景与旅行的目的地一样具有吸引力。曾在《读书》杂志上看到一篇台湾学者的文章，说他属于旅行中在行进的车上连一秒钟都不愿错过窗外风景的那种旅人，读罢感到于我心有戚戚焉。但我稍有不同的是，我也同样喜欢观察车上人们的形态，发现东倒西歪仰头大睡的游客还是占据了大多数，令人想起一句关于所谓“中国式旅游”的顺口溜：“上车睡觉，下车拍照，回家一问，什么也不知道。”我的一位老师曾经谈起他在国外旅行的体验，中国游客全都是到了目的地之后对着景点一通猛照。如果在国外的名胜看到最喜欢拍照的游客群体，那十有八九是中国团队。有的游客拍完照片后甚至根本不看风景马上就回车上继续睡觉了。那么什么时候看风景呢？据说是回家后再看照片。可能因为看照片有一种特别的距离美。近十年前，我所在的单位组织教师外出游览某一风景名胜，我的一位同事带着一个大大的高倍苏式军用望远镜。一路上他对所经过的景点都漫不经心，我就问：你怎么什么都不看？他说：“我有望远镜，等走远了再看。”挪用柄谷行人的理论，可以说，我的同事是借助于一个柄谷行人所谓的“装置”来看风景的，这个装置在柄谷行人那里是现代性，在我的同事那里是形式感和距离感。望远镜的镜头显然一方面带来距离感，另一方面也带来观看的某种仪式性。这就是浪漫主义的审美观，什么事情都一定要带着某种距离来观照，从中凸显一种形式感甚至仪式感。爱默生在《论自然》一书中就曾经举过类似的例子：“在照相机的暗盒里，我们看到的屠夫大车和家庭成员都显得那么有趣。”丹麦大文豪勃兰兑斯也说：真正的风景同它在水中的影像相比是枯燥的，所以才有“水中月，镜中花”之说。而风景在望远镜镜头里也同样获得的是这种形式感。我的同事也许觉得好的风景走马观花地看未免可惜，一定要借助于望远镜才显得郑重其事。

但在这次单位组织的旅游经历中，除了这位同事的望远镜给我留下深刻记忆，此外都看了什么风景我却已经淡忘了。如果依照柄谷行人的理论，这种随团的群体旅游是很难发现风景的。柄谷行人认为：只有那些孤独的人才能真正发现风景，风景是由沉迷于自己的内心世界的人洞察的。为什么《难忘的人们》中的主人公看到荒凉的岛上形只影单的渔人觉得难忘？他难忘的其实是自己当时的心境，是这种孤独的心境在风景上的叠印，于是一切所见才成为被心灵铭刻的风景。《难忘的人们》中的主人公“我”（大津）这样描述自己当时的心境：

> 不过那时身体不怎么好，一定是心情沉郁常常陷入沉思。我只记得不断地走上甲板，在心里描绘将来的梦想，不断思考起此世界中人的身世境遇。当然，这乃是年轻人胡思乱想的脾性没有什么奇怪的，那时，春日和暖的阳光如油彩一般融解于海面，船首划开几乎没有一点涟漪的海面撞起悦耳的音响，徐徐前行的火轮迎来又送走薄雾缠绵的岛屿，我眺望着那船舷左右的景色。如同用菜花和麦叶铺成的岛屿宛如浮在雾里一般。其时，火船从距离不到一里远的地方通过一个小岛，我依着船栏漫无心意地望着。山脚下各处只有成片矮矮的松树林，所见之处看不到农田和人家。潮水退去后的寂寞的岸石辉映着日光，小小的波涛拍打着岸边，长长的海岸线如同白刃一样其光辉渐渐消失。

这是一段日本文学中值得反复品味的华彩文字。其中状写的风景是以“我”的眼睛见出的，有几处直接指涉观察的主体：“我眺望着那船舷左右的景色”，“我依着船栏漫无心意地望着”，都直接指涉着观察的行为：眺望。这里的“眺望”，不同于一般意义上的

"看"，"眺望"正是使对象成为风景的方式。而"心情沉郁常常陷入沉思"以及"潮水退去后的寂寞的岸石辉映着日光"等表述，本身就是一种心灵与精神的语言，与其说是"岸石"寂寞，不如说寂寞的岸石反衬出"我"的孤寂的心灵状态。这是一段把内心叙事与外部风景叙写完美地结合为一体的文学语言。

所以柄谷行人说：

> 风景是和孤独的内心状态紧密联接在一起的。这个人物对无所谓的他人感到了"无我无他"的一体感，但也可以说他对眼前的他者表示的是冷淡。换言之，只有在对周围外部的东西没有关心的"内在的人"（inner man）那里，风景才能得以发现。风景乃是被无视"外部"的人发现的。

柄谷行人的这个论断很悖论，但是也很深刻：专注于自己内心的人却发现了外部的风景。

古今中外的风景游记其实屡屡印证了风景的发现与一个人的孤身旅行之间的特别关联。我个人的微薄的经验也是如此：记忆和印象中最深刻的旅行往往是那种一个人上路的旅行，因为有些孤独，所以感觉就更加敏锐，注意力也能集中于风景之上。而什么也记不住的则是跟随团队的旅游，特别是到外地开会由会议主办方组织的观光游览。

而一个人的行旅中，风景其实经常印证的也正是内心的孤独，或者说内心的孤独往往在风景上有一种无形的投射。我至今难以忘怀当初读诺贝尔文学奖获得者、法国作家加缪青年时代的散文《反与正》时的共鸣。《反与正》写的是加缪足迹遍布欧美大陆的旅行。

但与一般游记的写法迥然不同，加缪深邃的目光往往穿透了旅行中所看到的陌生化的风景而抵达的是自己的内心世界。孤独的风景激发的是内在的启悟，风景成为心灵的内在背景。我所读到的，正是一颗年青而孤独的灵魂在风景的发现中的启悟历程：他那纤细而敏锐的感觉如何在接纳着这个世界；"旅行构成的生动而又感人的景色"如何化为他心灵的内在背景。青年加缪表现出的是一种既沉潜又敏感的性格，这使他在风景之旅中把一切外在的视景都沉积到心理层次。于是，即使游历繁华的都市，他也要透过喧嚣的外表力图看到它忧郁的内质，捕捉到一个城市深处的落寞与渴望，他的所到之处，都由于这种心理意向而带上了心灵化特征。孤独的风景反而使加缪一步步走向自己的内心深处，用加缪自己的结论则是："我永远是我自己的囚犯。"这种"永远是我自己的囚犯"的感觉伴随着加缪的整个旅程，甚至伴随了他的一生。这是心灵的自我囚禁和自我放逐之旅，由此，外部风景也被囚禁在内心城池进而化为自己心灵风景的一部分。

这就是"风景的心灵化"。

因此，加缪印证的是发现风景也是发现心灵的过程。类似的说法在西方很早就有。中国现代作家梁宗岱在诗论中曾经引用过瑞士人亚弥尔的名言："每一片风景都是一颗心灵。"这句话揭示的正是风景与心灵相互映发的关系，也印证了里尔克所谓在"世界的山水化"的过程中，有一个辽远的人的发展的历史进程。人的心灵逐渐介入了单纯的风景，风景由此与人不再陌生，正如里尔克所说：人"有如一个物置身于万物之中，无限地单独，一切物与人的结合都退至共同的深处，那里浸润着一切生长者的根"。这个所谓的"共同的深处"正是接纳了人的"自然"与"风景"。

风景观的浪漫主义传统

只有不结果实的花朵才是浪漫主义的。……他们发现自然在蛮荒状态中，或者当它在他们身上引起模糊的恐怖感的时候，才是最美的。黑夜和峡谷的幽暗。使心灵为之毛骨悚然、惊慌失措的孤寂，正是浪漫主义者的爱好所在。

——勃兰兑斯

2011年初计划集中阅读一些中西方的关于山水和风景的文学作品以及理论著作，打算重读郁达夫上世纪二三十年代关涉风景的创作、卞之琳写于40年代的长篇小说残篇《山山水水》、日本作家国木田独步的《武藏野》、松尾芭蕉的《奥州小道》、东山魁夷的《与风景对话》，以及张箭飞翻译的美国学者温迪·J. 达比所著的专著《风景与认同》等。

我的“阅读的雪球”其实是从里尔克的名篇《论山水》开始滚动的，途经郁达夫与日本作家笔下的风景，最后则把雪球滚动到壮丽的浪漫主义雪山脚下。

在这一年的阅读中，比较有趣的体验是把郁达夫笔下的风景与国木田独步的《武藏野》以及《难忘的人们》对读。这种读法当然是受到了柄谷行人的启发。在《日本现代文学的起源》一书中，柄谷行人把国木田独步的作品《难忘的人们》以及《武藏野》视为日本现代文学“风景之发现”的现场。而郁达夫的意义也在于他的《沉沦》等作品中创生了中国现代文学中最早的风景。柄谷行人借助于国木田独步的《难忘的人们》试图说明“只有在对周围外部的东西没有关心的‘内在的人’（inner man）那里，风景才能得以发现”，现代风景恰恰生成于现代主体与外部世界的疏离的过程中。而重读郁达夫的创作，则发现在他的《沉沦》等留学生题材的小说中，日本的如画风景之所以进入郁达夫的视野，也和作者对日本民族和社会的疏离相关，正印证了柄谷行人别出心裁的理论：所谓“风景是和孤独的内心状态紧密地联系在一起的”。

与国木田独步《难忘的人们》中的主人公一样，风景对于塑造郁达夫笔下浪漫主义主体形象也起了至关重要的作用，现代风景因此与现代主体的构建达成了内在的默契。这就是所谓的“内化”，风景内化为心理、情感和认知的结构。风景中叠加的是作家的情感色彩和心灵印痕。这就是典型的浪漫主义作家笔下的风景。所以在浪漫派作家的小说中，风景都不单单是风景，而是内心的对象化。无论是国木田独步《难忘的人们》还是郁达夫的《沉沦》，风景描写与自然主义以及写实主义作家笔下的风景构成了明显的区隔。写实主义描写风景的目的是尽可能客观地提供一个自然环境，人物就在这个环境里生存。而浪漫派的风景是属人的，是为心境和心理现实服务的。

对浪漫主义风景观的这种认知，其实是从里尔克的《论山水》

那里开始获得的。我在2011年的元旦这一天再次重读了里尔克的《论山水》。这篇被中译者冯至称为“抵得住一部艺术学者的专著的”只有三千字的散文，我每次重读都有新的触动。这次重读关注的是里尔克在文中所描述的“世界的山水化”与“人的发展”的内在统一的艺术史进程。里尔克发现这一“世界的山水化”的过程在19世纪的浪漫主义那里达到高峰，形成的是一个波澜壮阔的重返大自然的浪漫主义思潮。于是沿着里尔克指引的方向追踪溯源，我又重新翻阅了一些西方18、19世纪浪漫主义的著作，并以勃兰兑斯的六卷本《十九世纪文学主流》为向导，读了勃兰兑斯在这部堪称经典的鸿篇巨制中详尽论及的英国浪漫主义诗人雪莱、拜伦、华兹华斯，经由德国浪漫派，最后流连于爱默生在小册子《论自然》中所阐释的浪漫主义自然观。

我对西方浪漫主义经典已经有一种久违之感。此前我的阅读的兴趣重心一直以20世纪的西方哲学和现代主义文学经典为主。此番重温浪漫主义，发现20世纪的现代主义深刻，而19世纪的浪漫主义博大。尤其是关于人与自然的思考，在19世纪的浪漫主义那里已经达到了难以企及的高峰。正像勃兰兑斯概括的那样：

> 对于大自然的爱好，在十九世纪初期像巨大的波涛似地席卷了欧洲。
>
> 英国诗人全部都是大自然的观察者、爱好者和崇拜者。……华兹华斯，在他的旗帜上写上了“自然”这个名词。

勃兰兑斯还引用罗斯金的话，称“华兹华斯为他那个时期诗坛上的伟大的风景画家”。而雪莱则被勃兰兑斯称为“自然的热情恋人”。拜伦、济慈、科勒律治等一代英国浪漫主义诗人，都是大自然的爱好者，把世界的山水化的浪潮推向顶峰。

读勃兰兑斯以及他所阐释的浪漫主义经典，发现大自然的崇拜和山水意识的勃兴作为19世纪的一种世界性的浪潮，完全改变了人们对自然的认识，进而也改变了人类对自我的认知。爱默生在《论自然》中就把大自然看成是人的精神的象征，人是通过理解自然而理解自身的：“大自然依照天意的安排，势必要与精神携手，进行解放人类的工作。”卞之琳的小说《山山水水》中就说：“所以山水还是用来表现人，尽管不着痕迹。中国人自古以来最习惯于用自然美来形容人格美。”这应和了宗白华的美学观点。在写于1940年的《论〈世说新语〉和晋人的美》中，宗白华说：

> 晋人向外发现了自然，向内发现了自己的深情。山水虚灵化了，也情致化了。陶渊明、谢灵运这般人的山水诗那样的好，是由于他们对于自然有那一股新鲜发现时身入化境浓酣忘我的趣味。

用里尔克的《论山水》中的话说，即所谓“一切物与人的结合都退至共同的深处，那里浸润着一切生长者的根”。这也是浪漫主义者所致力于塑造的人与自然的一体化关系，并深刻影响了后来者对山水和风景的态度。

郁达夫与国木田独步的风景观中，正拖着一个深远的浪漫主义的美学背景。譬如郁达夫酷爱孤寂、荒凉和废墟之美，这种审美虽然是一种典型的现代性的颓废，但其审美资源正来自于浪漫派。

勃兰兑斯在《十九世纪文学主流》中引用亚历山大·洪堡的观点，认为“古人只是当自然是微笑、表示友好并对他们有用的时候，才真正发现自然的美。浪漫主义者则相反：当自然对人们有用的时候，他们并不认为它美。”勃兰兑斯说：

> 只有不结果实的花朵才是浪漫主义的。……他们发现自然在蛮荒状态中，或者当它在他们身上引起模糊的恐怖感的时候，才是最美的。黑夜和峡谷的幽暗。使心灵为之毛骨悚然、惊慌失措的孤寂，正是浪漫主义者的爱好所在。

勃兰兑斯继而断言，浪漫主义者与其说发现了自然，不如说发现了自己的内心。如果说自然观在卢梭那里侧重于情感，在浪漫主义者这里则侧重于幻想。“歌德曾经说过：自然无核亦无壳，混沌乍开成万物。浪漫主义者一味关注那个核，关注那个神秘的内在。”柄谷行人也注意到这一点：风景是通过对外界的疏远化，即极端的内心化而被发现的。“大规模发生这种现象则是在浪漫派那里。”这与现代资本主义在19世纪所显露出的社会弊端有关，也与现代都市文明的压抑有关。从卢梭，到19世纪欧洲浪漫派，再到国木田独步与郁达夫，“大自然”是一个逃离束缚的关于自由的范畴，也是一个返朴归真的哲学概念。卢梭、华兹华斯以及爱默生都为浪漫派贡献了系统的自然观，主张心灵与自然的沟通。并在华兹华斯那里达到了极致，正如钱锺书在《谈艺录》中所说：“状诗人心与物凝之境，莫过华兹华斯。”

这一年的阅读最终强化的是我对瑞士人亚弥尔的名言的体认：“每一片风景都是一颗心灵。”我最早是在梁宗岱的象征主义诗论中看到这句话的。宗白华在《中国艺术意境之诞生》中则把这句名言翻译为“一片自然风景是一个心灵境界”。到了钱锺书的《谈艺录》中则是更为简捷的翻译:“风景即心境。”可见亚弥尔的这句名言已经深深地介入到中国现代作家和学者对风景的浪漫主义领悟中。

司各特的目光

我们的妙计就是(虽然我们的任何一匹马都赶不上他)

赶紧捧出一位新诗人穿过大道去和他对抗,

迅速写出点东西印成校样——千万别修改——还要把文章拉长,抢先描写它几家别墅,趁司各特还没有到来的时光。

——穆尔

苏格兰首府爱丁堡地标性的建筑是王子公园内的司各特纪念塔。当离开游人摩肩接踵的爱丁堡古堡,从皇家英里大道穿过一条狭窄的石板路街巷走向王子大街,迎面遭遇纪念塔的一瞬间,它给人的震撼似乎难以用文字表达。这种震撼感一直伴随着拾级而上的登塔的全程,并在登上塔顶之际达到高峰。当我总算慢慢习惯了纪念塔的恢宏,并在塔的周遭流连忘返多时之后,无论走在爱丁堡的任何一个地方,猛然抬头或蓦然回首,都能看到这座60多米高的哥特式纪念塔不期然间映入眼帘,让你时刻意识到司各特对于苏格兰的意义。

一个民族对自己的作家的尊崇,就物质形式的纪念碑而言,还有哪个国度的哪个作家堪与这个作为“苏格兰之魂”的司各特相比？

建成于1844年的司各特纪念塔呈哥特式建筑风格，由四座小一点的尖塔拱卫着中央主塔，主塔正中的基座上端坐着司各特。主塔底部四面镂空，我因而得以从四个方向瞻仰司各特的大理石雕像，先看雕像的背影以及两面侧身，最后走到正面，看到长袍大袖的司各特凝神远方，谛视着曾经遍布他的文学书写之中的苏格兰风景。

在西方文学史上讨论风景与民族性的关系时，人们经常谈及的，正是司各特的例子。司各特对苏格兰风景的贡献，他人堪称难以望其项背，差不多把苏格兰稍微有名一点的地方都写光了。由于没有给他人留下可写的余地，就引起了其他作家的不满和抱怨。英国诗人穆尔当年就有诗挖苦司各特：

> 如果你有了一点要写上几行的诗兴，
>
> 我们这里有一条妙计献上——你可得抓紧，
>
> 要知道司各特先生已经离开英格兰—苏格兰边境，为了寻求新的声名，正拿着四开本的画纸向镇上走近；
>
> 从克罗比开始（这活儿肯定会有一笔好进账）
>
> 他想要把路上所有的绅士庄园一一描写，在它们身上“大做文章”——
>
> 我们的妙计就是（虽然我们的任何一匹马都赶不上他）
>
> 赶紧捧出一位新诗人穿过大道去和他对抗，
>
> 迅速写出点东西印成校样——千万别修改——还要把文章拉长，抢先描写它几家别墅，趁司各特还没有到来的时光。

正因为对苏格兰风景的倾情礼赞，使司各特成为苏格兰民族风景的重要发现者，甚至成为苏格兰民族性的塑造者。赴英伦之前，怀着对苏格兰风景的先期的热望，重新读了张箭飞教授研究司各特的文章《风景与民族性的建构——以华特·司各特为例》，文章讨论的是司各特创作中的苏格兰风景描写，试图从中辨认和分析风景是如何体现出苏格兰的民族性，以及司各特如何把浪漫主义的自然之热爱转译成一种文化民族主义的表达。按英国思想家以赛·伯林的表述，苏格兰人是"根据风景来理解他们自己并获得他们作为苏格兰人的认同"。在这个意义上，司各特堪称创造了一种新的风景神话，给苏格兰人提供了"一种深厚的情感和文化连接"。苏格兰高地也成为今天英伦三岛上最有代表性的风光，而在司各特之前，那里以荒凉崎岖贫瘠悲惨著称，英格兰人也总是把苏格兰的荒原景色同犯罪联系起来，对苏格兰高地充满偏见和恐惧，连当时英格兰最有名的文人塞缪尔·约翰逊博士旅行到苏格兰高地时，也会拉下马车的窗帘，"因为那里的山景使他感到不安"，这与后来人们趋之若鹜地到苏格兰高地旅游，恰成对照。

苏格兰高地从当年人们唯恐避之不及，到后来成为世界上最有名的风景名胜之一，这一历史过程经常被当作旅游策划的最成功的案例。

在中外旅游史上，经常会出现对于风景的叙述造就了风景的发现和旅游的盛况的先例。柄谷行人在《日本现代文学的起源》中曾提到卢梭与阿尔卑斯山的风景的发现的关系：

> 卢梭在《忏悔录》中描写了自己在1728年与阿尔卑斯的大自然合一的体验。此前的阿尔卑斯不过是讨厌的障碍物，可是，人们为了观赏卢梭所看到的大自然纷纷来到瑞士。

Alpinist（登山家）如字义所示乃诞生于“文学”。而日本的“阿尔卑斯”亦是由外国人发现的，并从此开始了登山运动。

日本也有一个与欧洲同名的阿尔卑斯山，不仅名字是从欧洲的阿尔卑斯借来的，而且也是由外国登山者最早“发现”的。而柄谷行人所谓“Alpinist（登山家）如字义所示乃诞生于‘文学’”，也证明了风景的发现与文学的关系。在这个意义上说，司各特也正是苏格兰风景当之无愧的发现者。

沿着司各特纪念塔狭窄的阶梯，最后走到尖顶上最高的观景台，据说，我已经攀登了287级台阶，每一阶似乎都在抬升攀登者对于司各特的景仰。这也应该是当初纪念塔的设计者——乔治·梅克尔·坎普的初衷。当整个爱丁堡的新城和旧城，甚至连英国东海也尽收眼底的时候，我似乎明白了，到此一游的全世界游客，都借用的是司各特观看风景的目光。

关于中国的异托邦想象

心灵的眼睛会使我完全盲目，以致对感官的眼睛所目睹的东西反倒视而不见。一个人竟能完全被联想的法则所摆布，这让我自己很吃惊。

——毛姆

“同”与“异”的命题是一切关于异邦的言说都会面对的问题。虽然毕生没有踏上过中国的土地，却对传统中国充满太多的文化好奇的阿根廷作家博尔赫斯，在其为数不多的关涉到中国的创作中，也同样把中国描述为一个无法理解的“异托邦”。这种“异”的特质尤其体现在博尔赫斯曾经引用过的一部“中国百科全书”里的动物分类中：

动物分为（a）属皇帝所有的，（b）涂过香油的，（c）驯良的，（d）乳猪，（e）塞棱海妖，（f）传说中的，（g）迷路的野狗，（h）本分类法中所包括的，（i）发疯的，（j）多得数不清的，（k）用极细的驼毛笔画出来的，（l）等等，（m）刚打破了水罐子的，

(n)从远处看像苍蝇的。

这部所谓“中国百科全书”中的动物分类法实在太过匪夷所思，全无章法和逻辑可言，显然是博尔赫斯杜撰的。它的绝顶荒唐首先使法国大哲学家福柯情不自禁地笑起来了，笑过之后福柯来了灵感，写出了著名的《词与物》。学者张隆溪在《非我的神话——西方人眼里的中国》一文中说：

> 可是在这笑声里，福柯又感到不安乃至于懊恼，因为那无奇不有的荒唐可以产生破坏性的结果，摧毁寻常思维和用语言命名的范畴，“瓦解我们自古以来对同和异的区别”……把动物并列在那样一个序列或者说混乱状态里，使人无法找到它们可以共存的空间，哪怕在空想的“乌托邦”里也找不到。这种奇怪的分类法只能属于“异托邦”，即一片不可思议的空间，那里根本就没有语言描述的可能。

在所谓“没有语言描述的可能”的地方，博尔赫斯却恰恰用语言描述了。只不过他描述的是一个“异托邦”，并把“异”与神秘笼罩在中国的头上。对博尔赫斯来说，中国因此成为一个“异”的存在，一个“非我”，一个神秘的文化的他者。

几个世纪以来的西方文学领域对中国的言说与想象，几乎充斥了这种“异”的形象，神秘也就始终笼罩在中国这一古老的国度之上。如果关注西方作家和学者对中国的描绘和想象问题，那么真正不可错过的一本书是英国作家毛姆的《在中国屏风上》。

毛姆的著作曾经伴随过我的阅读史，当年酷爱他的小说《月亮与六便士》《刀锋》，里面都反映了毛姆对异国情调和异域旅行的迷恋。正像在这本《在中国屏风上》的序言中毛姆所说："我喜欢旅行，因而周游列国。"此书即是毛姆在1920年游历中国的过程中写的"一组中国之行的叙事"。毛姆称：

> 我希望这些文字可以给读者提供我所看到的中国的一幅真实而生动的图画，并有助于他们自己对中国的想象"（《序言》）。

但读罢全书，你就会感到毛姆提供的图画虽不乏"生动"，却无法称得上"真实"，而依旧是我们从马可·波罗开始就已经司空见惯了的西方文学游记中一以贯之的"对中国的想象"。

与那些走马观花的异国风景游记迥异的是，毛姆的这本书不大关心中国大陆享誉海外的名山大川与名胜古迹。他更关注于无形的风土与无名的人物，力图进入的是20年代中国日常生活的内部与细部，更多呈现的，是一幅幅普通的华人与驻华洋人的素描，并基本上是以一种群像的形态来刻画的，他们只有职业和身份：哲学家、传教士、船员、商人、苦力，等等。然而，中国对毛姆来说毕竟是一个新鲜而陌生的"异"的国度，地理的空间感以及历史的时间感的匮乏，使毛姆对人物的勾勒越具体与细微，在中国读者看来就越感到神秘与陌生，仿佛这些人物并非生存在中国的土地上，而完全可以同时存活在印度、泰国、马来亚……

尽管毛姆曾经以自己的眼睛如此切近地观察过这块古老的东方大陆，但是他所发现的，仍只是他自己乐于发现的东西。

> 心灵的眼睛会使我完全盲目，以致对感官的眼睛所目睹

的东西反倒视而不见。一个人竟能完全被联想的法则所摆布，这让我自己很吃惊。(《原野》)

这段话堪称毛姆的“夫子自道”，我们由此得到的启示是，他对中国的观照，用的是两种眼睛：一是“感官的眼睛”，一是“心灵的眼睛”，前者代表的是真实而客观的逻辑，后者反映的则是联想与主观的法则。最终，则是心灵的眼睛如屏风一般遮蔽了感官的眼睛。而在“心灵的眼睛”背后，真正起支配作用的其实是作为一个小说家的毛姆，一个更热衷于搜集“创作一部小说的有用素材”(《序言》)的毛姆，正是这种热衷，使毛姆在他的中国屏风上，绘满了想象化的心灵风景。

毛姆给我们展示的，依旧是一个堪称神秘的中国，就像法国女作家尤瑟纳尔那本精彩的小说集《东方奇观》中所呈现的印度、日本和中国一样。毛姆描绘的，与西方人在自己厅堂中摆放的屏风上的中国风景，在本质上是没有太大区别的。他与中国之间始终隔着一架屏风。而在那架屏风上，早已画上了关于中国的风景。这些风景可谓至少从马可·波罗的时代开始就存在于屏风之上，而郎世宁、绿蒂、庄士敦等又在这架中国屏风上相继浓墨重彩。在我近来所翻检的异邦叙述中，无论是博尔赫斯的小说、曼德维尔的游记，还是谢阁兰的书简，大都存在把中国型塑为一个福柯所谓的“异托邦”的“想象性”。由此我们就理解了毛姆本人在书中不经意间所透露的某种真相：他所呈现的，不过是一部“中国版《艾丽丝漫游奇境记》”。

我长久地思考为什么西方作家关于异邦的言说都无法避免猎奇性和想象性？其中是否包含着西方人固有的文化傲慢和种族偏

见？即使像毛姆这样不乏对中国和中国人浓厚的兴趣和明显的善意的作家，也依旧会借助一个西方人固有的“陌生人”的视角来神秘化对中国的观察和体认。

这种神秘化尤其贯穿了20世纪的西方作家对中国的言说的历史，从卡夫卡的《万里长城建造时》（1917），到马尔罗写1927年中国的大革命的《人的命运》（1933）；从1981年诺贝尔文学奖获得者卡内蒂的《迷惘》，到布莱希特的《四川好人》（1940）；从巴拉德的《太阳帝国》（美国导演斯皮尔伯格曾经把这部小说改编成电影），到卡尔维诺的《隐形的城市》（1972）；还有“把一生中的大部分时间用于研究和利用中国”（史景迁语）的大诗人艾兹拉·庞德的诗作。而毛姆的《在中国屏风上》则进一步加剧了西方人眼中文化中国的神秘性。

“记忆的暗杀者”

> 抽象是记忆的最狂热的敌人。它杀死记忆，因为抽象鼓吹拉开距离并且常常赞许淡漠。而我们必须提醒自己牢记在心的是：大屠杀意味着的不是六百万这个数字，而是一个人，加一个人，再加一个人……只有这样，大屠杀的意义才是可理解的。
>
> ——舒衡哲

《读书》杂志2000年第3期发表了小岛洁先生《思考的前提》、沟口雄三先生《“战争与革命”之于日本人》和孙歌女士的《实话如何实说》三篇文章。这组总题为“思考‘战争与革命’”的笔谈，从不同的角度思考了中日两国学人对待日本侵华战争以及南京大屠杀的立场和姿态。其中小岛洁的《思考的前提》指出了一个值得重视的事实：日本的一些研究者、批评家把中国方面对南京大屠杀中三十万死难者的数字的坚持视为一种政治行为，而他们认为死难者的数字首先是一个“必须‘客观地（学术地）’进行考察的对象”。对此，小岛洁认为：

> 中国方面绝不肯对于“三十万人”这一牺牲者数字让步，正

是对于日本方面政治行为的正确反应，是理所当然的政治行为。

这一中国的“政治性行为”的意义如果被放在它的历史具体性中加以考察，我们可以很清楚地看到，它显然是为了回应日本方面已经存在着的“政治性行为”，是为了与其对抗而产生的。

这种说法表现出了对于中国坚持“三十万”死难者数字的理解和同情。在此基础上，小岛洁指出：三十万的数字能够成为研究的对象的前提，是日方“以毫无保留的态度批判本国政府以及多数国民对于这一问题所显示的不负责任和迟钝的‘政治态度’，并敦促政府建立能够追究国家政治中‘记忆的暗杀者’们责任的态度，这难道不是‘学术的’态度得以成立的必要的政治条件吗？”

尽管小岛洁坚持“学术的领域”无法独立于政治的场域之外，表现了对学术与政治的纠结关系以及对学术政治本身的一种清醒的认知态度，但小岛洁的文章仍反映了近年来对待南京大屠杀事件的两种具有普泛性的倾向，即政治化与学术化，这两种倾向在日方以及西方学术界均有不同程度的体现。

在对待大屠杀的立场上，无论是政治化的态度还是学术化的态度都有一种如小岛洁所说，“显示了我们的知识结构的抽象性”的危险。而纠缠于死难者是否是三十万的数字的行为——无论是政治上还是学术上——也都是试图把大屠杀抽象化的一种努力。大屠杀不仅仅是个政治化的历史事件，它更不是一个数字，它是沉埋在中国人以及有良知的日本人心中的活生生的历史记忆，是孙歌在《实话如何实说》一文中所说的“感情记忆”。作为记忆的存在，它以具体性和感官性与政治甚至学术的抽象化相抗争。《东方》杂志 1995 年第 5 期上曾刊登了一篇纪念反法西斯战争胜利五十周年的专稿——犹太裔汉学家舒衡哲的文章《第二次世界大战：在博物馆的光照之外》，文章认为，我们今天常常说纳粹杀了六百万犹太人，日本兵杀了南京三十万人，实际上是以数字和术语的方式把大屠杀给抽象化了。六百万、三十万的数字看上去似乎触目惊心，实际上是以抽象概括的方式总结历史，大屠杀的真正意义反而在各种数字的抽象之中淹没了。与此相反，大屠杀的意义只能一点一滴显现，换句话说，当我们尝试着在一个一个故事，一段一段记忆中去直面它的时候，大屠杀才有其意义，否则它就会被抽象数字埋没。而数字和术语都有可能引起争议，乃至于某些篡改者会得出大屠杀从未发生过的结论。所以舒衡哲说：

> 抽象是记忆的最狂热的敌人。它杀死记忆，因为抽象鼓吹拉开距离并且常常赞许淡漠。而我们必须提醒自己牢记在心的是：大屠杀意味着的不是六百万这个数字，而是一个人，加一个人，再加一个人……只有这样，大屠杀的意义才是可理解的。

这篇文章令我悚然一惊，因为平时看电视新闻，看到这里水灾，那里空难，就常常联想到唐山大地震的二十八万，这样一比，几十或几百的死亡人数，就会显得有点微不足道了。这正是舒衡哲所反对的那种抽象式数字式的理解。一个巨大的数字总会瓦解较小或更小的数字。而换一种方式理解，即使是几十人，乃至几个人，也是一个人，加一个人，再加一个人，我们面对的就是一个个生命个体的具体的消亡这样一个事实，就会使我们深有触动。因此，舒衡哲的文章最终探讨的问题就是我们如何悬置数字化的历史而进入苦难历史的细节，如何以个体生命的具体记忆方式对抽象进行抗争。而大屠杀的意义正保存在个体的具体生命记忆之中。这种意义甚至也是博物馆所无法体现的。大屠杀纪念馆保留的只是公共记忆，而人类记忆有一个更晦暗的空间，那就是无法进入公共记忆的个体记忆，它存活在博物馆的光照之外，存活在电影《苏菲的选择》中的苏菲的记忆中，存活在《辛德勒的名单》中一个个在辛德勒墓前摆放小石子的幸存的犹太人的记忆中，甚至也存活在东史郎的日记里。它们被放逐于宏大历史叙事之外，却真正提供着苦难历史的忠实见证。它们的生存方式正是一种个体性和具体性，并以这种个体性和具体性抗争遗忘与抽象。

那种把灾难数字化抽象化的简约方式背后必然是对苦难历史的一种超然姿态。在南京大屠杀的三十万和唐山大地震的二十八万死难者数字面前，一切个体性的灾难的分量似乎都会化为乌有。在这里，三十万与二十八万的数字成了某种终极性的标尺，它消解和遮蔽了个体性灾难的悲怆感。而更可怕之处还在于，这种极致化的数字凸显出中国人历史的灾难深重，其结果反而会导致当事人以及后来者对苦难的麻木和超脱，苦难甚至可能成为玩味和咀嚼，从而难以转化为一种精神资源。与这种数字化的历史相抗衡的，正是对历史的具体的记忆。记忆由于其具体性、现场性以及情感性注定了是同抽象相抗争的最好方式，正是记忆的具体性逼迫我们去直面，而只有通过这种直面才可能真正把我们引入历史原初情境，引入大屠杀“现场”，才可能产生惊心动魄的切身感，这种切身感会使我们知道大屠杀并不是外在于我们每个人的，它并不是永远逝去了的与当下不发生具体关联的抽象存在，它其实每时每刻都潜伏在我们身边，并随时都有可能重现。而仅仅把大屠杀数字化和抽象化的所谓客观公正的政治与学术倾向则可能使大屠杀成为逃逸与远离我们的切身性的一种轻飘飘的存在，并使一次次惨绝人寰的反人类反人性的暴行最终缩减为一个个不带丝毫感情色彩的数字。

在这个意义上，“记忆的暗杀者”不仅仅存在于国家政治中，也存在于诸如教科书的冷漠的历史叙述中，存在于学者的“客观公正”的学术研讨中，存在于抽象的概括和归纳中。而一旦我们暗杀了记忆，我们也就暗杀了历史，暗杀了那些无辜的死难者，使他们再死一次，暗杀了我们的感情和以感情为真正支撑的良知，而最终我们暗杀的则是生存着的人类自身。

沟口雄三先生的《“战争与革命”之于日本人》以及发表于《读书》1998年第2期上的《日中之间“知识共同”的可能性》一文都执著地表现出追求中日双方“知识共同”的努力。这种努力很让人感怀。但如果缺乏感觉认同以及感情记忆的认同取向，其“知识共同”所能达到的作用恐怕是有限的。学术和知识也迫切需要一种“感情记忆”的支撑，至少这种感情记忆应该成为学术研究的某种背景性的存在。单单坚持一种“客观的”知识与学理的立场和姿态恐怕是有所欠缺的。正像孙歌所指出：

> 在南京大屠杀数字上纠缠的，并不仅仅是日本学人，欧美的学者也有同样的姿态。支撑这一姿态的基本学理就是历史的“客观真实性”，它的对立面就是活人的感情。这种历史观导致的严重后果，首先在于感情记忆的丧失，它使得历史失掉了紧张和复杂，变成了可以由统计学替代的死知识；而恰恰是这种死知识，最容易为现行政治和意识形态所利用。

中日间的共同的知识如果正是这样的死知识，反而会使“知识共同”的原初立场发生偏转，甚至遮蔽了可能存在着的真正问题。

2000 年 3 月 30 日下午，《21 世纪中国、日本与亚洲》国际学术讨论会的“文化”部分在钓鱼台国宾馆举行，中日双方的青年学者的报告和讨论热烈而有秩序，前联合国副秘书长明石康和日本著名鲁迅研究专家竹内实等先生不时参与讨论，也为会议增添了几分活跃的气氛。一切都按部就班。真正具有“事件”意义的是一个中途闯入者向日方的一个与会者发难，认为他关于南京大屠杀的措辞和态度模糊暧昧，一再追问他是否承认有南京大屠杀的事件，是否承认远东国际法庭对日本战犯的判决，语气中充满火药味，会场的空气十分紧张。我作为主持人一时有些不知所措。有意味的是会议的日方的组织者匆匆过来让我赶快转移话题，结束论战。会间休息的时候另一位日方组织者希望我续会时能解释一下这个发难人只是一个临时的旁听者，并不是会议邀请的正式代表。会议继续进行，那位被闯入者所责难的日方学者声明，刚才休息的时候不少中国学者对他表示安慰，请他不要介意，并说这种亲切的态度令他非常感动。于是会议又在友好而轻松的气氛下进行。

然而我却觉得这种友好而轻松可能掩盖了中日交流间的一些根本欠缺，那就是轻松的外观下隐含的是对双方都感受得到的沉重历史记忆的回避，在小心翼翼的同时双方都难以正视彼此间真正需要建立却注定难以建立的其实是感情记忆的基础。我想起了沟口雄三先生在《日中之间“知识共同”的可能性》一文中曾感叹中日双方学术交流的“礼仪化”，彼此都止步于彬彬有礼不伤面子，从而使深入的交流难以进行，使真正的“知识共同”无法企及。而更难以企及的大概是感觉、感情以及历史记忆的共同吧？

帝国的历史魅影

——读《帝国的话语政治——从近代中西冲突看现代世界秩序的形成》

故事是殖民探险者和小说家讲述遥远国度的核心内容；它也成为殖民地人民用来确认自己的身份和自己历史存在的方式。……正如一位批评者所说，国家本身就是叙事。叙事，或者阻止他人叙事的形成，对文化和帝国主义的概念是非常重要的。

——萨义德

刘禾的著作《帝国的话语政治——从近代中西冲突看现代世界秩序的形成》在结语部分讨论了意大利人贝托鲁奇于 1987 年导演的电影《末代皇帝》中的一个桥段。电影结尾，老年溥仪在故宫养心殿与“幼年溥仪”穿越近半个世纪的时光“相逢”。刘禾指出，这种影像的叠合是一种“双重曝光”，体现的是贝托鲁奇电影镜头的时间性：“它的影像虽然足够透明，清晰可辨，但皇帝的幽灵在观众揉眼的那一瞬间，就销声匿迹了。”

在这部《帝国的话语政治》中，刘禾力图捕捉的则是“帝国的幽灵”。这“帝国的幽灵”却没有随着西方老牌帝国的没落和全球殖民历史的消亡而“销声匿迹”，而是依旧徘徊在当代国际政治舞台晦暗的夜空，或是潜伏于人类同样晦暗的集体无意识深处，常常在历史阴郁的刹那在世人难以觉察之际显形。而刘禾则善于在他人“揉眼的那一瞬间”凝神注目，用“双重曝光”的“特写镜头”去定格“帝国的幽灵”的暧昧影像。《帝国的话语政治》也因此屡屡回返晚清帝国历史的一个个奇妙的瞬间，捕捉在常人眼中已经“销声匿迹”了的帝国的历史魅影，并用自己摄影术般的“凝视”技巧，在大英帝国的档案、鸦片战争期间的官方文件以及历史影像和文学细节诸般纷繁层叠的“文本”背后勾连出关于帝国的话语政治的宏大议题。

刘禾的“双重曝光”也因此表现为历史影像与当下视域的叠合，在这一历史话语的研究背后，是作者21世纪的政治关怀：

> 在本书结语的部分，我把各章里对主权想象的分析，最后延伸到对当前世界秩序的思考。自鸦片战争至今，帝国从未在世界舞台的中心退场，那么，我们该如何理解帝国的话语政治一次又一次地粉墨登场呢？
>
> 殖民主义时代的话语政治不单单是过去的风景，它至今还缠绕着帝国的无意识，阴魂不散。

本书是 *The Clash of Empires*（哈佛大学2004年版）的中文版。作者在中文版后记中称其中文书名《帝国的话语政治》“更能捕捉到本书的精神”。全书以晚清之际大英帝国和大清帝国之间话语碰撞中形成的“话语政治”为总体问题视野，涉猎了“国际政治的符号学转向”、“衍指符号的诞生”、“主权想象”、“《万国公法》的翻译”、“性别与帝国”、“语法的主权身份”等论题空间，并试图以“主权想象”的叙述线索统摄上述若干话题领域。作者集中处理的是两个帝国在晚清的历史条件下究竟是如何在“话语”层面遭遇的，从而再现或者说激活了历史想象的话语维度，也将重塑专业人士以及普通读者对于晚清政治风云和历史现场的认知。

以往囿于晚清历史尤其是鸦片战争史的常识性图景以及正史提供的定论性读解，觉得大清王朝先被不列颠的鸦片贸易摧毁，后被大英帝国的坚船利炮打败，很难意识到关于贸易、主权、国际法和国家政治方面的争端往往是以话语的遭遇、冲突和激辩为先导甚至收束的。刘禾的著作正是力图揭示“话语”“遭遇”的历史空间，因此本书主要关涉的研究领域是往来的文书、帝国的档案、条约的互译、翻译的政治、符号学的背景、国际法的传播，并兼及语言学领域的语法著作的生产等等与“话语”政治和“话语”权力相关的诸多层面。甚至作者本人，在研究伊始也没有预见到自己涉猎的领域之广：“我在着手本书写作之初，没有料想到如此庞杂的研究线索竟然能够统一在一本书的论述之中。”统一这诸多领域的主线“就是与欲望和主权想象有关的帝国的话语政治”。本书令人瞩目的理论诉求和问题视野，正体现在以文本和话语为中介，串连起帝国叙述、符号学、晚清史、国际法、主权想象和殖民主义等多个空间，最终揭示出帝国史的一些幽暗的维度和面向。这就是《帝国的话语政治》一书所禀赋的原创性。当然，作者本人并没有认为自己所描述的“话语冲突”比帝国的经济冲突和军事冲突更根本，但晚清时代国际间交往（如帝国遭遇与殖民征服）的话语实践与话语政治即使不是同等关键的，也是非常值得关注的。正如刘禾所说：“如果没有条约文字的束缚，没有话语实践的参与，那么战争发生的时机、性质和后果都是不同的。”

如果说从研究者当下的后设视角进行观照，历史往往呈现为一种“文本”形态的话，那么本书对承载帝国话语的“文本”的范畴表现出非常宽泛的理解，所涉猎的各种各样的具体文本涵盖了宽广的视域，如全美圣经协会档案、英国的国家公共档案，作为帝国礼物的“新约献本”，传教士的书信，表现维多利亚女王接见外国使者的图片，甚至维多利亚女王于第二次鸦片战争后从中国获得的宠物京巴狗（被女王起名为“抢来的玩意儿”，这一命名在我看来不经意间透露了大英帝国殖民掠夺的历史本质）的插图，都构成了作者进行历史阐释的重要文本。美国汉学家何伟亚称大英帝国是一个“档案帝国”，本书对鸦片战争前后大英帝国的官方档案的文本解读，尤其卓有成效。同时这种精细的文本解读是与历史叙事和理论视野充分结合的，从而使本书在理论视野、历史叙事和文本阐释之间建构了一种内在的均衡性与整一性。从某种意义上说，本书的文本解读也就是历史叙事，并常常指向一种具有生产性的历史语境，最终则被演绎成一种理论性话语。尤其是第二章《衍指符号的诞生》中关于“衍指符号”的阐释范式更有元理论的色彩。按照刘禾的分析，我们今天对“夷”的理解，已经受制于“夷 /i/barbarian”这个在互译中生成的衍指符号所禁止的语义，当“夷”这个汉字被英国人翻译为“野蛮人”（barbarian）并因此最终在中英《天津条约》中被废禁，既是殖民话语对中国汉语史的暴力改写，也堪称是对中国主权在话语层面的伤害，成为“英国殖民地式的伤害话语的一部分”。“夷 /i/barbarian”这个衍指符号作为游移在两种语言之间的怪异生成物，在充分彰显其“跨语际谬释”的同时，也构成了符号学阐释的一种新颖的理论实践。本书因此也可以读成一本理论专著。但是作者对各种类型的文本的解读，则使本书的理论创新性根源于对具体历史细节和历史图景的还原，以及这种还原中所暗含的历史化的方法论。作者借助于对历史细节和历史事件的精微与细腻的阐释，使本书既有宏大的帝国叙事的历史框架，更触摸到了历史的血肉与肌理，同时也进入了帝国历史的微观政治层面，借用书中的概念，进入的是“心灵的政治”的深处。

这种“心灵的政治”也凸显了刘禾的著作对“历史事件的精神与灵魂”的关注。因此，书中处理文学文本和影像文本——小说《鲁滨逊漂流记》中的文学细节和电影《末代皇帝》的影像语言——的章节和段落尤其使我着迷。

萨义德在《文化与帝国主义》一书中，就曾经从笛福的小说《鲁滨逊漂流记》中搜寻殖民主义和老牌帝国的魅影。在前言中，萨义德说本书关注的“是 19 世纪和 20 世纪的现代西方帝国主义问题”：

> 我特别讨论的是作为文化形态的小说。我认为，小说对于形成帝国主义态度、参照系和生活经验极其重要。我并不是说小说是惟一重要的。但我认为，小说与英国和法国的扩张社会之间的联系是一个有趣的美学课题。当代现实主义小说的原型是《鲁滨逊漂流记》，这部小说并非偶然地讲述了一个欧洲人在一块遥远的、非欧洲的岛屿上建立了一个自己的封地。

萨义德把鲁滨逊这个小说中的人物形象本身视为一个微缩

版的帝国主义，鲁滨逊的荒岛就是他的殖民地，而他驯化的野蛮人——土著星期五则是这一殖民地的臣民。在鲁滨逊漂流记中映现着帝国主义殖民扩张的具体而微的象征性历史。

《鲁滨逊漂流记》中鲁滨逊初次遭遇星期五的细节在刘禾这里也同样获得了多重的阐释空间。小说中鲁滨逊为了恐吓土著星期五，用枪打死了一只鹦鹉，使星期五在对枪的恐惧和膜拜中，心甘情愿地成为鲁滨逊的奴仆。笛福对鲁滨逊射杀鹦鹉的过程以及星期五从中感到的惊恐极尽渲染之能事。刘禾称这一"对陌生人初次相遇的场景的构想堪称妙绝"，因为这个文学场景隐喻性地说明近代意义上的"主权"形态主要是在不同种族的遭遇中得以塑造的，刘禾对这一小说细节的阐释一方面证明了皮尔斯关于两个不通语言的外国人初次相遇所进行的纯粹的交流模式的抽象性，同时隐喻性地说明近代的"主权"形态主要是成型于异族遭遇的历史过程中，因此近代"主权"与西方殖民主义的扩张具有历史进程意义上的同步性以及逻辑意义上的同构性。因此鲁滨逊遭遇星期五的文学细节就获得了一种寓言性的意义，在刘禾的阐释图式中就构成了殖民遭遇的一个具有原型性的初始情境。这一文学细节的典型性在于，它揭示了人类的任何遭遇和交流都是具有一种初始化的历史语境的，也就是说具有一种时空的历史具体性。因此随着殖民主义的扩张，异族之间的所谓交流就与殖民遭遇的历史情境密不可分，这就是刘禾引用鲁滨逊遭遇星期五的文本试图说明的近代主权范畴的历史性。

我对书中征引《鲁滨逊漂流记》中的细节之所以敏感，还因为这部小说的细节在刘禾的著述中至少是第二次作为历史化叙述的关键性情境被引用。当初读刘禾的文章《鲁滨逊的瓦罐》（中文翻译成《燃烧镜底下的真实——笛福、“真瓷”与十八世纪以来的跨文化书写》，载《视界》第十二辑），就觉得此文可以看成是科际整合研究的范例。这种科际整合不完全等同于以往所谓的边缘科学。如果说边缘科学更关注两个学科之间交叉的那个边缘部分，而科际整合则是把好几个学科的问题统一在一个场域中，最后甚至不知道所做的学问归哪个学科负责，如果从传统学科分类的意义上去归类就不知道有些研究到底算什么。刘禾的《鲁滨逊的瓦罐》首先可以看成是对《鲁滨逊漂流记》的小说史研究意义上的新解，或可归为英国文学研究。但在视野展开的过程中，文章更多涉及的是维多利亚时代的经济学、陶瓷生产技术、贸易史和科学史视野，还触及科幻小说的文类传统，最后关涉的是后殖民理论和翻译的政治的理论，其方法论用刘禾另外一本书的名字来概括则是“跨语际实践”。《鲁滨逊的瓦罐》一文可以说正是多种学科的理论目光和问题意识交织在笛福这一经典小说中的瓦罐上的结果。其中对鲁滨逊在荒岛上一个人烧制瓦罐的小说细节的分析，显示了刘禾作为一个出身于文学专业的理论研究者的直觉洞见。刘禾指出，小说中的鲁滨逊在无意间似乎烧出了瓷器的起源，笛福的这一关于烧制的书写，因此无视瓷器在中国已经早已有之的事实，也绝口不提“瓷器”二字，仿佛瓷器的首创权应该归鲁滨逊所有。正是由这个烧制瓦罐的细节刘禾生发出“殖民否认”的理论阐释，并使“殖民否认”的阐释框架构成了《鲁滨逊的瓦罐》一文的核心理论贡献。刘禾两次对《鲁滨逊漂流记》中细节的引用，由此隐含了方法论的预设，这种方法论，就是刘禾在《帝国的话语政治》的导言中提出的把“理论的创造应落实在历史文献和具体文本之上”的构想。

类似的例子是《帝国的话语政治》结语中对皇帝宝座的影像分析。刘禾留意的是英国艺术史学家克瑞格·克鲁纳斯(Craig Clunas)关于西方列强抢劫中国皇帝的宝座这方面的研究。克瑞格·克鲁纳斯在少年时代曾经在维多利亚和阿尔伯特博物馆参观过中国皇帝的宝座,"这次邂逅使他受到无比震撼,留下的印象如此深刻",以至于多年之后,克鲁纳斯成为这家博物馆远东工艺部的馆长的时候,还对自己少年时对宝座曾经"双膝跪下,将头叩在地板上,以示朝拜"的往事记忆犹新。刘禾指出:

> 在这个不无尴尬的个人迷恋和隐含的拜物情结中,在观者和展品之间,出现了一个有待被打开的诠释空间。克鲁纳斯将我们的注意力指向皇权迷恋这一景观。
>
> 皇帝的宝座上虽然空无一人,但上面却充满了旧梦新想,甚至还远远不止这些。

可以说,在皇帝宝座周遭,缭绕着对皇权的顶礼膜拜以及帝国的历史魅影。刘禾继而考察了一系列关于中国皇帝宝座的历史图片和影像,发现"里面隐藏着更早的帝国征服和主权想象的影子"。而"在对帝国的欲望进行重述的过程中,摄影技术和博物馆发挥着相当重要的作用,而这些影像和博物馆的陈列,至今还在把帝国的主权想象一次又一次地投射在空荡无人的清朝皇帝的宝座上。"正是在这个意义上,"清朝皇帝的宝座早已是某种帝国情结的对象"。

刘禾的这部跨越了一个半世纪的历史时空并横亘诸多研究领域的著作,最后把目光聚焦在贝托鲁奇导演的电影《末代皇帝》中呈现的皇帝宝座上。刘禾指出如果没有“通过贝托鲁奇的镜头来看待这一切，我可能根本不会对清朝皇帝的宝座这一类文化遗产有什么特别的兴趣”。使刘禾感到新鲜的，是《末代皇帝》的电影透露出“外国人对清朝皇帝的宝座何以维持如此经久不衰的兴趣这件事本身”。刘禾说她对《末代皇帝》这部电影既反感又着迷，这也印证了我对《末代皇帝》的观影经验。我曾经比较过贝托鲁奇的《末代皇帝》和中国自己生产的也是关于溥仪生平传记的同名电视剧。我最初的困惑是，为什么即使不知道电影《末代皇帝》的导演是一个意大利人，也能感觉到这是一部外国电影，而电视剧则是地地道道的中国本土产品？读了刘禾的著作，这种困惑得到了解释：在贝托鲁奇的电影中投射了西方人的帝国记忆以及怀旧的目光。对中国人来说，这也是一种他者的目光。因此我对电影中溥仪的外国老师庄士敦的眼睛印象非常深刻（电影《末代皇帝》的蓝本之一就是庄士敦的回忆录《紫禁城的黄昏》）。电影经常呈现庄士敦眼睛凝视的镜头，我记得其中一个镜头是庄士敦走出午门在北京的大街上注视芸芸众生，镜头在庄士敦的眼睛上停留很久，我当时感到的是庄士敦的目光中有对中国人的一种深深的怜悯（这可能也与扮演庄士敦的演员彼得·奥图尔的眼窝比较深邃有关系），这就是影片中具象化的他者的目光，也就是一种西方人的目光。电影的他者化以及给我的神秘感或许正来自于庄士敦的眼睛的“凝视”。刘禾这部书的第二章有一节的标题叫“野蛮人的眼睛”，是非常精彩的一节，讨论的话题是当年英国人把两广总督卢坤向英国商人发布的中文谕令中所有“夷目”的字样，都翻译成“野蛮人的眼睛”，据西方历史学家称，这种对西方人的“野蛮人”的称呼，极大地伤害了大英帝国的民族自尊心，成为鸦片战争的导火索之一。而从当年的“野蛮人的眼睛”到电影《末代皇帝》中庄士敦的凝视，也正是西方人的文化优越感从殖民时代到冷战时代塑造成型的过程，也这是《帝国的话语政治》所描述的“现代世界秩序的形成过程”。而刘禾的历史叙事因此也得以穿越时空，把帝国叙事与现代民族国家问题统摄在一起。

也是萨义德在《文化与帝国主义》前言中说：

> 本书的读者将会很快地注意到叙事在我的论点中的重要位置。我的基本观点就是，故事是殖民探险者和小说家讲述遥远国度的核心内容；它也成为殖民地人民用来确认自己的身份和自己历史存在的方式。……正如一位批评者所说，国家本身就是叙事。叙事，或者阻止他人叙事的形成，对文化和帝国主义的概念是非常重要的。

刘禾的叙事在书中也占据着同样的“重要位置”。作者称“这些年来，多次与皇帝宝座的不期相遇，让我开始对时间、记忆、自我、欲望和主权想象有了新的认识”，而这一系列议题，都在该书的叙事空间中集结，并与作者所擅长的文学洞察力之间建立了深刻的关联性。文学细节和电影影像作为文本在本书中的作用，不仅涉及了历史的具体性呈现问题，更重要的还在于，文学细节和影像书写之中更多地保留着帝国和殖民历史在人类心理和记忆深处的超时间性的遗存。正像刘禾引用法农的《黑皮肤，白面具》一书来解释殖民地残存的“致命的生存心理症结”（如普遍的自卑情结和殖民地式的精神分裂所构成的20世纪的症状）“完全可以追溯到那段充满暴力的殖民历史”。这种“生存心理症结”自然更感性地体现在文学和影像文本中。刘禾更强调帝国的政治话语与诸如欲望、与法农所谓的“心理症结”、与情感记忆、生命政治、伦理道德，尤其是主体性建构之间的深层联系。这也是历史叙事和文学叙事之间的内在关联以及内在差异。一方面，历史是主体得以生成的最后和最基本的依据，但是历史叙事往往很难自我意识到历史自身的无意识。这种历史的无意识以及情感主体性内容在文学细节和影像记忆中得到了更好的显形。而刘禾对帝国的幽灵的捕捉，经由自己的“双重曝光”，烛照的正是历史无意识的魅影。

什么是“黑暗的启示”

> 革命将终结的既非残忍和痛苦，或许也非酷刑。罗莎所经历并等待的，是穿过社会表象的人性复归，因此到那时，全部的人类行为，包括对畜牲的鞭打，都将接受道德的评判。
>
> ——库切

《上海文学》2004年第2期上发表了一篇题为《黑暗的启示》的文章。文章集中讨论了南非两位诺贝尔文学奖获得者——戈迪默和库切——的创作中一个一脉相承的主题。戈迪默的小说《伯格的女儿》(1979)中有这样一个场景：白人女子罗莎·伯格驱车驶过约翰内斯堡的一个黑人市镇，遇见一个黑人男子正在鞭打驴子，暴虐的鞭挞令罗莎无比震惊。戈迪默进而赋予这一细节以更丰富的涵义：

> 毒打挣脱了鞭打者的意志，成为一种放纵的、自在的力量，成为没有强夺者的强夺，没有行刑者的酷刑，成为暴行，成为脱离了人类千百年来百般自控的纯粹的残忍。

由此，在戈迪默的阐释者——譬如2003年诺贝尔奖获得者库切那里，罗莎目睹驴子痛苦的惨状就成为她生命中一个所谓黑暗的时刻，《黑暗的启示》一文引述了库切这篇发表于1986年《纽约时报书评》上的论文《进入黑屋：小说家与南非》中对罗莎困境的分析："库切说，罗莎在那黑暗的时刻忽然有所醒悟，她意识到在自己所生活的世界之外另有一个世界，两者相距仅半小时车程。眼前发生的一切是那另一个世界的缩影：充满无法控制的力量，全无善恶观念。库切把罗莎的醒悟称为'否定的暗示'。"这一暗示无疑也启示着库切本人，他在创作中进一步思考罗莎的主题。《黑暗的启示》一文指出：库切的《耻》（1999）"就是一部关于强夺和行刑的小说。暴力针对的不是无助的驴子，而是白人农场主。"强夺和行刑由戈迪默的小说《伯格的女儿》中黑人对驴子的行为最终转移到了《耻》中的白人女主人公身上。在《黑暗的启示》作者看来，这显然是戈迪默小说中鞭打驴子这一象征性的暗示在库切笔下的现实世界中所延伸出来的必然逻辑。

《黑暗的启示》一文侧重关注的是库切和戈迪默的思考表现在动物主题上的延承性，即两位小说家的这两部小说都关涉到了黑人对待动物的残忍行为："我感到特别值得提到的是库切如何继续戈迪默的话题，通过描写对动物、牲畜的不同态度不时让读者像罗莎那样经历一种否定的启示，黑暗的启示。"

人类对待动物的态度一向是文明史中的重要主题和维度。从孔子的"'伤人乎？'不问马"，到尼采的抱住被人鞭打的马当街痛哭，都构成了文明史中人类对生命以及自我的认知的重要一页。诚如《黑暗的启示》所说，如果一个社会或一种文化对鞭打动物一类的行为"已丧失了起码的敏感性，那么这社会中的个人或群体对生命——不论是动物的生命还是人的生命——就可能是极不尊重的。”

但是，读了《黑暗的启示》之后，在获得了“黑暗的启示”的同时也困惑了良久。我的困惑在于，这种“对生命——不论是动物的生命还是人的生命——就可能是极不尊重的”当事人在文章中有着更具体的指涉，那就是戈迪默和库切的小说中各自涉及的南非的黑人。当作者强调戈迪默笔下的罗莎“意识到在自己所生活的世界之外另有一个世界，两者相距仅半小时车程”的时候，这另一个世界无疑被指认为黑人的生活世界，同时它也构成了库切小说中的一个黑人对白人强取豪夺的罪恶的世界。在这个世界里也同时充斥着黑人对动物的施暴和轻侮，与白人对动物的尊重和善待的人性化方式之间形成了《黑暗的启示》所谓的“不同态度”的对比。更令我感到困惑的是作者对黑人鞭打动物的行为所进行的深层寓意的解读。文章指出，戈迪默在鞭打驴子“这一情节中所揭示的道德问（难）题，始终也是库切的关心所在。那个把驴子往死里打的黑人是当时种族隔离政策的受害者，他不是社会学意义上的‘强夺者’、‘行刑者’，但地位之低并不意味着道德法庭上罪责之轻。即使社会制度改变，对驴子施暴者将依然故我，那时他就成为真正的‘强夺者’和‘行刑者’了，他的牺牲者则很可能就是罗莎之类的白人。”我固然也同意那个把驴子往死里打的黑人难逃罪责，但却想问一问，文中这种“即使社会制度改变，对驴子施暴者将依然故我”的断言却不知所据何来，难免令我怀疑是作者的主观臆度。而更大的问题则在于，在上述断言中掩饰不住的是对可能变成“强夺者”和“行刑者”的黑人的恐惧（我不知道这种恐惧是来自库切本人的还是本文作者在阐释过程中无意识流露的），就像文章结尾引用另一个诺贝尔奖获得者——英国作家奈保尔——的话所表达的忧虑:“我憎恨压迫,我惧怕受压迫者。”因为受压迫者在内心中积蓄的仇恨的力量一旦爆发出来,的确是令压迫者无比畏惧的。

我不知道罗莎在那所谓的“黑暗的时刻”意识到在自己所生活的世界之外还另有一个世界——黑人世界——时是否隐含着种族优越感,她所经历的所谓“黑暗的启示”是否只是在鞭打动物的暴行中简单地洞察到了黑人那几乎是与生俱来同时像《黑暗的启示》一文所说“将依然故我”的“罪责”。但是至少在作者阐述戈迪默的小说的时候,也许忽略了隐藏在白人和黑人两个世界背后的充斥着种族歧视、压迫和奴役的殖民主义历史。在“惧怕受压迫者”的同时,却忘了这种恐惧其实也是压迫者自己造成的后果。库切的小说《耻》中遭到黑人强暴和掠夺的白人女主人公露茜自然是既无辜又值得同情,但是正如《耻》的中文译者在序言《越界的代价》一文中所说:发生在露茜个人生活层面上的事件无法不带有“强烈的历史和社会色彩”:

> 这一切,都发生在殖民主义消退、新时代开始的南非;而这样的时代和社会背景(在小说中其实是前景),更使越界的主题具有了超越个人经历的更普遍、更深刻的社会、政治和历史意义。在某种意义上,在偏僻乡村里的那个农场上的露茜,指称的正是欧洲殖民主义,而从根本上说,殖民主义就是一种越界行为:它违反对方意愿,以强制方式突破对方的界线,进入对方的领域,对对方实施“强暴”。

固然露茜作为一个无辜的白人个体是无法完全代表欧洲殖民

主义，也不应该承受殖民主义的历史罪恶，但是这并不妨碍阐释者对她所受之“耻”的象征化理解：“露茜被强暴的实质是：她成了殖民主义的替罪羊，是殖民主义越界必然要付出的代价。”（《耻》译者序言《越界的代价》）而黑人对露茜的强暴行径固然是罪恶的，但是却不能据此而否定黑人对殖民主义的压迫进行反抗的道义正当性和历史合理性。虽然今天的中国知识界正致力于忘却曾一度家喻户晓的那句“哪里有压迫，哪里就有反抗”，但是这句话中蕴涵的警示意义却并未沉入历史的暗夜，同样正在成为一种“黑暗的启示”，是中国的富人们一刻也没有真正忘记的，只要看看体现着富人和所谓中产阶级意志和利益的媒体在怎样描画所谓穷人的“仇富心理”，就大体知道这种对穷人的惧怕是不会随着一句“哪里有压迫，哪里就有反抗”的退出历史舞台而一同消失的。同时，奈保尔的“我憎恨压迫，我惧怕受压迫者”也提示我们，这种对穷人和被压迫者的惧怕，大概也不独是中国的富人们的专利。

戈迪默和库切看到的都是黑人在鞭打驴子，我还想问的是，假如这个鞭打者换成一个白人，不知道两位诺贝尔奖获得者以及他们的阐释者又会作何感想。当然白人固有的高尚情操和天生的道德感，无疑会使他们远离这种残暴之举，戈迪默和库切的两部小说也都表现了只有黑人才干得出这种暴行。白人显然早就进化到了“君子远庖厨”的阶段，进化到了显然不会用赤裸裸的鞭子的暴力进行统治和奴役的阶段（但是我还是想提醒人们别忘了1991年洛杉矶四名白人警察对一名黑人的当街殴打以及由此引发的种族大骚乱，并由此肇始了一系列时至今日的类似骚乱），这一进化了的历史阶段中的奴役是更高明的也更无所不在的任何人用肉眼都看不到的制度的奴役和资本的奴役。于是这种进化就使很多人都忘却了已经进化了的白人对非白人种族的殖民和奴役的血腥历史，同时这种白人的进步和人性越发彰显出黑人作为“强夺者”和“行刑者”的落后和野蛮，虽然这种所谓的“强夺”在更多的历史语境中不过是把本来就应该属于他们的东西夺回去。

戈迪默和库切的“兽道主义”在理论上自然是使人信服的，相信稍有人性和良知的人都会痛恨一切对库切所谓“自己也不为自己悲伤的生命”（动物）施暴的“行刑者”。但是征诸文明史或者“不文明史”（暴力史和奴役史），单纯强调兽道主义却可能会掩盖人之历史的一些更复杂的本相，遮蔽一些更触目惊心的问题。即使在尼采那里，也有一边抚马痛哭一边却提醒男人见到女人别忘了手里的鞭子。尼采难免有了“兽道主义”却丢了人道主义。他对动物和女人没有做到一视同仁，对弱者的同情立场未能一以贯之。

幸而在库切这篇关涉戈迪默笔下鞭打驴子这一情节，以人类的酷刑为主题的论文《进入黑屋：小说家与南非》中，库切的思想和视野没有局限在单纯的“兽道主义”上，也并没有像《黑暗的启示》一文所解读的那样，把罗莎之类的白人视为黑人的可能的牺牲者。库切处理的是远为深刻和复杂的主题：

> 如何跨越这一灵魂的黑暗时刻，是戈迪默小姐在其小说的后半部分所要处理的问题。罗莎·伯格返回了她的出生地，在痛苦中等待着解放之日。无论对她还是对戈迪默小姐，都没有虚伪的乐观主义。革命将终结的既非残忍和痛苦，或许也非酷刑。罗莎所经历并等待的，是穿过社会表象的人性复归，因此到那时，全部的人类行为，包括对畜牲的鞭打，都将接受道德的评判。在这样一个社会里，对酷刑场面的声讨

将再一次因为作家的关注，当局或权威评判的关注而变得意义重大。当选择不再局限于要么在殴打降临时在可怕的魔力中旁观，要么王顾左右而言他，那么小说便可再次将整个生活纳入笔下，甚至刑讯室也可进入构思。

可以说，库切呈现给我们的是超越了黑人与白人的具体所指的人性本身的罪恶，是殴打对人类所具有的“可怕的魔力”，是像福柯《规训与惩罚》那样企图对人类的惩罚史进行拷问，是像卡夫卡小说《在流放地》那样试图使刑讯室进入文学想象力的视域，是酷刑中所关涉的具有形而上内蕴的隐喻意义，正如库切所进一步阐述的那样：

> 对其他许多南非作家来说，酷刑有着一种黑暗的魔力。为什么会这样？就我而言，似乎有两个原因。第一个是刑讯室里的故事提供了一种隐喻（metaphor），赤裸且极端，昭示出极权主义与其牺牲品之间的关系。在刑讯室里，不受限制的强力在合法的非法恶行（legal illegality）之微光中，施加于人类个体的肉身，其目的如果不是将其毁灭，也至少是要摧毁他反抗之心的精髓。

酷刑的黑暗的魔力，刑讯对人类个体灵魂的摧毁以及极权主义与其牺牲品之间的关系，都构成了库切追问的重心，里面隐含的是对人类强权和暴力逻辑的深刻审视。

当尼采主张把鞭子挥向女人的时候，他就把暴力逻辑强加到了弱者的身上，或者说他至少是无意识地认同甚至巩固了暴力和压迫的逻辑。而更可怕的是这种暴力和压迫的逻辑被合法化、制度化和日常化，成为统治者和被统治者共同分享的现实逻辑。鲁迅曾经有言，暴君制下的臣民往往比暴君更残暴。统治者的意识形态就是占统治地位的意识形态，统治者的残暴逻辑往往也就是统治的逻辑。所以，当弱者的仇恨和愤怒只能在更怯弱的动物身上得到发泄的时候，我们除了在人性和道德的层面进行谴责和声讨之外，难道不应该反省一下这个世界的统治和压迫的逻辑吗？否则，暴力的制度性根源也许就被简单而轻率地掩盖了。只从道德和人性角度谴责黑人而无视制度性的罪恶，无视殖民统治的血腥史及其后遗症，是无法不令人顿生困惑的。

现代小说的空间形式

> 语言之流最终产生某种空间。……用时间媒质——相继说出的词语，诗人构造空间，反过来，空间处于运动之中，仿佛像时间一样漂流。
>
> ——帕斯

从时间、空间的维度看，小说首先可以说是一种时间性的存在，表现为小说是用语言文字的媒介先后叙述出来的。小说存在于叙述时间的一个先后的时序过程之中。而从物质存在的意义上看，它表现为一本书的形式，是从前到后的一个有顺序的过程，这就是小说作为时间性存在的一种外在的形式。而从文学本体的内在意义上着眼，小说也同样表现为一种时间性的存在，尤其体现在以故事和情节取胜的传统小说中，故事是沿着一条内在的时间链和因果链展开的，情节和故事的发展也正是建立在一种因果关系的时间链中。这种小说往往迫使你一口气读下去，你想知道故事会怎样继续发展，最终结局如何，你想尽快揭开小说的悬念和谜底，就像读柯南道尔或金庸古龙的小说，刹不住车，通常是通宵达旦地一口气读完。支撑这种阅读体验的就是小说的因果逻辑，而其背后则是一种时间逻辑。

但是小说同时也可以看做是有空间性的。小说既有时间维度，又有空间维度。比如墨西哥诗人、诺贝尔文学奖获得者帕斯就有类似的主张。他认为，空间在文学中显然是一个不亚于时间的核心因素。文学因为是一种语言的艺术，因此，文学的呈现形式也是语言的呈现形式，这自然首先表现为时间的延续。但是，帕斯说：

> 语言之流最终产生某种空间。……用时间媒质——相继说出的词语，诗人构造空间，反过来，空间处于运动之中，仿佛像时间一样漂流。[1]

尽管帕斯并没有具体谈论小说中的空间到底指什么，但至少从中可以感受到，空间在小说中（也可以说在文学中）是与时间同等重要的因素。起码小说在物质形式上表现为一本书。虽然一页一页地翻阅一本书是一个有顺序的时间过程，但每一页的同时并存最终结构成一部书卷，它的并置性的结构方式又是空间性的。

我们都能直觉地感受到小说的内部叙述结构中也有空间维度，而且这种空间性似乎比时间性更具体可感。但真正追问起来却很麻烦。小说中的空间因素到底表现在哪些层面？什么是小说的空间想象？时间与空间在小说中是怎样结合的？提出小说的空间形态或者空间性存在这一类的命题对于小说学有什么具体的意义？

[1] 奥克塔维奥·帕斯:《批评的激情》，赵振江译，云南人民出版社，1995年7月版，第252页。

这些问题其实都是很难回答的，也是目前的小说诗学没有彻底解决的。《现代小说中的空间形式》一书，就是专门探讨小说中的空间问题的专著，读罢可知空间形式的理论最早是由美国学者约瑟夫·弗兰克在1945年提出的，并引发了后来的学者持久的讨论。但参与的人越多，越没有最终的结论，反而使问题更加混乱，真正的意义恐怕还在于空间形式问题的提出和诘问本身。但即使提出了这个问题，也不意味着小说中的空间形式的存在就是一个自明的命题，甚至有学者认为，“克服时间的愿望，是与字词的时间上的连续互相抵触的”。就是说，时间与空间在小说中可能是不兼容的，是悖论关系。也有研究者质疑：是否有可能完全实现小说的空间形式？在小说中完善一种空间形式，与其说是一种现实，倒不如说是一种理想，空间形式“永远与小说叙述的和连续的趋势相抵触，因为顾名思义，这些趋势是反对作为一个重要的结构因素的空间的”[1]。就是说，小说中的叙述行为和连续性过程与作为结构性因素的空间形式是互相矛盾的。所以，“纯粹的空间性是一种为文学所渴望的、但永远实现不了的状态”。这就像法国大诗人瓦雷里提出的“纯诗”的范畴。“纯诗”也是一种理想的状态，是无法真正达到的境地。如果谁敢站出来说我写了一首纯诗，肯定会有更多的人指出他的纯诗其实并不纯，离24K的纯度还远得很。因此，纯诗只是一种追求的极致和可能性。这种可能性曾经在中国诗人顾城的相当一部分诗作，欧阳江河八九十年代之交的组诗《最后的幻象》以及万夏等人的一部分诗作中部分地实现过。但无论是哪一

[1] 约瑟夫·弗兰克等著：《现代小说中的空间形式》，秦林芳编译，北京大学出版社，1991年5月版，第50页。

个诗歌评论家都不敢断言说某个诗人的哪首诗是一首“纯诗”。

与“纯诗”的范畴相似，小说中的空间形式也正是一个理想的状态，是无法真正实现的境地。但或许正因为它无法彻底实现，对小说家才更具有长久的吸引力。这也许是与小说的某种“克服时间的愿望”相联系的。但是，小说毕竟生存在时间之中，生存在叙事者历时性的叙述之中，那么，小说中这种“克服时间的愿望”究竟是怎么来的呢？熟悉传统小说的人一般都能感受到其中的叙事者充满自信地存在于叙述时间之中，他并不需要去克服什么时间，也不会有这个愿望。如中国古代小说中的拟说书人，他有着上帝一般的宰制时间和因果的权力，在叙述时间中他永远感到进退裕如。当然说书人有时也会受到空间化因素的挑战，譬如同一时间里两个地方都有故事发生，这时该怎么办？他自有办法，所谓“花开两朵，各表一枝”，一切就迎刃而解了。两朵花的存在，其实是空间性的，“各表一枝”的叙述方式其实也是对并置性存在的某种体认。但是叙事者对每一朵花的叙述，仍是时间性的，从而使小说在总体上最终仍表现为时间的统摄性。所以在中国古代小说中，叙事者很难真正产生克服时间的愿望。到了晚清的小说，叙事者面临的世界则就复杂多了，大千世界呈现出一种共时性状态，晚清小说家们也到处溜达，笔下的叙事者也就同样强烈地感受到并置的空间性生活的冲击。但晚清小说仍然无法产生空间性小说，叙事者总有一种结构长篇小说的统一的时间性线索。陈平原在《20世纪中国小说史》第一卷中曾总结出晚清“新小说”的一系列结构方式（“珠花式”、“集锦式”等等），并充分重视“旅行者”这一特殊的以旅行的历时进程串联小说的叙事者形象，都可以证明晚清小说家仍在试图寻找一条统一的时间线索来贯穿整部小说的叙事。赵毅衡曾这样描绘晚清小说的叙事者：

> 然而，也会有这样一种时期，会有这样一批小说，其中的叙述者无所适从，似乎动辄得咎——当整个社会文化体系危象丛生，当叙述世界也充满骚乱不安，而叙述者却除了个别的局部的修正外，没有一套新的叙述方式来处理这些新因素。此时，作者可能自以为是在领导新潮流，自诩革新派，小说中人物可能热衷于在全新的情节环境中冒险，而叙述者却只能勉强用旧的叙述秩序维持叙述世界的稳定。这样的小说中，新旧冲突在内容与形式两个层次同时展开。叙述者此时就会苦恼。[1]

晚清小说家们面对的正是空间性的世界对时间叙述的冲击，但他们无法找到“克服时间”的方式，小说中的叙述者便只能继续沿袭旧的叙述秩序。可以说，只有在西方现代主义小说这里，才真正产生了克服时间的愿望和具体的小说手段，这就是“现代小说中的空间形式”的生成。而“克服时间的愿望”之所以能够产生，最根本的原因则是我们现代世界日益彰显的空间化的特征，即福柯所说“眼前的时代似乎首先是一个空间的时代”。美国西方马克思主义理论家杰姆逊甚至进一步认为我们这个时代的理论范畴也倾向于变成空间性的，语言也生成了空间性的语言。比如有人概括我们这个时代为“影像化”的时代，影像的语言主要是空间化的；而网络空间的诞生，更是彻底改变着人类的空间感受、想象和认知。

[1]《苦恼的叙述者》，北京十月文艺出版社，1994 年 3 月版，第 2 页。

这一切对人类的空间感知能力的要求超过了时间感知能力。而空间想象也似乎越来越占有主导位置。这一点尤其反映在现代化的大都市的生活中。香港浸会大学的教授黄子平曾来北京大学中文系开过一次关于香港文学的讲座，第一个问题就是谈“空间”。后来我问了一个问题：香港的空间想象是不是比时间想象更占有主导位置？他认为香港的空间意识显然比大陆更强。香港人一般对空间有兴趣，对时间的兴趣要小，尤其没有关于中国历史方面的意识，汉武帝和乾隆在大多数香港人那里看不出时间区别，没有朝代概念。就像电视上的乌鸡白凤丸的广告，里面的归亚蕾（《大明宫词》中演武则天）穿的是唐代服饰，可是伴舞的一干美女却都是来自《还珠格格》，整个儿一个关公战秦琼。所以香港的时间想象就与大陆不同，比如 1997 在大陆是一个新纪元的开始，而大陆开始的地方在香港人那里却是终结，是一个大限。这至少是回归之前一部分香港人的时间体验。黄子平称香港的时间是“借来的时间”，没有自己的历史时间，连续的时间感很难看到。而大陆则有一种时间优越意识。我理解这种时间优越意识就是一种漫长的历史背景带来的，用阿 Q 的话就是我们先前的历史要比你长得多，这也是我在新加坡的感受。新加坡作为城市早不过 19 世纪，而作为国度则更晚，它是在 1965 年建国的，与我们的五千年历史的沧桑比起来，简直不在话下。但也许中国人今天到世界上去，唯一剩下的优越感就是所谓的时间优越意识，背后的潜台词则是：“我们有苦难的历史，你有么？”如果我们连历史感也丧失了的话，就可能一无所有了。但香港的确是个没有历史感的城市。而对香港而言，历史感的背后其实也是一种文化归属感。有人说香港是无根的，无归属的，这种归属不仅是空间问题，不仅是地缘上属于谁的问题，更是时间的。尤其是文化归属感，更与时间意识和历史感结合在一起。所以我们说香港回归了，很大程度是主权意义上的，而历史感和文化归属感的真正获得，却不是一朝一夕的事情。

有人认为香港的空间想象占有主导的位置，或许与它作为现代大都市有关。但并不是说只要是现代大都市，就一定更有空间感。与香港形成对照的是上海。上海在90年代兴起的却是一种怀旧文化，整个城市顷刻间似乎回到了20世纪的30年代、甚至40年代，连咖啡馆起名也用旧时代的年份来命名，如1931。这种怀旧中的主导想象其实就不是空间性的，而有潜在的时间意识。然而，上海的怀旧怀的总让人感到有点古怪，它意图回复到的是30年代半殖民地时期的旧上海，似乎在那里才有着上海的繁华、辉煌和梦想。这种辉煌和梦想又似乎是在1949年终结的。于是世纪末的怀旧便有了追忆似水年华般的挽歌情调，王安忆获得茅盾文学奖的《长恨歌》是其文学上的体现。但我认为这种怀旧其实恰恰是缺乏历史感的，而历史感的缺乏正是上海怀旧的致命的缺失。怀旧在表面上看似乎理应与历史感联系在一起，事实上却未必如此。杰姆逊认为后现代主义艺术中的一个趋势就是历史感的消失。这历史感的消失不是指历史形象的消失，相反，我们的电影电视中充斥着历史形象，如莎士比亚化的《大明宫词》，张铁林、小燕子的《还珠格格》，郑少秋的《戏说乾隆》，周星驰的《唐伯虎点秋香》等等，其中大多是以戏说的方式出现的。同时怀旧电影也大量出现。远如前些年的根据徐訏的《鬼恋》改编的，画家陈逸飞导演的电影《人约黄昏》，近如北京刚刚放映，但该看的人早看过盗版的《花样年华》等等。它们展现在银幕上的确乎是历史时空，但杰姆逊却认为越来越多的有关过去的电影不再具有历史意义，它们只是过去的形象、模拟和拼凑品：

> 美国电影界出现的怀旧影片似乎是关于历史的，但其最重要的特点正在于其不是历史影片。美国的南方可以说是最后一处有强烈历史感的地方，由于经济政治各方面的原因，南方人的历史感延续了很长一段时间，从这个意义上说，福克纳可说是最后一位历史小说家，他仍然有历史感，甚至像《飘》这样的电影也有一种历史感。而怀旧影片却并非历史影片，倒有点像时髦的戏剧，选择某一个人们所怀念的历史阶段，比如说二十世纪三十年代，然后再现三十年代的各种时尚风貌。怀旧影片的特点就在于它们对过去有一种欣赏口味方面的选择，而这种选择是非历史的，这种影片需要的是消费关于过去某一阶段的形象，而并不能告诉我们历史是怎样发展的，不能交代出个来龙去脉。[1]

可以说，这种怀旧电影其实是在“消费”历史。历史与时装、香水、麦当劳没有本质的区别，都是商品。历史可以消费，革命也可以消费。影评家倪震就用“消费革命”来形容电影《红色恋人》，这部电影的英文名字 *A Time to Remember* 则表明了它的怀旧的主题，于是《红色恋人》便把消费革命和消费历史统一在一起。其中的张国荣与我们熟悉的革命者相比，绝对是个另类革命者。他与影片的编导们一起在消费着革命，而在“消费”革命的同时，也就解构了革命。

---

[1] 弗雷德里克·杰姆逊：《后现代主义与文化理论》，唐小兵译，陕西师范大学出版社，1986 年 8 月版，第 206 页。

关于历史的影片却是最没有历史感的，这就是杰姆逊所谓的后现代的艺术。而这一切，或许都与我们时代的空间化息息相关。对于这样一个空间化的时代，传统小说中的时间主导地位被冲击了。旧小说的体制已经无法适应新的小说所处的历史语境了。当现成的小说理论不再适应20世纪的现代小说时，危机就发生了，或者说，以往的小说观和小说理论就失效了。《现代小说中的空间形式》指出：

> 科学理论的有效性大部分依靠它们预示现象的能力，因而当异常的情况（理论不能解释的现象）发生时，危机也就发生了。如果这个危机显得非常严重，那么，只有一个新的范型的出现才能解决它。（第72页）

而小说的“空间形式”的理论也正是在这种危机中出现的一种新的“范型”（近于库恩的“范式”）。它的出现，使一大批现代主义小说——如福克纳的《喧哗与骚动》、乔伊斯的《尤利西斯》等——获得了被解释的某种可能性。在这个意义上说，小说中“克服时间的愿望”不是来自某个小说家，也不是来自于某个理论家。这种愿望和冲动只能生成于这个空间化的时代。

那么，小说中的空间形式究竟指哪些具体层面呢？这也是个众说纷纭的问题。我们只能试图概括最突出的几点。

1. 时间流程的中止

弗兰克认为，乔伊斯的《尤利西斯》和普鲁斯特的《追忆似水年华》都是具有空间形式的小说。说普鲁斯特的《追忆似水年华》与空间形式相关，乍一听上去会令人感到有些奇怪。因为他被看成一个伟大的时间小说家，用几百万字的鸿篇巨制去寻找失去的时间，“时间”是这部小说的真正主题，正像博尔赫斯《交叉小径的花园》中的崔朋的中国迷宫一样，它们都是关于时间的一个隐喻。但假如只从时间维度审视《追忆似水年华》，就会忽视普鲁斯特的更深刻的追求。他对失去的时间的寻找，最终表现的其实是“超越时间”的努力，这种超越时间的愿望表现在普鲁斯特对一种他自己所说的“纯粹时间”的瞬间的呈现。普鲁斯特坚信，在人的一生的感觉和体验中，总会有那么一些时刻和瞬间是超乎寻常的，甚至可以说是辉煌的，因为这些瞬间会在一刹那容纳、浓缩现在和过去，把流逝的时间和过去的记忆一下子彻底照亮。我们常说的“瞬间永恒”正是在形容这种“纯粹时间”。每个人的一生中大概都会在某些时候产生这种“瞬间永恒”的感受，都会在有些时刻里像中央电视台东方时空栏目的广告词所说的那样浓缩了人生精华。这种体验具有普适性。弗兰克认为，普鲁斯特在小说中力图把握的这种“纯粹时间”，其实“根本就不是时间——它是瞬间的感觉，也就是说，它是空间”。之所以说“它是空间”，是因为从时间的意义上看，纯粹时间几乎是静止的，是在片刻的时间内包容的记忆、意象、人物甚至细节所造成的一种空间性并置。时间则差不多是凝固的。而从叙事的意义上说，则是一种“叙述的时间流的中止”。就是说，小说中的时间停在那里，或者进展得非常缓慢，这时，小说进行的似乎不再是叙事，而是大量的细节的片断的呈现。这些细部呈现，表现出的就是一种空间形态。

这种小说中“细部呈现”的情形是我们都熟悉的，只不过没有用“空间形式”的字眼表述而已。所谓的“叙事的时间流的中止”造成的空间化的效果其实早在西方马克思主义理论家卢卡契的小说理论中就表述过。卢卡契曾仔细地区分过“叙述”与“描写”的区别。他认为，叙述总是把往事作为对象，从而在一种时间距离之中逐渐呈露叙事者的基本动机，而描写的对象则是无差别的眼前的一切。于是描写把“时间的现场性”偷换成“空间的现场性”[1]。卢卡契本人是反对“描写”的，他认为“描写”像静物画，细节取代了情节，从而“堕落为浮世绘”。（这是对日本绘画的偏见）为什么他反对细节和描写呢？因为他的小说观强调的是一种整体性，而“细节的独立化”是对“有机整体”的威胁，是对叙事艺术结构的破坏。

萨特曾分析过福克纳小说《喧哗与骚动》中的时间问题，得出的一个深刻的结论是福克纳时间哲学中的关于“现在”的概念。萨特认为《喧哗与骚动》中的“现在”，“并不是在过去和未来之间的一个划定界限或有明确位置的点”[2]。就是说《喧哗与骚动》中，“现在”不是在过去、现在、未来三个向度中位置明确的一个“此刻”。福克纳的“现在”在实质上是不合理的，怪异而不可思议，它就像贼一样来临，来到我们眼前又消失了。它不是朝着未来走，因为未来并不存在。就是说，福克纳小说中的现在不是指向未来的，它只是现在。一个“现在”从不知什么地方冒出来，它赶走另一个现在。所以福克纳的“现在”是一个加法算术，一个现在加一个现在，再加一个现在，剩下的仍是叠加在一起的“现在”。因此，萨特认为福克纳的“现在”还有另一个特点——“陷入”。（它的法文

[1] 参见胡经之主编：《西方文艺理论名著教程》下，北京大学出版社，1989 年 11 月版，第 411 页。
[2] 萨特：《福克纳小说中的时间：〈喧哗与骚动〉》，参见《福克纳评论集》，中国社会科学出版社，1980 年 5 月版，第 159 页。

原文是“L’enfoncement”。施康强从法文直译成“陷入”。当年英文译者把这个词翻译成 suspension，从英译本转译过来的中文译者则翻译成“中顿”，而我觉得这个词可能译成“悬置”更好。）萨特说，福克纳的小说中从来不存在发展，没有任何来自未来的东西，他的“现在”无缘无故地来到而“中顿”（悬置）。这一概括可以说解释了《喧哗与骚动》中的人物昆丁的意识流程：昆丁的叙述中充满了对过去的片断记忆，而这些记忆的碎片仿佛是都被塞进“现在”这个时刻的，一下子就把“现在”撑满了，仿佛在膨胀，成了一种加法，因此，“现在”就无限延长，仿佛悬置在那里。这就是《喧哗与骚动》表现出的“现在”的特征。这个“现在”正是由一个个瞬间构成，而且是没有未来性的纯粹的现在。从这个意义上说，福克纳的一个个“现在”的瞬间也正是空间。按杰姆逊的说法，时间成了永远的现时，因此是空间性的。正像《现代小说中的空间形式》所说：小说中“起作用的瞬间是‘现在’，而不是‘接着’，而瞬间的获得必然伴随着连贯性的失落：叙述者和读者关注的是细节，以至于把握不了小说中的结构和方向。”美国哲学家巴雷特的《非理性的人》一书也正是这样分析《喧哗与骚动》中昆丁的叙述。他认为福克纳表现的，不是昆丁自杀这样的抽象概念，而是把目光转向“事物本身”，如一只麻雀在窗口鸣叫，一只表被摔坏了，主人公昆丁陷入了关于私奔的妹妹的记忆碎片中，而这碎片中还有一场动拳头的打斗等等。而这一切都表现为一种共时性的呈现，是连贯性的失落。

> 而在所有这一切表面之下，但是却从未提及的，是一股缓慢而盲目地向前流动着的波涛，犹如一条地下河流似地流

向大海，这股波涛就是人之走向他的死亡。这一节描写，以及这部书本身，是一个杰作，或许堪称迄今为止美国人写出来的最伟大的作品之一。[1]

为什么这一节描写是一个杰作？我认为福克纳真正写的的确是死亡，但他呈现出来的却是细节的碎片，是“事物本身”，这种事物本身的无序的碎片形态，所提示的正是昆丁生活的真正状况，即他的生活无法构成连贯的叙事，只有“空间的现场性”，没有未来的维度。而未来维度的匮乏正在昆丁导致自杀的最根本的存在论意义上的深层原因。从这意义上说，用一个个叠加的“现在”的瞬间表现昆丁的意识的流涌是最合适的。而这瞬间就印证了空间形式的理论。正像有研究者说的那样，空间小说的最终极形式是“生活的片断”。

2. 并置的结构

“并置”是小说空间形式理论的最重要的概念。《现代小说中的空间形式》译序中说“并置”“指在文本中并列地置放那些游离于叙述过程之外的各种意象和暗示、象征和联系，使它们在文本中取得连续的参照与前后参照，从而结成一个整体；换言之，并置就是‘词的组合’，就是‘对意象和短语的空间编织’。”我认为这种对“并置”的理解狭窄了一些。除了意象、短语的并置之外，也应该包括结构性并置，如不同叙事者的讲述的并置，多重故事的并置等。这种多重故事的并置其实是小说的老传统，如《十日谈》《一千零一夜》都可以看成是并置结构。现代小说中有名的并置结

[1] 威廉·巴雷特:《非理性的人》，段德智译，上海译文出版社,1992年1月版，第54页。

构小说，譬如阿根廷小说家普伊格的《蜘蛛女之吻》，写的是阿根廷的一个监狱的牢房里关了两个囚犯，一个是政治犯，另一个是同性恋者，小说的核心情节是同性恋者向政治犯讲述的六部电影的情节。这六个电影故事构成了小说的主干，但彼此之间没有情节关系，是典型的并置关系。更有名的是意大利小说家卡尔维诺的小说《寒冬夜行人》。它是一部由十篇小说合成的长篇小说，而这十篇彼此没有情节关联的小说其实只是十个开头，叙事者称由于装订的错误，它们得以被组合在一起。这就是一种空间并置的结构，把十篇故事缝合成一个长篇。这十篇故事共同的特点和联系只有一个，就是每一个故事都在最吸引你的地方戛然而止，把你悬在那里不管了，小说还没有充分展开，悬念还没有解答就结束了，而另一个故事又开始了。

《寒冬夜行人》堪称是解读小说空间形式理论的最佳范本之一。而《喧哗与骚动》也是一样。它的总体结构也是并列结构：四个不同的叙事者讲出的故事被并置在一起。理解小说的最终的视点必定是这种并列结构。至少小说前三个叙事段落单独来看每一个都不完整，这种不完整让我们读者暂停判断，直到最后把四个部分并置在一起，在反复参照的过程中才能读懂小说。但讲了四遍就完整了吗？具有空间化形式的小说，其叙述往往是突然中止，而不是正式结束，因为可能的增殖是无限的，一个传统小说意义上的结局的确是不必要的。按我的比喻，空间小说就像糖葫芦，只要竹签子足够长就可以无穷地穿下去。事实上福克纳在《喧哗与骚动》中把故事讲了四遍仍然觉得意犹未尽，十五年后又写了一遍康普生家的故事，所以他说把这个故事写了五遍。就是说，是穿了五个果子的糖葫芦。《现代小说中的空间形式》运用的比喻则是桔子，认为空间形式就像一个桔状的构造，一瓣一瓣的以毗邻方式紧挨着，每一瓣地位都是同等的，而且并不四处发散，而是集中在唯一的主题——桔子核上。这个比喻是很恰当的。现代主义的具有空间形式的小说可能正是桔子，有它的中心和深度模式。相比之下，“后现代主义”文本则把自己看成是洋葱，一片一片地剥开，里面的中心——“核”——是空的，什么也没有，中心是空无，即所谓的对深度模式的消解。而在后现代主义者眼里，现代主义文本也不是桔子，用我的比喻来说，是苹果。苹果也是有核的，有它的中心，有深度模式，但在后现代主义者看来，苹果吃到最后找到的那个核却是人们要抛弃的，是没有用处的，没有人会把苹果核吃到肚子里去，它正可以用来比喻需要消解的深度模式。

3. 小说中的空间化情境

所谓空间化情境，是指小说中的故事发生的规定情境是一个相对单一和固定化的空间，叙事基本上只围绕这一情境进行，很少游离于这一空间情境之外。沈从文的小说《旅店》就是这样一部具有空间化情境的小说，故事情节只发生在旅店中，小说的叙事视角基本上没有游离出旅店之外，尽管小说中最富有戏剧性的情节其实是在旅店之外的野地里发生的。沈从文并没写出这一戏剧性情节，主要是“旅店”这一规定空间情境制约了他。我想沈从文当年写作的时候肯定犹豫了很久，最后还是忍痛割爱了，他略去了旅店外的故事，只是有节制地暗示出男女主人公可能在野地里发生的事情，从而维持了旅店情境的统一性。我也正是从这部小说中，觉察到了沈从文已开始成为一个自觉的小说艺术家。

张爱玲小说中也有一系列典型的空间场景，如电车、公寓、洋楼、街景。有人认为，这是张爱玲从历史时间的统摄中悄然逃脱的方式，她借助的正是空间。比如她的《封锁》，故事就发生在封锁期间停在街上的电车里。《封锁》中的电车的停止的确有点像从时间流逝的历史轨迹中逃逸，而沦陷时期的特定生存境遇也正提供了从历史中逃脱的契机。当然这种逃脱是暂时的，就像逃学的孩子迟早要被学校和家长联合起来重新纳入学校的体制和父之法中。《封锁》最初的结尾正是写男主人公回到家里就把自己在电车上和女主人公的艳遇彻底忘了。后来张爱玲删去了这个蛇足，也维持了电车作为空间场景和情境的统一性。

除了以上几个层面外，构成空间形式的小说要素还有一些别的，常见的如主题重复等。从中可以看出空间化的确构成了 20 世纪文学的一个重要趋势。这种趋势在电影中同样有所表现。譬如希区柯克的《后窗》就是一个典型的空间化情境的例子。拿中国电影来说，以陈凯歌为代表的第五代电影中，就有空间化的追求。黄建新的《黑炮事件》的结尾叠加了无数个夕阳的特写，就是一种并置，而不是叙述，是空间场景。陈凯歌的《黄土地》，从头到尾除了打腰鼓一场充满动感之外，基本上是一个个静态化的空间镜头的剪辑和叠加，尤其是一个个黄土高坡的画面，大都是全景镜头，叠加的过程给人的感觉不是时间的流逝，而是空间的永恒。你感受到的是古老的黄土地在时间上的凝滞感，是一种亘古不变的气息。而与黄土地形成鲜明对照的，是黄河的流水，它是动的，叙事的，时间性的，它同黄土地都具有隐喻性和象征性。所以第五代电影的语言表义是一种象征表义。直到陈凯歌的《霸王别姬》引入了叙事和历史。

这个话题也涉及了小说和电影的比较。电影在本质上也是时间性的，表现为一个个镜头的在时间中的切换，我们还来不及把前一个镜头看清楚，后一个镜头又来了，不像一本书，可以重新去翻前面。（从这一点上看，DVD 机的一度普及，曾经改变了观影机制，我常看到一些人，也包括我自己，在家里看 DVD，前后倒来倒去，食指也始终停在遥控器的快进键上，随时准备 pass 一段，整个儿改变了电影的存在方式，改变了它在时间中的生存方式。）但电影的时间流逝过程连缀的却是一个个空间画面，在这个意义上，电影是把时空结合在一起的理想媒质。不过电影叙事与小说叙事也有相似之处。电影中的叙事时间的速度也是剪辑过的，平行蒙太奇尤其是借鉴小说空间化并置的一种体现。也就是说，银幕上时间在流逝，但前后两个镜头中的情节、场景却是同时发生的，前一个镜头是英雄被压上刑场，绞索套上脖子，后一个镜头则是营救者拍马赶来，电影这时候也学习了小说，同样是花开两朵，各表一枝。

电影的存在告诉我们，其实在任何一种媒质中，时间与空间都往往是无法剥离开的。时与空正统一在电影之中。银幕展示出的是空间场景、画面，但却是流逝在时间中。就像根据《生命中不能承受之轻》改编的电影《布拉格之恋》的结尾，托马斯和特丽莎的汽车开向景深处的空间，其实也正是行驶在一个终极的时间中，这个时间就是男女主人公生命流程的终结。

空间化在所谓的后现代占有着更为主导的位置。杰姆逊在一次题为《关于后现代主义》的对话录中对比过现代主义的语言和后现代主义的语言。他认为：

> 现代主义的一种专用语言——以马塞尔·普鲁斯特或托马斯·曼的语言为例——总是运用时间性描述。“深度时间”即柏格森的时间概念似乎与我们当代的体验毫不相关，后者是一种

永恒的空间性现时。我们的理论范畴也倾向于变成空间性的。

这种“空间化”概念对时间化的代替带来的是新的空间体验。杰姆逊认为这种新体验在城市建筑方面表现得最明显。“譬如，巴黎周围新起的都市建筑群有一个非常惊人之处，那就是这里根本不存在透视景观。不仅街道消失了（这已是现代派之务），甚至连所有的轮廓也消失了。在后现代的这种新空间里，我们丧失了给自己定位的能力，丧失了从认识上描绘这个空间的能力。”这种体验中最重要的一点就是“丧失了给自己定位的能力”，使人很容易在后现代的大都市中迷失。而那些充分保留了传统形态的城市，如中国的西安、日本的京都，都是四四方方，东西南北很容易区别，而标志就是街道，东西向和南北向纵横交错，绝对丢不了。日本的京都就是按西安的轮廓规划的，你可以骑着一辆自行车漫无目标地游荡，最后总会回到你居住的地方，想丢也丢不了。而大阪这类城市就是一个迷宫，绝对使人丧失定位的能力。即使大阪本地人也整天穿行在地下，出了地铁就是公司，根本不知道自己在城市的哪个方位。在后现代大都市中，没有谁敢说真正认识都市，尤其是把握它的全景。我们有的只是文本中的都市，是在传媒中阅读的都市，是人们谈论中的都市，是文学作品中的都市，是关于都市的想象。所以想一想卡尔维诺的那本《隐形的城市》，就觉得“隐形”这一说法挺深刻的。

这种定位能力的丧失，以及描述空间能力的丧失，正是后现代的新的空间体验。它也许意味着，后现代的人不仅迷失在时间之中，也同时迷失在空间之中。所以按杰姆逊的观点，我们生存的当代是一种永恒的空间性现时。空间性构成了界定人的生存困境的重要维度。但这就与巴雷特在《非理性的人》中所说“有时间性”是现代人的视界的观念发生了矛盾，也说明在时间、空间问题上，各种观念是复杂和混乱的。也许这正好说明人类生存在时间与空间的统一之中，时间与空间都构成了我们的视界。但两者也许都是现代人或者后现代人迷失自己的根源。就是说，也许我们在现代和后现代的时间和空间中都找不到归宿感和家园感。相比之下，应该说最后一个幸福的现代主义者是普鲁斯特，他至少在过去的时间和记忆中找到了归宿感和幸福感，尽管是一种虚幻的满足。而 21 世纪今天的我们可能连这种虚幻的满足也无法企及。

与文学经典对话

经典是一个民族或几个民族长期以来决定阅读的书籍，是世世代代的人出于不同的理由，以先期的热情和神秘的忠诚阅读的书。

——博尔赫斯

19世纪之前的西方文学是产生了一个个文学巨人的时代。当关汉卿、曹雪芹、蒲松龄创作了值得世代中国人引为骄傲的不朽名著的时候，西方的文学家莎士比亚、塞万提斯、雨果们也在创造着同样辉煌的篇章。这是人类心灵史上星光璀璨的时代，也是文学大师们为后人缔造了文学经典的时代，那一部部脍炙人口的文学经典必将穿越今后的无数世纪，始终照彻人类历史的夜空。

那么，究竟哪些作品可以称得上是文学经典呢？正如那些文学史上获得公认的不朽名著所昭示的那样：所谓的文学经典是那些最能反映人类历史和社会生活的丰富图景，反映人类生存的普遍境遇和重大精神命题，最能反映人类的困扰与绝望、焦虑与梦想的创作，是了解一个时代最应该阅读的作品，正像了解中世纪的意大利必须读但丁，了解文艺复兴时代的英国必须读莎士比亚，了解19世纪的法国必须阅读巴尔扎克和雨果一样。恩格斯就曾经称赞巴尔扎克的《人间喜剧》写出了贵族阶级的没落和资产阶级的上升，提供了社会各个领域无比丰富的生动细节和形象化的历史材料，“甚至在经济的细节方面（如革命以后动产和不动产的重新分配），我学到的东西也要比从当时所有职业历史学家、经济学院和统计学家那里学到的全部东西还要多”（《恩格斯致玛·哈克奈斯》）。在这个意义上说，巴尔扎克穷尽的是人类生存的社会历史的外部图景。另一方面，西方文学的历史，也是思想家层出不穷的时代。一个个思想的巨人在作品中提供着人类堪称最深刻与最博大的思想，探究了人类生存的处境，追问着存在的基本问题。无论是卢梭对人性“回归自然”的表达，还是帕斯卡尔把人界定为“一根能思想的芦苇”；无论是莎士比亚借助丹麦王子哈姆雷特思考生存或者灭亡（to be or not to be），还是歌德通过浮士德把自己灵魂抵押给魔鬼去探询极限的生命……都为我们淋漓尽致地展示着文学经典中的思想魅力。而雨果的诗歌和小说则更致力于人类心灵的剖析，并充分印证了他广为人知的一句名言：“世界上最浩瀚的是海洋，比海洋更浩瀚的是天空，比天空还要浩瀚的是人的心灵。”这一切，都为我们诠释着什么是文学经典的定义。

阿根廷作家博尔赫斯则这样界定什么是“经典”：

> 经典是一个民族或几个民族长期以来决定阅读的书籍，是世世代代的人出于不同的理由，以先期的热情和神秘的忠诚阅读的书。

这是从读者阅读的角度提供对经典的界定。博尔赫斯启迪我们，所谓经典不是浩繁的图书馆中那些蒙着厚厚的灰尘让人望而生畏的大部头，而是那些与我们读者的种种需求息息相关的鲜活的文学话语。每当我们在现时生活中遭遇困扰和危机从而需要去祖先那里寻求帮助和解答的时候，经典就会焕发出应有的活力。“世世代代的人”之所以对经典具有一种“先期的热情和神秘的忠诚”，正是因为它是后来者与人类那些伟大的先行者进行对话的途径。

就我对西方文学经典的阅读而言，塞万提斯的《堂·吉诃德》、马克·吐温的《哈克贝里·芬历险记》、雨果的《悲惨世界》、梭罗的《瓦尔登湖》、卢梭《一个孤独漫步者的遐想》……都为我们与文学大师笔下的不朽思想和经典人物进行心灵对话提供了范例。

首先向我们走来的人物是堂·吉诃德。这个看上去疯疯癫癫竟与风车进行搏斗的小丑般的形象，即使在问世多年之后的俄罗斯作家屠格涅夫（1818—1883）所处的历史时代，也曾经“是与荒唐、愚蠢这几个字意义相等的”（屠格涅夫，《哈姆雷特与堂·吉诃德》）。倘若我们对课文中堂·吉诃德那句“不过我希望您能觉察出，我并不像一眼看上去那么疯癫愚鲁”的道白没有像堂·吉诃德所期望的那样予以觉察，恐怕会同样把这一不朽人物等同于荒唐、愚蠢的代名词，从而忽略堂·吉诃德身上所具有的丰富的典型意义。但是，文学经典之所以是经典，也因为它们造就了无数经典的阐释者。多少年来，文学史家一直津津乐道着下面这个不乏神奇色彩的史实，这就是屠格涅夫在《哈姆雷特与堂·吉诃德》（1860）一文中曾经指出过的：世界文学史上堪称最伟大的两部经典著作：莎士比亚的不朽悲剧《哈姆雷特》的第一版与塞万提斯的传世小说

《堂·吉诃德》的上集“是同一年出现的，同是在十七世纪初叶”[1]。这个偶然的时间巧合在屠格涅夫那里被赋予了特殊的文学意义：

> 我感到《堂·吉诃德》与《哈姆雷特》的同时出现是值得注意的。我觉得，这两个典型体现着人类天性中的两个根本对立的特性，就是人类天性赖以旋转的轴的两极。我觉得，所有的人或多或少地属于这两个典型中的一个，我们几乎每一个人或者接近堂·吉诃德，或者接近哈姆雷特。

屠格涅夫的观点既揭示了哈姆雷特与堂·吉诃德这两个文学典型对人类理解自己的天性的意义，同时也启发我们去进一步理解什么是文学经典所应该具有的魅力和品质。一个反映着人性的基本层面的文学经典形象，其重要特征是多重阐释性，这取决于人物本身的丰富性。堂·吉诃德这一形象之所以经得起后代评论家的一再阐释，正是人物本身内涵的丰富性所决定的。在无数评论者汗牛充栋的评论中，至今最好的阐释也许仍旧是屠格涅夫在1860年所作出的：

> 堂·吉诃德本身表现了甚么呢？首先是表现了信仰，对某种永恒的不可动摇的事物的信仰，对真理的信仰，简言之，对超出个别人物之外的真理的信仰，这真理不能轻易获得，它要求虔诚的皈依和牺牲，但经由永恒的皈依和牺牲的力量

[1] 屠格涅夫：《哈姆雷特与堂·吉诃德》，尹锡康译，见《莎士比亚评论汇编》，中国社会科学出版社，1997年版。

是能够获得的。……他的坚强的道德观念（请注意，这位疯狂的游侠骑士是世界上最道德的人）使他的种种见解和言论以及他整个人具有特殊的力量和威严，尽管他无休止地陷于滑稽可笑的、屈辱的境况之中……堂·吉诃德是一位热情者，一位效忠思想的人，因而他闪耀着思想的光辉。

与堂·吉诃德相对，屠格涅夫用“自我分析和利己主义”概括哈姆雷特，称他为一个“怀疑主义者”。在某种意义上，这种热情的信仰和理性的怀疑构成的正是人性彼此参照和不断对话的两极。而《哈姆雷特》和《堂·吉诃德》这两部经典的漫长的阐释过程，其实正是两个文学典型之间从未间断的对话过程，同时也是人类不断与先驱的思想者进行对话的过程。我们今天面对文学经典，重要的不是对经典的顶礼膜拜，而恰恰是以平等的心态与人类思想的先行者及其阐释者进行对话。尽管这种对话过程注定是更艰难的，但是经典的意义也恰恰正在这里，它不会许诺给你轻松愉悦的阅读快感，但肯定会带给你艰辛的思索和思想的领悟。比如，当你读到屠格涅夫所谓“我们几乎每一个人或者接近堂·吉诃德，或者接近哈姆雷特”，“这两个典型体现着人类天性中的两个根本对立的特征”时，与先行者进行对话的初衷势必要求你做出自己的判断，正如有研究者指出的那样：“你同意作者的观点吗？你的气质更接近谁？”“这两种天性，各有什么价值，同时又可能预伏着怎样的问题，甚至危险？”[1]

[1] 参见王尚文、吴福辉、王晓明主编：《新语文读本》高中卷2，广西教育出版社，2001年版，第80页。

而捷克小说家昆德拉则从“冒险”这一人类主题的角度去理解《堂·吉诃德》。在《小说的艺术》中，昆德拉曾把“冒险”称为“小说第一大主题”。可以说，每一代人都在重写一个冒险的故事，冒险的故事因此既是生命个体的故事，同时在总体上又构成了人类的故事。美国小说家马克·吐温的《哈克贝里·芬历险记》正可归入这一“冒险”的主题类型中。海明威曾经称“一切现代美国文学来自马克·吐温的一本书，叫做《哈克贝利·芬历险记》，这是我们最好的一本书，一切美国文学创作都从这本书来。在这以前没有什么东西，打它以后的东西没有这么好”。这部缔造了“一切现代美国文学”的名著，讲述的是美国内战以前白人少年哈克贝利·芬与黑奴吉姆沿密西西比河顺流而下逃亡历险的故事。这也堪称是一个马克·吐温向文学前辈塞万提斯表示致敬的故事，因为文学中关于“冒险”这一主题和故事原型的最著名的创造，正是塞万提斯笔下不朽的堂·吉诃德形象。

告别了堂·吉诃德，我们又遭遇了雨果笔下《悲惨世界》中的冉阿让。“改变一生的事件”是大多数雨果的读者对《悲惨世界》这部小说印象最深刻的一段。这一直抵灵魂的篇章，揭示了主人公冉阿让一生中最惊心动魄也最为关键的时刻，从而为我们继续与人物进行心灵对话提供了可能性。

如果你不太熟悉19世纪的西方批判现实主义小说，你会觉得《改变一生的事件》中对冉阿让心理的连篇累牍的分析或许是难以忍受的。但恰恰是这种长篇大论，构成了19世纪的小说特色，也提供着我们进入人物内心与人物进行思想交流和灵魂对话的路径。这种对心灵以及心理进行细致入微的刻画与剖析的小说风格，我们在巴尔扎克的《驴皮记》、托尔斯泰的《伊凡·伊里奇的死》以及欧·亨利的《警察与赞美诗》的结尾也同样可以看到，它更是以“拷问灵魂”著称的俄罗斯小说家陀思妥耶夫斯基的最突出的特色。这些小说告诉我们：对人类灵魂的考掘与省察是19世纪文学的一个重要领地，由此文学也才称得上是人类心灵的教科书。雨果的这段《悲惨世界》正是直抵灵魂的典型小说段落。正如本文开头所指出的那样，19世纪的西方文学是产生了一个个思想家的时代，作家也习惯于在小说中对人物的思想进行连篇累牍的辨析。当然，如果你对这种心理分析和思想剖白的风格产生了自己的不同的见解，这也正是我们主张与经典进行对话的题中应有之义：比如《改变一生的事件》中的这些思想到底发生在人物冉阿让的心灵深处，还是作家赋予笔下人物的？这些思想剖析和心灵分析是不是必须的？在崇尚简捷和效率的今天，如何评价雨果（当然也包括巴尔扎克、托尔斯泰、屠格涅夫）的这种冗长的小说美学？这些疑问也同样困扰过当年的评论家，他们责备作者在小说中离开情节的插话太多：“大量的哲学议论拖延了故事情节的发展。”但是正如法国作家莫洛亚所指出的那样：“长篇巨著没有这些冗长的描写只怕难得丰满。延宕、暗示、停顿、时间，有时这些都是必要的。”[1] 19世纪的小说的独特的魅力恐怕正在这里，它以一种“延宕与暗示”的停顿空间为我们与经典对话提供了必要的时间，并要求着我们同样必要的耐心。

这种与经典对话的耐心，和耐心中的寂寞感尤其是阅读梭罗的《瓦尔登湖》所必须的。“寂寞”也构成了作者瓦尔登湖畔独居体验的主导心境，而我们读者只有抱持一种同样寂寞的心绪，才能

[1] 参见莫洛亚：《伟大的叛逆者——雨果》，陈伉译，世界知识出版社，1986年版。

真正接近梭罗的内心的角隅。缔造这种寂寞的心绪的，是作家所选择的一种“单独”的生存状态。就像哲学家伽达默尔所说的那样，“单独”是人类个体生存的基本方式之一。

> 所谓的寻求单独，真正寻求的并不是单独，而是想长时间地思考某些问题而不受其他人的干扰。……单独对于人的灵魂有一种魅力，它几乎能唤醒一种醉意，这种醉意使人避开一切可能干扰这种亲近状况的事物。对单独的寻求其含义总是想固执于某种东西[1]。

因此，我们也就能理解梭罗在《瓦尔登湖·寂寞》中的话：“我爱孤独。我没有碰到比寂寞更好的同伴了。到国外去侧身于人群之中，大概比独处室内，格外寂寞。一个在思想着工作着的人总是单独的。”

从《寂寞》中，我们还可以认识到：梭罗之所以并不真正感到寂寞，还因为他一直处在对话的状态之中：与大自然对话，与自己的内心对话。而惟其“单独”，才更能捕捉到喧嚣尘世中无法聆听的天籁，更容易抵达自己心灵的深处。梭罗所选择的离群索居的生存方式也许是全球化时代的今天的人们难以企及的，同时也可能是不值得提倡的，但是那种在寂寞中求索自己的内心的状况，与真实的自我亲近，与自己的本心对话的生存体验，却是值得我们萦怀的。

如果试图寻找梭罗的先行者，或许就是伟大的法国思想家卢

[1] 伽达默尔：《赞美理论》，夏镇平译，上海三联书店，1988年版，第124页。

梭。卢梭最后留给我们的经典是著名的《一个孤独漫步者的遐想》。与梭罗的《瓦尔登湖》一样，《一个孤独漫步者的遐想》也提供着一个孤独的隐居者在与大自然晤谈的过程中同时与心灵对话的忠实记录。这些对话，不仅慰藉了此后一代代的孤独者，同时启迪的是我们每个人都应该具有的交流的能力——与大自然，与我们的同类以及与我们每个人自己。而我们与文学经典的对话，最终学到的，正是这样一种人类正在逐渐丧失的能力。

附录一　我们曾被外国文学经典哺育

1990 年在我个人的阅读经历中是值得记住的一年。那一年，我们一批同学刚刚经历了一场触动心灵的大事件，感觉与正在行进的时代脱轨，夸张地自我认定为提前进入世纪末的一代，在饮酒、打牌、踢球之余，就用外国小说来打发“世纪末”的时光。毛姆、格林、加缪、纪德、海明威、乔伊斯、昆德拉、博尔赫斯、卡尔维诺……的小说，在我们手中争相传阅。我们这些在 80 年代中期进北大中文系的学生，均不同程度地受惠于对 20 世纪外国文学经典的阅读，这种阅读也在 90 年代初达到了顶峰。我那时的观点偏激得不亚于当年的鲁迅：“要少——或者竟不——看中国书。”我固执地认为，想要了解 20 世纪人类的生存世界，认识 20 世纪人类的心灵境况，读 20 世纪的现代主义文学经典是最为可行的途径。

从本科一直到研究生，我个人始终迷恋卡夫卡和加缪的散文，从卡夫卡那里领悟世纪先知的深邃和隐秘的思想、孤独的预见力和寓言化的传达，从青年加缪那里感受什么是激情方式，学习什么是反叛，怎样“留下时代和它青春的狂怒”，同时感受加缪对苦难的难以理解的依恋，就像他所说过的那样：“我很难把我对光明、对生活的爱与我对我要描述的绝望经历的依恋分离开来。”“没有生活之绝望就没有对生活的爱。”还有尤瑟纳尔，她在《东方奇观》中有句和加缪类似的表述：

> 在这个一切都如同梦幻的世界上，永存不逝，那一定会深自悔恨。世上的万物，世上的人们以及人们的心灵，都要消失，因为它们的美有一部分本来就由这不幸所形成。

这句话中所蕴含的哲理意味同样曾令我低回不已。普鲁斯特的《追忆似水年华》则是探索人类记忆机制和回忆美学的大书，也是人类探索时间主题和确证自我存在的大书。它同时也是令人感到怅惘的书，就像昆德拉说的那样：“一种博大的美随着普鲁斯特离我们渐渐远去，而且永不复回。”我尤其流连于《追忆似水年华》开头近百页篇幅中叙事者“我”在失眠夜的联想，对普鲁斯特式的“孤独的熬夜人”心驰神往。我还喜欢马尔克斯的《百年孤独》和卡尔维诺的《我们的祖先》，从中领略20世纪作家文学想象力所可能达到的极致，尤其是卡尔维诺笔下男爵的那种超于尘世的树上的生活更长久地慰藉着我的想象。海明威的《老人与海》教育我怎样保持“压力下的风度”。昆德拉的《生命中不能承受之轻》使我了解了现代主义作家对人的生存境遇和存在本身的无穷追索，对小说自身的可能性限度的艰难探询。帕斯捷尔纳克的《日瓦戈医生》则使我体认到一个知识分子虽然饱经痛楚、放逐、罪孽、牺牲，却依然保持着美好的信念与精神的良知的心灵历程……这一系列的阅读，伴随了我燕园求学的十年时光。

昆德拉在《生命中不能承受之轻》中写道："我们都是被《旧约全书》的神话哺育，我们可以说，一首牧歌就是留在我们心中的一幅图景，像是对天堂的回忆。"套用他的话，我们这一代读书人也曾经被20世纪的外国现代主义文学哺育。当然，我们在享受精神的盛宴的同时免不了会饥不择食、囫囵吞枣，而且这些现代主义作品带给我们的也并不是牧歌，但是我们对文学性的经验，对经典的领悟以及对20世纪人类生存图景的认知，都与这些作品息息相关。它们最终留在我们心中的，是我们对曾亲身经历过的一个世纪的回忆。

这种对现代主义文学经典怀着一种博尔赫斯所说的"先期的热情和神秘的忠诚"的阅读时代大概一去不复返了。我们迎来的是一个趣味上流于世俗和平庸的大众文化时代，同时也是一个崇尚轻松与消遣，消解了一切深度与严肃的所谓后现代。而现代主义小说形式与技巧的复杂、晦涩，主题和立意的曲折、艰深，注定了它与广泛的阅读无缘。毕竟相当一部分现代主义小说是很难读下去的，现代主义小说的艰深与晦涩使阅读不再是一种消遣和享受，阅读已成为严肃的甚至痛苦的仪式，是一件吃力的活儿，远不如读金庸、古龙、安妮宝贝那么轻松愉悦，而更是让许多读者包括专业研究者望而生畏的事情。所以有人说什么是现代主义名著呢？所谓现代主义名著就是那些大家都说应该去读，但谁也没有读过的作品。被罗兰·巴尔特誉为"小说界的哥白尼"的罗伯–格里耶的创作遭遇的就是这样的命运。罗伯–格里耶堪称是20世纪在小说实验和小说创新的道路上走得最远的人物之一，以至于评论家都很难跟得上他。他的每部小说，都具有一种革命性的意义。但是，罗伯–格里耶的小说也因此成为被谈论得最多而阅读得最少的作品，就像他自己所说的那样："文学界都知道我的名字，但却都不读我写的书。"

20世纪的现代主义运动使小说走上了一条艰涩、困难的道路。阅读和讲述这些小说也同样成为一个困难的事情。但这也许恰恰说明20世纪的人类生存和境遇本身更困难，更复杂，更难以索解和把握。小说的复杂是与世界的复杂相一致的。也正是日渐复杂的现代小说才真正传达了20世纪的困境，传达了这个世纪人类经验的内在与外在图景。有学者指出20世纪是人类有史以来最复杂的一个世纪，单从社会层面上看，大的事件就有两次惨绝人寰的世界大战，社会主义实践的兴起和挫折，第三世界的民族觉醒和独立，以及世纪末的资本主义全球化。而从人的内在层面看，则有弗洛伊德发现了人的潜意识的存在，荣格发现了集体无意识，存在主义发现了生存的荒诞性和非理性，西方马克思主义发现了人的"物化"和"异化"本质等等。这一切构成了一种复杂的文明现状，直接影响了20世纪的小说。而反过来说，现代小说也正是表达复杂的20世纪现代文明的最形象的方式，也是最自觉的方式，同时也是最曲折的方式。这种曲折的小说形式，与文明的复杂性是同构的。正像T.S.艾略特一段著名的评论所说：

> 就我们文明目前的状况而言，诗人很可能不得不变得艰涩。我们的文明涵容着如此巨大的多样性和复杂性，而这种多样性和复杂性，作用于精细的感受力，必然会产生多样而复杂的结果。诗人必然会变得越来越具涵容性，暗示性和间接性，以便强使——如果需要可以打乱——语言以适应自己的意思。

艾略特的话用来评论现代小说的形式的复杂性也是合适的。昆德拉在《小说的艺术》中也说:“小说的精神是复杂性的精神。”因此有时我们理解现代小说甚至比理解现代世界本身还要困难。但也许正是这种复杂性昭示了现代小说无法替代的价值之所在。

20世纪小说形式的复杂化可以说根源于小说家世界观的深刻变化。与19世纪以前的自然主义小说和现实主义小说对比可以发现20世纪小说观的根本性改变。人们把自然主义和现实主义小说观称为反映论,这种反映论认为小说可以如实地反映生活真实甚至反映本质真实。读者在小说中最终看到的正是生活和现实世界本身的所谓波澜壮阔的图景。所以马克思称巴尔扎克的百部人间喜剧是资本主义社会的百科全书,国人也把《红楼梦》看成封建社会的百科全书,依据的都是反映论。反映论有一种自明的哲学信条,即认为生活背后有一种本质和规律,而伟大的小说恰恰反映和揭示了这种本质和规律。大学里的文学教育也通常遵循这种观念模式。而这种观念模式则可以追溯到中小学的语文课,语文老师总要为每篇课文概括中心思想,基本定式总是这篇课文通过什么什么,反映了什么什么,揭示了什么什么,告诉我们什么什么。反映论肯定从小就奠定了一代人的思维方式。我在上大学的最初两年唯一所能做的事情,就是与头脑里这种根深蒂固的反映论进行艰苦卓绝的斗争。而20世纪现代主义小说家则彻底颠覆了这种反映论,小说家大都认为生活是无序的,没有本质的,没有什么中心思想,甚至是荒诞的。小说不再是对生活、现实和历史某种本质的反映,它只是小说家的想象和虚构,按符号学大师罗兰·巴尔特的说法即是“弄虚作假”。罗兰·巴尔特在《符号学原理》一书中说,“我愿把这种弄虚作假称作文学”,文学就是“用语言来弄虚作假和对语言弄虚作假”。正是在这个意义上，罗兰·巴尔特认为文学的基本功能是一种“乌托邦的功能”，而他给现代主义下的定义就是“语言的乌托邦”。现代主义小说观把小说看成一种虚构，一种人工制作，是小说家人为的想象和叙述的产物。这种观念在所谓的后现代主义那里更是发展到了极端，小说越来越成为小说家个人想象的漫游与形式的历险。这使得20世纪现代小说表现出鲜明的个人性，小说创作彼此之间越来越缺少通约性。每个作家都有自己的风格，罗兰·巴尔特说就像每个人都有自己的指纹，别人无法冒充一样，风格绝对是个人化的。正是这种个人化烘托出现代主义以及后现代主义小说世界中一个个孤绝无依的主体和自我形象。

可以说，在任何一个时代，小说都是自我和世界的关系的一个隐喻。而现代资本主义在无限扩展了人类外部世界的同时，却在人类自我与世界之间挖掘了一道鸿沟。这道鸿沟意味着人的自我与世界分裂了，人与世界不再和谐，不再具有一体性。西方马克思主义代表人物之一卢卡契认为这种分裂在荷马史诗时代是不存在的，史诗时代的特征是自我与世界的“总体性”，没有分裂。荷马史诗其实不仅是荷马一个人的歌唱，而是整个希腊时代一个大写的“人”的整体性的合唱。而现代人不同，总体性丧失，个人是被整个世界放逐的人，是存在主义式的异化的人，在世界中感到陌生，对一切都不信任，对一切都有疏离感。因此，卢卡契认为，在20世纪，小说家已经成为一个单独退守到属于自己一个人的世界中的人，一个生活在小说的想象的形式中的人，就像本雅明所谓的“退守书房”一样。本雅明称“小说的诞生地是孤独的个人”，正是在这个意义上，卢卡契认为现代小说已成为小说家“直觉漂泊感”的写照。小说家在现实生活中并没有漂泊，而是在小说想象中漂泊。乔伊斯的《尤利西斯》便是在想象中凭空把小说主人公一天二十多个小时的平庸经历与史诗中历经艰险的漂泊英雄联系在一起。卡夫卡的《城堡》中的主人公 K 也是一个想进城堡但永远进不去的异乡人，更是一个漂泊主题的再现，是卡夫卡虚拟的漂泊形式，而现实中的卡夫卡则几乎没怎么离开过故乡。在这里我们面对的是现代主义小说的一个基本的悖论。一方面是小说家面对的是一个分裂的世界，一个中心离散的、经验破碎的世界，卡西尔说这个世界的"理智中心"失落了，阿道尔诺称资本主义时代使小说丧失了"内在远景"，本雅明说这个世界失却了"统一性"，卢卡契则认为在我们的时代，"总体性"成了难题，只是一种憧憬和向往。叶芝也有一句著名的诗：

> 一切都四散了，再也保不住中心
> 世界上到处弥漫着一片混乱。

因此，现代小说家最终呈现给读者的正是支离破碎的经验世界本身，一个只有漂泊没有归宿的世界，这个破碎的小说世界甚至比真实世界更加破碎；而另一方面，小说家又总是在幻想小说能够呈现出某种整体的世界图式，追求某种深度模式和对世界的整合把握，甚至在小说中追求个体与人类的拯救，同时正是这种整合的向往构成了小说的基本叙事冲动和主导创作动机。这就是现代小说的悖论：一方面是整合的动机，另一方面是世界的无法整合。这种悖论尤其在博尔赫斯身上得到了集中的体现。博尔赫斯是一位大百科全书式的作家，他的小说中也一次次地出现大百科全书的形象。正如张隆溪说的那样，"百科全书本是获得秩序的手段”，也是秩序和理性的象征，是万物最高的理想化秩序，是各种可能辞条的总汇，也是世界的某种可能性的总汇。杰姆逊指出现代主义小说家“是想写出宇宙之书，即包含一切的一本书”，博尔赫斯的大百科全书正是代表着世界的总体图式，象征着对宇宙的整合。但是杰姆逊没有提及的是在博尔赫斯的小说中，其终结总是整合的徒劳，大百科全书的存在往往是一种象征性反讽，象征一种虚构、零落甚至无序，象征对秩序的探索以及最终的不可能。正像卡尔维诺在《未来千年文学备忘录》中所说：

> 从二十世纪伟大小说中很可能浮现出一个关于开放性（open）百科全书的概念，这个形容词肯定是和百科全书（encyclopedia）一词矛盾的；百科全书这个词在语源学上是指一种竭尽世界的知识，将其用一个圈子围起来的尝试。但是，今天，我们所能想到的总体不可能不是潜在的，猜想中的和多层次的。

由此，大百科全书构成了现代主义小说内在的基本悖论的最形象表征。

正是这种内在的矛盾和悖论，使现代主义小说在形式上变得前所未有的复杂，也同时使现代主义小说在形式上暴露出瓦解其内部结构的缝隙，即解构主义所说的裂缝。而捕捉和分析这些裂缝，正是小说诗学的一个主要目的。理解和阐释现代小说的重心也就开始转移，一方面我们想看到小说家表达的世界究竟是怎样的，另一方面我们更想了解小说家是怎样表达世界的。这就是 20 世纪小说研究的一个根本转变，研究的重心从内容偏向了形式。同时也必须在新的意义上来界定现代小说经典，其中有两个最重要的尺度，即现代小说经典一方面是那些最能反映20世纪人类生存的普遍境遇和重大精神命题的小说，是那些最能反映20世纪人类的困扰与绝望、焦虑与梦想的小说，是了解这个世纪最应该阅读的小说，正像了解中世纪必须读但丁，了解文艺复兴必须读莎士比亚一样。另一方面现代小说经典则是那些在形式上最具创新性和实验性的小说，是那些保持了对小说形式可能性的开放性和探索性的小说，同时是那些隐含着无法解决的悖论形态的小说。

在别雷、博尔赫斯、卡尔维诺、昆德拉等小说家那里，现代主义还面临着另一个基本的悖论：当20世纪的现代主义小说在维护自己体裁的自律性和纯粹性，在寻找小说独属于自己的东西的同时，也生成了截然相反的取向，即与其他体裁嫁接，学习其他艺术的长处。意识流小说学习电影蒙太奇，里尔克的小说《军旗手的爱与死》融会了诗歌，乔伊斯的《尤利西斯》杂糅了新闻体，宗教问答体以及戏剧形式，称得上是应有尽有。昆德拉也在小说中引入了哲学文体、新闻报道和传记，同时又借鉴音乐和电影的手法。而音乐和电影曾经是他的职业，昆德拉当过爵士乐手，后来又搞过电影。所以昆德拉小说技巧、文体风格的多样化有着丰富的资源背景。但这样一来，昆德拉的追求就不可避免地导向了悖论：一方面声称小说要发现只有小说才能发现的，寻找独属于小说的东西，另一方面却又打破了小说和其他艺术形式甚至哲学历史文体的界线，这也是20世纪现代主义小说所共同面对的一种悖论式的境地。这种悖论引发了对现代小说的进一步追问：小说体式对其他艺术体裁的融合到底是拓展了小说本体还是破坏了小说本体的自律性与纯洁性？小说体裁形式的可能性与小说视域的本体性到底是不是一回事？有没有一个一成不变的确定的小说本体？小说最独特的本质和本体性规定是什么？小说有没有终极限度？小说的可能性限度又是什么？

从艺术本体论的角度来界定小说的本质恐怕不是一个最终的解决办法。各种“文学概论”中自有关于小说的定义，但读者很快就发现现代主义小说都不是遵循文学原理来写的。小说即使有一个本体，也是随着历史进程不断发展丰富的流动的范畴，具有它的历史性。

昆德拉正是从西方历史的背景出发来讨论小说。他关心的一个问题是小说会不会走向死亡：

> 人们很久以来就大谈小说的末日：特别是未来派、超现实派和几乎所有前卫派。他们认为小说将在进步的道路上消失，将有一个全新的未来，一个与从前的艺术丝毫没有相像之处的艺术。小说将和贫困、统治阶级、老式汽车或高筒帽一样，以历史的公正的名义被埋葬。

那么，接替被埋葬的小说的应该是什么样的崭新艺术呢？昆德拉没说，他可能也并没有对这种小说末日论真当一回事。他真正关注的倒是小说“精神”的死亡，而这种小说精神的死亡更可怕。昆德拉说这种死亡发生在他度过了大半生的世界：捷克，尤其是苏联占领后的捷克，在禁止、新闻检查和意识形态压力种种手段下，小说果然死亡了。因为小说的本质是相对性与模糊性，它与专制的世界不相容。一个专制的世界绝对排斥相对性、怀疑和疑问，因此专制的世界永远不可能与小说的精神相调和。在这种世界里，小说的死亡是必然的。同样的情况昆德拉认为也发生在俄国，俄罗斯的小说曾经伟大无比，那就是从果戈理到别雷的时代。然而此后小说的历史在俄国停止已有半个世纪了，因为在俄国，小说已发现不了任何新的存在的土地，小说只是确认既成的唯一的真理，重复真理要求小说说的话。因此，这种小说什么也没有发现，形同死亡。

可以看出，昆德拉所谓的小说死亡问题强调的是小说精神的消失，这种精神就是复杂性与模糊性的精神。只有重新确立这种精神，小说才能发现存在的理由，这种理由就是让小说直面丰富而复杂的"生活的世界"本身，直面存在的多种可能性，并对抗"存在的被遗忘"，正是在这个意义上，昆德拉称"小说的存在在今天难道不比过去任何时候都需要吗"？重新找到生存理由的小说是不会死亡的。

因此，昆德拉启示我们探讨"小说的可能性限度"问题大概也不能只考虑形式的可能性。倘只关心形式的先锋性、探索性、创新性，那么形式中的生活世界却很可能被忽略了。而在形式背后永远应该具有新的形式带来的新的发现和新的生活世界，就像伍尔夫的意识流揭示了潜意识和深层心理，卡夫卡的寓言形式贡献了对世界的预言，海明威的"冰山文体"呈示了初始境遇，罗伯—格里耶的"零度写作"描绘了世界的"物化"一样。形式必须与它发现的世界结合在一起才不是苍白贫血的，也才不是短命的。

昆德拉关于小说的可能性限度的观点也许正是如此。他一方面说"小说形式的可能性还远远没有穷尽"，另一方面又说"小说不能超越它自己的可能性的限度"，这个小说的可能性限度也许正是决定于人的存在的可能性，决定于人与世界的关系的可能性。在这个意义上，小说的可能性限度与小说在形式上的可能性不完全是一回事。小说的内在精神、小说的本体并不完全取决于形式的限度，这就使小说的生存背景延伸到社会学、政治学、文化学以及历史哲学领域，即形式外的“生活世界”。小说的本质可能是无法仅从它的内部和自身逻辑来解释和定义的。宽泛地讲，文学也是这样，文学的可能性也恰恰是与生活世界息息相关。文学艺术反映的是世界图式，你就没有办法抛开世界单从形式上解释作品。比如昆德拉说在捷克和俄国，小说已经死亡，这是小说本身的问题吗？显然不是，而是政治的问题，意识形态的问题。在这样的历史阶段，小说没有能力决定自己的生存方式和生存状态。决定小说的兴盛和衰亡的因素太多了。因而，所谓形式的自足性只是小说家的梦呓，换句话说，形式的意义本身并不是形式仅仅能说明的。真正具有经典价值的现代主义文学往往是把“有意味的形式”与“形式化的内容”统一在一起的文学。在现代主义的形式背后，是一种内含悖论的形式的意识形态。正是这种悖论性的意识形态，使现代主义文学一度成为20世纪充满活力的存在。

中国80年代的现代主义运动也当从这个角度去获得更有效的理解。当现代主义的思潮行将尘埃落定，我们发现，现代主义之所以在80年代中国文坛风靡一时，并不仅仅是纯粹形式上的和语言上的原因。正像洪子诚先生所说的那样：我们那时关注的是现代主义文学表现出的对人的处境的揭示和对生存世界的批判的深度，譬如文坛对卡夫卡的《城堡》的关注，就与我们对“十七年”以及文革的记忆及反思密切联系在一起。而萨特热所造成的存在主义的文学影响，更是直接关涉着我们对存在、对人性以及人的境遇的新的意识的觉醒。这一切都决定了80年代中国现代主义的复杂性，绝不是形式主义的标签可以简单概括的。

然而，影响中国80年代的现代主义运动也在今天遭遇着它的衰竭的历史命运。当卡尔维诺、昆德拉们已成为一代小资茶余饭后的谈资的时候，当中国的先锋文学日渐在新世纪蜕变为常规文学的一部分的时候，文学先锋运动在中国也行将寿终正寝。现代主义意识形态在中国的终结标志着一个市场化的大众文化时代的最终来临，或者反过来说，市场化的大众文化时代的最终来临，终结了现代主义意识形态的中国历程。

附录二　个人的、时代的与人类的

——关于卡夫卡答记者问

问：作为卡夫卡的爱好者，您是什么时候开始阅读卡夫卡的，整个的阅读规划是怎样的？（从哪本书开始阅读，如何深入？）

答：我读卡夫卡是在上世纪 80 年代中期刚刚进入北大的时候。最初从图书馆借到的是《卡夫卡短篇小说选》，随后陆续读了能找到的卡夫卡的散文，觉得卡夫卡的散文与他的小说一样，是西方 20 世纪文学难得的瑰宝。此后才逐渐读了卡夫卡的长篇小说，包括我后来在北大课堂上解读的《城堡》。而对我们这一代卡夫卡的爱好者形成很大影响的是社科院叶廷芳先生编的《论卡夫卡》，1988 年出版，里面收录了近 60 万字的西方卡夫卡研究论文，对我们深入了解西方学界对卡夫卡的解读和认识，有决定性的启迪作用。

问：80 年代很多外国文学、哲学思想被介绍进中国，国内也掀起了卡夫卡热，您觉得，在那个特定时期，卡夫卡在国内知识分子中受到推崇的原因是什么？ 80 年代，与卡夫卡所处的时代是否有某种共性？

答：70 年代末 80 年代初的中国刚刚从“文革”时代走出来，文学领域正面临反思具有荒诞色彩的“文革”历史的时代使命，比如北岛的诗歌就传达了这种荒诞体验。他的许多诗篇，都试图反映刚刚过去的一个时代的荒诞性。比如《回答》中的名句“卑鄙是卑鄙者的通行证，高尚是高尚者的墓志铭”，就在对比中揭示了现实的乖谬和背反。我在北大教授洪子诚老师的著作《我的阅读史》中，也读出了对80年代西方现代主义影响中国文坛的历史语境的重新体认。现代主义之所以在80年代中国文坛风靡一时，并不仅仅是纯粹形式上的原因。那时中国文坛关注的是现代主义文学表现出的对人的生存处境荒诞性的揭示和社会历史认知的深度。文学因此内涵的是“社会承担的意识”以及建构反思性历史主体的重任。因此，的确像你说的那样，80年代的人们在卡夫卡所处的时代寻求到了某种共性，这恐怕也是卡夫卡之所以在80年代初形成热潮的一个原因。

问：您在《从卡夫卡到昆德拉》里提到了艾略特评价经典的标准“成熟”，这个成熟是指写作上的成熟还是价值体系的成熟？卡夫卡和他的作品不具备这种成熟吗？

答：艾略特评价经典的标准应该既是写作上的成熟，也是价值体系的成熟。尽管我们也把艾略特看做现代主义的大师级人物，不过他的文学趣味同样表现出古典主义的审美特质。但即便如此，艾略特的《荒原》等创作于第一次世界大战之后的诗歌作品仍然表达了对西方世界文明废墟的体认。卡夫卡所面对的，也恰恰是西方这种既有的成熟的文化价值体系在经过一战之后面临崩溃的局面。所以卡夫卡的作品即使是“成熟”的，也与艾略特评价经典的标准不符。或者可以说，卡夫卡追求的正是某种“非成熟性”，或者说是他笔下的文学内景的某种未完成性，是文化和价值的悬疑和断裂性。但我们站在今天的历史位势去审视卡夫卡对20世纪西方文化的贡献，随着卡夫卡的被经典化，他也同时贡献了另一种“成熟”的经典尺度。这就是20世纪的现代主义文学所表现出的一种“怀疑的深刻”中的成熟。近来有研究者开始反思和质疑20世纪的现代主义思潮，我认为有其历史的合理性，但是总担心在倒掉洗澡水的同时把浴盆中的孩子也扔出去了。20世纪的现代主义的主流，现在看来，并非全部充斥着荒诞和虚无主义的美学和世界观，而恰是以反思荒诞和虚无为指归的。当然作家们在状写荒诞和虚无的同时，思维背景和文学情绪中难免濡染荒诞和虚无的底色，但是更重要的是，20世纪的文学提供了我们思考和认知这个最复杂的世纪的感性直观，也不乏本质直观。而卡夫卡的作品，就是我们洞察20世纪的本质的最富有力度和深度的部分。或许也可以从这个意义上看待卡夫卡和他作品的成熟性问题。

问：您认为，20世纪现代主义文学兴起的原因是一战后作家对西方文明所产生的“荒原”体验，在这种共同的体验下，卡夫卡及其同时期作家所选择的表达方式又主要受什么影响？

答：其实西方的现代性的危机更早就已经降临，这一时间上的关节点一般认为是19世纪中叶。法国理论家罗兰·巴尔特在《符号学原理》一书中试图为资产阶级意识形态的破裂寻找一个转折点，他找到的是1850年。这也是波德莱尔的时代。波德莱尔在《1846年的沙龙》这篇文章中说：“伟大的传统业已消失，而新的传统尚未形成。”另一个法国评论家雅克·里纳尔在《小说的政治阅读》一书找到的时间节点是1848年，与罗兰·巴尔特只差了两年。雅克·里纳尔在《小说的政治阅读》中说：“写作的危机是与1848年后不久的资产阶级意识危机息息相关的。”所以现代主义的先驱之一波德莱尔的诗集《恶之花》中的“恶魔主义”写作风格的形成根源也正要从这种资产阶级意识危机中去探寻。而波德莱尔也就构成了20世纪西方现代主义文学，包括卡夫卡及其同时期作家的一个重要资源，当然不是唯一的资源。而“一战”只不过把这种资产阶级意识危机从波德莱尔时代的一种张爱玲所谓的“惘惘的威胁”变成真正的严酷现实罢了。而即使在卡夫卡的时代，也是西方现代主义的文学思潮达到一定的历史高度的时代，象征主义、表现主义、未来主义、超现实主义等一系列现代主义文学艺术潮流在这个时代集聚，卡夫卡既汇入时代主潮之中，也是具有先锋意识形态的文学弄潮儿。

问：正像您在书中罗列的，卡夫卡所处的时代造就了一批20世纪伟大的艺术家、文学家和哲学家，从文学史上来看，这个历史时期有怎样的特性，是否有过类似的历史时期，以及在未来能够有可能被复制吗？

答：卡夫卡的时代与亚斯贝尔斯所谓的人类历史上的轴心时代，即古希腊和中国的先秦诸子百家时代，还有文艺复兴时期一样，我认为是最有创造性的历史时期之一，表现为各种文学艺术流派的纷呈，每一种流派都具有自己在体式、风格、美学、技巧诸种方面的特殊性，有自己与众不同的认知世界和传达世界的独特视角，甚至有自己不同的哲学、心理学背景。这一文学艺术的辉煌成就，是比较难以复制的，至少20世纪后半叶，除了拉丁美洲文学爆炸之外，世界文学是在走下坡路的。

问：您在自己的书中说，《城堡》不是您最喜欢的作品，但是是最值得讲的。这种情况和戴锦华老师对《花样年华》的态度是一样的。《城堡》相较于卡夫卡其他作品，最“值得讲”的是什么？

答：我认为《城堡》是一部寓言性小说，里面包含着卡夫卡解读时代和世界的密码，但读者和批评家想破译这些密码却是很困难的，甚至是不可能的。而西方评论家也在解读这部小说的过程中给出了非常多的破解的路径，却没有哪一种解释得到广泛的认同，所以《城堡》文学编码的不确定性，或者说其所内含的意义图景的复杂性，在我看来成为最“值得讲”的地方。

问：您个人最喜欢的卡夫卡的作品是什么？为什么？

答：可能是卡夫卡的随笔和格言，充满了悖论的思考和复杂的智慧，以及深刻乃至深奥的哲理。同时他的一些短篇小说，如《在流放地》《乡村医生》《饥饿艺术家》《猎人格拉胡斯》等，也是我喜欢的作品，充满了悖谬性、复杂性和不可索解性，对读者的智力和思想力都构成了巨大的难度上的挑战。

问：今年是《变形记》发表100周年，在中西方的文学、文学评论界，大家对这部作品的评价和理解有什么不同吗？如果有，是什么造成了这种不同？

答：《变形记》的100年历程，其实是世界范围内意识形态纷繁复杂的世纪历程。比如苏联和东欧社会主义阵营发现卡夫卡是在20世纪50、60年代。他们在卡夫卡那里看到了对资本主义的批判，所以觉得应该把卡夫卡当作“自己人”，把对卡夫卡的讨论也看成是“马克思主义革新的可靠征兆”，《变形记》也由此可以看成是暴露资本主义社会弊端的作品。对卡夫卡的解释由于东西方冷战的格局也必然携带上鲜明的意识形态阵营化的色彩。而且，每个历史时段都会有基于当下的生存世界和现实境遇而产生的新的关注点，套用一句福柯的话，重要的不是作品解释的年代，而是解释作品的年代。每个时代对《变形记》的解释也会像《城堡》那样投射了时代特征。

问：从 80 年代的卡夫卡热，到今天卡夫卡成为国内知晓度最高的外国作家之一，您觉得，我们对卡夫卡及其作品的解读有它的时代特征吗？是否随着时代的发展，对他作品的评价和解读也发生了变化？

答：如果说，中国人一开始接触《变形记》这样的小说，读到开头写的主人公格里高尔·萨姆沙一天早晨醒来后发现自己躺在床上变成了一只大甲虫，惊诧之余，会倾向于从西方文化的异化的角度，以及西方人的异化的视野中理解这一描写的预言性，或者用《变形记》的荒诞印证"文革"记忆。但随着《变形记》在 20 世纪日渐成为世纪文学经典乃至世界文学经典，人们对其预言的普遍性就慢慢形成共识，譬如《变形记》状写的是"人"的某种可能性。格里高尔变成大甲虫就是卡夫卡对人的可能性的一种悬想。在现实中人当然是不会变成甲虫的，但是，变成甲虫却是人的存在的某种终极可能性的象征。昆德拉对卡夫卡就是从人的可能性的角度去评价的，他说："卡夫卡的世界与任何人的所经历的世界都不像，它是人的世界的一个极端的未实现的可能。"卡夫卡小说中虚构的世界传达的是 20 世纪人类想象在可能性限度上的极致。如果说 80 年代中国文学界接受《变形记》，主要关注的是其中反映出的人的异化以及物化的图景，而今天我再读《变形记》，可能更关切的是小说究竟是如何以写实的方式凸显荒诞，关注的是卡夫卡的写实主义文学技巧。

问：在国内，公众对卡夫卡个人作品的评价是否存在失准？（某些作品被高估或低估）我们对卡夫卡存在某种层面上的误读吗？

答：对卡夫卡这样有难度的作家而言，公众的阅读在某种意义上取决于专家的普及性的解读，当《变形记》进入中学课本之后，也取决于语文老师的认知高度。但是即使是外国文学研究专家，对卡夫卡也无法断言已经达到真正准确的解读。在我看来，误读是难免的，因为在某种意义上说，卡夫卡是拒斥被解读的。同理，我们也不能说在西方就不存在对卡夫卡的评价失准和误读。而在某种普遍性意义上说，误读也是文学阅读的固有的组成部分。就卡夫卡具体作品的接受而言，我觉得某些作品被高估或低估的现象是存在的，比如，《城堡》，甚至《变形记》就有被高估的可能性。

问：您研究中国现当代文学，在您看来，国内有直接受益或者被卡夫卡影响很大的创作者吗？

答：可以说，80 年代的中国作家，无论是写出《活动变人形》的王蒙这样的老作家，还是以余华、苏童、格非、残雪为代表的所谓先锋派作家，都不同程度地受到卡夫卡的影响。如果说，像马尔克斯这样的魔幻现实主义作家更多影响的是中国作家的想象力和技巧，那么，卡夫卡影响中国作家的则是看待世界的方式，是观察力和思想力，卡夫卡的思想是有魔力的，是具有渗透性的，比如，评论家公认残雪对卡夫卡的接受就具有决定她的作品的思想以及总体创作风格的意义。

问：您在书中甚至承认，理解《城堡》的后半部分是有困难的，现代主义文学也让人们无法再享受阅读小说时舒服、悠闲的状态，这种阅读体验对现代主义小说的流行和发展有过或依然有影响吗？

答：我之所以觉得理解《城堡》的后半部分有困难，是因为后半部分除了对话之外几乎没有什么情节进展。有个美国研究者叫库楚斯，他在《卡夫卡的〈审判〉和〈城堡〉中叙事的方式和时间的演变》这篇文章中发现，《城堡》的写作经历了一个从情节到对话的演变，也就是说，情节越来越少，对话越来越多，说明主人公 K 在现实中的行动越来越少，K 进入城堡的可能性也因此越来越小。库楚斯的结论是：这说明小说越发展，K 离他追求的目标越远，而小说距离真正的结束也就越远。换句话说，《城堡》离传统意义上的有情节的开端、发展、高潮、结局的经典现实主义小说模式越来越远，这也是人们很难读懂《城堡》这类小说的原因之一。它写不出未来，没有人们希望看到的远景。如果说在一篇民间故事或者童话中，结尾如果不是王子和灰姑娘从此开始了幸福的生活，那么人们就觉得故事没有完成。而卡夫卡的小说，却大都是这种未完成的小说。这也影响了普通读者阅读的“舒服、悠闲”感。这种阅读体验对相当一部分现代主义小说的流行和发展即使在今天依然有影响，卡夫卡这类现代主义作家，在今天仍然是知道他们名字的读者多，而真正能把他们的作品读下去的少。

问：您在书中提到，加洛蒂说卡夫卡作品的主题可以概括为：动物、未完成和寻找。“寻找”是一个很古老的话题，但卡夫卡作品中，“寻找”的意义有何不同？

答：比如在经典探险故事中，探险者们的寻找目标都是很明确具体的，如寻找金羊毛、挖掘宝藏、追求美人等。而在卡夫卡式的追寻中，几乎一切都是不确定的，如《城堡》，连主人公的真实名字都无法确定，只是一个字母 K。而所有不确定项中，最不确定的是 K 所追寻的客体：城堡。它似乎是个具体的实存，它就屹立在山冈上，但 K 永远走不近它。这部小说之所以最具荒诞性，主要就是因为 K 所追寻的目标是不明确的。因此，作为一个追寻的故事，K 的追寻注定是一个失败的追寻。他越努力，离自己的目的就越远。正像英国大诗人奥登所说：“如果 K 成功地达到了他的目的地，那就证明他失败了。”在这个意义上，《城堡》可以说是对经典的追寻模式的一个戏拟，在本质上是反追寻模式的，是所谓的“滑稽模仿”。正像《堂·吉诃德》是对骑士小说的故意的滑稽模仿一样，因此它是反骑士小说的，如同金庸的《鹿鼎记》是反武侠的。而对一种小说类型真正具有颠覆力量的正是对它的滑稽模仿，塞万提斯的《堂·吉诃德》戏仿了骑士小说之后，骑士小说就宣告终结了；金庸写了《鹿鼎记》，也终结了自己的武侠小说创作。

问： 卡夫卡的长篇小说总以“未完成”的方式结局，这种方式在文学史上是首开先河吗？具有怎样的意义和影响？

答： 未完成的小说在文学史上肯定是有很多的，很多“小说家”当年的抽屉里都会存留着一些未完成的手稿。但如果说大部分未完成的小说是作家的力所不逮，那么卡夫卡的“未完成”在我看来就是一种模式。就像我们在现代小说中往往看到的是开放性的结尾一样，卡夫卡的未完成也是对生活世界保持开放性的一种形式。用我在《从卡夫卡到昆德拉》一书中的说法，这种未完成性是现代主义小说的重要的特征，不仅仅指《城堡》没有结尾，而是指它最终无法获得总体意义图景和统一性的世界图式。当卡夫卡在自己的时代无法洞见历史的远景的时候，他就拒绝给出一个虚假的乌托邦愿景，在小说的叙事层面就表现为一种“未完成”的形式。而这种“未完成”式以及结尾的开放性模式，在今天的各种各样的文学和艺术创作中已经是很普通的现象。

问： 您觉得，卡夫卡在驾驭长篇和短篇作品的能力上有差别吗？

答： 我因为自己的偏见——更喜欢卡夫卡的短篇小说——所以觉得卡夫卡的短篇作品在艺术上更纯熟，驾驭叙事的能力更从容裕如，小说的叙事内景也更相对纯粹一些，甚至也更具有美学性。而卡夫卡的长篇小说不太讲究艺术结构。对于短篇小说而言，一种结构性的思维都是必要的，更何况大部头的长篇小说。但换句话说，如果卡夫卡对小说的结构性太过追求，可能就与卡夫卡式的“未完成”模式有所龃龉了吧？

问：我读过一些卡夫卡日记，也读过刘小枫老师在《沉重的肉身》里对卡夫卡日记的分析，卡夫卡的一生都处在追求绝对的孤独，因而逃避婚姻，却又害怕绝对的孤独，因而想走进婚姻、寻求抚慰中，其实，很多艺术家、文学家都有这样的纠结，在这点上，卡夫卡的纠结有什么特殊性吗？这种心态对他的创作有怎样的影响？

答：从卡夫卡的传记以及他的作品中来分析，卡夫卡是个相对而言更为脆弱的人。一般说来，比起普通人，一个大诗人和大作家往往更有脆弱的本性，而卡夫卡在这方面堪称独步文坛。他的过度的自我保护和防范的心理机制甚至可以看成是一种疾病。卡夫卡在去世前的一两年曾经写过一篇小说《地洞》，小说的叙事者“我”很奇特，是个为自己精心营造了一个地洞的小动物，但这个小动物却对自己的生存处境充满了警惕和恐惧，“即使从墙上掉下的一粒砂子，不弄清它的去向我也不能放心”。有评论家说卡夫卡正是他的地洞中的一个小老鼠。卡夫卡写《地洞》时肯定把地洞想象为自己的生存方式。他有一段很重要的自白：“我最理想的生活方式是带着纸笔和一盏灯待在一个宽敞的、闭门杜户的地窖最里面的一间里。饭由人送来，放在离我这间最远的、地窖的第一道门后。穿着睡衣，穿过地窖所有的房间去取饭将是我唯一的散步。”这段话出自卡夫卡给他第一个未婚妻的一封信，可以看作是他真实心理的表白。这种地窖中的生存方式显示的正是卡夫卡封闭内敛的性格和生活形态，他更喜欢的，是一种生活在个人写作中的想象性的生活。这种个性特征，与卡夫卡的创作图景可以进行互证。

问：如果没记错，您曾提到过，卡夫卡的写作是绝对个人化的写作。从个人化的写作，到如今被公众普遍认可，您觉得，卡夫卡与读者之间的超过百年的联系是如何建立和维系的？

答：因为卡夫卡描述和洞察的世界，就是我们现代人的世界。无论从何种意义上讲，卡夫卡都可以称得上是现代主义小说家中的第一位重要人物。奥登 1941 年有过一句著名评价，他说：就作家与他所处的时代的关系这一角度上看，"卡夫卡与我们时代的关系最最近似但丁、莎士比亚、歌德与他们时代的关系"。"卡夫卡对我们至关重要，因为他的困境就是现代人的困境"。卡夫卡可以说是最早感受到 20 世纪时代精神特征的人，也是最早传达出这种特征的先知之一。这种重要性可以说在今天已经成为文学界的一种共识。所以，卡夫卡被公众普遍认可，是具有必然性的。我们现代人其实很多时候是借助卡夫卡的眼睛在认知这个世界，这也必然会决定卡夫卡与我们读者之间的联系是一种源于人类对自身命运的体认和表达上的维系。

问：这种个人写作的优势和局限性在卡夫卡身上，或同时期的现代主义文学作者身上有怎样的体现？

答：如果是纯粹的个人写作，必然会遭遇被读者慢慢遗忘的危险。现代主义文学中有相当一部分都是这种意义上的写作。而卡夫卡的写作既是个人的，但同时更重要的是，它又是时代的和人类的。

问：很多论文在分析卡夫卡时，都强调了父亲对他的影响，您怎么看这个问题？

答：父亲对每个人的成长都具有人生中不可替代的意义。卡夫卡也不例外。但是一般的传记研究似乎更愿意强调父亲对卡夫卡的负面意义，而我想说的是，如果我们认可我们目前所认识到的这个作为人类大预言家的卡夫卡，那么，他的父亲的影响也必然参与了对“这个”卡夫卡的塑造，从这个意义上，我会说，我们愿意看到的这个卡夫卡，正是他父亲所塑造的，所以我们应该对卡夫卡的父亲心存感激。